講談社文庫

悲亡伝

西尾維新

JN091780

講談社

HIBOUDEN

NISIOISIN

DENSETSU SERIES

∅7

悲

地球撲滅軍

空々空
（そらから・くう）
空挺部隊隊長。
英雄。

氷上竝生
（ひがみ・なみうみ）
現・空々空の世話係。
空挺部隊副隊長。

杵槻鋼矢
（きねつき・こうや）
元『魔法少女』。

手袋鵬喜
（てぶくろ・ほうき）
元『魔法少女』。

地濃鑿
（ちのう・のみ）
元『魔法少女』。

酒々井かんづめ
（しすい・かんづめ）
幼児にして魔女。

悲恋
（ひれん）
人造人間。

虎杖浜なのか
（こじょうはま・なのか）
魔法少女。
『スペース』。

好藤覧
（すいとう・らん）
魔法少女。
『スクラップ』。

灯籠木四子
（とうろぎ・よんこ）
魔法少女。
『スパート』。

登場人物紹介

character

左右左危
（ひだり・うさぎ）
元『不明室』所属。
現『自明室』室長。

酸ヶ湯原作
（すかゆ・げんさく）
元「絶対平和リーグ」。
魔法少女製造課課長。
現『自明室』副室長。

乗鞍ぺがさ
（のりくら・ぺがさ）
『自明室』所属。
新人。

馬車馬ゆに子
（ばしゃうま・ゆにこ）
『自明室』所属。
新人。

剣藤犬个
（けんどう・けんか）
元・空々空世話係。
故人。

花屋瀟
（はなや・しょう）
元・第九機動室副室長。
故人。

悲亡伝
DENSETSU SERIES 07
HIBOUDEN
NISIOISIN

第1話「空々空、世界へ！
空挺部隊の出動」

0

死ぬまで働け。

あるいは、働くまで死ぬな。

1

「私達の中に裏切り者がいるわ」

出し抜けにそう切り出されて、空々空《そらからくう》は『ついにバレたか』と思った——自分のことを言われたと思ったのだ。

ただし、だからと言って、具体的な心当たりがあったわけではない。

彼は悪《あ》しき地球と戦う、『地球撲滅軍』に所属して以来、ずっと自分のことを、たえずたゆまず卑劣《ひれつ》な裏切り者のように感じていて、その認識自体は、事実を大きく外してはいないとも言える——組織の信条にも、やりかたにも、まったく同調していない空々少年には、組織に対する忠誠心みたいなものが、まったく欠けているのだから。

信じていないのなら、裏切っているのと同じ。

もっとも、更に言うならば、『地球撲滅軍』に所属する以前から——ただの中学生だった頃や、一般的な小学生だった頃から、彼は自分を、裏切り者だと思っている節があった。

常に何かを裏切っている。

常にすべてを裏切っている。

そしてこの『すべて』には、彼自身も含まれている。

何も『地球撲滅軍』に限った話ではないのだ。

誰のどんな信条にも、誰のどんなやりかたにも、彼が本当の意味で、同調したことなんてないのだから——同調も同情も同意も、正しい方法でしたことが、彼にはない。

そういう根本から感情が死んでいる。

根っこから、枝葉末節《しようまつせつ》に至るまで死んでいる。

枯死している。

それが空々空という十三歳の少年——否。

彼はつい先日、十四歳になった。

（いつ死んでもおかしくないような生きかたをしておきながら、あっさり誕生日を迎えちゃうあたり、はなはだ僕らしいよなあ……）

そんな風に思う。

そんな風にしか思えない。

『部下』が開いてくれたささやかなサプライズパーティを想起しながら——ケーキにはいい思い出がないので、うまく喜んだ振りができなかったことを、なんとなく悔やんでいるのだが。

ともかく、『裏切り者』と言われれば、心当たりがなくとも——心がなくとも——、反射的に自白してしまいそうなほど、『地球撲滅軍』に対しての後ろめたさに満ちている空々空である。

考えてみれば、『感情が死んでいる』という才能を見出し、空々を組織に引き入れるために、彼の周辺の人間をあらかた始末したのは他ならぬ『地球撲滅軍』なのだから、彼のほうが後ろめたさを感じるのは、あまり論理的ではないのだが。

ただ、論理というのは、彼にとっていまいちとらえどころのないものなのだった。

「なに？　空々くん、自分のことを言われたと思ったのかしら？」

一瞬、言葉に詰まった彼の反応を見逃さず、からかうように、相手はそう言っていた――事実、からかっているのだろう。

左右左危《ひだりうさぎ》。

三十代前半の女性――正体不明。

特務機関であり秘密組織である『地球撲滅軍』の中でも、更に深い闇を担《にな》う部署『不明室』のリーダーだった科学者だ。

科学者――マッドサイエンティスト。

実の娘さえ実験台にした、研究の鬼。

もっともその傍若無人《ぼうじゃくぶじん》な横暴さがたたって、部下から反旗を翻《ひるがえ》され、一時はかなりの窮地《きゅうち》に陥《おちい》った――それでも当たり前みたいに組織の中枢付近に復帰して、こうして空々を呼び出したりしているあたり、やはりただ者ではない。

ただ者ではなければ何かと言えば、やはり正体不明としか言いようがないのだが。

(不明……、『不明室』は、四国事件のあと、バラバラに解体されて……、確か今はこの人……、『自明室』の室長なんだっけ？)

人事には詳しくないし、組織改革には疎《うと》いけれども、しかし空々空からしてみても、それは明らかに、ただの看板の掛け替えでしかなかった――いや、その存在感をてんで隠さなくなった分だけ、新体制の『自明室』は、かつてより更にタチが悪くなったとも言える。

そんな人物から呼び出されたのだから、元々、空々は緊張していた——『裏切り』を看破《かんぱ》されたと早とちりしたのは、最初から気が張っていたからというのもあるだろう。

とは言え彼にとって、緊張と覚悟は同義なので、それは『いざというときは、あの人を殺して逃げなくちゃ』という判断でもあった——正直、違ってほっとした。

殺したいわけじゃない。

生きていて欲しいわけでもないが。

四国で助けたり助けられたりしたからというのもあるが、空々にとって右左危博士は、どういう感情を持っていいか、どうにもわかりづらい相手なのだ——ギャンブルの師匠である『狼《おおかみ》ちゃん』、左在存《ざいぞん》の母親だから、というのは、かえすがえすも大きい。

なんというか、『友達の親』と接するような気恥ずかしさがある——そのあたりは彼が本来あるべき中学生としての感性とも言える。もっとも、実の娘である在存を実験台にしていた彼女に、母親の資格なんてあるわけもないが。

(まあ——どういう感情を持っていいかも、悪いかも)

空々空に感情なんてないのだが。

皆無にして絶無なのだが。

そんな彼の内的な、内省的な葛藤《かっとう》を、それこそ看破し、しかもそれを面白がるように、右左危博士は言う。

「心配しなくてもいいわよ、空々くん。たとえきみが裏切り者だったとしても、今や『地球撲滅軍』は、きみに手出しも口出しもできないから——入隊して、まだ一年も経っていないというのに、今やきみの存在は、それだけ途方もなく大きくなった。アンタッチャブルで手のつけようも手の打ちようもない。育ってしまった癌《がん》細胞みたいに、もう手の施《ほどこ》しようがなくなっている。完全なる病巣を形成してしまっているのよ」

これ、誉めてるから。

と、彼女は笑ったけれど、癌細胞と言われて誉められていると思えるほど、空々も日本語を知らないわけではない——今は亡き彼の父親は、国文学者だった。

ただ、誉められているのではないにしても、だからと言って罵倒されているわけでもないと思われる。

「少なくとも、前に四国に送り込まれたときみたいに、何か口実を見つけて、何とかそれらしい理由をつけて、なんでもかんでもこじつけて、きみを始末したいと思うような勢力は、『地球撲滅軍』からはいなくなっている——まあ、四国に送り込んだせいで、きみ自身がどんな勢力をも上回る勢力になっちゃったからっていうのがあるしね。こういうの、なんて言うんだったかしら？　ミイラ取りがミイラ……じゃなくて……」

しばらく考えていたようだが、結局、ふさわしい慣用句は思いつかなかったようで、「ともかく」と、右左危博士は切り替える。

科学者は国語が理科ほど得意ではないらしい。

「きみが何を画策《かくさく》していようと……、あるいは、何を隠していようと、今となっては『地球撲滅軍』がきみをどうこうするってことはないから、そこは安心しておいて」

（…………）

…………。

はい、と、うまく頷《うなず》けたかどうか、自信がない——経験はないけれど、圧迫面接を受けているような気分だ。

圧迫どころか、脅迫か？

実際、探りを入れられているのかもしれない。

言葉を選ばなければ、常に保身を第一に考えている空々少年に、もしも画策していることがあるとすれば、身の安全の確保くらいのものなのだが——それは努力の甲斐《かい》あって、今のところ奏功《そうこう》している——、しかしながら、隠していることがないとは、決して言えない。

（僕が今、『隠していること』が、もしも組織にバレたら……、そのときは『勢力図』なんて関係なく、速攻で始末されるんだろうな……）

他人事のように、空々少年はそう考えた。

その件については、それこそ手の打ちようがなさ過ぎて、最近はもう、検討しないようにしている空々である——刻一刻と迫る期限を、どんな対策を打つでもなく、迎えようとしている。

（次の『大いなる悲鳴』まで、あと……、三ヵ月くらいかな？）

どうなのだろう。

月をまたぐ日付計算はうまくできない。

「…………」

と、にやにやしつつもしばらくはそんな空々の様子を窺《うかが》うようにしていた右左危博士だったが、幼少期から『天才』と呼ばれる彼女も、空々空の内心をすべて見通すことはできないようで、諦めたように肩を竦《すく》めた。

もっとも、『天才』と呼ばれるのは好きじゃないらしいので（『天才』は難しい）、『わからないこと』があることを、ストレスに感じる彼女ではない——むしろ、楽しげだ。

博士にとっては、空々空も実の娘と同様に、興味深い研究対象なのかもしれない——薬品を試験紙に垂らして反応を試しているだけなら、彼女の言うことをいちいち本気にするべきじゃあないと、空々は結論づけた。

ただし、よくよく考えてみれば、『癌細胞』という比喩は、それほど的外れでもない——組織にとって、問題は彼一人ではないからだ。

問題は増えていて、増えていく。

あわよくば空々を亡き者にせんと、送り込んだ四国の先から、彼が引き連れて帰ってきた、数人の『魔女』達こそが、危険極まるのだ。

『魔女』。

いや、正しくは『魔女』と呼称すべきなのは一人だけであって、他は『魔法少女』らしいのだが、そんな区分は、組織にとっては無意味どころか、ほとんど理解不能の領域で——そんな彼女たちによって構成される、空々空の命令しかきかない部隊の成立こそが、空々空を駆逐《くちく》しようと目論《もくろ》む勢力を木《こ》っ端《ぱ》微《み》塵《じん》にした。

四国ゲームを命からがら乗り切ることで——命からがらどころか、途中、何度か死にさえしたが——、空々空が心から望む唯一の願い、即《すなわ》ち『身の安全』は、どうやら確保されたわけだ。

かろうじての確保ではあるが。

ただ、元以上のポジションに返り咲いた左右左危博士とは違って、空々の場合は、やや過剰だったと言うか、『身の安全』だけを望むには、若干、力を持ち過ぎたきらいもあった。

過ぎたるは及ばざるがごとし——が、さしずめそのシチュエーションを表現する慣用句だろうか。

悪しき地球と戦うための秘密組織としては、国内ナンバー2の位置にあった、四国の『絶対平和リーグ』を、事実上併合した『地球撲滅軍』ではあったが、しかし手に入れた力、そのほとんどを空々空が有しているというのは、一般人が考えてもまずい事態だった。

最高にまずいかもしれない。

大袈裟《おおげさ》に言えば、『絶対平和リーグ』という一組織のパワーすべてを、空々空が一身に背負っているようなものだ——だが、だからと言って、もはや空々空には、迂闊《うかつ》に手を出せない。

先述の通り。

その機会は、最早逃した。

なのので、せめてものリスク管理でもあり、抵抗勢力の最後の意趣返しでもあったのだろうが、空々空は、四国ゲームであれだけの手柄をあげながらも、結果、左遷《させん》されることになった。

十四歳で左遷。

なんとも切ない。

室長職から降ろされ、連れ帰ってきた『魔女』ごと、空々少年は組織内では何の権限も持たない、小規模な新設の部署へと移された。

結果、『地球陣』退治の前線から引くことになったので、空々からすれば願ったり叶ったりの異動だったのだが——なので、もう彼は、栄《は》えある第九機動室室長・空々空ではない。

総勢十人にも満たない小さな部隊の部隊長だ——彼の名を取って、組織内では『空《くう》挺《てい》部隊』などと呼ばれている。

長ったらしくて何回聞いても覚えられないような正式名称よりもよっぽど通りがいいし、何より、実体をうまく言い表している。

空挺部隊。

(うん、適格だ。なにせ、『魔法少女』は空を飛ぶものだからね……)

「それで——博士。裏切り者っていうのは、じゃあ、誰のことなんですか?」

いくら待っても、のらりくらりとほのめかすようなことばかりを言って、本題に入ろうとしない右左危博士に、痺《しび》れを切らしたというわけではないが、ついに空々は自分から訊《き》いた――もしも彼女が、空々がこのストレスフルなシチュエーションをどれくらい我慢できるかを試していたのであれば、こうして今、結果が出たわけだ。

短くはないが、長いとは言えない。

(博士、か)

思えば、四国での初対面の際は、奇矯《ききよう》というか、非常に個性的なファッションに身を包んでいた彼女だけれど、そうして白衣を着ている姿を見れば、いかにも研究職の人間というか、『博士』という印象だった。

いかにも過ぎて、これはこれでコスプレのようでもある――コスプレと言うか、記号だろうか。

「こうして僕を呼びだしたのは、『地球撲滅軍』の中にいる裏切り者を突き止めるため、ですか？　それとも、裏切り者は既にあなたのほうで突き止めていて、彼もしくは彼女を、始末させようということですか？」

「畏《かしこ》まった言いかたをするわね――もっと子供っぽく話してくれていいんだけど？　空々くんって、まだ十四歳でしょう？」

生意気盛りの育ち盛りじゃない。

そんな賺《すか》すようなことを言ってから、「そんなスケールの小さな話じゃないのよ、これは」と、彼女は言った。

スケールが小さい？

どういう意味だ？

「『絶対平和リーグ』が壊滅しちゃったからね。あはは、壊滅というより、自滅かしら？　だから、国内の対地球組織は、およそ統一されたと言っていいわけ。樹系図がどうにか成り立ったって言おうかしら。ま、もちろんきみの可愛《かわい》い空挺部隊のことも含めて、勢力図は複雑に入り組んじゃあいるけれど、総合的には、一枚岩と言っていい――『地球撲滅軍』のみならず、国内の意識はかなり統一されている。裏切り者なんていないし、いたとしても、そんなに困らないわ。いてくれたらいてくれたで、利用価値があるとさえ言える」

（ん？）

と、空々は、右左危博士が二度も『国内』という言葉を使ったのが気になった。

いや、もちろん彼も、ろくに任務もない気楽な窓際部署とは言え、組織の末端に身を置くものとして、『絶対平和リーグ』を併合した『地球撲滅軍』が、国内の対地球組織を『かなり』どころか、ほぼほぼ統一したことを知っちゃあいるのだが――だからこそ『裏切り者』と聞いて、真っ先に思い当たったのが自分だったというのもあるが――、『国内』という言葉は、必然、対義語の『国外』を連想させる。

（『国外』……？　えっと……）

『外』。

考えてみれば、そりゃあそうだ。

敵はなにせ、地球である。

日本国内だけで、そんな戦争に対処しているわけがない――海外にも、類似組織があると考えるのが自然である。

そうだ、そう言えば、『あの人』が一度、会議だか何だかの名目で、海外に渡航していたことがあった。

そう、確か、四国ゲームのときは、海外組織は静観していたのだっけ……、思えば地球規模の戦いを繰り広げている最中に、島国の中の島の中で、あれだけ大騒ぎをしていたというのは、なんだか滑稽《こっけい》でさえあった。

コップの中の嵐、では絶対にないにしろ。

スケールが小さかったとは思わないが、あれがそもそも内輪揉《も》め――それこそ、組織同士のいざこざ――だったことを考えると、そう表現されても仕方ないのかもしれない。

嵐どころか、凩《こがらし》だったかも。

……ただ、四国ゲームで命が危なかったのは右左危博士も同様のはずなのだが、それを『スケールが小さい』とジャッジしてしまえるのは、その辺り、空々よりもよっぽどドラスティックらしい。

わかってはいたことだが。

「共に地球と戦う仲間が、世界中にいるっていうのは、心強いことよね？　素敵でときめくことよね？　だけど、その中に裏切り者がいるとしたら、心穏やかではいられないわ——何から話せばいいのかしら？　空々くん、世界情勢については、どれくらい知ってる？」

「……正直、ほとんど」

空々は首を振った。

これは、『対地球』の組織図がどうなっているかを知らないという意味ではない——ほとんどという言葉でさえ、見栄を張っている。小学校の頃から野球少年だった彼は、社会の授業をあまり積極的に受けていなかったので、一般常識としての『海外』すら、ぜんぜん把握《はあく》していない。

大陸の名前を全部言えるかどうかも怪しい——つい最近まで『外国』という名の国があると思っていたくらいだ。

「そう……、じゃあ、四国にいた『魔法少女』のことから話そうか。なんだかんだでどの教科も、人物をフックにしたら、理解は進みやすいっていうしね。パドドゥ・ミュールって子のこと、覚えている？」

「……誰でしたっけ？」

知らない。

と思うが、なにせ、四国では何人もの『魔法少女』と会っているし、しかも彼女らは大抵、コードネームを使用していた。

それを含むと、早計には断じられない。

（パドドゥ・ミュール……、でも、受ける印象としては、それはコードネームじゃなくて、本名っぽいんだけど……、でも、会った『魔法少女』の中に、外国人っていたっけ？）

「ああ、空々くんは会ってないと思うわよ？　四国ゲームの初期段階で死んだ、チーム『ウインター』の一人」

「チーム『ウインター』と言えば……」

あの子の所属していた部隊だっけ、と空々は思い出す——思い出すだけで苦々しくなるような『あの子』のことを思い出す。だとすると、会ったこともないその『魔法少女』を、全方面からねぎらいたいみたいな気持ちになる。

「徳島——でしたっけ」

「まあ、運悪く——まさしく運悪くとしか言いようがないけれど——四国ゲームで落命しちゃった彼女は、なんとロシアからの交換留学生みたいなものでね」

「交換留学生？　ですか？」

「うん。実際には、互いにスパイを送り込み合ってただけなんだろうけどね」

ことをなげにそんなことを言う。

こともなげに言われても……、つまり、交換スパイというわけか？

政治的な話になってくると、十四歳の空々空には、いよいよわからなくなってくる
——話の着地点が見えてこない。

なんだその国交は？

「その辺の込み入った事情って奴は、正直、私の領分じゃなかったから、あとから聞いた話なんだけどね……、つまり、『絶対平和リーグ』は、ロシアにスパイを送り込んでいたってわけ。パドドゥ・ミュールが『不慮《ふりよ》の事故』で亡くなったとは言え、交換で送り込まれたエージェントのほうは、その後も活動を続けていた」

異国の地で落命した（それ以前に、異国の地で『魔法少女』に仕立て上げられた）ロシアからの留学生もなかなか不遇だが、スパイとして活動している最中に、所属する組織のほうがなくなってしまったそのエージェントの境涯も、かなり悲惨だ。

心があれば同情していたところである。

ただ、そんな苦境にも挫《くじ》けず、ロシアの対地球組織に潜伏《せんぷく》し続けていたというのは、大したプロ意識だと認めざるを得ない。

あるいは、地球に対する敵意のなせる業《わざ》か。

憎しみの表現なのか。

きっと、任務を終えたときには、正式に『地球撲滅軍』に引き取られることになるんだろう――と、空々が考えていると、

「で、そのエージェントが潜《もぐ》り込んでいた、ロシア最大の対地球組織が、先日、全滅させられたのね――もちろん、エージェントごと」

と、右左危博士はさらりと言ったのだった。

すべり落ちてしまいそうなさらさらさだった。

……時期は違えど、交換されたスパイは、パドドゥ・ミュールとほぼほぼ同じ運命を辿《たど》ったらしい――異国の地で、異国の組織と滅びを共にするという、悲惨というほかない運命。

違うのは、『絶対平和リーグ』の滅びは自滅であり、ロシアの組織のそれは、そうではないということだろうか――右左危博士ははっきりと、『全滅させられた』と言った。

させられた――自滅でも自壊でもなく。

「そのエージェントからの、最後の報告をこと細やかに分析する限り、『裏切り者』の手で滅ぼされたという感じらしいのよね――これでロシアの対地球事情は、一変す

るわ。最大の党派が跡形もなく消滅したのだもの、今後どうなってしまうのか、はっきり言って、見当もつかない——大小の組織が発言権と利権を求めて群雄割拠。人類同士の切ったはったで、対地球戦争どころじゃあなくなるのだけは、確かでしょうね」

「…………」

海外に疎い空々でも、ロシアの広大さくらいは知っている——『地球撲滅軍』が『絶対平和リーグ』の残党を取り込んだ手際のように、簡単にはことは進むまい。

停滞どころか、後退するやも。

人類の、対地球戦争の行く末に関しては、憂慮する立場にはない空々だけれど（自分の身を守るだけで精一杯だ）、類似組織の壊滅という事態は、聞き捨てならない。

明日は我が身でもある。

保身のためなら何でもする。

『地球撲滅軍』は彼にとって、彼から日常を剝奪《はくだつ》した組織でもあるが、生活のすべを持たない十四歳の少年にしてみれば、なくなってもらっては困る居場所でもあるのだった。

（『裏切り者』の手で滅ぼされた……）

跡形もなく。

「つまり、その……、右左危博士の言う『裏切り者』って言うのは、日本じゃなくて、ロシアにいるって意味ですか？」

「ちがーう」

即答で否定された。

音引きで否定された。

これではこちらの理解が遅いみたいだ。

いや、確かに彼女は最初から『私達の中に』と言っていた——滅ぼされたというロシアの組織の中に裏切り者がいたとしても、そんな風な表現はするまい。

強いて言えば、ロシアの組織に潜伏していたエージェントこそが、組織にとっての『裏切り者』だろうけれど、そのエージェントは『地球撲滅軍』からすれば味方だし、しかもそのエージェントは殉職《じゅんしょく》している——だとしたら。

彼女は何が言いたいのだろう？

彼女は何をほのめかしている？

本題に入っても、右左危博士が言わんとすることが、まったく見えてこない——こちらの反応を探っているのか、そうでなければからかっているのかと、そんな風にばかり考えていたけれど、ひょっとすると、これは彼女なりの『教育』なのかもしれないと、初めて空々は思い至った。

『教育』。

情報や判断材料を小出しにすることで、自分で考える力を身につけさせようとしている……？　そんな『教育』みたいなことを、育ち盛りの空々少年に施そうとしているのか？

そんな——自分の娘にもしなかったようなことを、空々相手に。

（…………）

そんな極めて疑わしい現実離れした仮説を、とりあえずのところは却下せず、空々は考えてみることにした——考えて損をすることはないはずである。下手に考えれば、ランダムにそれが死に直結していたかもしれない四国とは状況が違う——『裏切り者』とは？

「……スケールが大きいのは、『私達』という言葉の範囲ってことですか？　つまり……、博士が今言った『私達』って言葉は、『地球撲滅軍』ってことじゃなく……、まさか、人類全体を意味しているんですか？」

「ご明察」

今度の即答は、肯定だった。

ふざけた音引きもなかった。

そして彼女は繰り返した——こりゃあ傑作だとばかりににやにや笑いながら言う。

「私達の中に、裏切り者がいるわ」

2

ちなみに、空挺部隊部隊長・空々空と、自明室室長・左右左危が、こうして話している場所は、厳重に隔離《かくり》された会議室でも、秘密の取調室でもなく、とある地方都市の、一軒家のリビングである——空々にしてみれば初めて訪れる町の、並んだ住居のひとつだった。

隅から隅まで生活感にあふれる、しかしそこで暮らしている家族だけがいないという、不自然にがらんどうの民家。

『地球撲滅軍』が保有する無数にある拠点のひとつ、あるいはいざというとき潜伏するための隠れ家——そんなところだろうと、空々はなんとなくアテをつけている。

ただ、これはかなり楽観的な予想であって、ごく真っ当に、『地球撲滅軍』特有の性格から考えると、『内密の話をするために、無作為に選出した住所の、家族を皆殺しにしてがらんどうにした』という可能性こそが不自然さの正体としては濃厚なのだが、そんな真っ当にして最悪な可能性を考えたところで、空々にできることがあるわけでもない。

尊き犠牲者の冥福《めいふく》を祈るような気持ちが自分にはすっぽり欠けていることを、彼はさすがに自覚している。

自覚していても、できることがあるわけでもないのだが。

まあ、極秘の話をするときに、会議室でも取調室でもなく、町中の、セキュリティの薄い民家を選ぶというセンスそのものに対する疑問もないではなかったが、そこは『地球撲滅軍』の性格と言うよりも、右左危博士の性格なのかもしれない——この人はあえてリスクを冒すことで、逆説的に安全係数を上げようとするところがある。

空々もまた、戦闘時はそういう『盲点《もうてん》を突く』軍略を取りがちなタイプなので、そのセンスが、漠然とながらわかる——ただ、彼はほとんど無自覚に、本能的に他人の盲点を突くが、右左危博士は意図的に盲点を突くという、根本的にして決定的な違いがあるので、その点、結構相容《あいい》れない。四国においても、意見がわかれたところだった。

そんなわけで、とにもかくにも、一般家庭のリビングである——ただ、その家具や家電も揃った、生活感にあふれるセッティングにもかかわらず、二人が挟むテーブルの上には、湯飲みのひとつもなかった。

軍略以上の共通点として、空々少年も右左危博士も、生活力には欠けていた——一人では、お茶を淹《い》れることもできないのである。

二人がかりでも無理だろう。

より手酷い失敗をしかねない。

ただ、仮にお茶を淹れるという高度な能力があったとしても、今はそれを飲んでいるような場合ではなかった――空々は問う。

「念のために、ここで確認させて欲しいんですけれど……、『裏切り者』というのは、『人間』だと理解しておいていいんですよね？　つまり、『人間』に擬態した『地球陣』ってことじゃなくて……、『地球に味方する人間がいる』ってことで、いいんですよね？」

「もちろんよ」

と、右左危博士は答えた。

『地球陣』。

地球が人類を滅ぼすために、人類の中に送り込んだ先兵を、『地球撲滅軍』ではそう呼称している――それはそれでスパイである、人類とは見分けがつかない彼らが、内側からおこなう長期的な破壊活動を阻止《そし》するのが、空々がかつて所属していた第九機動室の主な仕事だった。

そもそも、空々空という野球少年が、プロ野球球団ではなく、対地球組織にスカウトされた理由こそが、見分けがつかないはずの『地球人』と『地球陣』の区別が彼にはつくからなのだった――厳密に言うと、見分ける技術自体は確立していて、それに耐えうる神経を持っていたのが、空々少年だけだったという話だ。

それが英雄譚の始まりだった。

神経を持っていたと言うべきなのか、神経がなかったと言うべきなのか……、ともかく、人類の中に送り込まれた、人類を不都合な方向へと導こうとする『地球陣』を、広い意味では『裏切り者』と解釈することもできなくもないけれども、ただ、そんなのは今更、改まって、こうして密会してまですることではない。

そんなのはただの前提だ。

前提どころか前略でもいいくらいだった――『地球陣』ではなく。

「地球に味方する人間がいる――人類と地球との戦いにおいて、人類ではなく地球に与《くみ》する人間がいる。人類でありながら、人類に敵する者がいる――こんな悲しい事実はないわよね」

まさしく悲劇だわ。

白々《しらじら》しい口調で、右左危博士は言う。

実際、それを本気で嘆き悲しみ、どころかそのことに怒り狂いそうな人物像に、何人か心当たりがあったけれど――『あの人』も、生きていたらきっと激怒するだろう――、右左危博士は、絶対にそんなタイプではない。

　彼女が『地球撲滅軍』に属しているのは、地球に対する敵意や怨恨《えんこん》などでなく、単にそこなら、法律や倫理観に縛られず、自由闊達に研究活動ができるからだろうことは、想像に難《かた》くない。その証拠に、彼女が『不明室』でおこなっていた職務の大半は、対地球の戦略研究と言うよりは、本来は排除対象であるはずの『地球陣』の複製・製作と言ったほうが、正しいようなものばかりだった。

　利害関係があるから、彼女は現在、『地球撲滅軍』に属しているだけのことで、もしもそちらのほうが知的好奇心が満たされると言うのであれば、左右左危という人類は、ちゃっかり人類を敵に回し、地球側につくだろう。

　人のことは言えないが。

「それも、一人や二人じゃないわ。全滅したロシアの組織は、世界最大規模のものだったからね――それを潰《つぶ》せるのは、同じく世界最大規模の組織だけなのよ」

「………………」

『裏切り者』という響きから、まずは個人を想定してしまっていたけれど、言われてみればその通りだった。

　組織対組織、という構図。

「地球の味方をする人類……、組織だって、地球の味方をする人類。でも、そんなの、本当に実在するんですかね……」

そう呟《つぶや》いてみるも、しかしむしろ、それは人間としては、むしろ一般的な感覚という風に言えなくもないと気付く。

『地球撲滅軍』に所属する以前は、『地球を大切に』という標語こそを、空々はよく聞いていたものだ――地球を大切に。

地球のためにできること。

地球を守ろう。

地球を守ろう――人類から守ろう。

環境破壊や公害被害を防ぐためとか、生態系のバランスを保つためとか、そのような理由で、『人類よりも』とは言わないまでも、地球にかなり重きを置く考えかたは、それなりに一般的な見解なのかもしれない。

ずれているのは、地球を撲滅しようとするこちらのほうだ。

「ふふっ。まあ、対地球組織なんてものが存在すると知れ渡れば、確かに世論は黙っちゃいないでしょうけどね――もっとも、そんな地球愛好家が、あの『大いなる悲鳴』を響かせた『犯人』が地球だと知っても、なお地球を愛し続けられるかどうかは、疑問が残るけれど。理念なんて、所詮は利害の類義語でしかないのだから――ね」

「……ということは、違うんですか」

地球環境の保護を目的として、ロシアの組織は潰されたわけではないのか——右左危博士が言っているのは、『裏を返せば、人知れずこっそり戦争をしている分には、世論なんて関係ない』という意味なのだろうし。

「いえ、違うかどうかは、わからない。違うかもしれないし、違わないかもしれない。ロシアの組織が潰されたことによって、かなり戦局が狂ってしまったのは事実なんだけれど、『裏切り者』の目的や動機が、はっきりしているわけではないの——私はついつい、こんな風に、あたかも状況をすべて、あるがままに掌握《しょうあく》しているように話す癖があるけれども、この件に関しちゃ、わからないことだらけなのよ——『裏切り者』が、なぜロシア最大の対地球組織を滅ぼしたのか、その本当のところは、何とも言えない」

「はあ……」

そう言われても、とぼけられているようにも感じてしまう——疑心暗鬼と言われるかもしれないけれど、たとえ知っていても、この人は、それをすべて話してくれそうもない。

空々がいぶかしんでいることは、たぶん承知の上で、

「ただし、容疑者の見当はついている」

と、彼女は続けた。

しゃあしゃあと。

「と言うのも、ロシア最大規模の組織に匹敵する組織なんて、世界中見渡しても、数えるほどしかないからね——物理的に、あそこを壊滅まで追い込める活動団体は、かなり絞り込まれるわけ」

「……あの、壊滅させられたというロシアの組織って、名前はなんなんですか？」

「名前？」

と、そこできょとんとする右左危博士。

意外な質問だったらしい。

潰れて、もうこの世に存在しない組織の名前なんて訊いてどうするんだと言いたげだ——別に深い意図があってした質問ではない。訊いてどうしようというつもりもない。

どうしようもないし。

ただ、『ロシアの組織』とか『ロシア最大規模の対地球組織』とか言われても、茫洋《ぼうよう》として、あまり具体的に頭の中にイメージできなかったから訊いただけだ。

行ったことのない国の秘密組織なんて、あまりにも漠然とし過ぎている。

だからせめて名前だけでも具体的にならないものかと思ったのだった。名前があると、イメージがつかみやすい——それを空々に教えてくれたのは、誰だっけ？

ああ、そうだ。

飢皿木鰻《きさらぎうなぎ》先生。

今、目の前にいる左右左危博士の——元伴侶《はんりょ》である。

「『道徳啓蒙局《どうとくけいもうきょく》』、かしら？」

と、右左危博士は言った。

空々がなぜ訊いたのか、その理由まではわからなかったようだが、しかしもとより、別に隠すようなことではないのだろう。

それどころか、第九機動室室長を務めた経験もある空々ならば、教養として知っていなければならないくらいの知識に違いない。

「直訳だから、現地でのニュアンスはかなり違うかもしれないけれど……、でも、ロシア語で聞いても、どうせ空々くん、そっちのほうがぴんとこないでしょう？」

「ええ、そりゃあ」

『ハラショー』くらいしかわからない。

なので、訳してくれるのはありがたかった——『道徳啓蒙局』。

『道徳啓蒙局』。

それで何がわかったというわけでもないけれども、空々はようやく、右左危博士の話に、一定のリアリティを感じることができた。

現実を肌でとらえた。

「大抵の国よりもよっぽど大規模な組織だったから、『道徳啓蒙局』が壊滅させられたことは、ロシアに限らず、国際情勢に影響を及ぼすでしょうね——戦争が起こってもおかしくない。地球と人類とのじゃなく、人類と人類との」

「……でしょうね」

人類同士の切ったはった——か。

「さてと。ことの大きさと、組織の大きさが、無事に空々くんに伝わったところで——容疑者を発表してもいいかしら？ 私が個人的に推定するところの、『裏切り者』候補——」

個人的に？

ちょっと引っかかる言葉だった。

彼女は上層部から指示を受けて、こうして空々を呼び出し、話をしているわけではないのか？ 独断専行？

いつもの？

四国のときも、数々の独断専行をおこない、空々の直属の部下を、数々の悲惨な目に遭《あ》わせた右左危博士だが——またしても？

懲《こ》りたりしないのか、この人？

それとも考え過ぎで、言葉の綾を深読みしているだけかと思っているうちに、

「まず、第一の容疑者は、『地球撲滅軍』」

と、彼女は話をさくさく進めた。

疑問を掘り下げる前に、次の衝撃を与えられてしまった――第一の容疑者が、『地球撲滅軍』？　だって？

そうと言われてしまえば、特に何の裏付けもなくとも、そうなのかもしれないと思わせる説得力がそこにはあったが（空々がどれだけ、所属する組織を信用していないかを如実に示す『説得力』である）、そんな勇み足を制するように、

「いや、根拠があって言ってるわけじゃないわ。先述の通り、単にロシアの組織……、『道徳啓蒙局』を、潰し得る勢力だってだけの理由で、『地球撲滅軍』の名前をあげたのよ」

と、右左危博士は言った。

「『第一の容疑者』の『第一』って言うのは、容疑の濃淡じゃなくて、単なるエントリーナンバーよ。自分の所属する組織を疑うなんて、どうかしてるわよ、空々くん」

これは完全に冗談で言っているのだろう。

人心を解さない空々でも（そして洒落を解さない空々でも）、それくらいはわかる――エントリーナンバーというのは、つまり思いついた順ということであって、『地

球撲滅軍』の名前を最初にあげたという点では、彼女は空々以上に組織に信を置いていない。

今更だが。

「……他には、どういった容疑者がいるんですか？　つまり、エントリーナンバーの、第二、第三は……」

「容疑者は、第六、第七までいるわ。裏を返せば、たったそれだけよ——もちろん、言うまでもなくそのすべてが、対地球組織」

そう言われても、『もちろん』とも『言うまでもなく』とも思えなかったけれど——しかしまあ、対地球組織に匹敵できる団体と言えば、やはり対地球組織しかないのかもしれない。

「世界のトップ7と言ったところね」

「トップ7？　セブンって……なんだか、語呂が悪いですね」

そういうのはだいたい、トップ3とか、トップ5とか、そんな区切りをつけそうなものだが——7でも別に不都合はないのだろうが、しかし妙に具合が悪い。

「うん。だって、元々はトップ8だったからね——ワントップだった『道徳啓蒙局』が潰されたから、トップ7に格下げってわけ」

繰り上げられるほど、次点の組織は大きくないからね、と右左危博士は説明した

——納得しておいてもいい説明だ。

と言うか、潰されたロシアの対地球組織は、トップサイズだったのか——『地球撲滅軍』は、そのランキングで言うと、果たして何位なのだろう？　『絶対平和リーグ』という、特殊な組織を取り込んだことで、いくらか順位をあげたのかもしれない——空々はそんな風に考えたけれど、しかしまあ、右左危博士はわかりやすさを優先してそう言っただけで、実際には組織の大きさなんて、よっぽど差がついていない限り、順位をつけられるようなものではないだろう。

「他の、六つの容疑者は……容疑団体は、日本の組織じゃ、ないんですよね？」

「ええ。基本的には、各国のトップだと考えて頂戴《ちょうだい》——各国の代表と言ったほうがいいかもしれないけれど」

「各国」

「アメリカ、イギリス、中国、フランス……」

右左危博士は、大国としか言いようのない国家の名前を、次々とあげた——『聞いたこともない国』なんてものは、無学な空々をしてもむろん、そこには含まれていない。

そこにロシアと日本が加われば、まるで首脳会議じゃあないか。

国力を背景にするなら、当然の帰結でもあるのだろうが……。

「それぞれの国で、一番大きな対地球組織ならば、まあ、『道徳啓蒙局』を潰すことも、できるでしょうね——不意打ちならばだけど」

「……不意打ちならば？」

「うーんとね、詳しい説明は今はまだ避けるけれど……、『地球撲滅軍』を含めて、まともにやりあって潰せるような組織系統じゃなかったのよ、『道徳啓蒙局』は。正直なところ、そことスパイ交換をおこなっていた『絶対平和リーグ』は、結構な偉業を達成していたと言える——はかりしれないほどの離れ業と誉めておきたい。成果があったとは言えないけれど、それでも偉業は偉業だわ」

誉めておきたい、か。

人を人とも思わない研究者の割に、割と人のことを誉めるんだよな、右左危博士は——と、空々は、どうにもつかみがたい相手の人格について、思いをはせる。

「そのお陰で、『裏切り者』の存在も、判明したわけだしね——正体まで突き止められていたら、ハナマルだったんだけど。でもまあ、『道徳啓蒙局』の崩壊をいち早く知れただけでも、大きなアドバンテージだわ」

「…………？」

ん？　いち早く知れた？

ぼやっとしていると聞き逃してしまいそうな言い回しだけれど……、つまり、『道徳啓蒙局』が潰されたことは、まだそんなに広く知れ渡っている情報ではないのか？

空々の世間が狭いから知らなかったというわけではなく――

「そうよ。何せ秘密組織だもの。潰れても、その事実はなかなか公《おおやけ》にならない。『絶対平和リーグ』のときも、そうだったでしょう？」

もちろん、潰した犯人である『裏切り者』は、把握しているでしょうけれどね、と付け加える右左危博士。

確かに、『絶対平和リーグ』のときもそうだった――それが事態の悪化に拍車をかけた。

「でも、『裏切り者』は、私達がそれを把握したことまでは把握していないはず――だから先手を取りたいってわけ」

ちょっとややこしくなってきた。

こみ入った事情があるようだ。

それに、ここでいう『私達』の範囲は、どれくらいなのかも判然としない。

空々が含まれているのか、どうなのか。

「でないと、うかうかしていると、次は『地球撲滅軍』が潰されるかもしれないからね――もちろん、『地球撲滅軍』が『裏切り者』じゃあなかったとしての話だけれど。私が知らないだけで、案外今頃、『地球撲滅軍』こそが、次の標的を潰そうと、虎視眈々と動いているのかもしれない——仮説に仮説を積み重ねていたら、いつまでたってもキリがないけれどね」

「……秘密組織だから、潰れても公にならないって言うのは、なんだか考えさせられる話ですね」

死して屍《しかばね》拾うものなし、という奴か。

それについては四国の魔法少女達も、そして空々も同じだけれど。

「アメリカ、イギリス、中国、フランス……、えっと、容疑の濃淡はないんですよね？」

「ええ。ないわけじゃないけど、今はまだ考えなくていい。どの組織も、日本の『地球撲滅軍』と、同じくらい信用できるわ」

同じくらい疑わしいらしい。

「それぞれの組織名、言おうか？　やっぱり直訳になるけれど」

「……いえ」

空々は一瞬、聞くかどうか逡巡《しゅんじゅん》したけれど、一気に口頭で教えられても、とても全部は覚えられないと思って、それも『今はまだ』保留しておくことにした。具体的にイメージするのは難しいけれど、今のところは、国名のインパクトだけで十分である。

「そ。じゃあ、話を続けるわね——ともかく、私としては、一刻も早く『裏切り者』がどの国の組織か、はっきりさせたいってこと」

「どの国の組織かって言うのは、日本の『地球撲滅軍』も含めてですか？」

「どこもかしこも、同じくらい信用できるって言ったでしょ？」

だから空々くんを呼んだのよ。

と、ついでのように右左危博士は、空々が今、ここにいる理由を教えてくれた——『だから』と言われても、今のところ、まだ何も繋《つな》がって来ないけれど。

接着が甘い。

毒をもって毒を制す、みたいな考えかただろうか？　裏切り者を突き止めるには、裏切り者に相談するべき、というような……。

別に空々は、裏切りの専門家ではないのだが。

無自覚に、気が付いたら裏切っていることが多いだけだ。

それも大概だが。

「きみというより、きみを含めた空挺部隊に、動いてもらいたいのよ——窓際に飾っておくには、あまりに勿体《もったい》なさ過ぎる、きらびやかに輝く人材の宝庫でしょう？」

「……いやあ」

それはどうでしょう、と、反射的に断りかけたが、これはたぶん、断りようのない任務なのだろうと思い直す――ならば迂闊なリアクションを取るべきではない。

計算ずくで動かなければ。

(人材の宝庫、か)

「……何をしろって言うんですか？」

「パドドゥ・ミュールがしていたのと、似たようなことをして欲しいのよ――つまり、内偵調査。各国の組織の内部に潜入して、当該組織が人類に対する裏切りをおこなっているのかいないのか、調べてきて欲しいの」

「……………」

調べてきて欲しいの。

と、なんだか庭の様子でも見てきて欲しいみたいな調子で言われるが、その調査先は、アメリカとイギリスと中国とフランスである――まごうことなき海外だ。

そんな気楽に頷ける話じゃない。

調査先は渡航先である。

国内の四国に行くだけで、あんなてんやわんやだったのだ――目も当てられない事態になるのは、想像に難くない。

空々だけではなく、『宝庫』に詰まっている空挺部隊のメンバー全員、普通に海外に行くだけで、トラブルの火種になるであろう『人材』ばかりである――その上、各国の秘密組織に内偵調査だなんて、とても正気の沙汰《さた》とは思えない。

宝庫どころか火薬庫なのだ。

内偵なんて、彼女達には一番不向きな仕事だろう——特に彼女が、いや彼女が……。

「あはは。苦悩する上司の顔になっているわよ、空々くん——部下に手を焼いているって感じ？　その苦労、わかるわかるわあ」

そりゃあ、わかるだろう。

わかるだろうとも。

かつて部下にクーデターを起こされ、凋落《ちょうらく》の憂き目にあった室長としては——少なくとも空々は、反乱を受けてはいない。

まあ、とは言え、反乱を起こした側とも言える彼女には、強く反論もできないが。

反乱はできても反論はできないというのも変な感じだが。

「空挺部隊の……初任務がそれってわけですか」

「ええ。洗濯物じゃないんだから、いつまでも干しておいてもらえるなんて、思ってなかったでしょう？」

洗濯物だって、いつまでも干しておいてはもらえないだろう。

それは取り込み忘れているだけだ。

空挺部隊のことも、できれば、このまま忘れてもらえたらよかったのだが。

「しかし、それにしても内偵調査って……、ちゃんと聞いたことはないですけれど、たぶん、ほとんどのメンバーは、海外経験はないですよ？　英語さえ怪しいんじゃないかと……」

なにせ義務教育も満足に受けていない、少年兵ばかりである――日本語による意思疎通さえ怪しい隊員も、約一名いる。

「構わないわ。いえ、もちろんこの指名は、空々くん達の優秀さを買ってのものではあるけれど、だけどきみ達の内偵能力を高く評価しての仕事ってわけじゃないの。これも単に、この任務を任せることができるのが、きみ達しかいないからっていう、極めて合理的な理由なの」

「……どういうことですか？　そんなことはないと思いますけど」

『絶対平和リーグ』のようにスパイ交換こそしていなくても、『地球撲滅軍』にだって、諜報《ちょうほう》活動を専門とする部署はあるはずだ――空々の保身はさておいて、そういう部署に任せるべきだ。

それとも、なんだかんだ言って、これは四国のときと同じく、『無茶で危ない仕事を押しつけて、空々空を殉職させよう』という、上層部の企みなのだろうか？

抵抗勢力は消滅したはずだが……、残党がいたのだろうか。それとも、新たに結成された新党かもしれない。

だとしたら嫌われたものだが、まあ、嫌われるにたるだけのことはした。

「いえいえ、確かに、厄介でデリケートな任務であるけれど、危険度で言えば、四国ゲームのときよりもだいぶんマシよ。そりゃあ死ぬ危険はあるけど、そんなのはどこにいたって同じでしょう？」

「…………」

どこにいたって同じ——である。

至って同じだ。

「きみ達にしかこの任務を任せられない理由は、単にきみ達が新設の部署だからよ。仮に『地球撲滅軍』が『裏切り者』だったとしても、きみ達が関係しているとは考えにくいから——まあ、竝生《なみうみ》ちゃんだけは古参だけど、あの子が空々くんを裏切るような真似はしないでしょう」

『「地球撲滅軍」を』ではなく、『空々くんを』と言った辺りが、やや意味深だったけれど、その辺りの情緒は空々少年には汲《く》み取れない。ただ、右左危博士が『竝生ちゃん』と呼んだ彼女のパーソナリティは、確かに『裏切り』からはほど遠い。

空々とは違う。

むしろ対義語である『忠誠』や『無私』、『奉仕』こそが、彼女の根源であると言えるだろう——それはそれで、彼女の抱える根深い問題と言えなくもないけれど、残念なことに『地球撲滅軍』には、構成員の精神的なケアをするためのセクションは存在しない。

しかし、なるほど。

新設の窓際部署だからこそ、こんな任務が飛び込んで来たというのは、なんとも皮肉なものだ——なんというか、『信用できないから信用できる』と言われた気分である。

それを差し引いても、厄介でデリケートな内偵調査なんて、空挺部隊に務まるとは思えないが——空挺部隊の隊員が、訪れた国の潜入した組織で、どんな目に遭おうとそれは仕事で、そして自業自得であると、割り切るべきだとしても、隊員の中には、場合によっては国家を転覆させかねない戦闘能力の持ち主もいる。

しかも複数名いる。

目も当てられないような事態に繋がりかねない——彼女達が内偵調査に入ったら、『裏切り者』のみならず、潔白《けっぱく》の組織だって、致命的なダメージを負いかねない。

国ごとダメージを負いかねない——コラテラルダメージもいいところだ。

まあ、本当の意味で『潔白な組織』なんてものが、トップ7の中にあるのかどうかは怪しいものだし、そんな爆弾みたいな彼女達を、国外に追放するという視点で見るなら、非常に適切な判断だと言えなくもないが。

……ん。

トップ7？

アメリカ、イギリス、中国、フランス……、それに日本の『地球撲滅軍』を足しても、それでもまだ五ヵ国だ。

容疑者だというトップ7には、まだ二ヵ国足りないけれど——いや、右左危博士は、『有名なところをあげると』と言った。

じゃあ、有名じゃないところがあるのか？

トップ7の中に、無名？

「うん。そう。その辺は、ちょっと政治的に込み入っていると言うか……、かなりややこしい事情があってね。ごちゃついちゃうから、説明は後回しにさせてもらうわ——あとでちゃんと説明するから、アメリカとイギリス、中国とフランスの他にも二ヵ所、調べて欲しい組織があるということだけ、今のところは認識しておいて」

言うまでもなくその二ヵ所も海外なんだけど、と、右左危博士は言う。

弁の立つ右左危博士に『説明の難しいこと』があるとも思えないので、ややこしいから後回しにしたのではなく、空々少年には『政治的』な話がわかりにくいだろうと、省略してくれたらしいと、空々は推測した——まあ、適切な判断だ。

国外どころか、国内の政治にすらも疎い空々空である。

「じゃあ……、つまり、六ヵ所？　僕達が調査する先は、全部で六ヵ所、六ヵ国ってことになるんですか？」

「そうね——だいたい、そんな感じ」

その言いかただと、だいぶ違いそうだが……。

残る二大組織の概要が俄然《がぜん》、気になってくる——それを払拭《ふっしょく》するように、

「……『地球撲滅軍』の捜査は、しなくていいんですよね？」

と、空々は質問した。

「ええ。『地球撲滅軍』が『裏切り者』だったとしたら、構成員として、それを暴《あば》くのは得策じゃないもの——不運だったと諦めて、地球側につくしかないわ」

それならそれで別に構わないというような口調だった。

まあ、調査の結果、他の六大組織の潔白が証明されれば、必然、消去法で『地球撲滅軍』の裏切りが明らかになるのだから、内偵調査は必要ないとも言える。

これまでさんざん、『人類のため』『悪しき地球を倒すため』と、空々をこき使ってきた組織が、実は地球の側だったなんて、笑い話にもならないけれど——『政治的』には、そういうこともありうるのかもしれない。

地球側につく、か。

それができれば、どれほど楽なものか。
（楽したいなあ）
「じゃあ」
と、空々は現実的な算段に入ることにした。
不安要素ばかりだし、とてもうまくできるとは思えない任務だが、どうせ断ること
はできないのだし、なら、さっさと引き受けて、部下達の説得工作に入ったほうがよ
さそうだった。
あの奔放な部下達の。
「どの国の組織から調査すればいいですか？　容疑の濃淡は、どこも同じくらいだと
言ってましたけれど、それでも一応、候補っていうのはあるんでしょう？」
仮に疑わしさは等しくとも、調査のしやすさ、潜入のしやすさなどの観点までも一
直線に横並びということはないだろう。
そう思っての質問だったけれど、
「どこから、じゃあなく。内偵調査は、六ヵ所同時におこなってもらう」
と、右左危博士は切り返した。
空々に驚く暇も与えず、
「順々にあたっているうちに、『地球撲滅軍』が内偵調査をおこなっているなんて、

バレたくないもの。私がただじゃ済まないわ」

と、理由を言う——利己的な理由ではあるが、しかしこれは偽悪《ぎあく》的な言いかたであって、内偵調査がバレて一番ただじゃ済まないのは、内偵中の空挺部隊なのだから、むしろ気遣いとも言える。

少なくとも反論の余地はない。

ただ、同時に六ヵ所の調査というのは、やりたくないとかいう以前に、普通に人数が足りない——空々空率いる空挺部隊は、少数精鋭にもほどがある少人数だ。

そういう意味では、『人材の宝庫』ではまったくない。

もちろん、隊長である空々も出兵するとしても、それでも同時に五ヵ所がせいぜいだろう——六ヵ所は不可能だ。

一ヵ所、人数が足りない。

ともすればそれを口実に、うまく断れるかもしれないと思った空々だったが、そう言うと、

「ええ、きっとそう言うと思って、対策はとってあるわ」

と、右左危博士は言うのだった。

「『自明室』から二名、新人を貸し出すわ——彼女らを好きに使って頂戴」

「…………」

至れり尽くせりというより、計算通りというような右左危博士の口調に、空々はかない望みを捨てたけれど、『自明室』の新人二名というのは気になった。

「ちなみに新人って言うのは、『自明室』に入ったばかりの新人って意味じゃなく、『地球撲滅軍』に入ったばかりの新人って意味だから」

「はあ……、そうですか」

空々が入隊して以降も、『地球撲滅軍』は人材の確保を怠《おこた》っていないというわけか——そりゃあまあ、この組織の人材の消費速度を考えると、当然なのかもしれない。あえてそんな『新人』をアサインしたのは、言っていた『裏切りのリスク』を考えてのことだろうが……、ただ、なにせ、過去にクーデターを起こされた室長の部下である。

言葉を選ばずにはっきり言えば、左右左危の部下というだけで、もう相当に信用できない——行動を共にするのが危ういと思う。

「二名で足りないって言うなら、なんとか都合してもいいけれど——あまり目立ちたくないから、人数はできる限り最小限に絞って欲しいというのは、アドバイスというより、お願いよね」

「ええ、それはわかります……、増援は二人で十分です。……その二人の力量は確かだと、思っていいんですよね？」

「そこは保証するわ」

自信たっぷりに言い切られても、逆にそれくらいしか保証できないと言われているようで、不安になってくる。

「乗鞍《のりくら》ぺがさと馬車馬《ばしやうま》ゆに子」

と、右左危博士は『新人』二人の名をあげた。

「何の抵抗もなく太宰治《だざいおさむ》を読めちゃうような、いい子ちゃん達よ」

それがどう『いい子』の基準になるのか、それこそ疑問は尽きなかったけれども、しかしまあ、どういう経緯があったにしても、『地球撲滅軍』に引き入れられたというだけで、かなり特殊性を帯びた『新人』であることは想像に難くない。

特殊なのは自分だけじゃないんだ――と、空々は、そんな風に相対化することで、己の異常性を薄めようと、むなしい努力をした。

「あとで挨拶に行かせるわ――気に入ったら、そのまま空挺部隊で引き取ってくれても結構よ」

まるでこれを機に厄介払いを企んでいるかのような言いかたに、不安は加速する一方だったが、これについても、どうせ拒否権はないのだろうと、空々は諦める。

拒否権どころか、自分にはどんな権利もないのだろうと諦める。

なんだか、どんどん諦めるのがうまくなる。

　これが歳を取るということなのだろうか？

　十三歳から十四歳になるということなのか？

　だとしたら、あまりにも……。

「仮に、僕達が任務を無事に……、無事でなくとも、とにかく達成できたとして、そのあとは、どうするつもりなんですか？」

「ん？　どういう意味？」

「いえ、つまり『裏切り者』を特定できたとして、その後は、どうするんですか？」

「『どうする』と訊くより、『どうなる』と訊いたほうが、まだしも正しい答が聞けそうよね」

　右左危博士はおどけるように肩を竦めた。

　そしてそれがまるで、自然のなりゆきであるかのように語る。

「そのときは、そこ以外のすべての組織が一致団結して、当該の裏切り団体を跡形もなく捻《ひね》り潰すでしょうね」

「………………」

　裏切り者への報復。

　それは、あるいは地球と戦うときよりも、人類が一致団結する瞬間なのかもしれなかった。

3

左遷のためにでっちあげられた新設の窓際部署・空挺部隊。

隊長——空々空。

副隊長——氷上《ひがみ》竝生。

転生『魔女』——酒々井《しすい》かんづめ。

元『魔法少女』——杵槻鋼矢《きねつきこうや》。地濃鑿《ちのうのみ》。手袋鵬喜《てぶくろほうき》。

現役『魔法少女』——虎杖浜《こじょうはま》なのか。好藤覧《すいとうらん》。灯籠木《とうろぎ》四子《よんこ》。

人造人間——『悲恋《ひれん》』。

総勢十名。

そして『自明室』からの新戦力——乗鞍ぺがさ。馬車馬ゆに子。

およそ災厄としか言えない彼らが、これより、世界に散る。

あとから思えば、それは内偵調査の名目でおこなわれる海外追放どころか、からがらの亡命にも似た、悲しき旅立ちだった。


（第1話）

（終）

第2話「空と風のコンビネーション！ニューヨークに行きたいか」

0

ある朝の新聞。
何人死んでるか、数えてみた。

1

海外に飛ぶとなれば、きっと様々な手続きが必要であって、その間に準備や対策も整えられることだろうと空々は都合よく考えたけれども、しかしそこから先はとんとん拍子《びょうし》だった。
特務機関である『地球撲滅軍』にとっては、海外渡航の煩わしさなど無縁らしい
——さすが、世界トップ7の組織というだけのことはある。
右左危博士から話を聞いた次の日には、もうおおまかなスケジュールが組まれてい

た——心の準備どころか、実際的な旅の準備さえ、する暇がなかったほどだ。

なので空々少年は早急に、決めなければならなかった。

リーダーとして。

空挺部隊を率いるリーダーとして、どの対地球組織に、メンバーの誰を、誰と組ませて派遣するのかを決めなければならなかった。

『自明室』からレンタルすることになる助っ人、乗鞍ぺがさと馬車馬ゆに子の二人も含めた計十二名のメンバー、それぞれが、どの組織を担当し、どの組織の内偵をおこなうか。

正直言って、それは結構な難題だった。

何を基準にしていいのか、咄嗟《とっさ》には見当もつかなかった——決まっているのは、助っ人を合わせてもぎりぎりの人数なので、単独行動を避けるためには、全ユニット、二人一組で行動させるということだけだった。

しかしこれがどうにも、矢切《やぎり》の渡しのように難しい——

2

虎杖浜なのかは、怯《おび》えていた。

震えていた。

比喩ではなく、がくがくと小刻みに震えていた——気分もはなはだ悪かったし、ともすると嘔吐《おうと》しそうでもあった。

気持ち悪い。

自分をみっともないと思うのは、いつ以来のことだろう。

どうして私がこんな目に遭わなくてはならないのかと、絶望的な気分だった。

かつて四国の『絶対平和リーグ』において、黒衣の魔法少女『スペース』としてエリート街道を悠々と歩み、あの過酷な四国ゲームの管理者として、運営を担当していた天才少女は、今、生まれて初めて、恐怖に近い感情に支配されていた。

「う、ううううう……」

「……いやさ」

と、隣の席から、呆《あき》れたような声がかかってきた——それは空々空という、たぶん年下の少年の声で、年下にして現在の上司の声で、だけど彼がそんな調子で喋ることは珍しい。

「きみは確か、魔法少女として、四国の空を悠々と飛びまくっていたじゃないか——どうして飛行機が、そんなに怖いんだい？」

「怖いなんて言ってないわ……」

そう反論する声も、弱々しい。

だって怖いのだから。

正直言って、彼女としてはこんな醜態《しゅうたい》を、部隊長に見せるのはかなり心外で、とことん屈辱的でさえあったのだが、どうしても気分の悪さを抑えられなかった――まだ飛行機は飛び立ってさえいないのに。

こうなると、飛行機に搭乗するまで強がって余裕ぶっていたのが、大いに悔やまれるのだった――最初から、飛行機が怖いと申告していたら、こんなことにはならなかったかもしれない。

違う国の違う組織を担当させてもらえていたかもしれない――海路で目的地に向かった同僚のことが、心底羨《うらや》ましかった。

『人を羨ましがる』という気持ちに乏しい虎杖浜にとって、これは得難い経験とも言えたが、そんな風に前向きに考えられる気分じゃあなかった――この経験が、次回次々回に活きてくるとはとても思えない。

死んでしまいそうなのに。

（どうして『代わってくれ』と言えなかったんだろう……）

リーダーの空々空とツーマンセルが組めるとなれば、『年下の上司』に心酔している氷上竝生あたりなら、喜んで代わってくれただろうに。

ただ、彼女は空挺部隊の中でも特にプライドが高く、四国時代のエリート意識もまったくと言っていいほど抜けていなかったので、そんなことを頼むのははばかられた。

どうしてこんな鉄の塊《かたまり》が空を飛ぶのか理解できないという至極一般的な気持ちは、案外、乗った瞬間に雲散霧消《うんさんむしょう》して、あっさり平気になるんじゃないかという読みは外れた。

そんな都合のいい未来を想定していた自分の甘さが信じられないけれども、しかしこれまでの人生で、大概のことはそんなに努力しなくてもなんとかなってきた天才少女にとっては、『がんばらなかったらうまくいかなかった』という実に当然の体験は、意外性に満ちていた。

夢を見ているようだった。

「空を飛べる、どころか……、その気になれば、この飛行機を落とすことだってできるきみなのに——わかんないもんだね」

空々空が、そんな風に言ったけれど、そうまとめられても、これから鉄の塊が離陸するという事実にさしたる変化はない。

確かに彼女は、四国ゲームが終わったあとも、つまりは『絶対平和リーグ』が自滅し、『地球撲滅軍』に編入されたあとも、黒衣の魔法少女としての力を手放しておらずーーそれは彼女にとって、生き延びるための命綱だーー、大気を自由自在に操るという『風使い』としての能力を存分に発揮することができる。

こうして震えている今も、魔法少女のボリュームのあるコスチュームに身を包んでいるわけで、すなわちその気になれば、飛行機を落とすどころか、一瞬で木っ端微塵に破砕《はさい》することさえできるだろうが、そんな強大な力を自身で所有しているがゆえに、彼女にはこの乗り物が、酷く頼りなく思えるのだった。

紙飛行機に乗って海上に出ようとしているのと、大して変わらない。

「き、き、き……」

震えてうまく喋れない。

それを取り繕《つくろ》うこともできない。

非常に格好悪く、彼女が思い描く理想の自分像からはほど遠い己の今の姿に、絶望的な気分にさえなりながら、

「きみは怖くないの、空々くん」

と、訊いた。

「いや、僕は四国の空を、魔法少女に抱えられて飛んでいたときのほうが、よっぽど怖かったけどね……」

そう答える彼だったが、しかし杵槻鋼矢に抱えられて高空を飛行していたときの彼

が、今、虎杖浜が抱えているような気持ちだったとは思いにくい――やはりこの子には、根本的に人間らしい感情というものが欠落しているのだろうと、今更のように思った。

『怖い』という言葉の意味を感情としては捉えていないと推測できる――情報や、価値観としての『怖い』だ。

(私が真に怖がるべきは、飛行機よりも、何を考えているかさっぱりわからない、リーダーのほうなのかもね――)

四国では敵対関係にあったこの少年の部下になって以来、もう数ヵ月たっているが、未だ、この年下の上司のことを『わかった』と思えた瞬間がない――虎杖浜の飛行機嫌いを差し引いても、まず、こうして自分と二人きりで行動しようという神経が不明だった。

わけがわからない。

(この子にとってみれば、私って、恨み骨髄《こつずい》に入る怨恨の対象のはずなんだけどね――なぜなら虎杖浜なのかは、この子の恋人が死ぬ原因を作った張本人なんだから)

いや、恋人じゃあないんだっけ?

世話係だっけ?

恩人だっけ?

興味がなさ過ぎて、はっきり言ってよく覚えていないのだが——才気溢《あふ》れる彼女は、これまで多くの人間を無自覚に踏みつけてきたので、その個々人までは区別がつかない——、その件で、四国ではあれやこれや、派手に揉めたものだが。

懐しくもない。

彼の部下になるしか、『地球撲滅軍』で生き延びるすべがなかったので、『絶対平和リーグ』の他の生き残り達と同様に、空挺部隊の一員にはなった虎杖浜だけれど、そういった経緯もあったので、これまではなるべく、彼と二人きりになることを避けていたのだが——まさか、彼のほうからご指名があろうとは。

本当、わからないものだ。

（私の飛行機嫌いを知っての嫌がらせ——ってわけじゃあないでしょうけれど。でも、だとしたら、どうして空々くんは、私をパートナーに選んだのかしら？）

「ま、もしも飛行機が墜落したとしても、きみはそうやってコスチュームを着用しているんだから、飛べば助かるだろう」

気休めのようにそう言う空々少年だった——そりゃあ確かにその通りではあるのだが。

「いっそのこと、最初から自力で飛んでいけばよかったわ……、魔法少女の単独飛行による太平洋横断なんて、なかなかドラマチックだったのに」

「魔法だったらマジックだけどね。科学と魔法は、とことん相性が悪いんだね」

彼女のぼやきを、隣席の上司はそんな風に受けたけれど、しかしそれは、虎杖浜なのかと空々空の相性ほどは、悪くないように思えた。

3

もちろん、隣の席で虎杖浜なのかが、航空力学、主に揚力《ようりょく》について思い悩んでいるとき、空々空も、決して快適に過ごしていたとも言えない――彼には彼で、色々考えることがあった。

虎杖浜が『人を羨ましがる』ことに慣れていないように、空々少年も『人を心配する』ことに慣れていなかったので、頭を抱える彼女に、なんと声をかけていいのかわからないというのもあった。

飛行機が飛び立つ前からこの調子なら、離陸後はいったいどうなってしまうんだろう。

見当もつかない。

(アメリカ合衆国、ニューヨーク州までの飛行時間は、十時間くらいだったっけ……？　持つのかな、それまで)

持とうが持つまいが、一旦動いてしまえばどうにもなるまいが。

もっとも、彼のほうも、別に飛行機慣れしているというわけではない——自分の乗る飛行機が、無事、予定通りに目的地まで到着するのかという、経験から来る不安要素もある。

切実に。

現実に。

『飛行機を怖がる人は多いけれど、実際には自動車で地上を走るほうが、事故に遭うリスクはよっぽど高い』という言説を、彼は違う意味で実践している——乗っているのが飛行機だろうと自動車だろうと船舶だろうと、それどころか、道を歩いているだけでも、命が危機にさらされるのが、空々空という十四歳の少年なのだ。

虎杖浜なのかが考えている『どうして空々空が、共に行動するパートナーとして自分を選んだのか』という疑問に対する答は、そういう意味では、実のところ、明確だった。

明らかで、確かだった。

部下が行く先々で起こすであろうトラブルについては、想像するだけで悩ましいところだったけれど、しかしそんな部下達からしてみれば、他ならぬ空々からそんな風に思われたくないだろう——行く先々でトラブルを起こしていることにかけては、空々空に勝る者はいないのだから。

言うなれば彼自身がトラブルである。

敵よりも味方を多く殺す戦士。

その点については、空々もさすがに自覚していて、だからこそ、虎杖浜なのかを渡米のパートナーに選んだのだった。

空挺部隊の中で、もっともバランスの取れた、優秀な隊員が彼女だから、彼は彼女を相棒に選んだのである。

攻守にわたり、そして精神面でもバランスの取れた、優秀な隊員。

だからパートナーに選んだ。

これについては保身のためとは言いにくい。

単純に、空々が自分の身の安全だけを確保したかったのなら、パートナーには虎杖浜なのかではなく、氷上竝生を選んだほうが適切だっただろう――四国でもそうだったが、空々の秘書でもある彼女は自身よりも仲間を守ろうとする傾向が強い。それは危うさではあるけれど、間違いなく頼り甲斐のあるキャラクター性でもあるだろう。

あるいは、酒々井かんづめの『先見性』も捨てがたい魅力があった――実際、四国では彼女と共に行動することで、空々は生き残れたとも言えるわけだし、そして人造人間『悲恋』の戦闘力については、わざわざ検討するまでもない。

いずれにせよ、自分が生き残る可能性を上げたいというだけだったら、他の選択もあった——それでも空々は、ほとんど迷うことなく、ピンポイントで虎杖浜なのかを選んだ。

四国で敵対関係にあった、過去にも因縁があると判明している彼女をだ——それは虎杖浜が、空挺部隊の中で、もっとも優秀で、もっとも『死にそうにない』隊員だったからである。

自分と行動を共にして、それでも無事に帰国することができるであろう人材として、空々は、黒衣の魔法少女『スペース』をセレクトしたのである——もっとも、それを口に出して説明できるほど、彼の中で、彼女に対する拒絶感が整理されているわけでもない。

口に出せばぎこちなくなる。

そんな説明をしても、虎杖浜は、『死にそうにない』と思っているからではなく、『死んでもいい』と思っているから選ばれたのだと、邪推して受け取ることだろう。

そうでないとも言い切れない。

邪推ではないのかもしれない——あるいは名推理なのかも。

空々が虎杖浜のことを『死にそうにない』と思っているのは確かだが、しかしそれを言うなら、生き残るのがうまいのは、『絶対平和リーグ』で最年長の魔法少女だった、杵槻鋼矢のほうだろう——彼女は『生き残り』のプロと言っていい。

あるいは、生き残るのがうまいと言うよりは、なんで生きているのかわからないと言ったほうが正確であろう、あの地濃鑿だって——いや、彼女と行動を共にするなんていうのは、たとえ命令でもお断りだが。

四国ゲームを閉じるにあたって、魔法を失っている鋼矢や地濃と違って、現在も魔法を保有したままの黒衣の魔法少女に限っても、空挺部隊にはあと二名、『スクラップ』と『スパート』がいるわけで——虎杖浜なのかと同じく『天才』扱いだった彼女達だって、『死にそうにない』という点では、同じかもしれない。

それなのに空々が虎杖浜を選択したのは、心のどこかで、『死ねばいいのに』という気持ちがあるから——なのだろうか？

わからない。

心があるのかどうかも定かではない彼なので、その中の、更に気持ちとなると、あまりに遠過ぎて、なんとも言えない。

（まあ……、『死にそうにない』も『死んでもいい』も、そんなのは所詮《しょせん》は僕個人の、個人的な問題であって、任務には何の支障もないのかもしれないけれどね……）

そうだ、同じことだ。

何も変わらない。

何も変われない。

空挺部隊どころか、この世でもっとも『死にそう』で、『死んだほうがいい』のが空々空だという事実は、誰がパートナーだったところで、決して揺らぐことはないのだから。

4

たとえ乗客全員が飛行機嫌いだったところで、そんな念の力に影響を受けることなく、機体は発進する——滑走路でたっぷり助走をつけたのちに、浮上する。

その瞬間、虎杖浜なのかは隣席の上司にしがみついていた——送ってきた人生や、所有する才能やキャラクター性には、まったくと言っていいほど共通点のない二人だが、年齢だけは近いので、そうしていると、春休みを利用して海外旅行をしようとしている仲むつまじいカップルにも見えなくもなかったけれど、空々としては、そんな風に人から抱きつかれることが得意ではなかったし、虎杖浜ももちろん抱きつくことが得意ではなかったので、ぎこちないことこの上なかった。

ぎくしゃくというオノマトペが聞こえてくるようだった。

四国で殺し合いしまくった二人が、時を経て今、そんな風に（一方的に）抱擁《ほうよう》し合っているというのは、なんだか、戦いを経て、仲間同士になったというドラマチックなエピソードのようでもあるが、しかしこの二人の場合は、肝心の『仲直り』や『和解』のエピソードが欠けていた。

すっぽり抜け落ちていた。

非常にシステマチックと言うか、ビジネスライクと言うか、たとえるならばライバル同士だった会社が合併して、それまでの商売敵と同じ部署に所属してしまったようなものである——まして、四国ではひたすら翻弄《ほんろう》される側だった空々のほうが上司になっているのだから、その気まずさと言ったら尋常ではない。

空々空に抱きついている醜態など、間違っても、同じ他社出身である『スクラップ』や『スパート』には見せられたものではない。

だから一瞬でも早く離れなければならないと思っているのだが、しかし固まってしまったかのように、虎杖浜の両手は空々をホールドしたまま、動かなかった。

ファッショナブルかつシックな、魔法少女のコスチュームに彩《いろど》られた少女に抱きつかれるというのは、思春期の少年からすればかなりの役得のようでもあったが、しかし空々からすれば、これは猛獣《もうじゅう》にハグされている状況にも等しく、一瞬でも早く離していただきたいという気持ちは一緒である。

思えば変な関係性だ。

変なカップルだ。

空々のほうには、『あの人』の死の原因の一人である虎杖浜に対して、彼にしては珍しい拒絶感がある――ただ、精神性はともかく、戦闘力においては無力な少年に等しい空々には、その恨みにも似た感情を晴らす手段がないので、なあなあに放置している。

一方の虎杖浜は、そんな無力な空々をいつでも殺せる、絶対的な魔法の使い手ではあるけれど、空々少年自体に対する思い入れはほとんどないし、たとえ何をされようと、自分が空々から殺されることなんてないという確固たる自信もあるので、空々との間にある軋轢《あつれき》を、やはりなあなあに放置している。

子供らしくもなく、それこそビジネスライクに、作り笑いの社交辞令でこの数ヵ月を過ごしていたと言える――そんな手探りのコミュニケーションの結果、密閉された飛行機の中で、虎杖浜は空々に抱きつき、空々は虎杖浜から抱きつかれているというのだから、本当に世の中というのは、わからないものだ。

何が起こるかわからない。

いきなり世界中に鳴り響いた『大いなる悲鳴』によって、人類の三分の一が削られるというようなことさえあるのだから、まあ、いがみ合っていた二人が密着するくらいのことはあるのだろう。

あるまじきことだが……。

「ど、どれくらい……」

と。

その体勢のままで、虎杖浜は空々に話しかけてきた――消え入るような頼りない声なので、まるで空々少年の耳元で囁《ささや》いているようでもあった。

くすぐったい。

「どれくらい、信憑性《しんぴょう》があるのかしら？」

「…………？」

（無理をして喋らなければいいのに）

と空々は思ったけれど、喋ったほうがまだしも気散《きさん》じになるのかもしれないとそこはスルーする――けれど、信憑性とは、何のことだろう？

信憑性という言葉自体が聞き慣れないという風な反応の空々に、虎杖浜のほうは苛《いら》立《だ》って、

（死ね！）

と、完全な八つ当たりで呪いをかけたが、しかし幸い、魔法少女は呪いを使えない。

そんな固有魔法はない。

そして更に幸いなことを言うなら、空挺部隊には、苛立ちを抑えるための共通の特効薬として『地濃鑿と会話をしているときを思い出す』という手段があった（地濃自身は、苛立ったことがない）。

あれに比べれば。

「だ、だから……、右左危博士の話よ。どれくらい、信憑性があるのかしら？　あの人自体、底抜けに疑わしいところがあるけれど……、ロシアの『道徳啓蒙局』が崩壊しただなんて、にわかには信じられないわ」

今の有様《ありさま》からはとてもそうは思えないにしろ、虎杖浜なのかは対地球組織の中、エリート街道を歩んできた少女であり、十把一絡《じっぱひとから》げの魔法少女とはものが違うと言われ続けていた、特別扱いが当たり前の黒衣の魔法少女なので、いわゆる大人を、そう簡単には尊敬しなかった――『絶対平和リーグ』の上層部で、彼女が真に信用していたと言えるのは、直属の上司であった酸ヶ湯原作《すかゆげんさく》くらいのものだ。

ちなみに、チーム『白夜《びゃくや》』を率いていた、元魔法少女製造課の課長だったその酸ヶ湯原作は現在、やはり『地球撲滅軍』に編入されていて、『自明室』の副室長という、やや格下げされたポジションを与えられている。

室長の右左危博士は、元々酸ヶ湯の先輩ということらしいので、その上下関係は、ある意味自然なものなのかもしれないけれど、自分がほとんど唯一尊敬する人物をさしおいて、重要部署の室長を務めている右左危博士を、そもそも虎杖浜は快《こころよ》く思っていないというのもあるけれど——その個人的感情をいったん（地濃鑿との会話を思い出して）忘れるとして、それでも、空々づてに聞いた彼女の話は、怪しかった。出所も怪しければ、内容も怪しい。

綾に満ちている。

空々と違って、『道徳啓蒙局』を基礎知識として、以前からちゃんと知っていた虎杖浜にしてみれば、それが崩壊したなんてことは、およそ信じがたい大事件だった——そもそも、互いにスパイを送り込むという交換留学制度は、魔法少女製造課の発案だったのだから、知らないわけがない。

もっとも、彼女は現地の名称で認識していたので、空々が『道徳啓蒙局』と言ったとき、きょとんとしてしまったくらいだが。

（そういう意味だったのね）

現地の名称をそのまま覚えていただけで、ロシア語を解するわけではないのだ——チーム『ウインター』のパドドゥ・ミュールは、スパイを任されるだけあって、日本語が堪能だったし、そこでのコミュニケーションに難はなかった。

コミュニケーションがあったとも言えない——互いに仕事だった。

さておき、『裏切り者』の手にかかって、『道徳啓蒙局』が潰されたと聞いても、それはスケール的には月がなくなったと言われたようなもので、あまりにぴんと来なかった。

何かの比喩か、暗号かと思ったくらいだ。

ただ、一概に否定もしづらい。

『道徳啓蒙局』に送り込んだスパイとは、当然彼女は面識があって、その有能さはよくよく知っていたからだ。

(私ほどではないけれども、優秀なエージェントだった)

いい加減な情報を、それも死に際に、送ってくるとは思えない。

(信じられないって言うより、信じたくないって感じなのかもしれないわね)

それが本当なら、非常事態だ。

ざっくりとした計算になるが、それは地球対人類との戦いにおいて、人類側の戦力がごっそりと削られたことを意味する。

『大いなる悲鳴』のときと違って、民間人に被害が出ていないと言うのは、勿怪《もっけ》の幸いかもしれなかったけれど、しかし、地球からの攻撃というわけでもなく、四国ゲームのときのような『事故』というわけでもなく、人類の内輪揉めみたいな形で、戦力が激減したというのは、うんざりするような、陰鬱《いんうつ》な気分になる。

(内輪揉め……とも、違うのか。『裏切り者』が、対地球組織同士での勢力争いやらを考えているわけじゃなく、完全に『地球側』についているのだとしたら、これはやっぱり、人類と地球との戦いの、一局面と考えるべきなのかもしれない――それにしたってねえ？）

やるせないと言うか、やり切れないと言うか。

「信憑性が、あるにしても、ないにしても」

と、空々は虎杖浜の質問に答えた。

小声で、耳元で囁かれるようでこそばゆい、と彼女は思ったが、どう考えてもお互い様だったし、体勢の責任は完全に虎杖浜のほうに帰するわけで、さすがにそれに関して文句を言うわけにはいかなかった。

「どちらにしたって、僕達はやるべきことをやらされるだけだよ」

小声なのは、他の乗客の耳を気にしてのことなのかもしれないけれども、それは杞《き》憂《ゆう》というものだった。

飛行機を借り切っているわけでも、特別機をチャーターしているわけでもない――人払いをしたファーストクラスというわけでもない。『地球撲滅軍』の組織力があれば、そんな渡航手段を執《と》ることもたやすかったが、なにせ任務内容が『内偵調査』なので、目立つことは極力避けようというのが、空々が部隊に示した指針だった。

全員がその指針に従ったとは言いがたいが、少なくとも彼はリーダーとして範を示した。

春休みに海外旅行に向かう中学生カップルに見えるのは、ただ虎杖浜が空々にぎゅっと抱きついているからというだけのことではなく、ある程度は意図的にそういう風に偽装して、込み合うエコノミークラスに座っているからというのもある（繁忙期のチケットの確保には、さすがに『地球撲滅軍』の力を活用したが）。

発想は大胆な割に、目立つことを嫌う空々空らしい指針ではあった——だから、機内にぎゅうぎゅうに詰め込まれた座席で、周囲に会話内容が聞こえないよう配慮をするのは、当然のマナーでもあったけれど、そこはもちろん、黒衣の魔法少女『スペース』である。

腐っても、怯えようとも震えようとも、黒衣の魔法少女『スペース』である——彼女は『風使い』であり、『空気使い』だ。

空々と自分の周辺の空気を操作して、音の波を遮断し、会話が漏《も》れないようにすることなど、お茶の子さいさいである——たとえ大声で叫んでも、前列に座っている搭乗客にさえ、その悲鳴は届かない。

『なんだかちょっと空調が強いな』くらいに思う程度だろう。

元々は、飛行機の浮上に際して、自分が悲鳴をあげたときのための対策として張った『風のシールド』だったけれど、密談をする上でも役に立つ——だから空々には普通に喋ってもらって構わないのだが、まあ虎杖浜も虎杖浜で、飛行機に対する恐怖で消え入るような声になっているので、それを指摘するのは恥辱《ちじょく》の極みだった。

お互い様ということにしたい。

結果、あまり意味もなく、二人は小声で、囁きあうような会話をすることになる。

こうなると旅行中の初々《ういうい》しくも微笑《ほほえ》ましい中学生カップルと言うより、機内でいかがわしい行為に及んでいる早熟で不埒《ふらち》な中学生カップルと言うようでさえあった。

まあ、偽装としては成立している。

風のシールドでは、音は防げても中身は丸見えなので、これはこれで目の毒というか、周りの乗客は迷惑に思うだろうけれど、ただし、単なるエチケットの問題ではなく、空々と虎杖浜がしているような会話を聞かれてしまうと、最悪、聞いただけの相手を始末しなければならない状況も生じかねないので、人命を救う意味でも、彼らは万全の配慮をすべきなのだった。

勝手な配慮だが……。

「やるべきことをやらされるだけ——ね」

五センチ離れたら聞こえないくらいの小さな声で、虎杖浜は空々の答を復唱する。

組織人としては当たり前のことを言っているだけだが、上司ならば、もっと力強いことを言って、部下を鼓舞《こぶ》して欲しいものだ——せめて、たとえば、『やるべきことをやるだけだ』と、普通に言って欲しい。

義務感どころか、強要感を感じさせられても、虎杖浜はやる気になれない――『絶対平和リーグ』時代の自由さが、こうなると懐かしくもあった。懐かしんでも仕方ないけれど……。

（ま、これは空々くんの性格というより、トップダウン方式の『地球撲滅軍』と、セクション方式の『絶対平和リーグ』の、重ね合わせようのない違いなのかもしれないわね――『自分の判断で動く』ってことが、あんまり許されない窮屈さが、『地球撲滅軍』にはあるわ）

たぶん、同じような座りの悪さを、『スクラップ』や『スパート』も感じているはずである――手袋鵬喜のような従属的な人間にとっては、むしろ『地球撲滅軍』の方式のほうが、居心地がいいのかもしれないけれど。

方式というより方程式というべきか。

「……でも、右左危博士も、案外、信じてないのかもしれない」

「え？　どういう意味？」

不意に続けられた空々の言葉に、虎杖浜は思わず反応する――右左危博士も信じていない？　命令を出しておきながら？　虎杖浜を飛行機に乗せておきながら？

そんなことがあっていいのか？

「六ヵ所に及ぶ内偵調査の結果、『裏切り者』がいなければ、それはそれでいいって考えているんだろう」

「……その場合は、『裏切り者』は『地球撲滅軍』だってことになるんじゃなかったっけ？」

今更するような話じゃないな、と、少し反省する虎杖浜。

事前にブリーフィングをおこなった際には、基本的にお高く止まっている虎杖浜は、会議内容をほとんど聞き流していた――座ってはいたけれど、参加していなかったも同じだ。

飛行機に乗ることで、プライドみたいなものがはぎ取られた結果、ようやく素直に聞けるようになったとも言える――それがよかったのか、悪かったのか。

「うん。そう言ってたし、それならそれで諦めるしかないとも言っていた――だけど、すべてが誤解の産物だっていう可能性も、もちろん残されている。うがった見方をするなら、ロシアの『道徳啓蒙局』の情報工作ってこともあるだろう――何らかの目的があって、彼らは潰れた振りをしているだけなのかもしれない」

「……その場合、『絶対平和リーグ』から派遣された交換スパイは、あちらに懐柔《かいじゅう》されたっていうことになるんでしょうね」

嫌な可能性を考えるなこいつ、と、虎杖浜は、ほんの一瞬だけ、ここが機上であることを忘れ、しがみついている相手に呆れる。

（考え過ぎさえ、通り過ぎてる……）

飛行機以外の場所では、すべての分野で高スペックを誇るエリート少女の虎杖浜は、わずかな可能性まですべて精査するような考えかたには不慣れだった。そんなことをいちいち考えなくても、大抵のことは大ざっぱにやっても、なんとかなるからだ――余裕で、遊びのある人生。

そういう広汎な意味でなら、今回の飛行は、いい経験になるのかもしれなかった――まだ飛行は始まったばかりで、これが帰りもあると思うと、ぞっとするけれど。

（スパイの任務を背負って旅立ったあの子が、絶対平和リーグに背信するなんて、考えにくい……、でも、拷問《ごうもん》でも受けて、偽りの報告を強要されたっていうなら、もしかして、ありうるかな？）

所属組織が潰れてからも任務を遂行していたというのは、実にあの子らしいとも思うが。

考えてみれば、交換スパイと言っても、こちら側が引き受けていたパドドゥ・ミュールは、『絶対平和リーグ』の責任の下で、命を落としているのだ――『道徳啓蒙局』が、こちら側のスパイを、丁重にもてなさなければならない理由はない。別の利用価値を見出されてもおかしくはなかろう。

「実際、右左危博士は右左危博士で、僕達空挺部隊とは別に、旅の準備をしていたみたいだし……、たぶん、ロシアに行くつもりなんじゃないかって言ってた」

「言ってた？　誰が？」

初耳の情報だった。

それも会議で話されていたのだろうか？

「氷上さん。あの人は独自の情報網を持っているし、右左危博士のことを、この世で一番信用していないのが、彼女だからね」

それを聞いて虎杖浜は、『ああ、そうか、らしいな』と、すんなり納得した。

氷上竝生は、空々空に対して忠実なのと同じくらい、右左危博士に敵意を持っているから、今回特別に右左危博士の動向を調べ上げたというわけではなく、常にあのマッドサイエンティストを監視しているのだろう。

まあ、無理もない。

彼女は意に添わず、自分と、自分の弟の肉体を、外科的、科学的に改造されている
――恨むなというほうが無理がある。

一生恨んでも飽きたりない。

それだけではなく、四国では年甲斐もない格好をさせられ、辱《はずかし》められたりしていた。

だから虎杖浜は、現在は同僚である彼女が突き止めた、その情報にはかなりの確度があるのだろうと思ったのだけれど、

「どうも、右左危博士は酸ヶ湯さんと二人で、ロシアに向かうつもりらしい」

と、続けられた言葉には、思わず激高しそうになった——危うく、しがみついている空々の身体を抱き潰すところだった。

現役の魔法少女とは言え、あくまでも彼女は肉体を改造されたわけではなく、魔法の力で縫製されたコスチュームを着ているだけであり、その細腕には、人間を抱き潰すような腕力はなかったので、ことなきをえたけれど。

（酸ヶ湯課長と二人で旅行とか……）

いや、もう課長じゃあないが。

副室長だが。

嫉妬《しっと》というのは、羨みと同じく、彼女にとっては極めて例外的な感情だけれど、たぶんこれは、そういう気持ちなのだろうと理解する。

そんな別働班があるなら、そっちに参加したかった——酸ヶ湯と一緒なら、飛行機もきっと平気だったに違いない。

もっとも、実際には『違いない』なんてことはないだろうから、酸ヶ湯の前で醜態を晒《さら》さずに済んだ分だけ、これはこれでよかったと考えるべきなのかもしれない。

そんな風にすべてを割り切れるほど、虎杖浜の人間もできてないが。

彼女は天才ではあっても、大人ではない。

だからこそ、大人であって、天才と呼ばれることを嫌う右左危博士とは、本来的に反《そ》りが合わないのだろう。

（だからってやっぱり、空々くんとの二人旅がよかったとは思えないけどね——）

どの組織に誰を派遣するかという組み合わせは、すべて空々が、専決事項として決めたので（彼は別に独裁をしいているわけではないけれど、その辺にも、『地球撲滅軍』の風習が残っていると言える——『好きな者同士で二人組を作って』と言われるよりはよっぽどマシか）、虎杖浜は希望を言うこともなかったけれど（ひょっとすると、会議中にそんなタイミングもあったのかもしれないが、聞き逃した）、あえて今、『誰と組みたかったか』を考えるとしたら。

（氷上さん……、いや、やっぱり、『パンプキン』かしらね。魔法少女『パンプキン』……、杵槻鋼矢なら）

「ロシアに行って、どうするつもりなのかしら？　秘密組織の生き残りを探すの？　そして詳細を聞き出す……そんな算段？」

地濃鑿との会話を思い出すほどの効果はなかったが、杵槻鋼矢のことを考えるのは、心を落ち着かせる効果はあったようで、虎杖浜はそんな風に話を進めた。

空々は、もちろん相棒の、そんな内的葛藤を察することなどできないので、額面通りに、ただ質問に答える。

答えると言っても、

「さあ？」

なのだが。

「氷上さんのぬかりのない調査も、細大漏らさずってわけにはいかないし、目的はともかく、目的地が違うってことがはっきりしただけで、氷上さんにとっては十分だったのかもしれない――なにせ、氷上さんが向かった目的地は、ロシアとは真逆の方向だし」

「真逆……そうだったわね」

目的地。

一概には言えないけれども、それだけで見るなら、これから虎杖浜と空々が向かおうとしているアメリカ合衆国というのは、比較的、向かいやすい場所だった。日本との国交も盛んだし、観光を装って行くのに、何の難もない――そして、『地球撲滅軍』と、アメリカ合衆国最大の対地球組織『ＵＳＡＳ』は、同盟関係にある。『絶対平和リーグ』と『道徳啓蒙局』が結んでいたような密約とは違う、れっきとした同盟だ。今回の内偵調査も、『現地交流』やら『視察研修』やらという、牧歌的な名目が冠されている——何事もなければ、それだけで済むだろう。

平和裏に決着する。

だから、同時におこなわれる六つの調査の中でも、アメリカへの渡航は、もっとも『安全』な内偵だと言えるかもしれない——そして同時に、もっとも危険な任務を担当するのが、『ロシアとは真逆』に向かった、氷上竝生だとも言える。

空々空は、絶対に、何があろうと、本当の意味で他人を信じるような人間ではないのだろうが、それでも、あの世話係を頼りにしていることは間違いなさそうだ——だからこそ、もっとも難しい任務を彼女に与えたのだろう。

（本当なら空々くんは、自分がそちらに行きたかったんでしょうね——）

安全を確保するために、あえて危険な場所に飛び込むのが、虎杖浜なのかが知るところの彼のスタイルだ。

そうやって彼は四国を凌いだ。

（——ただまあ、『道徳啓蒙局』なき今、最大の対地球組織である『ＵＳＡＳ』を内偵するのにあたって、部隊長が出張らないのは失礼にあたるってものだしね）

虎杖浜も空々同様、政治には疎いほうだけれど、それくらいの機微はわかる——容疑の濃淡の問題ではない。

『ＵＳＡＳ』が『裏切り者』でなかったときのことを考えれば、できる限りの礼は尽くすべきだった――たとえその礼が、儀礼の礼であっても。窓際部署のリーダーとは言え、空々空という世界屈指の戦士の名は、当然、世界に轟《とどろ》いていることだろうから、その点においては申し分ない。

「ま、氷上さんなら心配いらないでしょうよ」

空々が副隊長にして自分の世話係である氷上竝生について、そんな心配をしているとはいろんな意味で思えなかったが、虎杖浜はとりあえずはそんな気休めを述べた。

氷上のことに限らず、他国に派遣された部隊員のことに、思いを馳《は》せていても仕方がない――相対的に安全だと言っても、内偵調査そのものがリスキーであることに変わりはないのだ。

強固な友好関係が存在しているだけに、内偵がバレたときに『地球撲滅軍』がこうむる損害と、それに付随する責任はとめどなく重大だし――そして何より、調査の結果、『ＵＳＡＳ』が『裏切り者』だった場合は、表面的な安全度など、まったく意味をなくす。

その場合、復路の飛行機の便を心配している余裕なんて消え去る――生きて帰れる可能性が、ぐんと下がる。

（六分の一……、ロシアンルーレットと同じ確率っていうのが、なんだか笑えるわね。ことの発端が、ロシアだけに……）

いっそ不発ならいいのだが、と思いつつも、しかしいかに、『結局のところうまくいく』という、都合のいい人生を歩んできた天才少女も、そんな展開がこの先に待ち受けているとは思えなかった——だから、今すべきは、同僚の心配ではなく、自分の任務に集中することなのだ。

なので、さすがにそれくらいは頭に入っていたけれど、虎杖浜はここでもう一度、この先の段取りを確認しておくことにした。

うっかり、窓から飛行機の外を見てしまい、ここが機上であることを改めて認識したというのもあったが——だから、集中したい。

やるべきことをやらされるだけ。

「ニューヨークの空港に着陸したら、迎えが来ているのよね？　そこから更に移動して——『USAS』の本拠地を目指す？」

「そう、だったかな」

答える空々のほうが自信なさげだった。

なにせ『USAS』も『地球撲滅軍』同様の秘密組織だから、『本拠地』なんてものは、あってないようなものだ——国中に散らばっていると言っていい。

いや、国中に張り巡らされたと言ったほうが正確か——国土の広さというのは、世界地図を広げてみても、あまりぴんと来るものではないけれど、アメリカ大陸を『広大』というのは、虎杖浜が生まれ育った四国を『広大』というのとは、まったく意味合いが違うのだろう。

最初の目的地がニューヨークであっても、そこから先、どこに連れ回されることになるのか、見当もつかない。

考えたくもない、地獄のような可能性だけれど、ニューヨークの空港から、トランジットでどこかに連れて行かれるのかもしれない——二度三度の乗り継ぎだって、海外では珍しくないと聞く。

「まあ、向こうが裏切っていようとも、裏切っていなくとも、どうせ都合のいいものしか見せてくれないだろうけれど……、相手が裏切っているかどうかって、どうやって判断したらいいんだろう？　まさか直接『あなた達は人類を裏切っていますか？』って訊くわけにもいかないし。そういう魔法って、あるんだっけ？」

「相手が嘘をついているかどうかを見抜く魔法？　さあ。どうだったかしら。あったような、なかったような……」

固有魔法としての使い道はそこそこ多そうだから、研究はもちろん進められていただろうけれど、あまりうまくいかなかったんじゃないかと推測できる——そんな魔法が、ある程度形になっていたのなら、四国ゲームがあんな形で始まることはなかっただろう。

「でも、空々くん。悪魔の証明ってわけじゃあないけれど、相手が『裏切り者』でないことを証明するのは難しくても、相手が『裏切り者』であることを証明するのは、今回の場合、そんなに難しくないかもしれないわよ？」

「？　どうして？」

「とてもじゃないけれど、取り繕える規模の裏切りじゃあないからよ——『組織の中に裏切り者がいる』んじゃあなくて、『組織単位で裏切っている』んだもの。内部への潜入に成功さえしてしまえば、『都合のいいものだけを見せる』なんてことはできっこない」

虎杖浜は自信たっぷりに、はっきりとそう断言した——抱きついたままだし、小声でもあったが、それでも自信たっぷりに、はっきりと。

それは『絶対平和リーグ』時代の経験が言わせる台詞《せりふ》だった——『絶対平和リーグ』は、決して人類を裏切っていたわけではないけれども、『魔法』や『魔女』という、大きな秘密を抱えたまま、活動していたことはまぎれもない事実である。

秘密を抱えきれず、『絶対平和リーグ』は、そのせいで自滅したとも言えるが——ともかく、組織の意思統一ができていなければ、自滅するまで秘密を維持するなんてできなかっただろう。

（『絶対平和リーグ』を取り込んだ『地球撲滅軍』じゃあ、『魔法』も『科学』の一部扱いになっているわけだけれど……、そういう意味じゃ、『地球撲滅軍』こそ、他国の組織から内偵調査を受けても不思議じゃない立場なのよね）

その辺の意思統一はどうなっているのだろう——酸ヶ湯博士がうまくやっていればいいのだが。

「もちろん、完全に一致団結しているわけじゃあないでしょう——末端の構成員は、人類のために、悪しき地球と戦っているつもりでいるのかもしれない。だけど中枢は全員、地球側——裏切り組織の内実をイメージするなら、そんな感じなんじゃないのかしら？」

「……つまりそれは、『絶対平和リーグ』に所属していた魔法少女の大半が、四国ゲームの何たるかを知らないまま、四国ゲームに参加していたように、ってこと？」

「ええ、そう」

空々の性格からして、別に皮肉で言ったわけではないだろうが、しかし仮に当てこすりで言われたのだとしても、『体制側』として、『魔法少女の大半』を騙《だま》していた虎杖浜なのかの良心が痛むようなことはない。

良心はあるのだが、痛まない。

それが正しいと信じているから。

今、飛行機に乗せられて、今まで犯した細かな悪事を、全部謝罪したいような衝動に迫られたけれど、その懺悔《ざんげ》項目の中に、『数々の魔法少女を見殺しにした』は含まれない——その辺りは、天才だとかエリートだとかには関係ない、受けさせられた英才教育の成果とも言える。

生来の性格でもあるのだろうが。

「でも、自分の所属している組織が、人類を裏切っていたとして、つまり思っている目的と真逆のことをやっていたとして、それに気付かないなんてことがあるのかな?」

「そうね。その状況を考えれば、客観的に言って、末端の構成員は、かなり間抜けっぽいでしょうね——もしも『地球撲滅軍』が裏切っていた場合、私達こそが、まさにその間抜けってことになるんだけれど」

ただ、それはあくまでも客観的に言えばの話である。組織内の当事者にしてみれば、そんな簡単な話じゃあない——『絶対平和リーグ』の『体制側』に騙されていた魔法少女達は、外部からやってきた空々からすれば、どうしてそんなにあっさり騙され、組織にいいようにされているのかまったく意味不明だっただろうが、『自力で騙されていることに気付く』というのは、ことのほか難しいものだ。

おかしいと思っていても、わかっていても、気付けない。

だから——外部の視点が必要なのである。

「そんなわけで、空々くん。そう構えなくとも、もしも『USAS』が『裏切り者』だったなら、あれこれ手を凝らしたり、策を弄《ろう》したりするまでもなく、すぐにぱっとわかっちゃうと思うわよ」

「逆に言うと、ぱっとわからなかったら――直感的に、そんな風に思えなければ、『裏切り者』じゃあないってことでいいのかな……、なんだか、第一印象だけですべてを決めつけるみたいで、気が進まないけれど」

「気が進まないからってやらないわけにはいかないでしょ――やるべきことをやらされるだけ、なんでしょう？　それに右左危博士も、私達に百パーセントの証明なんて、求めてはいないでしょう――対地球の六大組織の容疑に、判断の基準となるような濃淡をつけたいってことなんじゃないの？　だとすれば、課題は、仮に『裏切り者』だと看破したとしても、看破したことを看破されずに、無事に帰ってくるほうが、任務としての難易度は高いのかもしれないわよ」

「またややこしくなってきた」

うんざりしたように、空々は嘆息した。

この程度の複雑さでため息をつく上司なんて、頼りない――と思いたいところだったが、その頼りない上司に抱きついているのは自分だったので、なんともどっちつかずの気持ちになる。

嘆息も、密着した状態でされると、耳に息を吹きかけられたようだし。

（シンプルさを追及するあまり、この子はこんな風に形成されたのかしら――それはそれで複雑だけれど）

「でも、ひと目でわかっちゃうぐらい裏切り行為がはっきりしているんだったら、内偵調査なんて、そもそもさせてもらえないんじゃないのかな？　じゃあ、口実を設けているとは言え、僕達に内部を見せてくれる『ＵＳＡＳ』は、今のところ、容疑が薄まったと考えていいのかもしれないね」

「さて、そう考えるのは、まだ早計じゃないかしら……。口実があるのに、こちらからの申し出を無碍《むげ》に断ったりしたら、疑ってくれと言っているようなものだし――判断の難しいところよね」

自分の場合はどうしていたのだっけ？

『絶対平和リーグ』時代は、何かと渉外を務めることが多かった虎杖浜なので、隠し事をしたままおこなう外部との交渉には一家言あったけれど、ただ、それをここで空々相手に開陳《かいちん》するのは、ややはばかられた。

というのも、『絶対平和リーグ』の窓口として、『地球撲滅軍』とのパイプ役として、主に繋がっていた相手の一人である花屋瀟《はなやしょう》は、空々空の親友だったからである。

空々空に、辞書的な意味での親友がいるとは信じがたいので、あくまでも二重鉤括弧つきで『親友』と表現するべきかもしれないけれど。

話が変な風に転がれば、花屋瀟の死について、空々と語り合うことになってしまうかもしれない——究極的にはそうなっても、そんなに困るわけではないのだが、二人きりの旅路で、わざわざ揉めたくはない。

(花屋瀟は花屋瀟で、問題児だったしね——話すだけで揉めそうな、問題児)

なので、虎杖浜は、自説に説得力を持たせるための裏付けとなる具体的なエピソード部分はばっさりとカットして、

「そうね、私だったら——」

と、自分の思うこれから予想できる展開を言おうとしたところで、座席付近に設置されたスピーカーから、

『機長です』

というアナウンスがあった。

いいところでミーティングを、無理矢理中断させられた形だったが、むしろ虎杖浜はほっとした——飛行機が必要な高度まで達したから、シートベルトを外していいというお知らせだろう。

この窮屈な座席で、シートベルトを締めたまま、隣席の空々にしがみつき続けている姿勢が、さすがにいささか苦しくなってきたのだ——腰を痛めかねない。

だからシートベルトを外せるようになれば、もうちょっと楽に抱きつけるのにと、密《ひそ》かに念じていたのだ——その念は、どうやら天に届いたらしいと、虎杖浜は安堵《あんど》した。

天との距離が詰まったからだろうか？

だったら飛行機もそんなに悪くない。

もはや飛行機が嫌い過ぎて、シートベルトを外すだけのことで支離滅裂だったし、

安堵も何も、そもそも腰が痛いんだったら、いい加減飛行機に慣れて、空々にしがみ

つくのを諦めればいいのではという当然の発想は、聡《さと》いはずの彼女の中にはまったく

生じなかったわけだけれど、それはそれでよかったのかもしれない——どうせ、彼女

の念が届いたわけではなかったのだから。

だから。

魔法少女にそんな力はない。

『お客様にお知らせします——当機はハイジャックされました。よって、目的地を変

更することになります』

5

乗っている飛行機がハイジャックされる確率は、飛行機が墜落する確率よりも、更に低い——これはハイジャックが、ほとんど成功しない犯罪だからなのだが、そんな犯罪に行き当たるとは、さすがは味方さえも怯える悪運の少年・空々空だ。

と、そんな風に理解するほど、虎杖浜なのかも、正常な判断力を失っていない——むしろ、機内放送を受けてパニックに陥る客席の様相を後目《しりめ》に、彼女は加速度的に冷静になる。

正気を取り戻す。

お化け屋敷やらなにやらで、自分よりも怖がっている人間を見たら、急速に気持ちが冷《さ》めていくようなものなのだろうか、虎杖浜は、

（なんで私、自分よりも小さい男の子にしがみついているんだろう？）

と、馬鹿馬鹿しい気分で、我に返った。

もちろん、偶然でもなければ、不運でもあるまい——これは仕組まれたハイジャックだ。

断言できる。

空々空と虎杖浜なのか、『地球撲滅軍』から派遣される二人の調査員を、アメリカに上陸させないための妨害工作。

（まあ、そう来るわよね）

不可抗力を装うには、普通に予想するよりもかなり派手で、大がかりではあるけれど——似たようなことを、彼女が渉外係だった頃に、やったことがないわけではない。

花屋瀟のような外部の人間を相手に、『魔法』の存在を隠蔽《いんぺい》しようというときは、正面から断るのではなく、いったん引き受けた上で、組織の中には絶対入れないという施策を取った——四国に上陸さえさせなかった。

(規模は違うけど、やりかたはおんなじ——じゃあ、『裏切り者』は『USAS』だってこと?)

とは限らない。

人類を裏切って地球についているというのは問題外だが、しかしどんな組織にも後ろ暗いところはあるわけで、外部からの内偵調査など、拒めるものなら拒もうとするだろう。

仮に清廉潔白の組織があったとしても、清廉潔白だからこそ、痛くもない腹を探られるのはごめんだと、強硬手段に打って出ることもある——内偵調査をおこなおうとする『地球撲滅軍』が信用できないという線もある。

(一般人を巻き込むような強硬手段に打って出る時点で、既に清廉潔白な組織とは言えないにしろ……)

あるいは、陰謀という仮説も立てられる。

他の容疑組織が、自分達から疑いの目をそらそうと、『ＵＳＡＳ』に濡れ衣を着せて、『裏切り者』に仕立て上げようと、このハイジャック事件を企んだという考えかたもできる。

あとはまあ、リーダーを見習って、極小の可能性を考慮してみると、このハイジャックが、本当にただの偶然、任務中に偶然遭遇した出来事であるという線も、まったくないではない。

不運極まるこのリーダーならありうるかもしれない。

少なくとも、この遭遇が偶然ではないと、容易には証明できないくらいの細工は、なされていると考えるべきだ——私ならそうする。

それで。

私ならどうする？

「どうする？　虎杖浜さん」

空々に耳元でそう囁かれて、思い出したように、虎杖浜は彼から、久方ぶりに身体を離した——搭乗機がハイジャックにあった今こそ、隣席の連れにしがみついてもおかしくはないタイミングではあったけれど、離れた虎杖浜の表情は、もはやいつも通りの、お高く止まったそれだった。

完全に自分を取り戻した。

高慢ちきで、高飛車な自分を。

もう空々に抱きつくことなどないだろう——まあ、帰りの便までは。

「どうして欲しい？ 空々くん。空々部隊長。命令してくれれば、隣に座ってるきみの部下は大抵のことはできるわよ」

「そう。じゃあ……、とりあえず、行き先を変更されるのは困るかな」

搭乗機がハイジャックされることで冷静になった虎杖浜なのかも虎杖浜なのかだが、ハイジャックされる前とされたあとで、同世代の女子に抱きつかれていたときと離されたあとで、まったくメンタルの揺らぎなく、極めて平坦な、老成しているともとれる口調で、そんなことを言ってのける空々空も空々空である。

機長からのアナウンスに続けて、スピーカーから流れる『犯人』の主張や要求を、ろくに聞いてさえいない。

大の大人でも泣き出すような状況に、まったくとらわれていない。

（ま、経緯はあったとは言え、一応は過酷極まる四国ゲームの優勝者だものね——ハイジャックくらいじゃ、さして動揺もしないか）

初めて。

ここで初めて、虎杖浜なのかは空々空に対して『私達、うまくやっていけるんじゃないか』という、前向きな気持ちになった。

出発してから初めてという意味でもあったし、『地球撲滅軍』に編入されて以来、初めてという意味でもあった。

さっきまで打ち震えていた恐怖の反動だろうか、冷静どころか、ちょっとハイになりさえしていた虎杖浜に、

「だから、虎杖浜さん。次のふたつの、好きなのを選んで」

と、空々は続けた。

まるで『チキン・オア・フィッシュ』を問うように。

「選択肢①。ハイジャック犯を、正義の魔法少女であるきみの魔法で制圧し、軌道を元に戻してもらう——ただし、たとえ事件を解決しても、どうせ飛行機はいったん、日本の空港に帰るかもしれない。選択肢②。壁に穴をあけて、僕ときみだけ飛行機から脱出し、魔法少女による太平洋横断を試みる——僕を抱えて飛ぶことになるから単独飛行ではなくなるし、壁に穴をあけられた飛行機は、その後、墜落《ついらく》することになるかもしれないけれど」

「…………」

②の戦略が非人間的過ぎて、反射的に前言を撤回したくなった——が、これもまた、四国を生き抜いた空々空の真骨頂《しんこっちょう》なのだろう。

彼としては単純に、とりうる選択肢を提示しただけなのだろうし、十数分にわたって空々に抱きついていた意趣返しとしては、彼を抱えて飛行するというのは、まあ、悪くないルートなのかもしれないけれど。

「そうねえ。どうしようかしら」

と、虎杖浜は考える。

「じゃあ——」

6

空と風。

すんなりと目的地に到着することさえもままならない、因縁ある二人の旅程は、こんな風に始まったのだった。

（第2話）

（終）

第3話「ボンジュール！転生魔女と道化姫」

確かなことが言えないときは、いい加減なことを言え。

0

1

空挺部隊の部隊長・空々空が、『自明室』の室長・左右左危博士から特命を受けて、考えなければならなかった厄介な課題はいくつもあったが、中でもとりわけ厄介で、大抵の選択なら無感情に淡々と判断できる空々でも、頭を悩ますことになったのは、『地濃鑿を誰と組ませるか』である。

即決即断できそうもない。

決めかねるという結論だけがはっきりしている。

もしも人数が足りていたなら、できれば彼女は日本に待機させておきたかったくらいなのだが、しかし、そういうわけにもいかなかった——し、それに、彼女が任務の足を引っ張るに違いないから、日本に置いていきたいというわけでは、まったくないのである。

遺憾ながら。

むしろ、四国ゲームをクリアするにあたって、彼女の力が不可欠だったことを思うと、今回の内偵調査には、やはり参加して欲しい——不本意ながら参加してもらわなければ困る。

参加してもらってもどうせ困ることは、内定しているにしても。

右左危博士も、彼女がアサインされることを前提に、この任務を空挺部隊に投げてきた節がある——基本的にあのマッドサイエンティストは、自分が理論立ててものを考え、精密な計画を大胆に実行する人間であるだけに、ああいう奔放《ほんぽう》で、わけもなく生き残ってしまう、いわゆる『持っている』若者を、評価するところがある。

それは、程度は違えど、空々も同じだ。

同じ風に地濃を評価する。

何を命じたところで、地濃が大きな失敗をするなんて思っていないし——いや、本当は思っているけれど、しかしどんな大きな失敗をしたところで、それをあっさりリカバリして、ひょいっと取り戻すだけの才覚を、彼女が持っていることくらいは、さすがに認めている。

空々が取り返しのつかない英雄だとすれば、地濃はいくらでも取り返しのつく道化《どうけ》である――だから、この任務から地濃を外すつもりはない。

この判断に、魔法は無関係だ。

関係も何も、魔法がない。

四国ゲームを閉じるにあたって、『体制側』であった黒衣の魔法少女とは違い、一般的魔法少女だった地濃鑿は、『絶対平和リーグ』から支給されていたコスチュームを返却している。

魔法のステッキも同様だ。

つまり――魔法はもう使えない。

魔法少女『ジャイアントインパクト』として、マルチステッキ『リビングデッド』を駆使《くし》して振るった魔法『不死』を、彼女はもう使えない。

その事実は、単純に戦力として考えたなら、大きな目減りではあるが――正直、それが地濃の本質ではないことを、四国ゲームの生き残りは、全員、知っている。

『取り返しがつく』というのは、命のことじゃあない――心のことだ。

心。

その観点から見れば、危険人物は空々空のほうであり、地濃鑿ではない――決して地濃が不安要素であり、危険要素だから、悩ましいというわけではないのだ。

ただ、地濃に不安や危険がないということと、そんな地濃を誰と組ませるかということは、問題の立てかたが別だった。

不安や危険があるからではない。

地濃とペアで——しかも二人きりで——作戦行動に出るというのは、非常に負荷のかかる仕事なのである。

ただでさえ難易度の高い仕事なのに、更に精神的な負担が増えるポジションに、誰をつかせるかというのは、悩みどころだった。

いっそ自分が犠牲になろうかとも思ったけれど、しかし、空々はアメリカ合衆国の対地球組織『USAS』に向かうことが任務の前提となっていて、最初から直感的に、自分のペアは、虎杖浜なのかがいいだろうと思っていた——その直感には、なるべく従いたかった。

苦行であり、受難。

虎杖浜の飛行機嫌いを知っていたら、別の選択もあったかもしれないが——しかし、それを差し引いても、四国でのことを思うと、空々空と地濃鑿が組むというのは、マイナスとマイナスをかけあわせてマイナスになるような危うさもある。

結果として任務は達成できたとしても、『生き残るのは本人達だけ』という、目も当てられないケースに至りそうだ。
いつものことと言えなくもないが。
無茶な要求かもしれないけれど、地濃鑿と組む隊員には、彼女の奔放さを包み込むような、そんな包容力を持つ人物であって欲しい――地濃鑿の、先が読めない行動を、うんざりするような行動力を、万全にとは言わないまでも、九割くらいフォローできる人物で。
そんな人物が、部隊内どころか、この世にいるのかどうかも怪しいけれど……、ならば誰が、地濃鑿のパートナーを務められるだろう？
彼女の監視役……というか。
お目付役を務められる力が――タフな精神力があるのは、誰か。
空々空と虎杖浜なのかは除いて、そして当然、『自明室』からの助っ人も除いて考えるとして、候補は七名。
元魔法少女――手袋鵬喜。杵槻鋼矢。
現魔法少女――好藤覧。灯籠木四子。
改造人間――氷上竝生。
人造人間――『悲恋』。
魔女――酒々井かんづめ。

七択問題。

いや、実際にはもっと選択肢は絞られている。

聞いたところによると、手袋鵬喜は魔法少女としての研修時代に、地濃と接点があったという話だ——だからと言って、そんな『昔なじみ』という理由で、地濃と手袋を組ませるのは、あまり得策ではないのは確実だった。

フォローどころか、むしろ手袋は状況に振り回されがちな性格で、その割に暴走しがちで、すぐにいっぱいいっぱいになって、だから彼女が地濃と行動を共にすれば、空々とは違う意味で、より被害が拡大する未来が見えてくる——手袋には手袋で、強いフォローが必要なのだ。

それについては、葛藤する部隊長として、あとでまた、追い追い考えるとして——

杵槻鋼矢、彼女なら？

頼り甲斐という点では、申し分ない。

タフさにおいて、彼女以上の人材はいない。

ごくわずかな例外を除けば、鋼矢は『絶対平和リーグ』が擁する魔法少女の中では最年長の魔法少女だった——その事実は、単に年上ということを示すだけの事実ではない。

若年層の死亡率が異常なほど高かった『絶対平和リーグ』において、生き永らえ続け、生き残り続けてきたという意味での精鋭である——『体制側』である黒衣の魔法少女達も、彼女のことは、だから高く評価していた。

虎杖浜なのかが、特に鋼矢を認めていた。

それに、鋼矢は四国ゲームの最中、地濃と同盟を結んでいた——その件だけとっても、地濃とペアを組む素養はあるようにも思える。もっとも、同盟を組んでいたとは言っても所属していたチームは違ったし、よくよく思い出してみれば、鋼矢は地濃と、行動を共にしていたことは、ほとんどなかったようである。

あるいは、それが『生き残り』の秘訣だったのか。

ならば過酷な四国をしたたかに出し抜き続けてきた鋼矢は、ここで地濃と組むことをよしとはしないかもしれない——空々は部隊長であり、彼女の上司という立場でもあるけれど、鋼矢に断られたら、それ以上強くは言えないのだ。

元体育会系野球少年の空々は、年上に弱い。

いや、弱いのは、ただ年上だからではなく、鋼矢が『あの人』と、浅からぬ因縁を持っていたからか——彼女から『そらからくん』と呼ばれると、どうにも逆らいづらい。

感情ではなく、本能の部分で逆らえない。

好藤覧と灯籠木四子——黒衣の魔法少女『スクラップ』と同じく黒衣の魔法少女

『スパート』については、別に考えがあったので、元より地濃と組ませるつもりはなかった。

　まあ、組んで欲しいと言っても、虎杖浜なのかを含めた、今でも魔法を、それもぶっちぎりの固有魔法を使える破格の魔法少女達は、鋼矢以上に、命令しづらい部下である。

　部下であって部下でないようなものだ――酸ヶ湯原作にそう言われているから、元チーム『白夜』の魔法少女達は、空挺部隊に所属してくれているようなものなのだ。部隊長からの指令を粛々《しゆくしゆく》と引き受けてくれるありがたい部下というなら、改造人間の氷上竝生と人造人間の『悲恋』がいる――彼女達は、空々からすれば、正直、わけがわからないくらい、空々の命令に忠実だ。

　わけがわからないというか、怖いくらいだ。

　その点、それぞれにそれぞれなりの理由があるのだが――ともかく、空々が命令すれば、二人は地濃と組むことをまず断るまい。

　ふたつ返事で承諾しよう。

　地濃よりも情緒的に未熟である『悲恋』には無理な要求だろうけれど、空挺部隊に所属する唯一の大人である氷上竝生ならば、地濃の奔放ぶりを、包み込んでくれるのではなかろうか――ただ、難しいことに、氷上には氷上で、他に担当して欲しい任務があった。

部隊長として。

副部隊長にはもっとも難しい仕事を任せたい。

そして難しい仕事は、あまり地濃には任せたくない――氷上には地濃をフォローして欲しいのだけれど、しかし地濃には氷上の気をわずらわせて欲しくないのだ。

大人の余裕で子供の幼稚を包容してもらえばと言っても、根が真面目《まじめ》な氷上は、地濃の、さして意味もない言動に、過度に翻弄されてしまうかもしれない。

氷上は翻弄される才能がある。

と、空々は思う。

思うどころか、確信している。

四国で右左危博士に、ああも翻弄されていた彼女を思うと、氷上には自分のペースで仕事をして欲しいというのが、空々の本音だった。

なので、さんざん考えてみたものの、こうなると、七択問題ではなく、実質は一択のようなものだった――ほとんど消去法だったけれど。

地濃鑿を任せられるのは。

六歳の幼女・酒々井かんづめをおいて、他にいない。

2

「いやー、いいですね、花の都！　花のある私にはぴったりのロケーションなんじゃないでしょうか！　この凱旋門《がいせんもん》もまた、この私、地濃鑿の凱旋を祝して建てられているようではありませんか！」

歴史ある凱旋門の建立経緯を知らないらしい、どころか『凱旋』の意味さえも知らないらしい日本人観光客が、そんな風に、嬉しげに大声をあげる様子を、しかし、周囲はさして目に留めるでもなかった——周囲も観光客ばかりなので、これはまあ、当然と言えば当然だ。

日本語なので、幸い、どんな愚かなことを言っても、何を言っているのかわからなかったというのもあるだろうし、言葉のわかる日本人観光客から見たところで、中学生くらいの女の子が、観光名所でぴょんぴょんと飛び跳ねてはしゃいでいる姿は、微笑ましいものとして映るものかもしれない。

ただし、彼女が別に、花の都パリというロケーションや、凱旋門という観光名所にテンションがあがっているわけではなく、寝ているとき以外はだいたいこのテンションだということを知れば、微笑んでいた顔をしかめることになるだろう——日本の恥と考えるかもしれない。

少なくとも、彼女の横。

いや、位置的には下に立って、不機嫌そうに腕を組んでいる六歳の幼女は、背格好に似つかわしくないしかめっつらをしている——全身を襲う激しい苦痛をこらえているかのごとき表情である。

（おにいちゃんのおねがいやなかったら、ぜったいにこんなやつとはこうどうをともにせえへんねんけどな——）

内心でそう呟きつつ、幼女——酒々井かんづめは、あらゆる角度から、ともかく巨大な凱旋門の写メを撮りまくっているおのぼりさん、もとい、『地球撲滅軍』空挺部隊・隊員の地濃鑿を、じろりと睨《にら》みつけたが、ぜんぜん効果はなかった。

こんなに周囲の視線が気にならない奴が、現代にいるなんて。

（もと『まほうしょうじょ』のくせに、この『まじょ』にまったくおそれをなさん、そのふてぶてしさだけは、たしょうなりともひょうかしたってもええけどな——）

そんな風に、無理矢理地濃のことを『評価』しつつ、諦めまじりにかんづめは、パートナーから視線を外す。

観光名所に興味はなかったけれど、地濃を見ているよりは、他の何かを見ているほうがマシだ——凱旋門。

（『がいせんもん』な——みたことあったたっけな、むかし。うちが、『しすいかんづめ』やなかったころ——）

高さ約五十メートル、幅約四十五メートル。

仮に、かつて見たことがあったとしても、それはもう、思い出すのも不可能なほど、ずっと昔の話だろう。

彼女が『酒々井かんづめ』ではなかった頃——ひょっとすると、その頃には、まだ凱旋門は建てられていなかったかもしれない。

（『えいゆう』なぽれおん、か……、じんるいにもまあ、いろんなやつがおるゆうことやな。せかいじゅうに）

なんとなく、そんな思いを馳せていると、横合いから地濃が、

「ねえねえかんづめちゃん、この凱旋門って、なんと展望台にもなっているそうですよ？　ここはせっかくですし、登ってみません？　コンコルド工場のシャンデリア通りを一望できると、このガイドブックには記載してあります」

どんな誤植だらけのガイドブックだ。

この娘は、仕事で来ていることを、本気で忘れているんじゃないかと心配になってくる。

（『ぜんせ』までのきおくのたいはんは、もうぼうきゃくのかなたやけど……、うち

のながいじんせいにおいても、こんなやつとは、おうたことないやろな）

色んな奴がいると言ってもだ——人類のバリエーションは尽きないのかもしれない。

やはり、安請け合いだっただろうか。

そもそも、縁と恩義があって、現在、『地球撲滅軍』に所属している酒々井かんづめではあるけれど、厳密に言えば彼女は、地球と人類との戦争において、決して人類の側ではないのだ。

地球が敵であることは確かだが。

しかしそれでも、酒々井かんづめは、必ずしも人類の側ではない——なぜなら、彼女自身は人類ではないのだから。

転生を続けてきた魔女であり。

そして——火星から来た『火星陣』なのだから。

3

空々空と虎杖浜なのかは、飛行機でニューヨークに直行し、その結果、妨害工作とおぼしきハイジャックに遭った。

あえて民間人にまぎれて民間機で飛ぶというのは、好みの問題もあり、悪目立ちを避けるための策略でもあったけれど、それはあまり意味をなさなかったわけだ――一方、地濃鑿と酒々井かんづめは、何者かの邪魔を受けることはなく、無事にフランスの首都パリ、現地の案内役との待ち合わせ場所である凱旋門の最寄り駅まで到着できたのだった。

ノントラブルだった。

強いて言えば、地濃と一緒に旅をしているだけで、それは酒々井かんづめにとってはトラブルみたいなものだったが、ともかく、さすがの悪運と言うべきか。

一般人が普通に海外旅行をするだけでも、なんらかの不都合には、ふんだんに遭遇しそうなものだけれど、それさえもなかった――このコンビのここまでの旅程は快適そのものだった。

選んだコースもよかったのかもしれない。

地濃とかんづめは、フランス国内の空港には直行しなかったのである。

まず日本から、イタリアに入国し、そこから列車でフランスに入った。

花の都パリに至る前に、水の都ベニスを経由してきた――もちろん地濃は、そこでも写メを撮りまくった。

敵対勢力からの妨害を警戒して、目くらましのために遠回りをした――あえて時間のかかる陸路を選んだ、というわけでは、決してない。

上司である空々から、

「地濃さん。お願いだから何も言わずに、フランス最大の対地球組織『宿命革命団』の内偵調査を引き受けてくれませんか」

と、なぜか敬語で任務を言い渡された際、

「お任せください！」

と、どんと胸を叩いて引き受けた彼女が（不安しか煽らないリアクションだ）、『せっかくヨーロッパに行くんだったら、前に小説で読んだことのある、あの有名な列車に乗ってみたい』と、勝手に、イタリア（厳密には、更にオーストリアとスイス）を経由するルートを組んだのである。

ちなみに、下手をすれば飛行機代よりも運賃の高いような、超高級寝台列車である――いくら無尽蔵《むじんぞう》に経費を使える『地球撲滅軍』だとは言っても、普通の精神をしていたら、なかなかふんぎりのつかない、極めて個人的な贅沢《ぜいたく》だった。

よくやる。

ちなんだついでにもっとちなむと、その贅沢な旅程に、地濃は上司の許可を取らなかった――『何も言わずに』という命令に従ったのだ。

なので何も言わずに、上司の頭越しに手続きを進めて、空々や氷上が気がついたときには、もう二人分のチケットを取り終えていた——てきぱきとした鮮やかな処理能力だった。

そこだけ切り取れば、極めて有能なスタッフである。

その鮮やかさを、なぜ本分の仕事で発揮しないのかと、かんづめは呆れた——うちのぶんのちけっとまでとっとんちゃうわ、こどもりょうきんかと、内心で突っ込んだ。

自分の欲望を実行するためだったら、地道な労働も厭《いと》わないらしい。

ひょっとして海外旅行のエキスパートなのだろうかとも思ったが、そういうわけではなく、これが初海外とのことだ。

四国で飼い殺されていた魔法少女の一人であるという彼女の出自を思えば、それで当然なのだが——よくまあ、フランス語どころか英語も喋れない癖に、そんな手続きを終えられたものだ。

「大丈夫ですよ、感情豊かな私は、ボディ・ランゲージで切り抜けますから」

あっけらかんと、根拠もなく自信たっぷりに、地濃はそんなことを言った——そんなことを言われても、感情豊かなのはそりゃあ認めるとしても、ボディ・ランゲージどころか、日本語でだって、地濃と建設的なコミュニケーションを取るのは難しいというのは、今や空挺部隊のみならず、『地球撲滅軍』全体における定説だ。

「ところでかんづめちゃんは、フランス語、いけるんですか？」

幼女に何を期待しているのだ。

地濃とは違う意味で、かんづめは日本語も怪しい身の上だ——転生先の出生地に基づく方言はまだ抜けていないし、舌の長さが短過ぎて、イントネーションにも難がある。

「いや、だって、かんづめちゃんって『魔女』ですし。『前世』では、フランスに留学していたかもしれないじゃないですか」

「…………」

適当で楽観的なことを言っているようで、意外とことの本質をついている——確かに『前世』や、その『前世』あたりまで含めれば、長生きだけはしている『魔女』。

その大半は、飼い殺しどころか、監禁生活だったのだから、とても世間が広いとは言えないし、『前世』以前の記憶は定かではないけれども、試してみれば、感覚的に読むくらいならできるかもしれないと思った。

まあ、元々、かんづめも、言語や、現地でのコミュニケーションに、さほどの不安を抱えていたわけではない。

そんなことは問題視に値しない。

なぜなら。

（かりに、『ぜんせ』の『ぜんせ』の、そのまた『ぜんせ』までさかのぼっても、ふらんすにむえんやったとしても、うちの『せんけんせい』があれば、なんとでもなるやろ……）

だから問題は、

「かんづめちゃん。本当の本当に申し訳ないんだけれど、地濃のことを、よろしく頼んでもいいだろうか」

という、空々空——『おにいちゃん』からの頼みごとのほうだった。

重い頼みごとだった——内容も口調も。

なんだか、それこそ任務の本筋を忘れているかのような物言いだったけれど、かんづめを——『魔女』を、『絶対平和リーグ』の監禁から解放してくれた、大恩ある空々の頼みごとだ。

断れるわけがない。

人類に対する思い入れはほとんどない『火星陣』でも——思い入れがないどころか、『魔法』研究のために非道な実験のモルモットにされていた経緯を含めると、恨んでいてもいいくらいなのだが、そのあたり、長命の『魔女』であるかんづめはおおらかにとらえている——、空々空に対しては、特別な感情を抱いていた。

特別で、特殊な感情。

監禁生活から解放してもらったという大恩がなかったとしても、それよりもなにより も、空々空は、『火星陣』――『魔女』を越える『魔人』作りを一手に、否、一身に担う、重要な存在なのだから。

『魔女』としては、興味が尽きない。

だから、酒々井かんづめは四国ゲームのあとも、空々空にひっついて、『地球撲滅軍』に入ったのだった。

なし崩し的に。

『絶対平和リーグ』と『地球撲滅軍』の組織性に、そんな差があるとも思えなかったので、またしても実験台としての監禁生活が始まるリスクもあったが、それを考慮に入れた上でも、かんづめは空々空に同行したかった。

するべきだと『先見』した。

(まあ、ふたをあけてみれば、かんきんせいかつどころか、まどぎわぶしょやったけどな――ひょうしぬけゆうか、かたすかしゆうか)

たぶん、『地球撲滅軍』に、『魔法』の値打ちが伝わり切っていないのだろう。

あるいは元魔法少女製造課課長である酸ヶ湯原作のいる『自明室』に(モルモットとして)配属されていても、おかしくなかったはずなのだが、ひょっとするとその辺、空々空が手をまわしてくれたのだろうか?

そんな優しげな気遣いを、自発的に思いつくタイプじゃあないとは思うが、そう考えるとしっくり来る現状を考えると、大いにありえることだった――だとすれば、骨を折ってくれた彼のために働くことは、やぶさかではなかった。

地濃鑿の相棒という、誰もが嫌がる汚れ仕事を引き受けることはもちろん、フランスの対地球組織の内偵任務も、こなしてみせよう。

六歳の幼女を送り込まれる相手組織のほうは、相当面食らうだろうが、そこは右左危博士が、いい口実を見つけてくれるはずだ。

(『うらぎりもの』なあ――かつて『ちきゅう』とたたかい、そしてはいぼくした『かせいじん』のはいざんへいとしては、いまはそんなどないでもええもんにかかわっとるばあいやないと、おもうんやけどなあ)

ただ、そんなアドバイスをするほど、親切ではなかった――酒々井かんづめは、地球と人類との戦いにおいて、今のところ浮世の義理で人類に肩入れしているけれども、しかし深入りするつもりはないのだった。

4

そう言えば、待ち合わせ場所である凱旋門の最寄り駅に到着する前に、地濃とかんづめの間で、こんな会話があった。

「いやー、快適ですね。楽しいですね、海外旅行！　でもまあ、贅沢というのも、してみると案外普通ですね。四国出身者と致しましては、ＩＣカード『イルカ』が使えないのは寂しい限りです」

イタリアからフランスに向かう寝台列車の個室の中で（ツインルーム）、悩みなんて何もなさそうに寝そべって、とんでもなく贅沢なことを言っている地濃鑿に、酒々井かんづめは、

「なあ、おまえ」

と、話しかけたのだ。

ちなみにイタリアまでの航路は、ファーストクラスだったので、それこそ快適で、彼女達にはまだ旅の疲れみたいなものはなかった――あるとすれば、旅の相方に対するストレスだけで、それはかんづめのほうが、一方的に抱える荷物だった。

大荷物だ。

さておき、十代の女子と六歳の幼女がファーストクラスや、超高級列車で旅をしている姿は、傍目《はため》にはかなり異様で、注目を浴びていたけれども、その刺すような視線は『魔女』としては気にならないものだった――どうして彼らと同じ人間のはずの地濃が、視線（白眼視と言ってもいい）をものともしないのかは、謎めいていたが。

ただ、かんづめはここで、それを問いただしたかったわけではない――タイミングを逃してきたが、フランスに到着する前に、訊いておきたいことがあったのだ。

「いちおう、はっきりかくにんしときたいんやけど……、おまえ、もう、『まほうしょうじょ』やないんやよな？」

「ですよ？」

それがどうしたという風に、地濃は首を傾《かし》げた――読んでいたガイドブックから目を離そうともしない。

「ご覧の通りですよ。あんな画一的なコスチュームから解放されて、見ての通り、年頃の女の子らしく、お洒落《しゃれ》もできますから。私ったら、すっかりパリジェンヌです」

画一的なコスチュームだと思っていたのか。

魔法少女のユニフォームを。

しかも、今彼女が着用してるのは、靴まで含めて全身、イタリアで購入したコーディネートだった――なので、見た目も中身も、パリジェンヌでは断じてない。

……無駄にセンスのいい、洗練されたコーディネートとして完成され、無駄に似合っていることが、なおさら不愉快さを加速させていた。

なぜここまで適格に他人の神経を逆撫でできるのか。

当然イタリア語だって話せない癖に、何をそつなくショッピングを終えているんだ

――しかもちゃっかり、領収書を切っていた。

経費で落とすつもりか――だとしても『地球撲滅軍』は特務機関なんだから、領収書はいらないだろうに。

まだフランスに入っていないこの時点で、既に彼女の出費は、余裕で百万円を超えている――十代の女子のお金の使いかたではない。

（こいつのやることなすことに、いちいちつっこんどったら、ひがくれるどころか、せんそうがおわってまうな……）

「いや、うちがいいたいんは――『まほうしょうじょ』でなくなったおまえは、もう『まほう』をつかうことはでけへんってことで、ええんやなっちゅうことや。『こくいのまほうしょうじょ』とちごうて、しこくげーむをとじるさいに、おまえの『まほう』はかいしゅうされとるんやから」

「はい。そうですね」

「おまえはもうそらをとべん」

「飛べませんねえ――でも、それでも、私は私ですし」

（なんか、かっこうええことゆうとるな……）

私は私。

たぶん、言っているだけで、深い意味などないのだろうが。

しかし転生を繰り返す『魔女』にとっては、含みのある言葉だ。

「別に空を飛びたかったら飛行機に乗ればいいし、空を飛ぶよりも、こうやって列車で移動するほうが快適です――パンツを見られる心配もありませんし」

身も蓋もないことを言う。

『魔女』を相手に、魔法の存在意義を根底からひっくり返すようなことを――もっとも、今やかんづめも地濃も、『最新科学』の組織である『地球撲滅軍』の一員なのだから、それで正しいと言えば、正しいのだが。

そしてもちろん、それは酒々井かんづめも認めるところだ――魔法少女であるかどうかなんて、関係ない。

四国ゲームを生き残った魔法少女には、それだけで価値がある。

魔法を使えるかどうかなんて実は重要じゃあなく、その資質にこそ値打ちがある――ただ、それはそれ、これはこれ、だ。

私は私であるように。

魔法少女としての特性を、ただの『装備』として考えるなら、その装備なしで、彼女は空挺部隊の初任務につこうとしている――危険な任務に挑もうとしている。

武器を持たずに戦場に乗り込もうとしているようなもので、それについて、地濃には何か勝算のようなものがあるのか、この車中で確認しようと思ったのだ。

もっと早く問いつめたいことだった。

(たいみんぐをのがしつづけたっちゅうより、こわあてきけんかったたっちゅうのが、うちのほんねかもしれんな……)

なぜなら、想像はつくからだ。

『勝算? そんなものはありませんよ。当たって砕けろの特攻精神です』

どうせそんな答が返って来るに決まっている。

『魔女』としての『先見性』など、わざわざ発揮しなくても、そうわかる。

(いっそほんまに、あたってくだけてくれたらええんやけどな——)

まあ、彼女がそのやりかたで、無計画にして無軌道にも四国ゲームを生き残ったことを思うと(優勝していてもおかしくはなかった)、一概に否定したものではないだろうし、その特攻精神自体は、リーダーが率先して実行する、空挺部隊の基本方針でもある。

だから、彼女が、何の見積もりもなくフランスに乗り込むつもりだったとしても、かんづめはそのフォローに徹するつもりだった。

あくまでも、地濃がメインで、かんづめがそのアシストという配置を崩しはしないけれど……、しゃしゃり出るつもりはないけれど、できる限りのことはする——そう思っていた。

なので、いい加減、フォローに向けての指針をはっきりさせようとしたのだけれど、しかしそこはさすが、意外性の魔法少女、地濃鑿だった。

彼女はこう言ったのだった――ガイドブックを読みふけりながら。

「大丈夫ですよ、かんづめちゃん。魔法はもう使えませんけれど、しかし私は、魔法を失うことで、新たな武器を手に入れました」

「……はあ？」

「ふっふっふ。どうぞお任せください、かんづめちゃん。『絶対平和リーグ』において、かつて天才と呼ばれたこの私、地濃鑿には、きちんと秘策があるのです」

5

『絶対平和リーグ』内で天才と呼ばれていた魔法少女は、確かチーム『白夜』に所属していた五人だけのはずだったが、しかしあまりにも堂々とそう言われてしまうと、

（え、えっと……、そうやったっけ？）

という気持ちにさせられてしまった――なので、追及するのもはばかられて、そのまま日を跨《また》いで、国境も跨いで、パリの中心街に至ったというわけだった。

戸惑ったまま。

しかし、どう思い返してみても、地濃のことを天才と呼んでいた人物はいなかったはずだという確信が持てたので（馬鹿と呼んでいた人物は、たくさんいた）、改めてその話を持ち出そうと思ったかんづめだったが（もしも本当に『秘策』とやらを考えついているなら、さっさとそれを聞き出して、言下に否定すべきだった）、

「……あれ？」

と。

気がついたら、いつの間にか、イタリアンファッションに身を包んだかの少女は、かんづめのそばからいなくなっていた。

消えていた。

見上げても、そこにはそびえたつ凱旋門があるばかりである——どこに行った？ほんの数秒、回想している間に……、あいつはじっとしていられないのか？世界的な観光名所だけに、常にビデオが回っているようなものだから、任務についての深い会話をするのがはばかられ、気を利《き》かせてさらりと移動した——なんてわけじゃあ、ないだろう。

絶対違う。ありえない。

そんな上品な立ち居振る舞いができる地濃鑿だったなら、たぶん、四国ゲームを生き残れていない——仲間内でも持て余される迷惑児だったからこそ、彼女は最初に潰

れることになったチーム『ウインター』から外されて、逆説的に生存してみせたのだった。

ある意味エレガントだ。

だが、その自由自在さを、ここでいきなり発揮されても困る。

（……てんぼうだい、ゆうとったたっけ？）

一人で登ったのだろうか？

コンコルド工場のシャンデリア通りを一望するために？

（たびさきでまいごになる、てんけいてきなたいぷか……）

六歳の幼児を残して迷子になるとは、あの娘、思っていた以上にただ者ではない

――周囲を見渡してみるも、やはり、どこにも見当たらなかった。あんなトレンディな格好をした中学生、見失うほうが難しいだろうに。

ただ、凱旋門の付近はごったがえしていたし、かんづめの身長は、人を探すには低過ぎた――外国人の背丈は、彼女にとっては、ほとんど壁のようだった。

さっきまではそんな感覚はなかったけれども、こうしていざ一人になってみると、迷路に迷い込んでしまったようだ――心細さなんて感じるほど、長命種であるかんづめの精神は細くないけれども、しかし彼女は肉体的には人間の幼女なので、どれだけ『魔女』としての前世、経験を持っていたとしても、精神的には肉体のほうに引っ張

られて、強制的に、自分が迷子になったような気分になってくる。

（りふじんな……）

とりあえず、日本人っぽい観光客を見つけて、お洒落過ぎる女子中学生を見かけなかったか訊いてみるも、あまり成果はあがらなかった――舌足らずなかんづめの方言が通じなかったと言うより、どうも、東洋系の現地人だったらしい。

あまり聞き取り調査を続けていると、それこそ迷子として、かんづめがフランス警察に連れていかれかねない。

正直、地濃を探すためだけに、そんなリスクは背負いたくない――なのでかんづめは、とりあえず彼女の発言を手がかりに、展望台に登ってみることにした。

地濃の行方不明――何事もなければ、今頃アメリカに到着しているであろう空々に報告しなければならないが、ただまあ、何事もなければも何も、空々の旅路に何事もないはずもないので、あまり煩わせたくない。

仕方なく引き受けた損な役回りだとは言え、フランス到着直後に問題児を見失ったなど、そんな不手際を、できれば報告したくないというくらいの見栄も、かんづめにはあった。

（ゆーろのけいさんはぱっとわからへんな……、にゅうじょうりょう、いったいにほんえんでいくらくらいなんんや？　あんなやつをさがすために、おもわぬしゅっぴや……）

八つ当たり気味にそんな不平不満を呟きながら、入場料を払って、階段を登るかんづめ。

当たり前だけれど、凱旋門の展望台は、下界よりも更に込み合っていた。

小柄な幼女には、移動することも難しい有様だ――いっそ更に屈んで縮こまって、人の股の間をくぐるようにすれば、移動できるかもしれない。

（なんや、はでなかっこうしとるやつをさがせばええとおもとったけど……、さすがは『はなのみやこ』っちゅうか……、みんな、おしゃれはおしゃれやな）

なので目が散ってしまって、人探しに集中できない――地濃を見ているよりは、パリジャン・パリジェンヌを見ていたいという気持ちもある。

（ちゅーか、おらんやんけ）

ふざけんなよ。

ただ、言葉は通じなくとも、幼児がなにやら困っているということだけはどうにか通じたのか、現地人も観光客も、道を開けてくれた――親切じゃないか、人類。

ただし、人探しをしていることまでは伝わらなかったようで、どうやら見やすいように、展望台にスペースを作ってくれただけらしい――コンコルド工場にもシャンデリア通りにも、かんづめは期待されているほどの好奇心をそそられてはいなかったけれど、そうお膳立てされてしまえば、無碍にするのも躊躇《ためら》われる。

なので、展望台の壁によじ登るようにして（近くの大人に手伝ってもらったりした）、一応、おざなりにではあるが、パリを一望した——視点の高さについては、四国ではもっと高い高度を飛行したことがあるので、今更感激もしないけれど、しかし眼前に広がる、四国とは違う絶景に、少しだけ心奪われる。

これは『魔女』ではない、幼児『酒々井かんづめ』の感想だろうか？

（まあ、こういうんをみると、もうちょっとじんるいのみかたをしたってもええとはおもうわな——ちゃんとはおぼえてへんけど、たぶん、かせいにはなかったふうけいやし）

ただ、かんづめは観光にきたわけではない。

パリにも、地球にも。

『火星陣』とは言っても、彼女は別に、地球を視察しにきた宇宙人ではないのだ——地球と戦いにきた宇宙人なのである（そして負けた）。

そもそも、仮に彼女が人類の味方をしてもいいと思っても、その人類の一部が地球の側についているというのでは、対応に困る——何をすれば人類の味方をしたことになるのか、曖昧《あいまい》になる。

（そのうえ、なかまのはずのどうりょうは、ふっとすがたをけすとはの……ほんま、

どないせえっちゅうねん）

　地濃鑿という元魔法少女が姿を消すのは、考えようによっては願ってもない朗報という気もするけれど、さすがにそんなことも言っていられない——どうやら展望台にはいないようだが、だとすればあの娘、いったいどこに行ってしまったというのだ？

（さがしものはたかいところからせえゆうても、さすがにたかすぎるしの……、しゃあない、いったんおりるか）

　お手洗いにでも行っただけで、案外、下に降りれば、ひょっこり戻ってきているかもしれない——『おやおや。どこに行ってらしたんですか、かんづめちゃん。旅先で勝手な行動を取られては困りますよ』とか、そんな風に真顔で文句を言ってくる地濃が目に浮かんだが、しかし、幸い、不愉快な思いをせずには済んだ。

　地濃は戻ってきていなかった。

（うーん……、これは、ちょっと、まじなやつかな？）

　元々地濃鑿が地濃鑿であるというだけで、十分に笑えない事態ではあるのだが、笑い事ではないのかもしれない。

　子供が近所のデパートで迷子になったわけではないのだ——日本人観光客が、海外で行方不明になるなんて、普通に事件だ。

（じぶんでどっかちかくに、かいものにでもいったっちゅうんならまだしも……、ゆ

うかいされたとか、ごうとうのひがいにおうたとか、そういうんもじゅうぶん、かんがえられるわな)

中身さえ知らなければ、地濃だって見た目は若い女の子だし、それに、今の彼女は、無駄に高価なイタリア服を着ている。

金を持っている若い観光客。

カモ中のカモだ。

海外で犯罪被害に遭いたいですと顔に書いて歩いているようなものである――いくら見苦しくとも、目を離すべきではなかった。

(そのへんのものかげで、しんどんちゃうやろな……、ことばたくみにどっか、つれていかれてもうたとか……)

言葉が通じないのに言葉巧みもないだろうが、しかし、向こうは向こうでプロだろうから、おつむの足りないアホっぽい女子くらい、簡単に拉致《らち》できても不思議ではない。

パリのような大都会に限らず、世界中のどこだって、観光客が集まる場所というのは、犯罪者の集まる場所でもあるだろう――まったく、本当、人類同士で何をやっているんだ。

とても呆れずにはいられない。

小さな歩幅で、かんづめはとにもかくにも、凱旋門を一周してみる——一周するのも簡単ではない巨大さだ。今度は視点を下にも向けて、死体を探すような気持ちも持っての捜索だったが、やはり成果はあがらなかった。

一周して、無駄に疲れてしまった。

地濃のために疲れていると思うと腹が立つので、これは空々空のためなのだと、自分にきつく言い聞かせる。

（もしかして、このへんには、もうおらんのか……？　めとろをつこうてどっかとおくまではなれられたんやとしたら、こんなもん、おいようがないで……）

警察に通報すべきだろうか？　こういう場合は、大使館なのだっけ？　それとも、まずは上司である空々に、連絡を取るべきか——彼がまだ目的地に到着していなければ、電話をかけたところで、繋がるまいが。

（……………あ）

電話？

そうだ、電話だ。

電話をかければいいじゃないか。

旅先での迷子なんて、今や前世のごとく昔の話だ、現代には携帯電話というものがある。

かんづめも、子供ケータイに偽装された高度な連絡機器を、『地球撲滅軍』から付与されていて、今も首からぶら下げていたし、そして地濃はついさっきまで、ここで凱旋門の写メを撮りまくっていた——海外に着けば、自動でローミングされる、最新鋭のスマートフォンだ。

そんな便利な道具があることを失念して、凱旋門の階段を登ったり一周したり、実に滑稽と言うか、『魔女』とは思えない、地濃のことを二度と馬鹿にできないくらいのうっかり具合だったが、しかしこれは、酒々井かんづめが『魔女』だったからこそのボーンヘッドだとも言える。

魔法と科学は相性が悪い。

とことん悪い——もっと言えば、科学にずっと触れずに来たかんづめは、はっきり言えば、機械に弱かった。『地球撲滅軍』に編入されて以降も、最低限しか、携帯電話を使っていない(任務はないに等しかったので、それで不都合はなかった)。四国ゲームのときは、機械による通信が、ルールで禁じられていたので、その風習を引きずったまま、相方の捜索をしてしまっていた。

そうだ、ここは酒々井かんづめが育ち、『魔女』が監禁されていた、四国ではない——四国ゲームの開催中ではない。『はぐれたら二度と再会できない』なんてことはないのだ。

科学の力があれば、別行動、単独行動など、言ってしまえば取り放題である――まったく、どうかしていた。

（それがわかっとったから、ちのうは、かってにうごいたんかな――それでも、ひとこえかけていけっちゅうはなしやけど）

内心で毒づきながらも、早速かんづめは、アドレス帳から地濃の番号を選択する。無事に再会したのちには、四国で一時期空々がそうしていたように、地濃に紐をつけて行動しようと決意しながら、発信ボタンを押したが、しかし、呼び出し音さえしなくって、

『……この電話は、電波が届かない場所にあるか、電源が入っていないため、かかりません。この電話は……』

という、無機質に突き放すような音声が、リピートで聞こえてくるだけだった。

『……電波が届かない場所にあるか、電源が入っていないため……』

「……………………」

（やっぱ、なんかあったんか……？　ゆうかいされて、けいたいをこわされたとか……？）

一瞬、光明を見いだして安心しかけただけに、かんづめは、さすがに焦った――想像が悪いほう、悪いほうへと行く。

そうだ、犯罪被害に遭った可能性を考えるなら、更にもう一歩、踏み込んで考えなければならない可能性もある。

（……そうや）

地濃鑿は、日本人観光客としてさらわれたのではなく、『地球撲滅軍』の構成員としてさらわれたのだという可能性は、むしろいの一番に想定しなければならないものである。

迷子だとか、はぐれたとか、地濃だから、そんな間の抜けた線ばかりをまず追ってしまったけれど、これが内偵調査という難易度の高い任務にこれから取りかかろうというタイミングで起こった出来事であることを思うと、対抗勢力の仕掛けた妨害工作というのは、大いにありうる可能性だ。

（ちゅうことは、ふらんすの『しゅくめいかくめいだん』こそが、うさぎはかせのいうところの『うらぎりもの』ちゅうことかいな？　がいぶのにんげんにしさつされることをさけようと、こんなきょうこうしゅだんにうってでた？）

観光客を装ってやってきたエージェントを、観光客をターゲットにした犯罪を装って始末するというのは、強硬手段の中では、スマートなほうだろう――この時点ではかんづめは、空々空がどんな目に遭っているかを知るよしもないけれど、少なくとも、入国を拒否するために、飛行機をハイジャックするよりは、よっぽどスマートである。

（まあ、『しゅくめいかくめいだん』いがいのたいちきゅうそしきが、しかけたことかもしれへんけど……、やとすれば、どないすればええ……？　なんにしても、ほかのたいちきゅうそしきがからんどるんやとしたら、けいけいにはうごけへんで。ちのうのしんぱいばっかりもしてられへん、うちかてあぶない……）

なにせ、こちとら六歳の幼児だ。

『魔女』とは言っても、黒衣の魔法少女達のような、攻撃性の強い魔法は使えない――生活力もないし、生存力も低い。成長途上の貧弱な肉体は、ちょっとしたことで、簡単に壊れてしまうだろう。どんな窮地にあるにしても、地濃には自力で切り抜けてもらうことを期待して、かんづめはかんづめで、自分の身を守ることに専念したほうがいいのかもしれない――いや、しかしそれでは、空々からの『頼みごと』を、反故《ほご》にすることになってしまう。

『……電源が入っていないため、かかりません。この電話は、電波が届かない場所にあるか、電源が入っていないため、かかりません。この電話は、電波が……』

と、そこで、耳元でずっと、そんなリピート音声が続いていることに気付いた――ああ、これ、かってにきれてくれたりせえへんのか、と、科学に無茶を求めながら、かんづめは遅ればせながら、通話終了ボタンを押す。

「…………」

それで思い出した。

日本から、イタリア行きの飛行機に搭乗する際、ファーストクラスの座席に座った地濃鑿が訳知り顔で、

「いいですか、かんづめちゃん。出国審査を終えた以上、もう海外みたいなものなんですから、ここから先は日本人のマナーを疑われないよう、きちんと振る舞わなければなりませんよ」

と、まるで偉そうに言って、スマートフォンを機内モードに切り替えていたことを。

そしてどう記憶を探ってみても、イタリア到着後、地濃が機内モードをオフにしているシーンが思い出せない。

オフのままだ。

そう言えば、あれだけ写メを撮りまくっているのに、一度も充電している様子もなかった——あれは機内モードのままにしているから、電池が長持ちしていたのか!

だったら——百回かけても繋がるわけがない。

「……まほうもかがくも、しょせんはつかうやつしだい、か」

苦々しい思いで、かんづめは呟く。

前途多難とはまさにこのこと。

どうやら地濃鑿との同道というのは、覚悟していた以上の難易度を誇る任務らしい——人類の中から『裏切り者』を見つけるという、本筋の任務を見失いかねないのは、このままだとかんづめなのかもしれなかった。

6

まあ、機内モードをオフにするのを忘れているにしてもそうでないにしても、地濃が『地球撲滅軍』としてさらわれたのではないかという、一度生じた疑い自体は消えることはないのだけれど、事実を言えば、彼女はそんな被害を受けて、凱旋門から、そして酒々井かんづめの前から姿を消したわけではなかった。

地濃は地濃で（一応）気を使って、なにやら思いに耽《ふけ》っているらしいかんづめの邪魔をしてはならないと思い（きっと凱旋門の風情に感動しているのだろうと予想した）、こっそりと一人、展望台に登ったのである。

入場料を支払って。

ここまではある意味で、予告していた通りの行動をとっただけである——だから後に、かんづめがまず展望台を探したのは、ルートとしてはまったく正しかった。

ただし、かんづめが登ったときには、地濃は既に、次の行動に移っていたというだけのことである——要するに入れ違ったのだ。

かんづめがそうだったように、展望台に登った地濃は、

「見事な景色ですねえ。さすが鬱の都パリ、あ、間違えた、花の都パリです」

と、しばし風景に見とれたのだが、そこは移り気の激しい彼女のこと、何枚か写メを撮ったら、すぐに凱旋門から降りたのだった。

この時点でも彼女は、かんづめのことを忘れてはいないし、どころか、課せられている任務のことも、ちゃんと覚えていた。

ただ、忘れてもいない上で、覚えている癖に、突飛な行動に出るのが地濃である——いや、それはなんというか、凱旋門を訪れた外国人観光客としては、突飛どころか、絶対にとるべき、極めてスタンダードな行動だった。

即ち、凱旋門からシャンゼリゼ通り（地濃の認識では、シャンデリア通り）をくだってコンコルド広場（地濃の認識では、コンコルド工場）に至り、セーヌ川を横断して、エッフェル塔を見に行く——である。

観光客なら誰もが取る、王道のコースのひとつである。

問題は地濃は、観光客としてパリに来たのではないということだったが、しかし、大して深く勘案もせず、『ちょっと行って戻ってくるだけ』くらいの気軽さで、凱旋

門を出発したのだった。

一番一緒に旅をしたくない奴である。

本来、『エッフェル塔は任務が終わったら見に行こう』くらいの自制心は持っているつもりだった地濃だが（あくまで『つもり』である）、凱旋門の展望台から見えた、そびえ立つ鉄塔は『あれ？　ここからそんなに遠くないんじゃないかな？』と、足を延ばす気にさせるのに十分な迫力があった。

そこはそれ、四国でもっとも広大な県、高知《こうち》県出身の地濃である、ここからこんな風に見えるということは、きっと足摺岬《あしずりみさき》よりは近いに違いありませんくらいの感覚で、凱旋門から出発したのだった——この出発と、かんづめが展望台に登ったタイミングが、ほとんど同時だった。

入れ違い——である。

とは言え、さすがにエッフェル塔に向かう前には、かんづめに声をかけていこうと思うくらいの分別は彼女にもあったのだけれど、さっきいた場所にいなかったので、すっぱり諦めたのである。

海外で行方不明になった幼児を探そうと思うくらいの分別は、彼女にはなかった。

潔い私ですねえと思った。

「かんづめちゃんも火星出身の『魔女』の身でありながら、人類の中で生きていくしかなくて、きっと色々思うところがあるんでしょう。一人になりたいときってありますよね」

と、なぜかそんな無駄な気遣いをして、シャンゼリゼ通りを下ったのだった——そしてノントラブルでエッフェル塔に到着した。

凱旋門以上の、遠近感が狂うほど巨大な建造物なので、思ったよりは時間がかかってしまったけれど、それだけかけた甲斐があると思わせる見事な鉄塔だった。

まるで東京タワーみたいです、と、東京タワーを見たこともないのに、がっかりな感想を、本気の誉め言葉のつもりで思いつつ、さあどうやって登りましょうかと考える。

魔法少女時代だったら、てっぺんまで飛んで、一番高い部分に腰掛けていただろうが（だから、魔法少女時代じゃなくてよかった）、今の彼女はそうではない。

なので正規の手続きを踏んで、内側から昇らなくてはならない——どこで入場料を払えばいいのだろうか。

海外で、若い娘が目立つ格好をしての単独行動——どんなガイドブックにも禁止事項として明記されているだろう、絶対に真似をしてはならない愚行の極みだったが、地濃鑿という少女は、それでも割と、なんとかなる系の女の子だった。

その意味では確かに、才気あふれるエリート少女、虎杖浜なのかと同じ、天才なのかもしれなかった——もちろん、たとえそれが事実だとしても、彼女を天才と呼ぶ者はいないだろうが。

天才に匹敵するために、天才である必要はないのだ。

愚か者でもいい。

ただ、さしもの地濃のさもしい愚行も、ここまでだった——彼女はエレベーターに乗って、エッフェル塔の内部に入ることはできなかった。

「おい。おまえ、ころすぞ」

現地の人間から、片言の日本語で絡まれたわけではなく。

おやと振り向けば、そこにいたのは六歳の幼児だった——酒々井かんづめである。

幼児に殺すぞと言われたことに、さすがにびっくりする地濃。

(ひょっとすると、私、何かケアレスミスを犯してしまいましたかね？)

犯してしまったのはケアレスミスどころではなかったが、彼女の自覚はそんなものだった——幼児がかなり本気の殺意で睨んでいることを、歯牙《しが》にもかけない。

歯噛みするのは幼児のほうである。

「かんづめちゃん。なんで私がここにいるってわかったんですか？　疑惑ですよ？」

「……むだに『まじょ』の『せんけんせい』をはっきさせてもうたわ」

こんな馬鹿馬鹿しいことに魔法を使ったのは、転生して初めてだという風に、歯ばかりだけでなく、唇までを噛みしめて言うかんづめ。

「へー」

と、頷く地濃。

見る者を容赦《ようしゃ》なく苛立たせる、不思議にむかつく頷きかただった。

「人探しもできるんですか。便利ですねえ。そう言えばそうやって四国でも、かんづめちゃんは『パンプキン』……鋼矢を探し当てたんでしたっけ。いやはや、お見それしました」

「やかましいわ。おみそれされとるんはおまえや。かえるぞ。がいせんもんまでがいせんするぞ」

「え？　エッフェル塔はいいんですか？」

「おまえがあかんわ。つぎ、なんかしたら、ほんまにひもでくくるからな」

「後ろ髪ひかれますねえ」

「ひもでひっぱるゆうとんじゃ」

それ以上一言も会話したくないというように、かんづめは歩み出す。相手が怒っていることに気付く能力が欠落しているのか、後ろを歩きながら、「でも、場所は『先見性』でわかったにしても、追いつくの早かったですね、かんづめちゃん」と会話を続けようとする。

「めとろつこた。かえりもめとろつかうぞ。まちあわせやゆうこと、そくざにおもいだせ。そろそろじかんやぞ」

「あ、そうですね。これじゃ、地下鉄を使っても、遅刻ですね」

まるでそれが自分のせいではない自然現象のように言う地濃である。

そしてなぜか続けて、

「大丈夫ですよ、海外は日本ほど、パンクチュアルじゃありませんから。多少の遅刻は許してくれるはずです」

と、かんづめを励ますようなことを言う。

「やかまし――」

地濃に対して無言を貫くことに、わずか十数秒で挫けたかんづめだったが、二度目となるその端的な突っ込みは、遮《さえぎ》られることになった。

更に『やかましい』音によって――爆音によって。

「うわっ、びっくりした！」

と、地濃は音のしたほうを向いて声をあげたが、それはあまりに、現象に対してリアクション能力が低いというものだった。

だって、視線の先ではエッフェル塔よりも巨大な黒煙が、もうもうと上がっていたのだから――ここからは見えないが、方角的には、間違いなく凱旋門の方角。

見えなくとも、魔女としての『先見性』で見える——これから向かおうとしていた地下鉄の駅が、どんな惨状を極めているか。

「おやおや、これはこれは。私達のフランス到着を祝してのサプライズで、花火でもあがったのでしょうか？」

「いや、ふつうにくうばくされとうやろ」

7

というわけで、酒々井かんづめと地濃鑿の珍道中は、凱旋門の最寄り駅への空爆から始まった——当然ながら、待ち合わせをしていた相手は、観光客にまぎれて爆死した。

地濃鑿の勝手な行動は、結果、本人だけでなく、かんづめの命をも救ったわけだったが、その件に関して、彼女が彼女に感謝することは、もちろんありえない。

とにもかくにも、未来を見据える『先見性』の魔法を有する『魔女』をして、先の見えない内偵調査は、ここからが本番である。


（第3話）

（終）

第4話「四国から英国へ！苦労知らずの黒と黒」

0

『これがわからない奴とは友達にはなれない』などと言うような狭量な奴とは、友達になるべきではない。

1

『地球撲滅軍』に編入した馬鹿者の、馬鹿馬鹿しいまでの馬鹿げた危機回避力が描写された次には、再び、まごうことなき本物の天才を描こう——それも、今度は二人同時にだ。

天才。

虎杖浜なのかと同じように、天才と呼称された魔法少女——『絶対平和リーグ』の『体制側』の魔法少女、チーム『白夜』の生き残り。

黒衣の魔法少女。

『土使い』の魔法少女『スクラップ』こと好藤覧。

『火使い』の魔法少女『スパート』こと灯籠木四子。

空挺部隊の部隊長・空々空は、熟慮の末、二人の天才に再度チームを組ませて、内偵調査のために海外へと送り込んだのだった。

空挺部隊のみならず、『地球撲滅軍』全体で見ても明確に突出している、言うならば飛車と角行を組ませて行動させることに、果たしてどういう意図があるのか、空々はあえて説明はしなかったけれど、二人は理由も訊かずに、命令を受理した。

そして二人の天才は、一路、イギリスへと向かう——

2

「まあ、空々くんが私達を組ませた理由って、たぶん、私達が信用できないからだよねー。なんとなく合流して、なんとなく部下になっただけの私達を、自分の子飼いの部下とは組ませたくないって拒否感がひしひしとあるんだろうね、たぶんー。あなたもそう思うでしょ、『スクラップ』？　じゃなくって、好藤ー」

「はっ……、本名呼びは、どうも慣れんの……自分の名前の、正しい発音なんぞとうに忘れてもうたけど、とりあえず『スパート』、やのうて灯籠木、うちのことを『水《すい》筒《とう》』みたいなイントネーションで呼ぶんはやめい。うちは、『水使い』やのうて、『土使い』じゃ」

「あははー、そうだねー。『水使い』は、魔法少女『シャトル』だったもんねー。……あいつの本名、なんだっけ？」

「『火使い』の癖に冷たい奴じゃのう」

「べーだ。自分の名前を忘れてた人に言われたくありませんー」

「かつての部下じゃろ。それに、うちが忘れたのは発音だけじゃ。『シャトル』の本名かて、人情味あふれるうちは、覚えとるわ——確かあれじゃ、国際《くにぎわ》ハスミじゃ」

「へえ？　ふうん、あっそうー。でもまあ、私、つまり黒衣の魔法少女『スパート』が、チーム『白夜』のリーダーだった時代なんて、今となってはもう遥かな過去みたいなもんだよー。今はもう、自分よりも年下の男の子に、いいように命令されて働くだけの、働き者だよー」

「お前のどこが働き者じゃ……、うちにばっかり働かせよってからに。『絶対平和リーグ』にいようと、『地球撲滅軍』にいようと、灯籠木四子のパーソナリティには、どうせまったく変化なんかないんじゃろ」

「うーん。どうかなあ。変化ってもの自体が、私にはよくわからないからねえ。でもまあ、どこの組織だって、私を重宝しないわけにはいかないだろうからねえ。私はどこにいたっておんなじなのかも」

「……のんびりした口調で、聞いたこともないくらい、傲慢《ごうまん》じゃのう」

「いやいや、誤解しないでよ？　私だって、私のこんな性格が、そんなに好きなわけじゃないんだから──こんな性格で、人生が楽しいわけがないじゃない。実際、出会いたいものだよ。私を変えてくれる何者かって奴に」

「ふうん……、つまり、お前に言わせると、空々くんは、今のところ、その『何者か』には足りん人材なんじゃやな？　うちは結構、あの子の、本物の部下になったってもええって思う感じもあんねんけどのう」

「どうだろう。確かに魅力的って言うか、可愛い子だけども、でも酸ヶ湯課長でも変えられなかった私を、変えてくれるほどの人材かって言えば、そうだな、役不足かなー」

「それは正しい意味で？　それとも誤用で？」

「もちろん誤用で」

「かかっ」

「でもまあ、期待はしているよ。実際、『スペース』……、つまり虎杖浜あたりは、空々くんと戦っているうちに、なにやら色々と心境の変化もあったみたいだし」

「まあ、あの子はうちらの中じゃったら、比較的、まともなほうじゃからの——誉田《ほんだ》や国際もそうじゃったけど。……なんや、こうして見ると、チーム『白夜』も、まともな奴から、ぽんぽんぽんぽん死んでいくのう」

「おっと、好藤」

「発音」

「好藤。正しい発音だろうと不吉なことを言うもんじゃないよ。その言いかたじゃあ、まるで虎杖浜が、これから死ぬみたいじゃない」

「自分がまともなほうやないゆうんは、否定せんのやな」

「事実だし。私みたいな奴がまともなわけがないじゃない。それに今回の任務に限って言えば、空々くんと同行している虎杖浜が、一番死のリスクが高いっていうのも、事実だし」

「……ほんまお前、『火使い』の癖に冷たいのう。どんだけ精密に、戦況分析をしとんじゃ。かつての部下を」

「かつてだよ。今じゃない。今は同僚。対等。イーブン」

「……対等でイーブンな同僚なんじゃったら、ちっとは心配したりぃや。そりゃ、うちも、今回の仕事で一番危険なんは、リーダーと同行する、あのリーダーと同行する、虎杖浜のポジションじゃと思うけど——」

「心配してないんじゃなくて、心配いらないんだよ。元チーム『白夜』のメンバーの中で、あいつはまともなほうだけれど、だけど一番ぶっちぎった天才もまた、あいつなんだから。……私と違って、ムラはあるけどね」

「ムラなら、うちにもあるけどな」

「そうだね。だから二人とも、総合的には私に出し抜かれちゃうわけ。常に落ち着いているこの私に」

「ふん。なるほど、酸ヶ湯課長が怠け者のお前を、リーダーに指名した理由が、今になって、ようやっとわかったわ。たとえ働かん奴でも、やる気がのおても、テンションが一定の奴のほうが、使いやすいってか」

「あはは。使いやすさって重要だよ。家電と同じ。天才なら、特に」

「今頃わかってもしゃあないけどな。使いやすさか。それは同時に使われやすさでもあり、向き合いたい言葉やないけどな。……で？」

「ん？　でって？」

「さっき、ゆうとったじゃろ。今度は今更にならんよう、もっぺんちゃんと言えや、総合的な天才——空々くんが、うちとお前をペアにした理由は、何じゃって言うた？」

「ああ、その話？　別にわざわざ、蒸し返すほどのテーマじゃないんだけど。まあいいか、蒸し返すか、おいしいおいしいふっかふかの肉まんのように。えっとね、水筒ー」

「……今のは完璧、水筒ってゆうたじゃろ」

「だから、空々部隊長は、私達、チーム『白夜』出身者三人、三人の天才が信用できないから、一人は自分と組ませて、残りの二人は、こうやってペアで行動させることにしたんだろうなって、そういう予想」

「このペアのことを、『はい、二人組作ってー』のときに、あぶれた最後の二人みたいに言わんといて欲しいのう」

「いやいや、天才っていうのは疎外されて、仕方なく天才同士、結託するもんだからねー。ま、空々くんが私達を信用しないのは、別に私が天才だからじゃないだろうけど」

「あの子は、大抵の人間を信用しとらんじゃろ。人の信用のしかたを、誰からも教えてもうとらんいう感じかな。氷上さんの何かと不遇な扱われかたとか見とうと、あの子に頼られるのは、むしろ避けたほうがええゆうくらいに思うけどな」

「確かに。死のリスクが一番高いのは、空々くんに同行することだけど、任務の難易度が高いのは、氷上班だろうからね——だからこそ、氷上さんのパートナーには、それにふさわしい隊員を選んだんだと思う。まるで組み合わせ数学だね。魔法少女『ジャイアントインパクト』……じゃなくって、地濃鑿と、『魔女』酒々井かんづめを組ませていることと言い、そういう采配は彼、ほとんど最適解を導き出していると思うなー」

「ほとんど？　ちゅうことは、元チーム『白夜』のリーダーとしては、最適とは言えへんってことかいな？」

「そうだね、満点はあげられない」

「上から上から」

「私はむしろ、斜め上をいって欲しかったんだけどねー。だから、私だったら、私とあなたを、ペアで行動させたりはしない――折角のジョーカーだもの、バラして使う。プロセスの問題だよ。ジョーカーが二枚入ってる大富豪で、二枚セットで出しちゃう馬鹿、いないでしょ？」

「地濃が前やっとったぞ」

「じゃあ馬鹿なんでしょ」

「しかも初手で」

「馬鹿過ぎる」

「そのあと二回革命起こして、結果、いっとう最初にあがっとった」

「……天才が生きてて馬鹿馬鹿しくなるような、例外的なエピソードを挟まないでねー」

「すまんすまん。かかっ……、それで、じゃあ灯籠木、お前ならバラしたうちらを、誰と組ませるんじゃ？」

「そこは状況によるけれど、私は平均を取りたいタイプだからね。強いところと、弱いところを、歯車のように組み合わせると思う——偏らせない。だから、たとえば、私と手袋さん、あなたと地濃さんかな？」

「さりげのうちと、アンチジョーカーを組ませるな。地濃の面倒なんぞ、あの『魔女』にしか見られんやろ」

「あはは。ただ、それはあくまでも、組ませるとしたらの話」

「ん？」

「つまり、私達ほどの戦力なら、単独行動を許したほうが、本当はいいって話——合理的かどうかはともかく、効果的ではある。効果的で、成果主義。結果論とも言うんだけれど。酸ヶ湯課長がそうしていたように、ね。要は、天才は、枷《かせ》をつけるか、放任するか、どっちかにするべきなんだよ——空々くんの考えは、『ややこしそうなのは、この辺にひとまとめにしておこう』って発想だもの。私達のことを信用できないのはわかるけれど、でも、一緒に仕事をするのなら、ある程度は任せてくれないと、仕事ができないよねー」

「……なんや、灯籠木、お前、仕事がしたかったんか？　まさかとは思うけれど、お前が働きたいと？　それで愚痴っとるんか？」

「んーん？　仕事がしたくなかったから、それで言祝《ことほ》いでいるんだよ？　私個人の感想を言えば、あなたと組めば私は楽ができるから、超ラッキーだって思ってる。どれだけ感謝してもしたりない。空々部隊長、ナイス」

「…………」

「あれ？　どうしたの、好藤？」

「…………」

「好藤覧？」

「うちの本名を、胡蝶蘭《こちょうらん》みたいに発音するな」

「胡蝶蘭がいきなり黙るからじゃない。なに、私の怠け者っぷりに呆れたの？　今更？　私がどれだけ働くのが嫌いな奴かは、あなたが一番よく知っているでしょうに」

「そんなことを一番よく知ってとうは、ないんやけどの……、いや、そうやのうて……、なあ一方の天才」

「なに、他方の天才？」

「かつてやろうとなんやろうと、チーム『白夜』のリーダーやったお前の見解の、ささやかな不備を指摘するつもりはないけれど」

「指摘するつもりはないけど、するんだね。いーよー。私、不備を指摘されるの、大好き。自分が人類の一員だって思い出せる。天才ゆえの疎外感を楽しむのにも限度があるもん」

「空々くんが、うちとお前を組ませた意図は、お前が言うんとは、違うところにあるかもしれん、思うての——まあ、お前が言う通り、空々くんはまず、うちらのことを信用しとらんのは事実としても、や。そんなうちらを、子飼いの仲間と組ませたくないと思うてるのも、確かやとしても——でも、それだけやったら、右左危博士から貸し出された例のふたりと、それぞれうちらを組ませても、よさそうなもんじゃろ？」

「……んー。よさそうなもの、だね。例の二人。乗鞍さんと馬車馬さん。うん。あの助っ人二人の実力は未知数だとしても、それでも私達より上ってことは、絶対にないからね」

「絶対に、とまでは、うちは言わんけどの……、でも、お前の言うところの、平均を取る戦略なら、そう組み合わせせん理由もないやろ——やのに、空々くんはそうせんかった」

「しなかった。うん。なんで？　思いつかなかったから？」

「かもしれんけど、思いついた上で、この組み合わせにしたんやと仮定すれば、別の見方もできる――灯籠木は、各チームの戦力をなるだけ均一化することで、全体の生存率を統一しようとしている。公平で、イーブンに」

「うーん、そんなつもりはなかったけど、そうなのかも。って言うか、それって、リーダーとしては、当たり前の考えかただと思うけど」

「けど、それは同時に全滅のリスクもはらむわな。せやけど、戦力を極端に固めて、思い切り偏らせたら、最弱になったチームは潰れても、最強になったチームは生き残る――少のうても、生存率はぐんと上がる」

「…………」

「そういうことじゃな。空々くんのリーダーとしての指針は、全滅を避ける――なんじゃろ。全体を取ろうとするお前と、全滅を避けようとする空々くん。タイプは真逆じゃけども、どっちも、リーダーの考えかたちゃうんかの？」

「……いやあー、それは確かに、私にはない考えかただなあー。ないない。軽く意味がわからないって言うか」

「なんじゃいな。天才にも、わからんことがあるんかいや」

「幸いなことにねー。あえて理解を示すなら、満点じゃなければ零点でいいって戦略の私と、満点はとれないとしても、二十点でいいから取ろうとする戦略の空々くんの違いってところかなー。二十点なんて、取っても意味ないと思うけど」

「そういう積み重ねを重んじるんやろ。天才と違うて、凡人は」

「完璧主義者じゃないってことねー。強いて言えば、不完全主義者かな？　まあ、確かに彼、物事を俯瞰《ふかん》してとらえているところがあるけどね。空も飛べない癖にー」

「不備を指摘されるのが大好き、ゆーとった割に、不満げやの。のんびりしとるよー
に振る舞っても、やっぱあるんか。天才なりのプライドってえ、めんどいもんが」

「いやいや、だとしてもってことだよ、牅島《すいとう》」

「聞いたこともない発音で、うちの本名を呼ぶな。なんや、だとしても？」

「空挺部隊の全滅を避けたいってのが、空々くんの戦略方針なんだとしても、これじゃあ、筋が通ってないじゃない。私達みたいな、新参者の余所者《よそもの》が、科学の徒とは言えない魔法の徒だけが生き残ったところで、それが空挺部隊の生き残りって言えるの？　究極的には空挺部隊は、空々空そのものを指すんだから、それだったら自分だけが生き残る方法を考えるべきでしょ」

「うん。あの子、保身を第一に考えとる割に、露骨に捨て身やねんよな」

「空挺部隊を、その後再構成する道を残しておきたいって言うなら、空々くんは、虎杖浜だけじゃなくって、私かあなたと、三人組で動くべきだった——それともあの子、自分が要だってこと、わかってないのかな？」

「うちが読むところ、たぶんあの子は、区別がつかんのやろ。信用してる奴と、信用

してない奴との区別――新参者と古参者の区別。それぞれの個性を認めた上で、同じように扱っとう。贔屓《ひいき》ができん――数字で判断しとう。自分と他人も、じゃ。区別できんのやろ」

「…………」

「怪我した右腕を切り落とすことに躊躇もなければ、怪我した頭を切り落とすことにも躊躇がない――残虐でもあるけれど、右腕からしてみれば、これは公平でもあるんじゃろうな」

「……リーダーとしては、危険思想だね。相容れないなあ――そういう風に動くのは苦手だけれど、この任務が終わったら酸ヶ湯元課長にお願いして、私だけでも『自明室』に異動させてもらおうかな――あの人、今となっちゃあ、『自明室』の副室長なんだよね」

「ちゅーか、何を一人だけ、ちゃっかり、空挺部隊から抜けようとしとんねん。さっきからあざと過ぎるやろ。酸ヶ湯元課長のところに行くんやったら、うちと虎杖浜も連れていけや」

「あはは。好藤はともかく、虎杖浜の奴は、空々くんの下にいたほうがいいんじゃないかなー。あいつは天才で、エリートだけれど、たぶん、天才じゃなくなったほうが幸せってタイプだから」

「分析するなあ。天才じゃなくなったほうが幸せな奴なんか、おるんかい」

「いるでしょ、普通に。あるいは、天才的に。私達は天才じゃなかったら生きていられないけれど、虎杖浜なら、一般的に権高な女子中学生、やれるんじゃないの？」

「権高なんは変わらんのや」

「ああじゃなきゃ、虎杖浜じゃないしね。ま、でも、そんな虎杖浜が、酸ヶ湯元課長のことを、一番崇拝しているっていうのは、皮肉なもんだ。酸ヶ湯元課長のためなら、玉砕も辞さない節があるもんね――四国ゲームを管理するときも、あの子が一番働いてたし」

「そして一番働いてないのがお前じゃ。そんなお前が、一人で酸ヶ湯元課長の下に帰ろうとしとんは、やっぱりおかしいじゃろ」

「そうじゃなくなったから、思い出が美化されて、ノスタルジィに浸っているだけで、酸ヶ湯っちの直属っていうのも、それはそれで大わらわだったんだろうけどね――まあ、でも、好藤。あなたがどっち側なのかは、私には断定できないから。あなたが果たして、私のような天才なのか、虎杖浜のような天才なのか」

「…………」

「私の側なら、ちゃんと誘ってあげるよ。いずれにしても、この任務を終えてからの話でしょ。上司の査定もいいけれど、それはすべき仕事を、きちんとしてこそだもんね」

「せやな。組織体制に文句を言うんは構成員の嗜みやけど、言いたいことを言うためには、最低限の役割は果たさんと――駒は、回っとらんと、成り立たん」

「そのイントネーションだと、独楽《こま》だけどね」

「かかっ。そっちの独楽も、回っとらんと、成り立たんやろ」

「そうだねー。独立してて楽しそうだしねー」

「なんや、独立を目論んどるんかい。したたかやのー。まあ、起業するときは、声かけたりいや。なんやかんやゆーて、お前の下は、働きやすかったからな。……ちゅーたところで、そろそろ、この辺じゃな」

「この辺なの？」

「おう。目的地到着――待ち合わせ場所到着じゃ。大英帝国、首都ロンドン――トラファルガー広場は、この真上じゃ」

と、そこで。

地底の底の、底の底――地下八千メートルの岩盤の真下で、天才・好藤覧は、天才・灯籠木四子に、そう言った。

3

空々空と虎杖浜なのかは、民間機による渡米を試みた——地濃鑿と酒々井かんづめは、まず他国に渡って更に他国を経由する列車を利用し、フランス入りを果たした。

空路と陸路。

対して、好藤覧と灯籠木四子が選んだ交通手段は、『地下移動』だった——『土使い』である魔法少女『スクラップ』の固有魔法を最大限の規模で活用し、日本からイギリスまで、トンネルを掘って到達したのである。

地球を半周するほどの距離を掘削し、最短距離で、航空機を使うのとさして変わらないスピードで、数々の国境も入国審査も豪快にすっ飛ばして、目的地であるイギリスへと到着したのである。

魔法少女ならではの経路。

一路というなら、まさしく一路の、直線移動。

等速直線運動。

というには、いささかならず乱暴で、優雅さにも、マジカルなファンタジー性にも欠けた土木作業ではあったけれど。

もちろん、メインで働いたのは『土使い』の好藤だったけれど、働くのが嫌いな『火使い』の灯籠木も、ただ彼女のドリルのごとき高速掘削作業の、後ろをついてきただけというわけではない——地下八千メートルに生じる『地熱』をコントロールして、相棒のために、そして自分のために、快適な労働環境を維持し続けていた。

「魔法少女なんだから、空を飛べばいいのに」

と、彼女達の形式上の上司である空々は、そんな方法でイギリスに向かおうとする二人に大いに呆れたけれど、四国ゲームの最中ならばいざ知らず、現代社会で、長距離にわたって空を飛ぶというのは、機密保持の観点から見れば、あまり好ましいとは言えない。

海の上を行くならまだしも、大陸の上を飛んでいれば、不審物体としてミサイルで撃墜される可能性もある——なので二人は、大陸の下をいくことにしたのだった。

もちろん、あとで地盤沈下など起こらないように、掘ったトンネルはなるべく元通りに埋めながら移動することは忘れない——もしもそのままにしておけば、ひょっとするといつかそれは、日本—イギリスの直通列車を走らせる地下トンネルとして有効活用されたかもしれないけれど、彼女達はとりたてて、地濃鑿のように、電車旅行に興味があるというわけではない。

事実上無尽蔵にエネルギーを発揮できる、魔法少女ならではの、暴力的かつ、極めて安全で、誰にも邪魔されない、妨害工作を受ける余地のない移動手段と言える——まあ、彼女達の場合、仮に飛行機で移動して、イギリス到着までに何らかの邪魔が入ったとしても、二人揃っていれば大抵の脅威には即応できるだろうけれど(仮に飛行機が空中爆発を起こしても、問題あるまい——『火使い』の魔法少女『スパート』がいるのだから)、強大な力を持っていれば、それを使いたくなってしまうのは、天才少女と言えど、例外ではなかった。

彼女達が自分の固有魔法を完全にコントロールできるのが、せめてもの救いと言えた。

「魔法による移動に慣れていると、乗り物の中にぎゅうぎゅう詰めにされて、知らない人と一緒に移動するっていうのが、たまらないストレスになっちゃうよねー」

とは、灯籠木の弁。

あるいは、優秀過ぎる彼女は、基本的に、知らない人が運転しているというだけで、公共の乗り物が信用できないのかもしれなかった。

地下八千メートルを掘削しながら移動することも、普通の神経をしていれば、かなりのストレスになるはずなのだが、その辺りはあまり気にならないらしい。

とは言え、約一日ぶりくらいに浴びる日の光は、二人の少女達にとっては眩しく、そして心地よいものだった。

　四国では特に目を引いていたゴシックロリータのような、暗黒色のコスチュームも、イギリスの地では、そんなに目立つことはなかった——どこからともなく、思いがけず現れた日本人観光客に、一瞬だけ、周囲はざわついたけれども、すぐにそれもなくなった。

（大らかな国じゃのう）

と、好藤は好感を持った。

彼女は大らかなのが好きなのだ。

　自我が肥大し過ぎて、物事にまったくこだわらない性格の灯籠木とは、そういう意味では、いいコンビなのかもしれない。

　空々空がリーダーとして、どうして天才二人を組ませたのか、その意図の本当のところは、本人に訊いてみないことにはわかるまいが、実はチーム『白夜』時代は、滅多なことでは成立しなかった、黒衣の魔法少女同士のコンビネーションが、こうしてあっさり成立していることには、奇妙な感慨があるのだった。

（面映ゆいゆーか、こそばゆいゆーか……、こんなズルいこととしてえーんかっちゅう、背徳感さえあるのう）

　チートにも程がある。

　だから彼女は、空々部隊長の意図を、『突出して最強のチームを作ろうとした』と読んだのだけれど——ただ、仮にそうだったとしても、その意図が、意図通りにきっちりはまるとは限らない。まず一般論として、天才同士だから相性がいいなんてことはないし。

『絶対平和リーグ』がもてあますほど才能過剰で、そして自信過剰の彼女達ではあるけれど、しかし、それゆえに警戒していることもある。

ありふれた言いかたをするなら、黒衣の魔法少女達が唯一『恐れるもの』があって（飛行機などはさておいて）、それは『自分の才能』である——彼女達は、自分の才能が怖い。

恐るべきと思う。

チーム『白夜』をとりまとめていた酸ヶ湯原作が、基本的に彼女達を放任し、なるべく単独行動を取るよう促していたのは、ひとつには、そのほうが彼女達の天才性を有効活用できるからだったが、もうひとつには、それぞれの有する魔法の力が強力過ぎるがゆえに、チームワークとか、団体行動とかは不可能だろうと思っていたからでもある。

最強に最強を重ねる意味はない。

カンストが起こるだけ。

酸ヶ湯原作はそう考えていた。

だが、空々空はそう考えなかった——好藤と灯籠木に、ツーマンセルでの行動を命令した。

（節度もなければ限度もない……、そういう空々くんの性格は、四国ゲームのときに、重々承知しとったし、うちはそういうん、ほんまのところ、嫌いやないけど）

と言うか、かなり好きである。

愛くるしい。

だから地下移動に際しての『雑談』において、つきあいの長い灯籠木よりも、空々寄りの発言をしたものだが——まあしかし、それは気持ちに余裕があるからできる、ディスカッションのようなものだった。

空々の、部隊長としての判断が、正しかろうと間違っていようと——灯籠木と組んで活動することが、吉と出ようと凶と出ようと、当たろうと外れようと、結局のところはどうにでもなると考えているからこそ、本当は断ることだってできたのに、こうして唯々諾々《いいだくだく》と、命令に従って（本人としては、割と真剣に、忠実な部下を演じているつもりである——そもそも部下であることに向いていないのかもしれない）、はるばるイギリスまでやってきたのだ。

所属組織の崩壊という悲劇を経験している彼女達にとっては、『「地球撲滅軍」も同じように、いずれは滅ぶかもしれない』というような予測も、自然立ってしまうのだけれど、自分に自信があり過ぎるため、どこかで『たとえ人類が地球に負けても、自分達だけは生き残るんじゃないか』と思っている節もあり——だから、対地球組織の中に『裏切り者』がいるとか、ロシアの『道徳啓蒙局』が潰されたとか、そういうのもある意味、『世の流れ』として受け入れられなくもないのだけれど、それでも、仕事は仕事。

割り切り、ではないにせよ。

任務は任務としておこなう、最低限の職業意識は持ち合わせているのだった——放任主義の酸ヶ湯原作が少女達に施した、最低限の教育成果といったところか。

「トラファルガー広場って名前なのに、建立されている像は、虎じゃなくてライオンさんなんだねー。格好いいなー。待ち合わせ場所は、ここで間違いないのかな？」

「おうよ。『永久紳士同盟』……やったかな、とにかく、イギリス最大の対地球組織の案内役の人が、ティータイム頃に、ここに迎えに来てくれるゆうとったな——時間的にも、そろそろぴったしって感じじゃ」

「ふうん。じゃ、とりあえず、ここから離れよっか？」

そう言って歩き出す灯籠木に、子細は問わず、ついていく好藤——むろん、フランスはパリのシャンゼリゼ通りで、地濃鑿が待ち合わせ場所の凱旋門から、エッフェル塔見たさに勝手に移動したのとは、これはわけが違う。

わけが違うが、結果的に意味するところはまったく同じだった――『待ち合わせ場所に、待ち合わせ時間に、ただ立っている』だなんて、およそ危険なだけのことは天才のやるべきことではないというのが、灯籠木四子の考えかただった。

天才にふさわしくない。

仮にトラファルガー広場が空爆を受けたとしても、『火使い』の灯籠木にとっては、そんなものはものの数ではないけれど（周辺の観光客をついでに助けてあげるくらいの余裕すらある――助けてあげるかどうかは確率的と言うか、そのときの気分次第だが）、『攻撃される』ということ自体が、彼女はあまり好きではない。『攻撃される』ということは、つまり、『勝てると思われた』ということだからだ――なめるのは好きだが、なめられるのは好きではない。

それを承知している好藤は、いちいち子細は問わない――のんびり屋の相棒の、意外と高いプライドに付き合うのみだ。

意外と付き合いがいい。

ちなみに二人とも、十何年かの人生において、これが初海外となるのだが、それであたふたするということはなかった。四国の街道を歩くのと同じように、ロンドンを歩く――初めての町並みなのに、地図を見さえしない。自分の歩く道で、迷うことなどないと言わんばかりの堂々さで、トラファルガー広場から離れていく。

「待ち合わせ場所がどういうところかは確認できたし、何事もなければ、一時間くらい遅れて行って、合流しましょー」

待ち合わせ相手からしてみれば、かなりはた迷惑な考えかただったけれど、人の迷惑さえ考えなければ、これは任務達成率をあげるための優れたやりかたでもあった。

それを承知しつつ、一応好藤は、

「待ち合わせ相手が短気で、呆れて帰ってもうたらどうする？」

と言っておく。

灯籠木は『待ってもらうのが当然』みたいに考えているかもしれなかったからだ——天才にはありがちなように、彼女は他人の怒りというものが、理解できないところがある。好藤にもそのきらいはあるけれども、それでもその点、灯籠木よりは、いくらかマシだった。

「正直な気持ちを言うと、そっちの展開のほうを、私は望んでいるかな。望んでいると言うか、望ましいよ。知らない人に案内されて、足並みを揃えて、ペースを合わせて移動するのって苦手だし——私達の場合は、案内人なんていないほうが、内偵調査はうまく行くと思うよ」

「ふむ」

それはそうかもしれない。

もっと本当のことを言えば、調査対象の組織にアポイントメントを取って、口実を設けて内部の視察をするような回りくどいことをせず、堂々と調査をおこなうほうが、灯籠木や好藤には向いている——それは才能ではなく資質の問題だ。それでも一応、手続きを重んじたのは、現在の所属組織である『地球撲滅軍』や、現在の上司である空々空に対する、最低限の配慮だった。

待ち合わせ場所に一度は顔を出し、もう一度顔を出すつもりだというのも、やはり最低限の礼儀——灯籠木なりの天才からの歩み寄りのつもりなのだろう。

本心は、好きに調査をしたいはずなのだ。

（その配慮や、歩み寄りを理解できるんは、今やこの世に、うちと虎杖浜くらいしかおらんのやけどのう）

まあ、好藤にしても、『裏切り者』かもしれない組織の人間に案内されて、お手盛りの調査をするつもりはない——『絶対平和リーグ』の『体制側』で、若くして政治的な任務を数々経験してきた彼女達にとっては、『きちんと仕事をする』というのは、『スケジュールを守る』という意味ではない——『結果を出す』ということだ。

成果主義の、結果論。

天才は、結果を出すから、評価される。

「イギリスと言えば、何かな。好藤は、これを機会に、何か見ときたいものってある?」

「どうやろなー。今は観光よりも、なんか食べたい気分かな。ずっと穴掘りっぱなしで、ちぃと腹減ったわ」

地中でも、最低限の食事や睡眠はとったけれど、地上に出たからには、やはりまっとうに空腹を満たしたい。

魔法のエネルギーは無尽蔵でも、好藤の体力は無尽蔵ではない——そこは公平に、十代の少女の体力である。

「そうだね、何か食べよっか。イギリスの名物料理ってなんだっけ?」

「さあ。確か氷上さんは、カロリーに気をつけろっちゅうてアドバイスしてくれよったけど。すごい量で、すごい油で、日本食とは、だいぶん趣《おもむき》を異にするらしい。あれじゃ、ほれ、フィッシュ・アンド・チップスとか?」

「ふうん……、チップスって言われると、お菓子っぽいイメージだけどねー。ふうむ、美食の国、フランスに行った地濃達は、何を食べてるんだろうねー。任務そっちのけで、グルメ漫画みたいなことをしてなきゃいいけれど」

たぶんしている。

好藤はそう思う。

確か地濃は、ガイドブックを片手に、星つきのレストランを何軒も予約していた

——なぜ通訳も介さずに、そうも流暢《りゅうちょう》にレストランをリザーブできるのか、瞠目《どうもく》の光景だった。

まあ、だからと言って、地濃に同行したいとは、決して思わないのだけれど。

何を言われようとも、あの馬鹿者は、好藤の天才をもってしてもフォローし切れない——灯籠木ならばいざ知らず。

「カロリーには女子的に気を配りつつ、食文化の違いを楽しんでみるのも一興でしょー。でも、時間的には、まだ夕食には早いかな？」

「せやな。ティータイムじゃ。ああ、じゃあ、優雅にアフタヌーンティーっちゅうのはどうじゃ？　イギリスに来たら、本場のそれを体験しておいて損はないじゃろ」

「いいねー。それでいこう。アフタヌーンティーって、スコーンとかあるんでしょ？　店を選ばなきゃ、飛び込みでも入れるところはあるでしょー」

そんなわけで二人は、トラファルガー広場から少し離れたホテルの、一階喫茶店に移動した——これは普通に徒歩で移動した。

空を飛ぶこともできるし、地を潜ることもできるけれど、彼女達はなんと、普通に道を歩くこともできるのだ。

注文は好藤が担当する。

英語である。

通常の義務教育を受けていない彼女ではあったが、イギリスに来るにあたって、短期間でできる限り、語彙《ごい》を詰め込んできた。なにぶん急な任務だったので、流暢なブリティッシュ・イングリッシュとまではいかないけれど、観光客としての日常会話くらいは、なんとかなる。

もちろん、「注文は任せるよー」という灯籠木も、喋れないから黙っているわけではなく、ある程度の現地語を習得している――凡人とのコミュニケーション能力に難があるだけだ。

他国の言葉をそんな風に、服でも着るようにあっさり身につける二人（と、虎杖浜なのか）に、魔法少女の中ではまだ通常教育の経験が多いほうの、しかしだからと言って英語はからっきしの手袋鵬喜あたりは絶句していたが、そこで絶句するところが凡人なのだと、好藤は思った――気弱で情緒不安定な同僚を、昔の癖でうっかり見下してしまいそうになって、かなり反省した。たとえ平凡でも、同僚を見下してはならない。

なので、軽蔑しかけたことへの反省を示すために、昔の彼女だったら考えられない、親切なアドバイスをしてあげた。

「言葉なんて結局、自信じゃわ。違っていても間違っていても、がんがん喋っとけばええんじゃや――『あ、これはそういう方言なんかな』ちゅうて、合わせてくれるわ」

だから絶句すんな、黙るな――と、生まれてこのかた、堂々としたことなんてないんじゃないかと思われる手袋鵬喜に言いつけてみたが、どうやら彼女の親切は伝わらなかったようだった。

天才の意見は参考にならないと思われてしまったかもしれない――しまった、またひとつ天才のイメージを悪くしてしまったと、好藤は異なる反省をすることになった。

反省が活きないのも天才の天才らしさであるとも言える。

（英語であれじゃからな。あの元魔法少女を、フランスに行かせんかったんは、空々部隊長の配慮っちゅうとこか――でも、黒衣の魔法少女を、全員英語圏に固めたんのには、何か意味があるんかな？　たまたまかな？）

たぶん、意味はあるのだろう。

どこに誰を、誰と組ませて派遣するかについて、随分と考えていたようだし、ランダムな選択は、ほぼしていないはずだ。

（言語は関係のうて……、うちと灯籠木の、この魔法少女のユニフォームが、できる限り浮かんとこを選んでくれたってとこか？）

「『裏切り者』かー。それにしても、何を考えているんだろうねー」

と。

注文した紅茶の到着を待っている間に、仕事の打ち合わせを始めようということだろうか、灯籠木がそんな風に切り出してきた。

あちこちで無粋なシャッター音がするような、いわゆる観光客向けの喫茶店ではなく、現地に馴染んだお店だったので、日本語で話している限りは、周囲に配慮する必要はないだろう。

多少日本語がわかる者がいたとしても、片方の好藤がきつめの方言で喋るので、内容はやっぱり、よくわからないはずだ。

「人類と地球との戦争において、地球側につく——そんなことをしても、『裏切り者』が人類であることには違いないんだから、最後には、自分達も滅ぼされちゃうんじゃないのかな？　それくらい、馬鹿でもわかりそうなものじゃない？」

「地球に味方すれば、自分達だけは助けてもらえると思うとるんちゃうんか？　他の人類はどうなってもええから、自分だけは助けてくれって、地球様にお願いするつもりなんじゃろ」

「地球に、そんな区別、つかないと思うけど。『大いなる悲鳴』で、人類の三分の一を削ったときも、そうだったじゃない——老若男女も貴賤《きせん》も賢愚も、天才も凡才も、関係なかったじゃない。あのとき、地球温暖化を訴えていた人達だって、環境保護を謳っていた人達だって、一切合切関係なく、やられちゃったでしょ」

「まあ、そうじゃな。じゃが、地球にそんな区別がつかんちゅうことが、全員の共通認識っちゅうわけでもない。誰もが最適で合理的な判断ができるわけじゃないやろ――大組織の幹部でも、それは変わらん。組織が代替わりするうちに、『人類なんて滅んだほうがええ』とか、そんな危険思想というか、子供みたいな潔癖な考えかたをする奴が、トップにつくこともありうるわ」

「子供みたいな潔癖な考えかた、か。そういう意味じゃ、私達はとっくに大人だねー。汚れた大人だねー」

大人ぶることが面白かったのか、くすくすと笑う灯籠木――そう言えば、テーブルを挟んだ向こう側にいる少女が、割と自然の風景を愛するタイプだったことを、好藤は思い出す。

四国ゲームの最中でも、灯籠木は高知の仁淀川《によどがわ》で泳いで遊んでいた――『人類なんて滅んだほうがいい』とは思っていなくとも、そういう意味では灯籠木は、『地球もそんなに悪くはない』くらいは、思っているのだった。

（『地球撲滅軍』の、お堅い連中には、口が裂けても言わんほうがええ台詞やけどな――背信を疑われかねんわ）

いや、言ったところで、誰が灯籠木を処分できるのかという話か――窓際部署の空挺部隊のアンタッチャブル加減を完成させているのが、他ならぬ黒衣の魔法少女なのだから。

（その辺は、空々くんとうちらで、お互い様の共犯関係でもあるんじゃが……）

「実を言うとさ。言っちゃうとさ。ついさっきまでは、私達がこれから調査する『永久紳士同盟』が『裏切り者』である可能性って、結構高いと思っていたんだよ」

「ふうん？　なんで？」

相棒からのいきなりの告白ではあったが、大して驚きはしない――好藤は、その件について、あまり深くは考えておらず、『そうかもしれないし、そうじゃないかもしれない』くらいに捉えていた――どっちでもいいし、どっちでも対応できるという自負があった。

大らかだ――大らかでない部分以外は。

「や、地下でしてた話の続きになっちゃうけども。空々くんが、こんな風にチームを編成した理由……、私と好藤を組ませた理由が、『信用できない二人を固めておけ』だったとしても、結果としてできあがるのが最強のチームであることは確かじゃない」

自分達を最強と、さらっと言う。

もちろん、好藤はその点、反論しない――反論の余地がないからだ。

「だから、その最強のカードは、もっとも疑わしい組織に送り込むと思っていた。内偵調査をおこなう六つの組織に容疑の濃淡はないって、右左危博士は言ってたらしいけれども」

「まあ、先入観を持たんようにの物言いやろうし、『あえて順列をつけるなら』ちゅう、疑わしさはあるかもな——そしてどんな微差であれ、誤差の範囲内であれ、少しでも任務の成功率をあげるためには、最強のカードは、もっとも疑わしい組織に切りたいわな。いや、それは別に、うちがでっちあげた説でも、おんなじなんちゃうん？」

「好藤がでっちあげた説は、空々くんはチーム編成にあたって、『全滅を避けようとした』でしょう？　それを徹底するなら、最強のカードは、むしろもっとも容疑の薄い組織相手に、切るんじゃないかって思って」

「……………」

「だからわかんなくなっちゃったの。『永久紳士同盟』が、果たしてどれくらいの疑わしさなのか……、その評価も、つまるところは空々くんがしているんだろうし」

「うちの考え、ゆうてもええか？」

「いいけど？　何、『永久紳士同盟』の疑わしさについて、何か考えがあるってこと？　聞きたいなー、自分と同じレベルの天才からの一家言」

「『永久紳士同盟』やのうて、どっちか言うと、うちが考えとるんは、『道徳啓蒙局』

のほうやな――右左危博士の話やと、かの組織、大組織は、『裏切り者』の不意打ちを食らって、あっという間に潰されたっちゅうことやんな？　でも、そんなことって、ほんまにあるんじゃろか」

「ん？　最初の情報からして怪しいってこと？　あのマッドサイエンティストさんは、一応、その可能性も考慮していたはずだけれど――でも、情報の出所は確かでしょ？　私達にとっては、特に」

ロシアに交換留学制度ならぬ交換スパイ制度で送り込まれていたのは、『絶対平和リーグ』のスパイである――彼女はチーム『白夜』に入れるほどの天才ではなかったけれど、しかし、そのチーム『白夜』の渉外係、魔法少女『スペース』に目をかけられていた、言うならば期待の星だった。

本当にお星さまになってしまったが。

そんな彼女が、死ぬ直前に送ってきた情報だ――信じてあげたいと思う気持ちは、好藤には強い。彼女ほど情に厚くない灯籠木にしても、それは同じだろう。

「……どっちの名前で呼ぶべきかな。あの子のことは。魔法少女としての名前か、それとも、女の子としての名前か」

「『道徳啓蒙局』の一員として死んだんじゃ。どっちでもないじゃろ――パドドゥ・ミュールが、あくまでも『絶対平和リーグ』の一員として、パドドゥ・ミュールとして、死んだように」

「かな。で、じゃあ、彼女の最後の報告、たぶん命がけの報告が、信じられないって話じゃないんだよね？　じゃあ、何が信じられないの？」

「最後の報告はともかく、うちが気になるんは、それまでの報告じゃ——ロシア最大の対地球組織『道徳啓蒙局』。あそこが、報告通りの組織じゃったんなら、たとえ不意打ちであろうと、あっという間には、潰されんと思うんじゃよ」

「……んーん？　そう？」

首を傾げる灯籠木の様子は、まるで『私だったらできるけど』と言っている風にも見えるが、さしもの天才だって、一人でかの組織に立ち向かおうとは思わないだろう。

個の力を知り尽くしている天才だからこそ、その限界というものも、また知っている。『無知の知』とは少し違う——彼女は、自分が何を知っているのかを、知っているのだ。

己の裁量を把握している。

だから、「まあ、『あっという間に』っていうのは、ちょっぴし不自然かもねえ」と傾げた首を元に戻した。

「なにせ、ロシアはあの国土だからね。人口も多いし、範囲も広い——それこそ、今私達がしようとしているみたいに、すべての拠点を同時に攻撃するような無茶をしないと、瞬殺することはできないでしょ。だけど、そんなスケールの大きな軍事作戦を、秘密裏におこなえるとは……。『絶対平和リーグ』は一歩踏み込んでいたとしても、世界各国の対地球組織も、『道徳啓蒙局』に対して通常の内偵は実行していたはずだもの」

「それなのに、今のところ、『道徳啓蒙局』の壊滅を知ってるのは『地球撲滅軍』だけっちゅうんは、いささか、違和感がある――ちゅうか、『地球撲滅軍』とて、ほんまのところ、ちゃんとそれを知っとるんかどうか」

「それは、『地球撲滅軍』も、まだ事態の全貌《ぜんぼう》をつかめていないってこと？　だから私達が動いているんでしょ？」

「いや、そういう意味やのうて――うちが言うとるんは、ロシアのスパイからの情報は、右左危博士しか知らんのやないんかっていう疑いじゃ」

「！　ああ。……そっか、酸ヶ湯元課長と右左危博士の繋がりがあるから、あの人、スパイちゃんと直接、コンタクトが取れるんだ――逆に言えば、ロシアからの情報を、自分の判断で、自分の段階で止めることもできる」

「もちろん、全部を隠してはおらんじゃろけどな。ただ、あの人もあの人で、組織に忠誠を誓ってるわけやない。抜け抜けと生き馬の目を抜いとう。上層部からの命令を装って、空々くんに独断で指示を出すくらいのことは、やりかねんじゃろ」

「そうだね。じゃあ、好藤は、スパイちゃんからの情報を、上層部にまともに報告していないどころか、空々くんにも、右左危博士がねじ曲げて伝えてるってこと？『道徳啓蒙局』が潰れたのは本当だとしても──『裏切り者』がいるのも事実だとしても──何か、伏せられている事情があるだろうってこと？」

「伏せられているのは、事情やのうて、カードかもな」

灯籠木の見解を聞きたくて話し出した『考え』だったのだが、喋っていると、好藤の中でもだいぶん、まとまってきた。

そうなると、この任務を空挺部隊に発令するにあたって、『自明室』から、助っ人を二名、貸し出してきたのにも得心がいく。

それもまた──スパイ。

内偵調査をおこなう部署に対しての内偵。

乗鞍ぺがさと、馬車馬ゆに子。

あの二人が──カード？

……状況が込み入ってきて、こうなると誰も信じられない以前に、誰もが誰一人も信じていないというような、疑惑しかない人物相関図ができあがりそうだ。

そんな悲しい登場人物紹介表があるだろうか。

（待ち合わせをないがしろにするんはどうかとも思うたけど……、こうなると、灯籠木の主義に従って、トラファルガー広場から離れたんは、普段以上に正解やったかもな――『永久紳士同盟』が信用できるかどうか以前に、『地球撲滅軍』が知っている通りの動線で活動すること自体が、危ういかもしれん。ひょっとすると、一時間後やろうと、戻らんほうがええかな――)

手配しておいたホテルも、変えるべきか。

アフタヌーンティーを終えたら、この喫茶店の入っているホテルに、空きがあるかどうかを確認してみようか――と、好藤が灯籠木に相談を持ちかけようとしたところで、会話は中断させられることになった。

紅茶と茶菓子が届いたのだ。

(ま、ええタイミングじゃな)

運んできてくれた店員に、英語で『ありがとう』と言う好藤――灯籠木も会釈をした。あんまり会釈なんてしない奴なのだが――その店員が、いかにも英国らしいタキシードを着た、金髪のハンサムだったからかもしれない。

ハンサム好きの灯籠木である。

「ユア・プレジャー」

と、金髪のハンサムは微笑する。

灯籠木でなくとも見とれてしまいそうな、そんな甘い笑顔のままで、彼は深々とお

辞儀をし、

「そしてお待たせしました、好藤さま、灯籠木さま。待ち合わせ場所からどちらに移動されたのか、突き止めるのにほんのちょっぴり、手間取ってしまいまして」

と、流暢な日本語で言ったのだった。

「それとも黒衣の魔法少女『スクラップ』さま、同じく黒衣の魔法少女『スパート』さまとお呼びしたほうが、よろしいですか？」

4

金髪のハンサムは、アールグレイ・アッサムと名乗った。

メニューを見て思いついたとしか考えられないその名乗りは、あまりにも偽名っぽ過ぎて、問いただす気も失せる――偽名と言うより、コードネームなのかもしれないけれど。

見てみれば、運んできた紅茶は三人分で、それらをテーブルに並べた後、アールグレイ・アッサムは当たり前みたいに席に着いた――さすがに生粋《きっすい》の英国人だから、ティーカップがさまになる。

いや、生粋の英国人かどうかも定かではない――本当に、待ち合わせをした『永久紳士同盟』からの迎えかどうかも怪しい。

(『魔法少女』のことは、日本国内でも極秘扱いのはずじゃのに——なんでコードネームまで知っとんじゃ？)

即座に殺すべきか、と思うほどに、好藤の警戒心は跳ね上がった——けれど、灯籠木の反応は、それとは対照的だった。

彼女はハンサムに見とれたままだった。

「いやー、さすがは『007』のお国だねー。上手に隠れたつもりなのに、すぐに見つかっちゃったもんなー」

なんて、明るい調子で言っている。

しかもぺらぺらの英語で。

美形が相手なら、相手に合わせることも辞さないのだろうか。

「日本語で結構ですよ、灯籠木さん」

と、アールグレイ・アッサムは言う。

甘い笑顔も、今となってはただただ不気味に見える——灯籠木にはまったくそう見えていないようだけれど。

(少女兵ばっかりの『絶対平和リーグ』におるときにはわかりづらかったけど、こいつ、男で失敗する、典型的な才女なんかもな……)

共に旅することで、新たな発見もあるものだ。

「日本の友達から送ってもらった漫画やアニメを楽しんでいるうちに、すっかり覚えてしまいまして……でも、間違っていたら、遠慮なく訂正してください」

こちらの文化に理解があるような、そんな上っ面の社交辞令を灯籠木は鵜呑《うの》みにしたのか、

「そうなんだー。クールジャパン万歳だねえー」

なんて、謎の相槌を打っている。

『火使い』がクールジャパンとか言うな。

好藤も、そんなに仕事熱心というタイプではないのだが、ここは自分が労働意欲を発揮するしかなさそうだと思い（何が『最近の日本のコミック・シーンはねー』だ）、

「それで」

と、危うく盛り上がりかけていた、アールグレイ・アッサムと灯籠木の話を強引に中断させる。

「これからさせてもらう、視察の件なんじゃけど、ちいとわけありでのお、省いて欲しい手続きがあるんじゃきに、構わんかの？」

日本語で構いませんというアールグレイ・アッサムに対して、挑発的に、わざと好藤は、強めの方言で話しかける——こちらの前身を、調べ上げている程度のことで、

主導権を取ったと思われても困る。

だが、まさか好藤の出身地まで調査しているのか、方言も意に介する様子もなく、

「ええ、構いませんよ。日本からいらしたお客様のご要望には、できる限り応じるよう、ご当主様からは言われておりますので」

と、アールグレイ・アッサムはこちらを向いて、笑顔のままで応じた——伝わっている。ならば挑発も伝わっているはずだが、そちらには無反応だった。

これではまるで、突っかかった好藤が小物みたいだが、彼女は自分が小物ではないとちゃんと自覚しているので、その点は気にしない。

気になったのは、

(ご当主様？)

という芝居がかった——を通り過ぎて、時代がかった物言いだ。

上司のことを言っているのだろうか？

日本語に訳したことで、ニュアンスが変わってしまっているのかもしれないけれど——そういう目で見れば、なるほど、タキシード姿のアールグレイ・アッサムは、少年執事の趣もある。

(少年執事——それこそ、日本の漫画の登場人物じゃがの)

しかし、そんな疑問は、アールグレイ・アッサムの、次なる言葉で吹っ飛んだ——

それどころではなくなった。

「なにせ、ロシアの『道徳啓蒙局』が潰されたとなれば、我々英国、『永久紳士同盟』としても漫然とはしていられません。せめて日英だけでも一致団結し、『裏切り者』を突き止めなくては」

「…………！」

好藤達の個人情報どころか、任務の詳細まで知られている——と言うか、『道徳啓蒙局』の崩壊を、『地球撲滅軍』以外の組織が知っているとなると、さっきまでの話が、根底から覆《くつがえ》る。

（……いや、そうじゃなくって。『道徳啓蒙局』の崩壊を知っているちゅうんは、イコールで、こいつらが崩壊させた『裏切り者』じゃっちゅうことちゃうんか……？）

当たりを引いたのか。

ならば、こうして彼と、同席しているというのは、極めてまずいんじゃあないのか——だとすれば、室内というロケーションは、好藤にとっては、あまり好ましくなかった。

使うべき『土』が、付近にない。

いや、英国式の建物は石造りだから、『石』を砕いて『砂』にして、使うことは可能だろうか？　やったことがないからわからない。

それとも、ここは、ロケーションなんて関係のない『火使い』に任せるべきか——

しかし、元チーム『白夜』のリーダーであるその『火使い』は、

「詳しいねー。さすがは『スパイ大作戦』のお国だねー」

などと、完全に腑《ふ》抜《ぬ》けていた。

危機感のかけらもない。

(そしてその上、『スパイ大作戦』は、アメリカの番組じゃ)

「じゃ、ここで日英同盟を結んじゃおっかー。えっと、一九〇二年以来だっけ？　歴史的だねー」

「ええ、是非。仰るとおり、事務的な手続きなど、踏んでいる余裕などありません。僕がつかんでいる情報によりますと、フランスの『宿命革命団』に向かわれた、あなたがたのお仲間が、襲撃を受けているようですから」

と、更なる情報を開示するアールグレイ・アッサム。

まあ、地濃鑿と酒々井かんづめの心配をするほどためにならない、人生の浪費はないだろうが、しかしイギリスにいながら、フランスでの出来事を、リアルタイムで把握しているアールグレイ・アッサムに、好藤がいよいよ圧倒されていると、

「『僕』じゃなくて『私』だよ？」

と、灯籠木はこともなげに、ハンサムの日本語を、無遠慮に訂正した。

「ああ、それとももしかすると、それで男装しているつもりだったのかな？　アールグレイ・アッサムちゃん」

「…………」

そう呼ばれて。

少年執事の顔から、笑顔が消える。

否――少女執事の顔から。

現れたのは、能面のような無表情だった。

5

ハンサムだったら女の子でもいいという、パートナーの好みの広さも判明したところで、ティータイムは終了。

二人の天才少女は、内偵先との化かし合いのような顔合わせを終えて、これより本格的な仕事に入るのだった。


（第４話）

（終）

第5話「鋼の意志と袋小路！任務尽くしの満漢全席」

0

悪人でなくとも悪事を働くように、善人でなくとも正義はおこなえる。何もしないことは、誰にでもできる。

1

「もちろん、私を手袋ちゃんと組ませてくれるんでしょうね、そらからくん」

かつて『パンプキン』と呼ばれていた『絶対平和リーグ』出身の元魔法少女、杵槻鋼矢は、かつての同盟相手であり、現在は上司である、『地球撲滅軍』の新設部署・空挺部隊のトップ、空々空に向けて、そう言った。

言われた空々は、

（敵わないなあ、この人には）

と、なんとも言えない気持ちになる。

珍しい気持ちだし、それを言うなら、気持ちになること自体、珍しい。

『自明室』室長の左右左危博士から空挺部隊としての初任務、その詳細を聞かされて、彼は最優先で、誰をどこに、誰と組ませて派遣するかを決めねばならなかったわけだが――当然、リーダーとして、全責任をもって、それを専決すべきなのは前提としても、叩き台として作ったその素案を、誰にも相談しないままで決定稿にするほど、彼は独裁的ではなかった。

独裁者たりうるキャプテンシーがない。

と言うか、自分の戦略的判断が、時として逸脱しがちであることくらい、さすがに自覚している――四国でもそれで散々、色んな魔法少女に迷惑をかけたものだ。

迷惑では済まないのだがまあ、およそ迷惑としか言いようがない。

なので、中でも空々から迷惑を被ったと言える魔法少女である鋼矢に、考えた組み合わせをチェックしてもらうことにしたのだった。

なぜ彼女にチェックしてもらうことにしたのかと言えば、こういうとき相談できる相手が、なんとも寂しいことに、彼には、杵槻鋼矢しか思いつかなかったからである。

『絶対平和リーグ』香川本部・チーム『サマー』の異端児・杵槻鋼矢。

ごくわずかな例外を除いて、最年長の魔法少女――チーム『白夜』からも一目置かれていた、そして何より、空々と同盟を組み、長時間行動を共にしながらも意外なことに命を落とさなかった、数少ない『相棒』である。

あらゆる点から見て、彼女は空々以上の『生き残りの達人』である――ゆえに、最低限、彼女の審査を通らないようでは、空々が組み立てた素案など、全没にするしかないということだ。

少人数の空挺部隊にそんな大仰な役職はないけれども、言うなら、参謀の役割を、彼女に担ってもらおうとしたのだ。

本来、そういう相談は、空挺部隊の副隊長であり、軍歴もそれなりに長い、空々の世話係であると同時に、秘書的な存在である氷上竝生にするべきなのかもしれないけれど（少なくとも彼女は、空々が自分ではなく鋼矢に相談したことを知れば、確実に気分を害するだろう――しばらくの間、ボリュームダウンした食事が食卓を飾ることは避けられない）、他人の気持ちを斟酌《しんしゃく》するのが極めて不得手な空々から見ても、氷上の空々に対する献身ぶりは異様なので、こんなチェックをお願いしても、『さすが、素晴らしいです。是非とも、この案で行きましょう』で、会議が終わってしまう公算が非常に高い。

それはよろしくない。

（たぶん、氷上さんは僕のことを、弟と重ねて見ているんだろうけれど……、その弟を、僕が再起不能にしたんだっていう事実を、それとどう辻褄《つじつま》を合わせているんだろう？）

謎だ。

まあ、再起不能の件については空々にも言い分はあるのだけれど（空々は、彼から『師匠』を殺されている）、その辺りの機微がさっぱりわからないのが空々の『他人の気持ちを斟酌できない』ところなのかもしれない。

ともかく、そんな氷上の献身的自己犠牲に関しても、素案にはきちんと織り込んだつもりだけれど、果たしてそれを、鋼矢はどう判断するだろうか――なんだか、まともな義務教育を受けていた頃の定期試験のようだと思いつつ、まずは前段階として、任務の概要を話しただけで、鋼矢はこう言ったのだった――「もちろん、私を手袋ちゃんと組ませてくれるんでしょうね、そらからくん」と。

敵わない。

「……そのつもりでした」

空々は頷く。

手の内を見抜かれたような感覚は、むしろ心地いいくらいだった――そのことと、鋼矢が『あの人』と、既知の間柄だったことは、あながち無関係ではないのだろう。

杵槻鋼矢と剣藤犬个《けんどうけんか》。

どれくらいの仲だったのかは、うまくはぐらかされている感もあるが――まあ、鋼矢の斜《しゃ》に構えた性格からして、たとえ裏事情があろうともなかろうとも、『友達だった』なんて、素直に言うわけがないのだが。

今だって、『組ませてくれるんでしょうね』なんて言い回しも、実に鋼矢らしかった——なんともひねくれている。

「正直、これもまた消去法なんですけどね……、空挺部隊の、僕を含めた十人のメンバーの、全組み合わせをリストアップしてみたりもしたんですけれど、すべてが上首尾にペアリングできるパターンって、やっぱりないって言うか……、僕が言うことじゃないんですけれど、みんな、それぞれに癖があって」

危うく全部消えてしまうところだった——消去法過ぎる。

「まあ、確かにそらからくんの言うことじゃないわよね」

おかしそうに笑う鋼矢。

どこかからかっているようでもあり、それはおよそ上司に対する態度ではないのだが、しかし、もとより空々は、自分が鋼矢の上司たりうるとは思っていない。

参謀どころか、本当なら彼女にこそ、空挺部隊の隊長になって欲しいと思っているくらいだ——そういう責任ある役職こそを、むしろ彼女は嫌うだろうが。

(それもまた、うまくいかないもんだよな……)

適材適所とは、存外、難しい——適者生存ならまだしも。

「地濃さんのことは、かんづめちゃんに任せるしかないと思うんです。幼児に、かなりの負担を強いることになりますが……、でも、かんづめちゃんもかんづめちゃんで、地濃さんといることで、ひょっとすると、生存率が上がるんじゃないかと……、気安めのような確率調整ですが。なんだかんだで、四国では、まだ前世の記憶が戻りきってない頃の『魔女』を保護していたのは、地濃さんですし」

「そうね。じゃあ、最初に決めたのが、その組み合わせ？」

「いえ、最初に決めたのは、僕と虎杖浜さんの組み合わせで……」

一拍遅れてしまったが、空々は考えた素案の前半部――メンバーの組み合わせに関する部分を、一通り、鋼矢に教えた。

ふんふんと、感心したように頷きつつ（本当に感心しているのかどうかは定かではない）、最後まで聞き終えて、

「ま、いいと思うわよ」

と、ぐっと親指を立てた。

陽気な動作を鵜呑みにはできないが、どうやらここまでは合格点をもらえたらしい――そして、手袋鵬喜とペアを組んで欲しいというお願いも、それもどうやら請け負ってくれたようだ。

空々は、鋼矢が少しでも難色を示したら、すぐに引き取るつもりだったのだが、少

なくとも表面上は、彼女はそんな態度を見せない。

「なによ、そんなびくびくしなくったっていいでしょ——そらからくんは部隊長なんだから、いちいち私の機嫌なんてうかがわないで、命令してくれれば、それでいいのに。下知に逆うような真似はしないわよ」

折角の海外旅行だし、そらからくんと二人で行きたかったって気持ちはあるけどね——と、冗談っぽく付け加えるのみだった。

「——あの子の分まで、ね」

「…………」

「まー、だから、『やれ』って一言言ってくれたら、手袋ちゃんの面倒くらい、見てあげるって。それが簡単だとは言わないけれど、『地球撲滅軍』に入隊して、はや三ヵ月。いつまでもタダメシ食らってるわけにはいかないしね——はは、タダメシじゃなくて、冷や飯かな？　とにかく、仕事できるってとこを見せないとね」

おどけたようにそう言ってから、少しだけ間を置いて、

「一番見せなきゃいけないのは、手袋ちゃんだけれど」

と、鋼矢は言い足した。

「……ですよね、やっぱり」

「うん。私も、私のルートで探ってみたけど、あの子の評価が、やっぱり断トツで低

い――四国ゲームを、『たまたま生き残った』だけだと思われている。いくら空々空率いる空挺部隊がアンタッチャブルだからと言って、このままだとあの子に限っては、使い捨てにされるかもしれない――『地球撲滅軍』は、『絶対平和リーグ』より、女の子に厳しめの軍隊だものね」

それは、今は亡き出身組織への皮肉だろうか。

いや、しかしそう言えば、確かに『絶対平和リーグ』は一応、魔法少女を徹底的に甘やかす方針を取っていたのだった。

スポイル型の支配体制だった。

生きる方法がわからなくなるくらい、とことん甘やかす方針――そんな方針の中でも、自分を見失わず、したたかに長生きしてみせたのが杵槻鋼矢だとすると、対象的に、完全にスポイルされてしまったのが、手袋鵬喜だ。

それは空々は後から知ったことなのだが、どうやら手袋は、『大いなる悲鳴』後に『絶対平和リーグ』へ入った、ぴっかぴかのルーキーだったそうだ――つまり、人間性を失わされた上で、魔法少女としても、未成熟。

そういう視点では、手袋は『癖がある』どころではない――これは空々でもはっきり言える、『危険人物だ』と。

そしてもちろん、四国ゲームを終える際に、手袋は与えられていたコスチュームも、マルチステッキによる固有魔法も、血識零余子《ちしきむかご》に返却している――彼女が今後、『地球撲滅軍』の戦士として役立つかどうかは、はなはだ怪しい。

成り行きで空挺部隊に所属していなければ、既に処分されていてもおかしくない。

「当然ながら、実際に彼女を知っている私達は――彼女と戦ったり、彼女と一緒に戦ったりした私達は、知っている。あの子のただ者じゃなさと、とんでもなさを知っている――けれど、それは間近で戦って、敵として味方として戦って、肌で感じたから言えることよね？　報告書を読んだだけの『地球撲滅軍』の上層部には、絶対に伝わりっこない」

そう言われて、空々も同意する。

そして問題なのは、仮にその『ただ者じゃなさと、とんでもなさ』が伝わったとしたら、それはそれで、処分される可能性が、一層増しかねないということだった。

危険人物――だ。

空々が（それは氷上の手を借りて）出した報告書を精査すれば、手袋が四国ゲームを、主に悪いほうにかき回した戦犯であると判断されても不思議ではないのだ――できる限り、そう読み解かれないよう、努力して作文したつもりだが。

まあ、空々が手袋を、どうしても庇《かば》わねばならない積極的な理由があるわけじゃあないのだけれど（ヒステリーを起こした彼女から、真剣に殺されかけている）、しかし、一緒に命からがら四国を脱出した仲だ。

四国ゲームを生き延びた彼女に、『地球撲滅軍』で長生きしてもらうためにも、ここでひとつ、手袋にはわかりやすい手柄をあげてもらいたい——だから、鋼矢に任せたいのは、そのサポートだった。

同じ四国出身者でも、これは虎杖浜や好藤や灯籠木といった、チーム『白夜』の、黒衣の魔法少女には任せられないポジションだった——根っこの部分から枝葉末節に至るまで、隙間なくエリートの彼女達には、手袋の気持ちなんてわかるまいし、わかろうともしないだろう。

（気持ちがわからないところまでは、僕も同じだけれどね……）

そしてエリート意識ならぬコンプレックス意識を軸に持つ手袋のほうも、四国ゲームが終わったあとも、変わらず『魔法少女』であり続けている彼女達に、あえて、助けてもらおうとは思うまい。

もちろん、かつて殺し合った空々空にも。

夢にも思うまい。

仮に手袋が助けを求めるとすれば、かつて同じチーム『サマー』に所属していて、同じく魔法を失っている元『魔法少女』、杵槻鋼矢をおいて、他にいない——

「……ってことは、ないだろうけどね。むしろ逆って言うか、あの子、私のことを一番恨みに思っている節があるし。私のことを、うんと恨んでいる。チーム『サマー』が全滅したのが、私のせいだと思っているみたい——まあ、そりゃあ私が原因のひとつであるのは否定しないわ」

「ええ、でしたよね。ただ、その辺、ちょっとよくわからないんですけど……、チーム『サマー』の全滅について、僕よりも鋼矢さんを恨むっていうのは……筋が通らないというか」

「恨みやすいところを恨んでるんでしょ——筋を通す筋合いなんて、あの子にはないわ。彼女としても、そらからくんのことは、今となっては、恨みにくいでしょうしね。大丈夫よ、私、恨まれるのは慣れてるし」

恨まれるのに慣れることなんてあるのだろうか——まあ、『絶対平和リーグ』で生き延びるというのは、そういうことなのか。

してみると、手袋に抱かれている怨恨など、彼女からしてみれば、存外、可愛いものなのかもしれない。

明らかに自分を快く思っていない者との二人旅なんて、空々にとっては、想像するだけでもぞっとしないが——

「じゃあ、手短にまとめると、そらからくんが私に与えたい特命は、手袋ちゃんと同道して、彼女に手柄をあげさせるってことね。仮に潜入する異国の対地球組織が『裏切り者』でなかったとしても——とにかく、何らかの手柄を」

「そういうことです……、ただでさえ内偵調査なんて、降ってわいたようなややこしい任務なのに、負担を増すようなことを頼んで、申し訳ないんですけれど」

「大丈夫よ。そんな風には見えないと思うけれど、私はそらからくんのためだったら、なんでもするつもりよ——それだけの恩はあるもの。ただし、条件を一個、出していい？」

「なんなりと」

そう言いつつ、ネゴシエーション上手の鋼矢が、どんな条件を出してくるのか、空々は内心で身構えたが、果たして彼女の要求は、

「私達の行き先は中国にしてくれる？」

というものだった。

「魔法少女のコスチュームを脱いで久しい私だけどさ。実は前々から着てみたかったのよ——チャイナドレス」

2

それについては運良くというか、元々の素案の段階で、空々は鋼矢と手袋のペアに

は中国——中華人民共和国に飛んでもらうつもりだったので、彼女から出された唯一の条件を呑むにあたって、予定を変更する必要はなかった。

一個ずれると連鎖的に全部ずれるので、これは助かったと言うしかない。

結局、鋼矢は空々の考えたドラフトに、ほとんど駄目出しをしなかったわけだ——もしも鋼矢が一から考えていたら、まったく違う組み合わせになっていたかもしれないけれど、とにかく、空々の案を、参謀としての鋼矢は認めてくれたわけだ。

(もっとも、『運良く』じゃあないのかもしれないけれど……)

そもそも空々の人生に『運良く』なんてあるものか。

まさか本当に、チャイナドレスを着たいから、任務地として、中国を希望しているわけではないだろう——それは鋼矢一流の、いつもの軽口と考えるべきだ。

空々も、何の特段の意図もなく、彼女達に中国の対地球組織『仙億組合』に、派遣しようというわけではない。

理由は、少しでも鋼矢にかける負担を減らすためだった——中国なら同じアジア圏で、目的地到着までにかかる時間が、調査対象である六ヵ所の中で、一番短い。

飛行機で移動するにせよ船舶を利用するにせよ、隣り合った席で気まずい無言が続くストレスは、なるべく短いほうがいいだろうと考えたのだ——せめてもの配慮である。

そして、海外とは言え漢字圏なので、言葉がわからなくてあたふたするというトラブルも、最小限に抑えられるはずと予想した――鋼矢や、あるいは地濃あたりなら、言葉なんて通じなくともなんとでもしてしまうだろうという、ある種の心強さもあるのだけれど（だから地濃を、フランスに送り込むことについては躊躇はなかった――フランスにとっては迷惑はなはだしいだろうが）、手袋にその才覚は期待できまい。

もちろん、虎杖浜、好藤、灯籠木のようなエリート部隊のように、短期間で外国語を習得するような才覚があるはずもない手袋だが、しかし、空々と同程度に普通教育を受けている彼女なら、まさか漢字が読めないということもないはずだ。

百戦錬磨の杵槻鋼矢も、空々と同じように考えたのかもしれない。

あるいは、鋼矢は、鋼矢のいう『私のルート』から、空々の知らない情報を持っていて、それで中国行きを希望しているという可能性もある――四国において、『絶対平和リーグ』内にあれだけ根を張っていた彼女である。

『地球撲滅軍』に来て三ヵ月。

本当に『タダメシ』を食らっていただけではあるまい――組織内で生き残るために、既に種々の工作をしていても不思議ではない。

中国を望む、理由があるのかも。

（『仙億組合』を、怪しいと思っているのか、それとも、怪しいと思っていないから、中国を希望しているのか……）

どちらもありうる。

内偵調査をすべき六つの組織で、『仙億組合』の疑わしさをどう評価するかは、空々には判断しにくい——右左危博士からもらった情報を、詳細に分析すればするほど、わからなくなる。

疑おうと思えばどの組織にも怪しい要素はあるのだけれども、しかしそれを言うなら、自分の所属する『地球撲滅軍』も、潰された『道徳啓蒙局』も、怪しいように思えてくる——要するに、情報不足なのだろう。

その情報を求める旅だ。

だからこその内偵調査で、ならば必要以上に先入観を持つべきではない。

そう考えていたけれど、鋼矢のスタンスは、また別なのかもしれない——ただ、だとしても、追及する気にはなれなかった。

追及するだけ無駄というのもあるけれど、鋼矢が何かを企んでいるのなら、それは鋼矢に一任するべきで、だから空々が粛々とするべきは、彼女に似合うチャイナドレスの手配である。

きっと、長身の彼女には映えることだろう。

どの道、潜入捜査なんて、相手が『裏切り者』であろうとなかろうと、等しくリスキーな任務なのだから。

（どんな情報を持って、どこに行こうとも、仕事である以上、危険なのは同じ……、アメリカだろうと、フランスだろうと、イギリスだろうと。ただ、手袋さんに限って言えば、潜入先が裏切り組織だったほうが、まだしもうまく行きそうって気はするんだよね……）

根拠はないし、論理的にそう思ったというわけでもない。

単なる予感だった。

しかも、嫌な予感である。

（『嫌な予感がする』……よくある言い回しだけれど、でも、考えてみれば、この状況で嫌な予感がしない奴なんて、いないだろうね……）

嫌な状況なのだ。

嫌な予感がするのは当たり前だった。

3

空々からすれば、他にも考慮すべき事情がたくさんある中での、隙間を縫うような苦渋《くじゅう》の決断だったし、それを一手に引き受けた鋼矢の器量も、評価されてしかるべきものではあったけれど、しかしそれはあくまでも、視点を彼や彼女に定めた場合に限ってのことだ。

もう一人の渦中の人物。

部隊長や、あるいは参謀という立場から、どれだけ最大限に配慮を受けたところで、恨み骨髄の相手と共に遠出することになった元魔法少女『ストローク』こと手袋鵬喜にしてみれば、この任務は、およそたまったものではなかった。

そんな仕事をさせられるくらいなら、死んだほうがよっぽどマシだと思った――だけど死ぬのは嫌だったので、結局は拝受するしかなかった。

立場が弱いのだ。

意志も弱い。

(私は、いつもそうだ……、言われるがままに、なあなあで……、チーム『サマー』のみんなの敵討ちなんて、ぜんぜんできていない)

もっとも、事情を聞いてみれば、空々や鋼矢がチーム『サマー』の仇とは、必ずしも言えないことも既に知っていて、そして『地球撲滅軍』から追い出されれば、自分にはもう行き場がないことも重々わかっていた。

このまま手を打たずにいたら、その『地球撲滅軍』からも処分されかねないというような、空々や鋼矢からしてみれば当然の危機感まで持っているわけではないのが、彼女のとことん甘やかされた部分なのだが、しかし彼女をそんな風にした絶対平和リーグは、もう存在していないのだ。

(気がついたときには、全部終わっている……、四国ゲームもそうだった)

今回はどうなのだろう？

終わりまでに、間に合うのだろうか？

ロシアの対地球組織は、既に潰されたという——ならば、他の組織にも、手が及んでいてもおかしくない。

(私が中国にいる間に、『地球撲滅軍』が潰されていたら、そのときはどうすればいいんだろう……？)

彼女がするのは、そんな心配だった。

空々も鋼矢も、相当以上に生き延びることに躍起《やっき》になるほうではあるのだけれど、ことを生き汚なさに限れば、手袋もそれに匹敵するのかもしれなかった。

自分可愛さは、彼らを超えると言ってもいい。

(生きたい。死にたくない。私は自分が特別じゃないことを知っている——四国ゲームで思い知ったし、そして成りゆきで『地球撲滅軍』に入れられて、チーム『白夜』の人達を間近で見れば、嫌でも自分の普通さを、知り尽くすことになる……だけど、自分が普通で、平凡で、無能だからって理由で、自殺はできないよ)

自殺できない。

そこが手袋鵬喜の、もっとも普通なところかもしれなかった。

「てゆーか、あれこれ考え過ぎなんじゃないですか、手袋さんは？　あなたはそういうところが駄目なんだと思います。どうせ自分以外の何者かになるなんてできっこないんですから。私達は空々さんみたいにも、鋼矢さんみたいにもなれませんよ」

気の迷いで、相談を持ちかけた同僚、地濃鑿はそんなことを言った——うきうきと、フランス行きの準備をしながら、片手間で。

「私は私です。手袋さんも手袋さんです。そんなどうでもいいことより、せっかく中国に行くんですから、パンダが白地に黒なのか、黒地に白なのか、確認してきてくださいね」

「…………」

たぶん、パンダの生息地に行くことはないだろうけれども、不覚にも彼女からのそんな要望に、少しだけ気が楽になった。

4

「パンダって言えば、ジャイアントパンダばかりがイメージされちゃうけれど、実は元々はレッサーパンダのほうが、先に発見されてたらしいわね。だけど、白黒模様のあのインパクトで、あっという間に『パンダ』の名を独占しちゃったんだって――これはもう、レッサーパンダとしちゃあ、やりきれない話よね」

空々は、無言の気まずさが少しでも短く済むようにと、二人の赴任地を近場の中国に定めたのだが、しかし鋼矢は、気まずい関係にある手袋に対して、黙ったりはしなかった。

むしろぺちゃくちゃ喋りまくった。

二人乗れば、それで満席になってしまうような小型の飛行機をチャーターして、中国の海岸付近の空港まで向かう途中、ずっと彼女は、手袋に話し続けた――任務の話ではなく、そんな雑談ばかりをだ。

「白地に黒の熊もいれば、それが混じり合ったような灰色熊もいるって言うんだから、自然ってのは本当に愉快よねえ。生命を作りたもうた神様って、デザイナーよねえ」

「…………」

（白地に黒なのか）

中国入りを果たす前に、地濃から受け付けていた質問の答が出てしまったことに、手袋は不快な気持ちになったけれど、とは言え、うんざりしつつも、そんな風に鋼矢が喋り続けてくれることは、実のところはありがたかった。

隣でずっと黙っていられるよりは、のべつ幕なし、喋り続けてくれるほうがいい。

もちろん、鋼矢も、それがわかっているから、そうしているのだろう——彼女は、自分が手袋から恨まれていることを知っているし、その恨みが、本物であることもわかっている。

あるいは、手袋本人より、わかっている。

空々と違って、他人の心を推《お》しはかり、絶妙の距離感で生き延びてきた鋼矢である。

手袋鵬喜の殺意が、今はなあなあになってはいても、それゆえにいつ爆発するかわからない、手袋にもコントロールできない危険なものであることを、わかっている——だから、こうして話しかけ続けている。

彼女の殺意を散らしている。

空々が用意してくれたチャイナドレスを着て、頭もお団子にして、中国旅にはしゃいでいる風を装っているのも、そのためだろうし——手袋にも『内偵調査だから』と、同じ格好をさせているのも、そのためなのだろう。

(私には似合わないな、これ……、スリットから足が出過ぎて、恥ずかしいし。十四歳がするような格好じゃないよね。違和感ばりばりで、コスプレみたい……)

こういうのは、氷上さんの役割だと思う。

鋼矢くらいの年齢になれば、どうやら違う味わいもあるようだけれど――ただ、コスプレっぽいと思いつつ、不可抗力でお洒落ができるのは嬉しかったりもした。

「そうそう。パンダと言えば……」

「あ、あの」

なおも執拗にパンダトークを続けようとする鋼矢の発言を、しかしついに、ここで彼女は遮ったのだった。

ただ、何と呼びかければいいかわからない――『絶対平和リーグ』では『パンプキン』というコードネームで呼んでいたが、しかしそう言えば、『地球撲滅軍』に来て以来、手袋は彼女の名前を、一度も呼んだことがないのに気付いた。

杵槻？　杵槻さん？　杵槻ちゃん？

鋼矢？　鋼矢さん？　鋼矢ちゃん？

それともここはあくまでも意地を張って『パンプキン』と呼び続けるべきだろうか――年上であろうと目上であろうと、恨んでいる相手を『さん付け』で呼ぶのには抵抗があるし、『ちゃん付け』なんてもっての外《ほか》だ。

ただ、呼び捨てというのもどうなのだろう。

恨んでいるし、そもそもチーム『サマー』が四国ゲームで全滅する以前から、鋼矢のことは苦手で、はっきり言えば嫌いだった。

チームメイトとして反りが合わなかった。

ただ、その才覚は認めざるを得ない。

チーム『白夜』の黒衣の魔法少女達に対するときよりも、鋼矢に対するときのほうが緊張するくらいだ。

だから、下手に反抗的な態度をとって、鋼矢の機嫌を害したくない——こちらから嫌う分には際限なく嫌いたいが、しかし、向こうから嫌われたくはなかった。

……勝手だけれど。

「あ、あの……えっと」

「鋼矢でいいわよ」

言いかけたところで、呼びかけかたを逡巡する手袋の先手を打つように、彼女は言った。

「手袋ちゃんには不本意かもしれないけれど、それも任務だと思って。私のことは許せなくとも、仕事だと思えば、仲良くする振りくらいはできるでしょう？」

「…………」

できる——のだろうか。

それを言うなら、鋼矢はずっと、手袋相手に、それをやっているのかもしれない。

この任務が始まってからではなく、空挺部隊に所属してからずっと。

それもぎりぎりの距離感で。

（私からの殺意を承知しながら、適当に散らすだけで、その『誤解』を、最後までは解こうとはしない……、それは、私が今、この恨みを軸に生きていることを、知っているから……？）

恨んでいる相手の懐《ふところ》の深さに甘えているようで、不甲斐ない限りだった——この上、もしも鋼矢が、同じく恨んでいる相手である空々から『手袋さんに手柄をあげさせて欲しい』なんて依頼を受けていることを知れば、彼女はその恥辱に、首をくくってしまうかもしれなかった。

いや。

それでも手袋は、自決だけはするまいが。

自分が可愛い。

保身のためにならいくらでも捨て身になれるのが空々空なら、決して捨て身にならないのが、手袋鵬喜なのである。

「で、何なのかしら？　パンダについて知っている雑学が、手袋ちゃんにもあるのなら、聞かせて欲しいわ」

「……訊きたいことがあるの」

ここで軽口に軽口を返せるくらい、手袋がウィットに富んでいたならば、もっと違う人生もあったのかもしれないが、しかし、地濃の言っていた通り、手袋鵬喜は手袋鵬喜で、違う人生なんてあるはずがなかった。

これが私の人生だ。

「鋼矢……は、魔法なしで、どうやって任務を達成するつもりなの？　私達は、もう魔法少女でもなんでもないのに、内偵調査なんて、本当に、できると思ってるの？」

手袋は、日本を発つ前、これと同じ質問を、地濃にもしようとした——彼女もまた、四国から脱出する際、魔法を失っていたからだ。

ただ、地濃はいつものごとくいつもの調子で、まともな答は返ってこなかった——なにやら『秘策』があるようなことも言っていたけれど、とにかく要領を得なくて、確かではない。

なので、地濃のことはさておくとしても(他人の心配をしている場合じゃあない——まして、あの地濃の心配なんて、している場合ではない)、しかし、鋼矢が無策なはずがない。

事実、鋼矢には実績がある。

四国ゲームの最中、一時期彼女は、魔法少女のコスチュームを脱いで——自ら魔法を放棄して——、活動していた。しかも、もっとも激しい戦況だった、高知県と愛媛県との県境で、だ。

無尽蔵のエネルギーを有する、しかも移動手段でもあったコスチュームの放棄——そんなことをした魔法少女は、四国中探しても、他ならぬ彼女だけだった。

同じ『元魔法少女』でも、ゲーム終了に際して、半ば義務的に、コスチュームを回収された手袋や地濃とは、杵槻鋼矢はまったく違うし、もっと言えば、地球撲滅軍に来てからも、あの漆黒のコスチュームを脱いだところを見たことがない、チーム『白夜』のエリートさえも、凌駕《りょうが》している。

だから、きっと鋼矢には今回の、空挺部隊の初任務に関しても、勝算はあるのだろう——手袋も、そう思うから、ここまで何も訊かずにきた。

ただ、実際に中国の国土が飛行機の窓から見えてくると、にわかに怖くなってきた——確認せずにはいられなくなった。

魔法少女が、魔法なしでどう活動するつもりなのか——この質問から虚飾をはぎ取り、建前や口実、見栄を抜きにして言い換えるとこうなる。

(——私はどうすれば、死なずに済むの)

空々部隊長から鋼矢が密命を受けていることは知らなくとも、任務を生き残るためには、鋼矢に頼らざるを得ないことくらいは、だから、手袋にもわかっているのだ。

返す返すも。

仲がいい振りをしろと言われれば仲がいい振りをするし、なんでも言う通りにするので、具体的な指示を出してくれるとありがたい——ここにも意識の違いがある。手袋に手柄をあげさせるべく画策する空々や鋼矢に対し、手袋にはそんな気持ちは更々なく、ただひたすら、鋼矢の邪魔だけはするまいと考えている——任務が失敗に終わっても、生きて帰れれば、それで万々歳だと思っている。

何かにつけおびえている割に、危機感に欠ける。

それが手袋鵬喜である。

「できるわよ。超余裕」

果たして、鋼矢は言った。

「だって、私、どこの組織が『裏切り者』なのか、もう知ってるんだもの」

5

「し、知ってるって……どういうこと？」

杵槻鋼矢の爆弾発言に対して、手袋鵬喜がそう質問を返したのは、数時間後のことだった——チャーター機が空港に到着し、そこからレンタカーで、さらに中国国内を移動し始めてからようやくのこと、である。

操縦士がいたから機内で、深い話をするのを避けた、というわけではない――手袋は単純に会話が苦手なのだった。

特に、杵槻鋼矢を相手にした会話は。

リアクションとリターンが遅い。

社会人なら失格である。

もちろん軍人としても。

ただし、車移動になるまで待ったことで、二人になって、込み入ったことが話しやすくなったのも一応は確かだった――いや、それもまた、鋼矢と二人きりになったことで、空気が一層重く感じるし、そもそも、知り合いが自動車のハンドルを握っているという状況に、かなり落ち着かない、居心地の悪い気分にさせられていた。

そんなに揺れているわけでもないのに、吐きそうだ――考えてみれば、(正確なところは、本人にも把握できていないとは思うが) たぶん鋼矢はもう十八歳を越えているはずなので、自動車を運転しても、なんらおかしくないわけだが。

(中国でも、免許証は、十八歳から取れるのかな……？)

もっとも、免許証は『地球撲滅軍』が発行した、精巧な偽物だろうけれど――ちなみにレンタルしたのは日本製の軽自動車だった。

オートマチック車である。

その辺で、無駄な贅沢や、奇抜なことはしないらしい——折角だからと高級寝台列車に乗ったらしい地濃や、魔法を使って地中を移動した好藤や灯籠木とは違い、合理主義者で、合目的主義者の鋼矢である。

ここで『日本にいるときと代わり映えがしなくて、つまらないな』と思ってしまう手袋は、自分のことを、つまらない奴だと思う。

(でもまあ、車に乗るのって、実は結構、久し振りかも……、魔法少女になってからは、そんなのなくっても、空を飛んで、どこへでもぱっと移動できたもんね)

鋼矢のハンドル捌きは見るからに熟練していて、以前から地道に練習していたのであろうことを匂わせた。

短期間で言語習得をしていた元チーム『白夜』の面々もすさまじい才能だが、『こんなこともあろうか』と、あらかじめの努力を怠らない鋼矢も、なまなかではない。

どちらも、手袋には真似できない。

「え？　何か言った、手袋ちゃん？」

「『裏切り者』が、どこの組織か、知っているって……」

運転中の鋼矢に話しかけていいものかどうか計りかねて、空港を離れ、高速道路(？)に入るまで、言葉を継げなかった手袋だったが、鋼矢のほうはずっとパンダの話をしていたし（どうしてパンダだけでそこまで話を持たせることができるのか、うっかりすると『裏切り者』のことより、その話術のほうを追及したくなった）、手袋が話しかけたくらいでは、鋼矢には髪の毛一本ほどの影響を及ぼすこともないだろうと自虐的に思い（自殺はしないが自虐はする。気持ちいい）、ようやく彼女は、相棒が放った衝撃の発言を、問いつめる気になったのだ。

まさに遅ればせながら。

今更のように。

（こうして助手席に座っているけれど、たとえ横からナイフで刺そうとしたところで、きっと鋼矢は、ものともしないはず……）

考え過ぎて、恨み過ぎて、やや手袋鵬喜の中での杵槻鋼矢像が肥大化しているのはともかくとして、少なくとも運転中のお喋りは苦にならないようで、鋼矢は、

「ええ、知っているわ」

と、頷いた。

「だから私は、そらからくんにお願いして、私達の赴任先を中国にしてもらったんだもの」

「そ、それはどういう意味？　『仙億組合』が『裏切り者』って意味？　それとも、『仙億組合』は違うって意味？　それとも……」

いや、この場合、他に『それとも』はない。

他に意味があるはずがない二択だ。

話しかけるのも下手なら、問いつめるのも下手な手袋だった——そもそも、鋼矢が空々に、赴任先の希望を出していたというのも、彼女にとっては初耳だった。

（あいつ、私には希望なんて訊かなかった癖に……）

リーダーから不当な差別をされたようで、手袋は胸がきりきりと苦しくなったのだが、しかしまあ、副隊長の氷上辺りがそう思う分にはともかく、これについては、手袋にそんなことを思う資格はないだろう。

そんな不確かで、情緒不安定で、会話のリレーがつくづくぎこちない手袋相手にも、鋼矢は余裕の態度で、

「ふふ。教えてあげてもいいんだけれど、まあ、それは黙っておくことにしましょうか——手袋ちゃんだって、謎々の答を人から教えられても、興ざめでしょ。自分で解く喜びを奪おうってほど、私は残虐にはなれないわ」

などと言う。

「私には確信があるけれど、しかし百パーセント絶対の情報ってわけでもないし——だから、そらからくんにも氷上さんにも、どころか右左危博士や酸ヶ湯元課長にだって、話してないんだから。これを話したのは、手袋ちゃんが最初なの……、だから内

緒よ？」

「………………」

ウインクしながらそんなことを言われても、馬鹿にされているような気分にしかなれない……、内緒も何も、現時点では、手袋の元にはほとんど情報も入ってきていないに等しい。

内偵調査を、謎々扱いするつもりなんて、手袋にはまったくないのだが……、むしろそんな風に『自分だけが知っている』なんて言外に匂わされるほうが、手袋にとっては、よっぽど残虐極まる行為だった。

(私をからかって……、ううん、私をいじめて、遊んでいるだけなんじゃ……)

だとすれば、どこの国の組織が『裏切り者』か知っているというのも、彼女一流のはったりなのかもしれない。それこそ、地濃が言っていた『秘策』とやらと、そう変わらない意味合いしかない虚言《きよげん》なのかも――仮にそうだとしても、鋼矢はそのはったりによって、真の意図を隠蔽しようとしていると見るべきだが。

だとすれば同行者として、そんなはったりになんて振り回されず、彼女が秘めるその『真の意図』のほうを厳しく追及すべきだったけれど、それができれば苦労はない。

それができないから苦労している。

もしも鋼矢が手袋をいじめているつもりなら、正直、このままいじめられているほうが楽だというような気持ちもあった。

はっきりした上下関係があれば、過去の因縁を放置している自分を少しだけ許すこともできたし、いじめられている間は、いじめられているよりも酷いことはされないだろうという、極まったマイナス思考もあった。

手袋が考える最悪の展開は、二人きりでの任務先、それも人の目が届かない海外の地で、鋼矢が自分を見捨てることだった。

何の得もないのに鋼矢がそんなことをするはずがないと思いつつも、チーム『サマー』の他のメンバー同様に、鋼矢のせいで死ぬことに、手袋は怯えている。

(そうだ、『何の得もない』かもしれないけれど、自分を恨んでいる奴を、それもわけのわからない逆恨みみたいな感情で恨んでいる奴を排除することは、十分、合理的な発想よね……)

そう思うんだったら、『わけのわからない逆恨み』を、さっさと捨ててしまえばよさそうなものだけれど、そんな感情の切り離しは、空々空の専売特許だと、その点では手袋は、珍しく正論で思う。

感情はあるのだ。

あるものはなくならない。

「じゃ、じゃあ……、『仙億組合』が『裏切り者』なのかどうかは、もう訊かないけど……、なんで、どこの組織が『裏切り者』か知っているのか、それは、教えてくれる？　根拠が知りたいわ」

熟慮の末（三十分くらい沈黙した）、手袋は運転席に、そう問いかけた。

いっそ、はったりだったらはったりだったでもいいのだけれど、その場合はもうちょっと、ちゃんと説得力をもって騙して欲しいという考えに基づく質問だった。

どっち道、鋼矢なら手袋を騙すことなんてお茶の子さいさいなのだろうし、せめて口八丁で安心させて欲しい。

……今回の任務の最中だけでなく、『地球撲滅軍』における手袋の未来まで委ねられている杵槻鋼矢が、手袋を甘やかすようなことをしないのは、彼女からしてみれば当然であり、要するに、からかっているとか、いじめているとかではなく、『少しは自分で考えろ』『自分の判断でやれ』と言っているのだが、そんな老婆心がまったく通じていないらしい助手席の少女に、

「根拠は」

と、面倒くさがらずに、彼女は口を開く。

面倒を見ることを面倒くさがらない——腐らない。

「私には、お友達がいるからよ」

「お、お友達がいるから？」

お友達がいたら、誰が裏切っているのか、わかるのだろうか——確かに、鵬喜には現在、友達はいない。

四国時代にも乏しかった。

そしてみんな死んだ。

『大いなる悲鳴』や四国ゲームで。

「ええ。今回の内偵候補である六つの対地球組織、全部にお友達がいるから」

「え……？」

「もちろん、ロシアの『道徳啓蒙局』にもいたんだけれど、そのお友達は、残念ながら、このたび亡くなっちゃったわね——いつだったか好藤ちゃんも言ってたけれど、本っ当、いい奴やまともな奴から、順番に死んでいくわ」

この調子なら、私はいったい何番目なのかしらねえ？と、その台詞だけに限って言えば、手袋よりもむしろ自虐的に、鋼矢は言ったのだった。

6

鋼矢の斜に構えた、迂遠《うえん》とも言えるひねくれ気味の言いかたでは、手袋にちゃんと真意が伝わったとは言えないけれど（『世界中に友達がいるって自慢しているの、この人？』）、要するに彼女は個人でありながら、あちこちの対地球組織に、内通者を抱えているということだった。

これは、『絶対平和リーグ』がスパイを送り合うことで、ロシアの『道徳啓蒙局』と情報を交換し合っていたのとは、似て非なると言うか、かなり趣の異なる行為である。

それはいざというときのための、生き残り戦略なのだから――『個人でありながら』と言うなら、杵槻鋼矢の、極めて個人的な行為だった。

『絶対平和リーグ』時代から変わらない、揺らぎのないスタンスである――外部とのパイプの構築を、彼女は常に模索していた。

小さいところでは、チーム『サマー』に所属していながら、チーム『ウインター』の地濃と繋がっていたように。

ただし、国内ならばまだしも、さすがに世界規模のネットワークを持つというのは、十代の少女である彼女の手に余る――彼女が世界各地の対地球組織と繋がりを持ったのは、ごくごく最近のことである。

（誰にも気付かれないよう、こそこそ、時間をかけて、海外にリンクを張っていこうと思っていたけれど……、運がよかったって言うのかしらね、こういうのは）

それとも、人の縁の不思議さだろうか。

そこまで手袋に説明する気はないし、手袋には想像もつかないような話だろうが、つまり鋼矢は、基盤を引き継いだだけなのだ――かつての同盟相手、剣藤犬个が構築していた基盤を。

より正確に言えば、剣藤犬个が構築したその基盤は、彼女の元上司だった、牡蠣垣《かきがき》閂《かんぬき》という男のためのものだったらしい。

空々空の前任の、第九機動室元室長。

剣藤犬个をボディガードに、ことあるごとに世界中を飛び回っていたという――渉外係というわけでもないのに、どういう狙いがあってワールドワイドなネットワークを作っていたのかは、今となっては謎である。

普通に考えれば、『地球撲滅軍』の組織力をより大きくするためなのだろうが、いずれ、独立起業するつもりだったからというのもありうる。

いや、もっと言えば、剣藤犬个が牡蠣垣閂から命じられて、そんな外部との折衝《せっしょう》をおこなっていたように、牡蠣垣閂の背後にも、また黒幕がいたのかもしれない。

（そう、たとえば、その当時の副室長、花屋瀟ちゃんとかね……彼女は『十代の少女』どころじゃあなかったみたいだし）

そうなるともう、今となっては謎どころか、掘り起こせばどんなおぞましい真実が出てくるのか、わかったものではない。

だから、深入りは避ける。

掘り下げない。

確かなことは、たったひとつだけあればいい――剣藤犬个や牡蠣垣門が、秘密裏にせっせと作り上げ、その後、宙に浮いていた状態だったネットワークを、成り行きで『地球撲滅軍』入りした鋼矢が、丸ごと『いただけた』ということだけ、はっきりしていれば、それで。

（我ながら、おいしいとこどりにも程があるわよね――少なくともこれを、『私のルート』とは言えない。わけがわかんないように見えて意外とフレンドリーだった、剣藤のルート……、剣藤の『お友達』と言うべきかしら。まあ、誰かが作ったコミュニティに後乗りで横入りするのも、決して簡単じゃなかったけれど）

『絶対平和リーグ』時代に、剣藤犬个と繋がりを持っていたことが、こんな形で効を奏するとは思わなかった。

（彼女に助けられたってことよね――私は彼女を助けてあげられなかったたっていうのに）

労せずして世界中と繋がれたのだ、剣藤犬个にはどれだけ感謝してもしきれない――と言うほど、彼女とも仲がよかったわけでもない。

だから『ありがとう』というよりも、『この借りはいつか返す』という気持ちだった。相手がもう死んでいることなんて、関係ない。

（そらからくんに尽くすことで、返させてもらうわよ――それでいいでしょう？）

ただし、そう決意する一方で、この連携がどこまで信用できたものかは、鋼矢はまだ判断しかねていた。

だから空々には、含みを持たせる程度にして、まだ黙っている。

（そういう政治的な話に、あの子を巻き込みたくないっていうのもあるけれど――信憑性を確かめて、その上でもうちょっと強固にしとかないとね。私から見れば、まだ不完全――）

手袋を安心させるために、さっきは『百パーセントの確からしさではない』みたいな、十中八九は信頼できるようなことを言ったけれども、実際のところ、現状の信頼度は六割前後だと、鋼矢は評価している――彼女からすれば論拠にしてもいい数字だが、一般的には不安の残る数字だ。

だから今回の任務を通じて、引き継いだ基盤のテストをしようというのが、鋼矢の狙いである。まずは中国の『仙億組合』にいる内通者と、顔を突き合わせて話をつけよう――『友達の友達』から、もう一歩、踏み込んだ『共犯者』になろう。

海外組織の内偵調査。手袋鵬喜のアシスト。

そして剣藤犬个の引き継ぎ。

鋼矢は、通常任務と特別任務、そして個人的な課題まで抱えた上で、現在、レンタカーのハンドルを握っているのだった。

（働き過ぎよねえ……、意外と真面目なのかしら、私って）

そんな、心にもないことを思った。

7

アメリカ合衆国に向かった空々空と虎杖浜なのか、フランスに向かった地濃鑿と酒々井かんづめ、イギリスに向かった好藤覧と灯籠木四子——向かった国と、向かうために取った交通手段はそれぞれ違っていても、到着後の手続きには、そう際だった違いはなかった。

すなわち、現地組織の案内役と合流して、口実を設けた視察に赴く——である。

空々と虎杖浜は合流どころか入国さえもままならなかったし、地濃とかんづめは、すんでのところで空爆を受けかけ、やはり合流できていない。

好藤と灯籠木は、いきさつはありつつも、さすがは天才チームと言うべきか、現地スタッフとの合流を果たした——ただし、雰囲気良好とはいかないのだが。

では、中国の『仙億組合』への内偵調査を任された鋼矢と手袋のツーマンセルはどうだったかと言うと、今のところ邪魔は入っていなかったし、そして地濃や灯籠木とは違って、素直に待ち合わせ地点に向かって、素直に合流するつもりだった。

もちろん、待ち合わせ場所に行って、攻撃を受けるリスクを考えない鋼矢ではない──リスク管理とダメージコントロールにかけて、彼女の右に出る者はいなかった。

その点に限れば、鋼矢は天才と言っていい。

ただし、全面的な天才である灯籠木と違って、彼女は攻撃を受けることを、『なめられた』と感じるようなプライドの高さとは無縁だった──むしろ攻撃を受ければ、それを取っかかりに、逆手にとって次の展望が開けると思うタイプだった。

自分を囮《おとり》にすることを躊躇わない。

だから、あちらの組織から指定された通りの時間に、指定された通りの場所へと、無警戒を装って向かうのだった──ちなみにパートナーの手袋はと言えば、本当に無警戒だった。合流の時点で何かが起こるとは、つゆほども考えていないらしい。

甘やかされ過ぎだ。

(これ以上スポイルしたくはないけれど、でもまあ、案内役との折衝に限っては、私が全部引き受けるしかなさそうね……)

鋼矢も決して中国語に自信があるわけではないが、剣藤犬个の基盤を引き継いだのち、鋼矢は独学で外国語の勉強を始めていた。

チーム『白夜』の面々のように、短期間で外国語を習得するなんて常人離れした真似はできっこないし、複数の言語を同時に学ぶというのは、あまり効率がいいとは言えなかったけれども、だから空々から任務について相談を受ける前から、彼女は任務の、準備をしていたと言える。

（だから中国を希望したってわけじゃあないけれど——比較的学習が進んでいたのが北京語でよかったわ）

ただし、その学習の成果を披露する機会は、残念ながら先延ばしされることになった——いくら鋼矢達が約束を守ろうとしたところで、相手側にその意志がなければ、合流は果たせないからだ。

い、いや、その意志がなければ、と言うか。

どんな意志もなかったのだが。

フランスと双璧をなす美食の国らしく、待ち合わせ場所は料理店の個室だったのだけれど、そこにいたのは——そこにあったのは、死体だった。

円卓に座った姿勢の男女の死体が、それぞれ、一体ずつ。

女のほうは、首が切り落とされていたのでわからなかったが、男のほうの、かろうじて、まさしく首の皮一枚繋がっている顔は、事前に聞いていた『仙億組合』からの案内役の特徴と、おおむね一致していた。

「……ニーハオ」

一応言ってみるも、もちろん、返事はなかった——この、隠蔽するつもりもなさそうな血なまぐさい光景に、後ろにいる手袋が失神しているんじゃないかと心配して後ろを振り向けば、彼女は個室の扉を閉めて、この状況が外から見えないように計らっていた。

（びくびくしている割に、死体とか、惨状とかには意外と動揺しないのね、この子——守りたいのは、自分の命だけか）

まったく誉められた性格ではないが、個人的には好感が持てる——相棒のいいところを見つけた気分になった。

（妨害工作……、私達じゃなくって、合流相手のほうを？　この暴挙を、私達のせいにするつもりだとか？　合流させないってだけじゃなく、私達を中国で、孤立させるつもり？）

「先手を打たれるって言うのは……、四国でだろうと中国でだろうと、あんまり気分のいいもんじゃないわね」

一方で逃走経路を考えつつ、素早く現場検証をおこなう鋼矢——待てよ、男のほうは待ち合わせ相手のエージェントだとして、女のほうは何者だ？　予定外の連れか？

（用心棒とか……、でも、だとしたら、用心棒を連れていながら、やられちゃったってことよね？　警戒していたのは、私達？　それとも、他の誰かを警戒していたの？）

一息に考察しつつ、女の死体のポケットを探ってみるも、個人情報に繋がりそうなものは、何も見つからなかった。持っていた財布の中身も、お金しか入っていない。

プロだ。

（男のほうも、たぶん同じだろうけど……、一応、調べてみるか？）

「あ、あの……鋼矢」

まさぐる対象を切り替えようとしたところで、後ろから手袋の声がかかった。

「ん？　手袋ちゃん、何かしら？」

正直、今はあまり手袋の相手をしていられる余裕はなかったが、こういうときに反射的に、余裕ぶってしまうのは、鋼矢の数少ない欠点と言えた――『絶対平和リーグ』時代の後遺症と言うか、魔法少女『パンプキン』の固有魔法『自然体』が身についてしまっているのだ。

焦ったり、困ったり、弱ったりしているところを、人に見せられない――その欠点のお陰で、生きながらえてきたと言うこともできるが。

「そ、その……、服を調べる前に、顔を見たほうが……、いいんじゃないかと思って

「……」

「顔？」

意味がわからず、ただ訊き返した——顔も何も、椅子に座ったままの女の死体には、首から上がないのだが。

（いや、違う——男の死体のほうの首は、ぎりぎりひっついているだけなんだから）

気付いて、視線を下に落とす。果たして、テーブルの真下、クロスの陰になっている場所に、ごろりと女の生首が転がっていた。

「……どう考えたって死んでるのに、『生首』って言うのは、なんでなのかしらねえ」

やはり癖で、鋼矢はそんな軽口を叩きつつも、髪をつかんで、それをテーブルの下から引っ張り出す。

「お、お刺身とか、お肉とかを、『生』って言うのと、それはたぶん、おんなじ感じなんじゃないのかな……」

手袋が軽口に応じてくれた——こんなときだけ、しかもその返答もろくでもないし。

（まあ、それをさすがに手柄とまで言うことはできないでしょうけれど……、手袋ちゃんのおかげで、危うく見逃すところだった生首を発見できたことは、ちゃんと評価しないとね。本当、この子の『いいところ』は、こうして肌で感じないと、伝わらない……）

もちろん、顔を確認したところで、まさか名前が書いてあるわけじゃあないだろうし、よっぽどの有名人でもない限り、個人の特定なんてできるわけがないが、ここで造作を覚えておけば、今後の役に立つだろう。

当然、このあと『仙億組合』とは、別ルートで合流をはからねばならないが、その際、顔の特徴を伝えれば、彼女が何者なのかもはっきりするに違いない。

（……名残惜しいけれど、この顔を覚えたら、そろそろ逃げないとね。陰謀でなくっても、このままじゃ犯人扱いされかねない。海外で当局に捕まるとか、任務中じゃなくってもとてつもなく厄介よ——って、え？）

特定できた。個人が。

両手で取り出し、抱え直した生首の顔は、新たに覚え直すまでもなかった——それもまた、聞いていた通りの特徴を備えていた。

任務中のどこかで、折を見て会うはずだった、剣藤犬个の『お友達』だった。

8

合流相手を殺され、内通者を殺され。

元魔法少女コンビ・杵槻鋼矢と手袋鵬喜の、空挺部隊としての初任務は、そんなハードなスタートを切ったのだった——必ずしもゴールがあるとは限らないスタートを。

（第5話）

（終）

悲亡伝

DENSETSU SERIES 07

HIBOUDEN
NISIOISIN

第6話「新人研修！駆ける二頭の幻想馬」

0

故《ふる》きを温《たず》ねて故きを知れ。

1

アメリカ合衆国の『USAS』。

フランスの『宿命革命団』。

イギリスの『永久紳士同盟』。

中国の『仙億組合』。

それにロシアの『道徳啓蒙局』を合わせても、どれひとつこれまで、聞いたことがなかった不勉強な空々空ではあったけれど――少なくとも日本の『地球撲滅軍』を代表するエースのひとりとしての自覚には、大いに欠けている――、しかし、左右左危博士からそれぞれの対地球組織のありようを解説されてしまえば、まあ、納得するしかないラインナップだった。

どこも小学校の教科書に出てくるような、まごうことなき大国だし、ならばその大国が擁《よう》する対地球組織が、大規模であるのは当然だろう。

表でエネルギッシュな国家が、裏でもエネルギッシュであることに、あえて差し挟むような疑問はない――ただ、こうなると、右左危博士が最初に言った『トップ7』の、残り二ヵ国が気になるところだった。

最初に『あとで説明する』と言ったきり、棚上げにされていたけれど、ここまで来れば、棚上げにした理由も含めて、気になってくる――いったい、どこの国の対地球組織なのだろう？

(順当にいけば……、ドイツあたりなのかな？　ギリシャ、カナダ、オーストラリア……あるいは、イタリア……)

まさかこのあと、フランスの『宿命革命団』の内偵調査をする地濃鑿が、勝手に旅程を組んで、そのイタリアを通過することなんて思いもよらず、そんなことを考える空々――単に、十四歳の知識で知っている国を網羅しているだけだったが、義務教育を中途で終えている彼の知識には、やはり限界があった。

十ヵ国も出てこない。

（室長とか部隊長とか、英雄とか持ち上げられて、ともすると忘れそうになるけれど……、やっぱり、ぜんぜん無知なんだな、僕）

思い上がっていたつもりなんてないけれど（思い上がれるような状況にいない）、しかしまあ、ことあるごとに、自分が無知であることを自覚するのは、きっとためになるんだろうと、そんな風に思う。

無知の知――この場合はさしずめ、無知の恥と言うべきか。

ただ、そんな無知の大恥はともかく、それでも当然、これまでの、ロシアを含む五つの大国に並ぶのは、どこであれこれまで通り、そんな自分でも知っている国がくるのだろうと思っていた――思っていたのだけれど。

「いや、たぶん、勿体ぶったふたつに関しては、空々くんはまったく知らないと思うわ――だから勿体ぶったんだし」

「そ、そうなんですか？」

「うん。でも気にすることはないわよ。気にするだけ損だもの。空々くんに限らず、日本人の大半はそのふたつを知らないから――ってまあ、日本人の大半が知らないのは、『地球撲滅軍』も同じだけれど、ただし、最後のふたつに関しては、国家レベルで、知られていない」

「……日本とあまり、交流のない国の、対地球組織ってことですか？」

「そうね」

と、右左危博士は意味深に頷く。

「しかも——ふたつのうち一方は、国でさえないしね」

「…………？」

国でさえない？

どういう意味だ？

国家単位での支援を受けていない、いわゆる民間組織の対地球組織ということだろうか——あるいは、いくつかの国が同盟を結んで、共同で設立した対地球組織、とか？　国境を跨いで活動する対地球組織——そういうグループがあっても、不思議ではない。

「まあ、早急に『裏切り者』を見つけださなきゃいけないという今、現在の世界情勢について、空々くんに細かくレクチャーしている時間はないから、その辺はざっくり説明するわね。観光に行くんじゃないんだから、別にガイドブックが欲しいわけじゃないでしょう？」

「はあ、まあ……、任務に支障がないレベルに教えていただければ」

よくわからないままに、空々は言う。

よくわからないものをよくわからないまま受け入れてしまうのも、彼の現実に対する即応性とも言える。

ともかく、説明してもらわないことには、何もわからない。

「でも、できる限りわかりやすく教えてもらえると、部隊員に説明するとき、助かります——日本人の大半が知らないってことは、彼女達も、きっと知らないでしょうから」

「氷上ちゃんと、元チーム『白夜』チームは、知っているでしょうね。あの辺はほら、エリート属性だから」

「はあ」

元チーム『白夜』チームって。

まあ、知っているだろうけれど。

「元魔法少女『パンプキン』も、独自のルートで知っていても不思議はないわね——あの子は油断ならないわ。個人的に」

「…………」

個人的な警戒を、包み隠さず言われてしまっても、空々としては挨拶に困る——元魔法少女『パンプキン』、つまり杵槻鋼矢の底知れなさは、彼女と同盟を組んで四国ゲームを生き抜いた空々空の、よく知るところではあるけれど。

（だったら、そのふたつの内偵先には、その辺りの人達に行ってもらうべきなのかな

やすいだろうし）

……、『土地勘』じゃあないにしても、多少は前知識のある場所のほうが、仕事はし

自分がまったく土地勘のない四国で活動したときの、任務の難易度を思い出すと、自然、そんな風に発想した空々だったけれど、

「空々くんの判断で動いて欲しい任務なのだから、アドバイスをするつもりはこれっぽっちもないんだけれど」

と、右左危博士。

「私だったら、これから説明するふたつの対地球組織には、『自明室』から貸し出す、ふたりの助っ人を派遣するわね」

「二人の助っ人……」

ああ。

そうか、組織の説明ばかりに気が行って、そちらに気が回っていなかった――乗鞍ぺがさと馬車馬ゆに子。

最近『地球撲滅軍』入りした新兵。

「……何か、理由があるんですか？　助っ人の二人が、そのふたつの対地球組織に詳しいとか……、縁があるとか」

「いいえ、そう言うんじゃなくって」

右左危博士は笑う。

「あの二人なら、死んでもいいからよ」

2

「さて、と……。どっちから先に聞く？　『入るのは簡単だけれど、まず出られない国』と、『行くのは難しいけれど、すぐ追い出される国』の、ふたつなんだけど」

右左危博士は、段取りのようにさくさくと、話を進めようとする——二人の『助っ人』については、更に説明を後回しにするつもりらしい。

追及したところで、彼女が組んでいる段取りを変えてくれるとも思えないので、空々はまず、示された選択について考える。

（『入るのは簡単だけれど、まず出られない国』と『行くのは難しいけれど、すぐ追い出される国』……）

なんだその二択。

全然違うようでもあり、大差ないようでもあり。

しかも、どちらか一方は、厳密には国ではないらしい——一応考えてみたが、どうせ何もわからないのなら、どちらから聞いても似たりよったりだろうと判断し、

「じゃあ、前者からお願いします」

と言った。

『入るのは簡単だけれど、まず出られない国』。

そこにあるのは、いったいどんな対地球組織なのだろう？

「ふむ。オーケー……、その国は、『人間王国』というのよ」

勿体ぶった割に、肝心のところをさらっと言われたので、そう言えばそういう国があったと納得しそうになったけれども、やっぱり初耳だった——そう言われてもそういう国は知らない。

『人間王国』？

「アフリカ大陸に、最近できた新興国って奴。最近って言うのは、本当に最近って意味で、国家として成立してからまだ、たったの一年くらいしかたっていないわ」

「へ、へえ……」

だったら、空々が知らないのも無理はない。

むしろ知らなくて当然だ。

『地球撲滅軍』に入って以降は、教科書どころか新聞さえ、ろくに読んでいない彼なのだから。

「たったの一年くらい……、ってことは、『大いなる悲鳴』以降に成立した国ってことになるんですよね？」

「そうよ。いい勘してるじゃない、空々くん」

右左危博士が、誰でも気付くようなことを言った空々の発言を誉めてくる——どこまで本気なのかわからない。

「そう。まあ、人類の三分の一が虐殺された、地球からの攻撃だったからね。当然、世界中が大混乱に陥って、国家体制が乱れた国もたくさんあった——そんな中、アフリカ大陸の中に、どさくさにまぎれるように独立したのが、くだんの『人間王国』ってわけ」

「独立……はあ。なるほど、あるんですね、そういうこと」

「あるのよ。まあ、国家の独立自体は、『大いなる悲鳴』とは無関係に、いつだってあちこちで起こっていることなので、それだけなら、今日もまた世界地図が描き換わったってだけの話で終わっちゃうんだけれど——でも、この話、ちょっと不思議だと思うでしょ？」

空々くんなら思うでしょ？

と、不要なプレッシャーをかけられる。

この人はやっぱり僕を育てようとしているんだろうかと、だとしたら身構えてしまう空々だったけれど、確かにこれは、疑問を感じざるを得ない話ではあった。

新しい国ができる。

それはいい。

あることなのだろう。

むしろ、『大いなる悲鳴』という大災害ののちも、人類が変わらず活動している証左とも言える——けれど、そんなできたばかりの国が、言うなら歴史の長い列強の国々と、肩を並べているというのは、いささか不自然だ。

アメリカ合衆国、フランス、イギリス、中国——その次に並ぶのが、聞いたこともないような出来たてほやほやの新興国で、いいんだろうか？

単純な国力から言えば、やっぱりドイツやイタリアあたりが並んだほうが、自然というように思えるけれど。

「そう、その通り。ただし、この場合、問われているのは国力じゃなくって、あくまで、対地球組織の影響力だから、そこをお忘れなく」

「はあ……まあ、そりゃそうですが」

でも、そこは切り離せない部分という風にも思える——なんだかんだ言って、国家レベルのバックアップがなければ、対地球組織なんて成立しない気もする。

少なくとも、これまで聞いた対地球組織に関しては、そういう風に思える——なのに、『人間王国』なんて、言っちゃあ失礼かもしれないけれども、聞いたこともない国……。

「ドイツやイタリアに関して言うと、対地球組織がそれなりの数があって、国内で鎬《しのぎ》を削っているような状態なのよね。活動が活発ゆえに、一本化していない。この間まで、日本がそうだったように――『道徳啓蒙局』、『ＵＳＡＳ』、『宿命革命団』、『永久紳士同盟』、『仙億組合』がトップクラスなのは、国家における独占組織だからって事情があるのよ。もちろん、組織は大きいほうがいいってもんじゃない――大き過ぎる組織は何かと身動きが取りづらく、場合によっては腐敗しやすいという欠点がある。だから、トップ７とか言っても、あくまでそれはひとつの視点であることは念のために銘記しておくべきでしょうね」

含蓄《がんちく》のある見解だったが、しかし、今聞きたいのは、どうして建国記念日を一度しか迎えていないような新興国が、そのトップ７入りをしているのかということだ――仮にその国に、ひとつしか対地球組織がなかったとしても、それでもドイツやイタリアを、越えられるとは思えないのだが。

「それはどう、空々くん。『人間王国』って名前から、察しがつかない？」

「え？　いや、変わった国名だな、とは思っていましたけれど……」

けれど、なじみのない国名なんて、そんなものではないだろうか――空々の生まれ育った日本だって、由来を辿れば『日の本』という名称だったはずである。

訳しかたのニュアンスもあるのだろうし。

「国名にヒントがあるんですか？」

「国家レベルのバックアップがあるんじゃなくて、国家そのものが、対地球組織ってことよ」

空々からの質問に、右左危博士はいきなりずばり、核心をついた答を言った――

『人間王国』。

国家単位の対地球組織。

さすがにこれには、空々も驚いた。

驚いたと言うか、にわかには信じられなかった――比喩で言っているのか、冗談で言っているのか、どちらか判断しかねた。

けれど、どちらでもなく、彼女は事実をそのまま述べているのだった。

「まあ、なんて言うのかしらね……、『地球撲滅軍』が活動する上で、何が一番のネックになっているのかって言えば、それは私達が、『特務機関』であり、『秘密組織』だってことなのよね？　どうしたって、法治国家の中で隠密裏に動く、謎の団体だってことなのよね？」

「…………」

「人類と地球が戦っている、戦争状態にあるなんてことは、基本的に、国民には伏せた上で、私達は戦っている――戦闘行為と秘密の維持を、両立しなければならない。これが結構大変って言うか……、なかなかのマンパワーを割かなきゃいけない点だと思わない？」

考えたこともなかったけれど、それは、確かにそうなのかもしれない――たぶんそれは、『秘密の維持』が『治安の維持』と、同等の意味を持っているからだ。

空々を軍に引き入れるときもそうだった。

あのとき、情報の漏洩を防ぐために、いったい何人の人間が犠牲になったか――空々の関係者を皆殺しにするなんて、あんなの、人倫にもとる行為だという以前に、まったく合理的ではない。

だが、必要なことだったのだろう。

組織にとっては。

秘密組織にとっては。

「それは『地球撲滅軍』に限らず、世界中の、どんな対地球組織も同じ――彼らの行動は、基本的には秘密裏のもの。今の時代に逆行しているとも言えるけれど、でも、情報が一般に公開されたときに生じるであろう混乱や軋轢を考えると、伏せておくのが一番コストパフォーマンスがいいと、専門家が判断しているんでしょう」

（まあ、そりゃあそうだろう）

と、そこは空々も、専門家の判断に同意する。

混乱や軋轢と言うより、まず理解を得られまい——人類が地球と戦争をしているなんて、まず受け入れがたい。

空々だって、未だ半信半疑だ。

たとえ地球本人と対話をしたところで——そう思う。

「ただ、その制約がなければ、もっと派手に、もっと遠慮なく、すべての国力を惜しみなくどばどばとつぎ込んで、対地球組織を大胆に運営できると思わない？　法律も世論も気にせず、すべてを合法的に、誰にはばかることなく戦争行為にいそしめれば——国民が一致団結して、マンパワーのすべてを結集して戦えば、かなり強固な戦闘集団ができあがるとは思わない？」

「……はあ。まあ、そりゃあ……って、じゃあ、え？」

ようやく理解が追いつく。

じゃあ、『人間王国』というのは……。

「『人間王国』は……、地球と戦うことを目的に、建国された国だって言うんですか？　最初から、国自体が——対地球組織。国家が一丸となって——地球と戦争をしている？」

だから建国わずか一年で、トップクラスの組織力を持った——いや、だとするとトップ7どころか、トップ3に入っていてもおかしくない。

事実上トップだったというロシアの『道徳啓蒙局』を、壊滅に追い込むだけの力があったかどうかはともかく——秘密組織の『道徳啓蒙局』に対し、秘密を維持する必要がない『人間王国』は、かなり優位な立場から、アクションを起こすことができただろう。

「で、でも……そんな国が本当にあるんですか？　そんな、なんて言うか……滅茶苦茶な」

「一概に滅茶苦茶とも言えないでしょ。世界には、いろんな国があるからね——知られていないだけで、本当、バリエーションに富んでいる。ガラパゴス化は、何も携帯電話だけに起こるものじゃないし。それに見様によっちゃ、『人間王国』は私達よりよっぽどまともとも言える——こないだの四国ゲームだって、絶対平和リーグが隠蔽工作をあれこれ画策していなければ、もうちょっとスマートに、ことは済んでいたはずでしょうよ」

「それは、まあ……」

その通りだ。

殊更精査するまでもなく、四国ゲームは『魔法』の秘密実験から始まっている——そして、その後は、実験の失敗を隠すために、躍起になっていた。

隠蔽工作。

チーム『白夜』という、希代の天才集団の能力が、そんなくだらないことに費やされていたのだ――思えばあんな無駄はあるまい。

もしも『地球撲滅軍』が、特務機関でなく、秘密組織でなく、きちんと法に則《のっと》って活動する公明正大の組織であったならば――『あの人』も、師匠も、親友も。

きっと死なずに済んでいた。

……そんなまともな組織で、空々が今のように出世できていたかどうかは、そりゃあ定かではないにしても。

「そう考えると、アフリカ大陸って立地条件も、なかなか理に適っているとは思わない？　だって、あそこはミトコンドリア・イブ――人類発祥の地だものね。地球と戦う人類の旗を掲げる場所としては、あそこ以上に相応《ふさわ》しい場所はないわ」

「……人類発祥の地」

不勉強な空々も、そんな通説はどこかで聞いたことがあった――人類の系譜をさかのぼれば、それはアフリカ大陸に住んでいた一人の女性にたどり着くのだと。

さっき右左危博士は、『大いなる悲鳴』後のどさくさに紛《まぎ》れて建国された、みたいなことを言っていたけれど、それを聞くと、むしろ計画的に、綿密な予定と確固たる思想に従って、作られた国家体制というようにも思える。

「……どれくらいの規模の国なんですか」

「大きさ自体は、それほどでもないわ――国土面積は平均的。まあ、そうは言っても、日本よりかはよっぽど大きいんだけれど、国としてはあくまでも平均的な面積。ただ、国内に鉱山をいくつか抱えているから、かなり裕福よ。その潤沢な資金をすべて戦争のために使えるんだから、そうね、いつも予算に汲々《きゅうきゅう》としている『自明室』の長としては、羨ましい限りよね」

『自明室』がいつも予算に汲々としているのは、研究のために贅沢をしているからだと思ったけれども、その点を突っ込むのはやめておいた――どのみち、予算と、国家予算では、金額の規模が違うだろうから。

「その経済力を背景に、建国が成功したとも言える――でないと、いくらごたごたしていたとは言え、やっぱり国家の建設なんて簡単じゃないからね。しかも、その国是が『打倒地球』と来ているのだから――もちろん、外部に対して、それをわざわざ、おおっぴらには公表はしないけどね。でも、取り立てて隠しもしない――取りつくろうような、隠蔽工作は、むしろ周囲の外国がおこなう。そんな謎の国家体制は、ないものとして扱う――地図に載せていない国もあるわ。日本も、『人間王国』とは表向き、国交はないしね」

だから大半の日本人は知らないの――と右左危博士は言ったけれど、空々は表向きという言葉が気になった。

つまり、裏では繋がっているのだろうか？

「うん、それはまあ。お金を持っている国とは、お友達になりたいわよねえ――『地球撲滅軍』としても、そんな羨ましい国家体制と付き合うことで、得られることもあるでしょうし。もちろん、その辺は、なんだかんだでお互いさまなんだけれど……ま、江戸時代の鎖国状態みたいなものよ」

「鎖国……ですか」

わかるような、わからないような表現だ。

しかし、確か空々は右左危博士に、『入るのは簡単だけれど、まず出られない国』について、説明を頼んだはずだったのだが？

鎖国と言われたら、むしろ入るのが難しそうだけれど……。

(新興国ならば、国交があろうとなかろうと、れっきとした国なんだから、『厳密には国じゃない』って言うのは、たぶん、もう一方のほうなんだとして……)

「国家として交流を持つのは難しいけれど、一個人として――つまり、一人の人間として入国するのは簡単よ」

すると、右左危博士が、あっさり答えてくれた――あらかじめ想定された疑問だったようだ。

「『人間王国』はありとあらゆる人間を、国民として受け入れるから。老若男女も、思想も人種も貴賤も問わないわ――人間であれば、誰でも平等に、かの国の国民になれる。だからこその――そのための『人間王国』なの」

「…………」

「もちろん、国民になれば、地球と戦う義務を負うことになるから、完全に無制限ってわけじゃあないけれど……、政治的には鎖国していても、人口的には、広く開放されているってわけ」

新しい国だから、まず人口を増やしたいという政治的な意図や、とにかく地球と戦争をするための戦力が欲しいという軍事的な意図も見え隠れする話だった――が、今このときに限って言うなら、そんなに内偵のしやすい国もない。

むしろ内偵してくれと頼まれているようなものだ。

なにせ、わざわざ視察やら交流やらの、口実を設ける必要なく組織に入り込めるのだから、スパイにとっては天国みたいな環境だ――が、もちろん、それだけじゃあないのだろう。

入るのはたやすく、出るのは難しい。

つまり、一度入国してしまえば、そうそう出国できないという仕組みになっているわけだ――それがどんな仕組みなのかはともかくとして、そんなことを続けていれば、いずれはパンクしてしまいそうだが、ならばパンクしない仕組みも、同時にあるということになる。

パンクしないだけの国土があるからなのか……、それとも。

（それだけ、国民の死亡率が高いのか……）

合法的、という言葉に騙されそうになるけれど、しかし、その法がこの場合は、必ずしも道徳的とは限らないのだ。

いや、国境をまたげば、道徳の基準も、善悪の判断も変わってくる。

まして地球と戦うための国家体制が、日本の一般常識と同じはずもない。

危険度は高い。

これまで聞いた四つの組織よりも、どう考えても——得体が知れな過ぎる。これは単なる知名度の問題じゃあなく。

「踏み込んだことを言うと、彼らの容疑は濃いと、言わざるを得ないのよね」

右左危博士は言った。

これまでは『同じくらいだ』と言及を避けていた内偵先の容疑の濃淡について、彼女が具体的にふれたのは、これが初めてだった。

「あくまでひとつのものの見方であり、その濃さは同時に淡さでもあるけれど、『人間王国』が『裏切り者』である可能性は、結構高い……、歴史ある『道徳啓蒙局』

が、新参者である彼らの存在を快く思ってなかったというのもあるしね」

「そう……なんですか」

『道徳啓蒙局』に限らず、新興の『人間王国』が、これまでの既存の組織と、必ずしも友好的な関係ではないだろうことは想像に難くないが、そこは先ほど右左危博士の言っていた通り、彼らの新しいやりかたからは、得るものも学ぶものもあるだろうから、単純に不仲だったとも思えない。

だから、そこは重要じゃないのだろう。

そもそも、不仲は、『道徳啓蒙局』が『人間王国』を潰す理由にはなっても、『人間王国』が『道徳啓蒙局』を潰す理由にはなりえない――『やられたからやり返した』のなら、それを秘密にする必要はない。

だいたい、『あらゆる人間を受け入れる』ための、言うならば人類代表を謳《うた》う国家が、他の対地球組織を潰したんじゃあ、わけがわからない――国家の存在意義にかかわる。

国是の否定だ。

たとえ『道徳啓蒙局』が、『地球撲滅軍』なみの非人道的行為をおこなっていたとしても(まあ、もちろん、おこなっていただろう)、彼らが地球と戦う組織だったことは違いないわけで――その組織を潰すというのは、間違いなく、人類への裏切り行為である。

（『裏切り者』……）

「地球と戦う上では、他の対地球組織の、『生ぬるい』やりかたを認められず、だから勢力争いとして、『道徳啓蒙局』を潰したってことでしょうか？」

別に『道徳啓蒙局』が生ぬるかったとは思うような根拠はないけれど、隠し立てすることなく地球と戦う組織からしてみれば、秘密組織の『こそこそ』したやりかたは、見ていてもどかしかったかもしれない――だから、制裁に乗り出したのかも。

それならあるか。

だとすれば、右左危博士が危惧していた通り、『地球撲滅軍』も漫然とはしていられないが……、だが、この考えかたでは、『裏切り者』というニュアンスからは外れてしまう。

あくまで人類の代表者として、地球と戦う趣旨を失っていないのだから――ならば、右左危博士が、『人間王国』の『容疑が濃い』と、本音を漏らした理由はなんだろう？

「いえ、もちろん、勢力争いの結果、『道徳啓蒙局』が潰されたって線も、まったくないわけじゃないんだけどね……、でも、それだったらもうちょっと、情報がこぼれてきそうなものなのよ。『地球撲滅軍』が『絶対平和リーグ』を取り込んだように、組織同士の併合や吸収合併、あるいは分裂や解散は、ないわけじゃないんだから……、実際、『人間王国』の最終目標は、地球を倒すことと言うよりも、人類の統一なんでしょうしね」

「じ、人類の統一……？」

それは──世界征服という意味では。

だとすると、『人間王国』は、思っていたよりも更に危険な国家ということになりかねない──建国後一年の今はともかく、十年後、二十年後に、どんな国になってしまうのか。

（十年後、二十年後が、人類にあればの話だけれど……）

「……でも、その線は、まったくないわけじゃないって言っても、基本的に、ないはないんですよね？」

「ええ。ま、今のところは。いつ次の『大いなる悲鳴』があるかもわからない今このときに、最大の対地球組織である『道徳啓蒙局』を潰すメリットなんて、人類側にはないもの──そんな計算のできない奴じゃないのよ、『人間王』は」

「に、『人間王』？」

「『人間王国』のトップ。だから『人間王』──建国の立役者、初代国王」

名前はない。

と、右左危博士は深く息をつくように言った。

それは決してため息ではないのだろうが、しかし、『これがこの話の、一番どうしようもないところだ』というのが、人の心を察するのが苦手な空々にも、見て取れた。

初代国王……、いや、そりゃあそうか。

国なんてものが、自然発生的に、ぱっとできるわけがない――まして地球を倒すためだけに建立された国家なんて、誰かの意志が根っこにあるに決まっている。

けれど、それが個人として特定されているというのは、やや意外だ――当然なのかもしれないけれど、『国を作る人間がいる』というスケールが、空々には唐突にさえ思えた。

(こっちは、生きるだけでも四苦八苦しているのに……すごい人がいるもんだ)

「ま、いわゆるカリスマって奴よね。日本じゃあ、まず出てこないタイプだけど……、『人間王国』がどういう政治体制を取っているのかは、外部からは計り知れないにしても、でも、どうあれ事実上、『人間王』の独裁状態にあるはず」

「…………」

「独裁って言葉のイメージは最悪だけれど、まあ、成功する限りにおいては、独裁は必ずしも悪じゃあない――問題は、成功し続ける独裁者なんていないってことなのよね。ああ、大丈夫大丈夫、これから空々くんを相手に、専門外の公民の授業をしようってつもりじゃないわ――」

「はあ……」

それはまあ、いい情報だが。

公民の授業なんて、受けたことがない。

「でも、じゃあ、独裁者の『人間王』が、判断において失敗して、『道徳啓蒙局』を潰してしまった……って意味でも、ないんですよね？」

「うん。それは独裁以前の問題――そんな子供にもわかるようなミス、『人間王』がするはずがない。そしてもちろん――『人間王国』が人類を裏切るはずがない」

「だったら」

「ただしそれは、『人間王』が『人間王国』のすべてを統《す》べている限りにおいて――なのよね」

なにせ鎖国中の王国だから、ここから先は全部推測に過ぎないんだけど、右左危博士は言った――それを言い出したら、今日言っていることのほとんどは、スパイの情報から導き出した、彼女の推測であるようにも思えるが、しかし彼女の中では、明確な基準があるらしい。

「ワンマン王国の独裁制度――しかしその危うさは、場合によっては簡単に、国家のスタンスが変わりかねないところにある。まずひとつめは、『人間王』の考えかたが変わった場合──『人間王国』は彼そのものなのだから、彼の考えかたが変われば、国も変わる。朝令暮改《ちょうれいぼかい》って奴が、驚くほどあっさり、まかり通る」

「…………」

一人の考えが国家と直結しているというのは、うまく説明できないけれど、空々には不都合であるように思えていた──『失敗するときに大失敗になる』という彼特有のマイナス思考でそう思っていたのだけれども、なるほど、そういうリスクもありうるわけか。

つまりそれは、人類を守り、地球と戦うために『人間王国』を設立したものの、途中で心変わりをして、人類を敵とし、地球に味方するつもりになった場合──なのだろう。

判断ミスではなく、だから意図的に。

人間の戦力をばっくりと大幅に削《そ》ぐために、『道徳啓蒙局』を潰した──勢力争いではなく、これなら明確な裏切り行為だから、当然のこと、隠蔽もするだろう。

……ただ、設立から一年やそこらで、心変わりするような『飽きっぽい』人物が、国家を樹立するなんて偉業を、なし得るものなのかどうか、そこは疑問だった。

「国を建てて、君臨する立場になって、初めて気付く人間の醜さがあったのかもね。

人間に絶望して、地球に味方する気になっちゃったのかも。はっはっは」

妙にさわやかな笑いかたを、右左危博士はした。

似合わない笑いかただ。

そしてそんな理由で絶望する王が、果たして王たりうるのかという更なる疑問も湧いてくるが、それはひょっとすると、そんなものかもしれないとも思った。

しかし、そんな空々の納得を、当人である右左危博士は、

「ま、これはたぶんないんだけどね」

と覆した。

なんなんだ。

「ゼロベースでの思考実験なら、一番ありうるケースだけれども、しかし、既に地球は人類に対して、『大いなる悲鳴』を放っちゃってるからねえ。『人間王』の家族や友人は、その悲鳴で全滅しているって話――恨み骨髄なのよ。彼の国家建設には、しっかり私怨も絡んでいる。今更、地球と和解なんて、よっぽどの理由がない限り、ないのよ」

裏を返せば、よっぽどの理由があれば、そんな豹変《ひょうへん》もありうるという可能性は残しつつも、右左危博士はそう断じた。

受け入れにくいことを無理して受け入れたら、それを否定された形の空々だった

が、それについてどうこうは思わない――ただ、またしても別の疑問が生まれもする。

「『彼』ってことは、『人間王』は、男性なんですか？」

いや、別に男性でも何ら構わないのだけれど。

ただ、『人類最初の女性』みたいな話が出ていたので、なんとなく、『人間王』の姿は、女性でイメージしてしまっていた。

「ああ、そういうわけじゃないのよ。ごめんごめん、代名詞として便宜的に『彼』と言ったけれど、『人間王』の性別は不明なの」

「性別不明……、そう言えば、名前もわからないって言っていましたけれど、それも

『人間王国』が鎖国しているから、海外には情報が出て行かないってことですか？」

「内陸国だから、外国のことを『海外』とは言わないわね」

細かい間違いを指摘された。

会話のリズムが崩れる……、が、確かに『外国』イコール『海外』という言いかたは、島国に特有のものなのか。

これから海外に内偵任務に行こうというのだから、そのあたりの感覚は、早めにアジャストしたほうがいいのかもしれない。

そして、日本と違う内陸国でありながら、現代で鎖国をしているというのは、やは

り『人間王国』は、特別な国であるように、改めて思われた。

「そして名前は、『わからない』んじゃなくて『ない』——性別はわからない、と言うより、両方なのかもしれない。男でもあり、女なのかもしれない——囁かれる年齢にも幅がある。鎖国しているからってことじゃなく、国内でもそうなの」

「……じゃ、じゃあ、『人間王国』は、まったく正体不明の人間に、統治されているってことなんですか？」

「そうなるわね。まあ、王のカリスマ性を維持するためなんでしょうけれど……、さっき言った『地球に家族を殺されている』って言うのも、そう考えると、なんていうか、人心をつかむための伝説っぽいわよね」

「伝説……っぽい」

「空々くんとはまた別種の、英雄伝説ってところかしら？」

おかしそうに言われたけれど、空々は別に、英雄伝説など築いている覚えはない——が、そんな議論を深めても始まらない。

「話が逸れちゃったわね。悪いんだけども、『人間王』の正体については、今はまだ飛ばしといて。私にも答えられることはほとんどないし、それは誰に訊いても同じだから。少なくとも国内じゃあ答らしい答は得られない。本人か、よっぽどの側近に訊かない限り、正確な答はない——それでも、正確な答はないかもしれない。今は、

『人間王』は人類のカリスマであって、地球を倒すために独立国家を作っちゃうような、とんでもない王様なんだって、それだけわかっておいてくれたらいいわ——そんな王様だから、変心はないだろうと予測できるって、そう思ってくれたら」

「……はい」

空々は頷いた。頷くしかない。

土台、一方的に講釈を受ける側の立場だ。

すべての情報を得られると思うほうが間違いだ——そんなのは右左危博士の正面に座った時点で、どうしようもなくわかりきっていることだ。

しかし。

「じゃあ、やっぱり、『人間王国』が『裏切り者』ってことは、ないんじゃないですか？　組織のスケールから考えればありえても、独裁国家で、そしてカリスマである『人間王』が、スタンスを変えることがまずないって言うんじゃ……」

「王様のスタンスは変わらなくとも、王様が変わっちゃうことはありえるわ」

政権交代があったのなら。

と、右左危博士は指を立てたり、また折ったりした——それはどういう意味のハンドジェスチャなのだろう。

「クーデターが起こり、国が乗っ取られた。これなら、独裁国のかかげる目的が、国のパワーはそのままに、すっかり変わってしまっても不思議はないわ——かかげられる王が別人にすりかわってしまったんだから」

そういうことか。

そう言えば最初から、右左危博士は『初代』と言っていた——初代『人間王』と。

二代目『人間王』……？

「王様が正体不明だから、考えようによっちゃ、なりやすいのかもね——こっそり『初代』そのものに、成り代わることもできる。独裁国家には、そんなリスクがある——カリスマがいなくなっても、独裁体制だけは残ってしまうというリスク。これがもっとも危うい。……空々くんが、第九機動室を乗っ取ったときを思い出してもらえれば、イメージしやすいんじゃないかしら」

「…………」

嫌な言いかたをする。

そんな皮肉で傷つくほど、空々ももはやナイーブでもないし、イメージしやすいと言えば、そんなイメージしやすい言いかたもないのだが。

第九機動室の先代室長、牡蠣垣閂。

彼の構築した部署をほとんど力ずくで強奪することで、空々は自らの安全を図《はか》った——結果、氷上竝生という、『地球撲滅軍』の中でも極めて有能な部下を獲得し、現在に至っている。

あれは空々にとっては、間違いなく『やるべきこと』だったけれど、第九機動室のありようは、そんなクーデターによって大きく変わってしまったし——そして至った現在では、廃室に追い込まれてしまったわけで。

同じことが『人間王国』でも起こっているとなると、なまじ自分の身に置き換えてイメージしてしまっただけに、ほとほとどんでもないことのように感じた。

地球と戦えるほどの軍事力を。

個人が受け継いでいく。

それだけでもとんでもない話なのに——

「容疑が濃いって言うのは、そういう意味よ。濃さが同時に淡さでもあるっていうのもね。基本的には合議制を敷いて、誰がトップなのかよくわからないような形態で運営されている組織と違って、『人間王国』では、変革が起こりやすいの。強固で頑なであるほど、起こりやすい。『裏切り』が成立するリスクが、もっとも高い——」

「…………」

『地球撲滅軍』の運営体制がどうなっているのかを、空々は詳しくは知らない——『室長』とか『部隊長』とか『英雄』とか言われても、自分が組織のピラミッドの、どのあたりにいるのかは、まったく不明だ。そもそもピラミッドの形をしているのかどうかも、正確にはわからない——『知らない』のでも『わからない』のでもなく、これは、把握しきれないほど、組織の形態が複雑化しているというのも、あるのだろう。

だから、空々が第九機動室を乗っ取ったくらいでは、その体制に変化はなかった——大勢に影響はなかった。空々が四国から絶大な力を持ち帰って、自分を始末しようとする上層部を黙らせても、それで組織そのものが変わるということもなかった。

上層部というのが、どれくらいの上層部だったのかも、結局、見えなかった——当然、わざと複雑な作りにすることで、組織が簡単には崩れないよう、設計されているのに違いない。

これは『地球撲滅軍』に限った話ではなく、各国のトップクラスの対地球組織なら——『道徳啓蒙局』も『USAS』も『宿命革命団』も『永久紳士同盟』も『仙億組合』も、そういう仕組みになっているはず。

だから、仮に誰かが『人類を裏切って地球につこう』と思ったところで、その誰かが組織のトップだったところで、そんな一人の意思決定が、全体に伝達するのは、簡単ではない。

組織は混乱して、分裂したり、内部対立をしたりするだろう——指揮系統が複数あれば、組織は盤石化し、そして変われなくなる。

たとえ誰かの変心があっても、たとえどこかで代替わりがあっても――だが、『人間王国』だけは、その例外になる。

国交を持たない新興国であるがゆえに、しがらみもない――シンプルを極めた支配体制は、極論、たった一人の人間を殺すことによって、崩れもするし、変わりもする。

裏切りもする。

「全部、『かもしれない』って話で、ぜんぜん、これっぽっちも証拠があるわけじゃないんだけどね――私は単に、中身の見えない王国を、不気味に思っているだけなのかもしれない。ただし……、もしも私が人類を裏切って、地球に味方しようと思ったら、そのための第一歩として、『人間王国』の乗っ取りを企むでしょうね――それが一番、手っ取り早いわ」

第一歩として国の乗っ取りを考えるなんて、やっぱりこの人はおかしいなと、空々は自分のことは棚に上げて考えて（たぶん、その状況になれば、空々もそうする）、

「じゃあ……、『人間王国』に限って言えば、通常の内偵調査と言うよりは、国が乗っ取られているかどうかを、調べるのが任務ってことになるんでしょうか」

と、実際的なところに話を戻した。

国家とか、政治体制とか言われても、やっぱりそれは、十四歳の身には余る――仕

事として、空挺部隊が何をしなければならないかというところに、話をまとめたい。どんな構造になっているのかよくわからない組織の一員として、全体の把握ができない任務のごく一部を、どう果たせばいいのかを、せめてはっきりさせたかった。

「そういうことになる……、けれど、乗っ取られていた場合が、最悪」

右左危博士は首を振った。

「まず帰ってこられない。まあ、まず帰ってこられないのは、乗っ取られていなかった場合でも同じなんだけど——だから、私は僭越《せんえつ》ながらおすすめするわけよ。『人間王国』には、『自明室』からお貸しする助っ人を派遣するべきだって」

だって、あの二人なら。

死んでもいいから。

右左危博士はそう繰り返した——しつこいくらいに。

3

結論から言えば空々空は、空挺部隊の隊長として、アフリカ大陸の新興国、国家をあげて地球と戦っているという、対地球組織であり対地球国家、『人間王国』に派遣する内偵調査員を、右左危博士からの忠告通りに、『自明室』からの助っ人にすることにした。

それも、二人セットで。

乗鞍ぺがさと馬車馬ゆに子――まだ顔も知らない新兵をツーマンセルにして、あまりにも得体の知れな過ぎる王国へ、送り込むことに決めた。

ただし、これは右左危博士からの忠告通りであり、忠告を忠実に守ってはいるけれども、決して忠告に従ったわけではなかった。

少年の、少年なりの判断があった。

当然ながら、あの偽悪的な博士が言う『死んでもいいから』という言葉を、額面通りに受け取るわけにはもちろんいかないにしても、しかし、たとえ鵜呑みにしたとしても、まさかそんな理由で、新人二人に、明らかに過酷な任務を負わせることはできない。

もちろん、いざとなればそんな残酷な采配も、まったく辞さない、感情の死んだ少年ではある――自分の保身のためになら、顔も知らない新兵だからこそ、迷いなくあっさりと死地に送り込みもするだろう。

『地球撲滅軍』に入ったばかりの頃の彼なら、そんな決めかたも、あるいはあったかもしれないけれど、しかし、今の彼は、もう新入りでもなければ、単独兵でもなかった。

リーダー。

責任ある立場で、チームを率いる立場だった。

お飾りだった第九機動室の室長時代とも、かなり違う——自分の判断ミスで部下が被害を受けることもあれば、部下の暴走で自分が被害を受けることもある。

『死んでもいい』と言われようと、実際に送り込んだ二人の助っ人が、帰ってこなかったとなれば、それは空々の、『自明室』に対する負い目となる——右左危博士に借りを作るなんて、それは何より、恐ろしいことだ。

利害と得失。

あるいはそれを見越して、右左危博士は、『死んでもいい』新入りを、空々に貸与《たいよ》しようとしているのかもしれないというような、そんな深読みもできる。

人を人とも思わないマッドサイエンティストでも、まさかそこまでしないだろうと思うものの、するとなったら、何でもためらわない人であることはわかっている。

それを言うならどこの対地球組織に送り込もうと、任務失敗のリスク、死のリスクは付随するけれど、あえて厳しい地域に送り込む必要はなく、むしろ、借りてきた猫のように（助っ人ではなく猫のように）、できる限り難易度を低く設定しておくというのが、無難なようにも思える。

（面接しても、わかりあう時間があるとも思えないしね……）

時間があっても、わかりあえるとも思えない――元チーム『白夜』の天才少女達とのディスコミュニケーションをいちいち想起するまでもなく、そう思う。

だから、空々は別に、右左危博士がそう勧めたからという理由で、二人の助っ人を『人間王国』へ派遣することに決めたのではなかった――むしろ最初は、二人を『人間王国』にだけは入国させまいと、念頭に置いていた。

『入るのは簡単だけれど、まず出られない国』。

そんなことを言い出したら、できれば、誰も入国させたくはないくらいだったのだが、任務である以上、しないわけにはいかない――しかし、そんなことをくだくだしく考えた挙句、結局二人を『人間王国』の内偵担当に決めたのは、そうせざるを得なかったからである。

単純な話。

いざ整え始めてみると、二人の助っ人のみならず、この国に送り込める人材が、空挺部隊にはほとんどいなかったのだ。

何のことはない。

右左危博士がキャッチコピーのように『入るのは簡単』と言っていたので、そこをそれこそ簡単に考えていたけれども、されど、そんなことはまったくなかった――入ることさえ、この国は簡単ではなかった。

（空挺部隊に限っては、だけど……）

老若男女も、思想も人種も貴賤も問わない。

人間であれば、誰でも国民になれる。

そういう言いかたをすると、まさしく『人間王国』と言うか、とても素晴らしい理想郷のような王国だけれど、しかし、ふと名簿を確認してみると、空挺部隊には、その『人間』という条件を満たす者が、意外なほどいないということに、空々は気付いてしまったのだ。

まず一番に外れるのは、人造人間の『悲恋』である――彼女は機械である。ロボットであり、アンドロイドであり、すなわち、人間ではない。

その部品に、人間の部分がまったく使われていないわけではないけれども、しかし『人間王国』の入国資格があるかと言われれば、たぶんないだろう――かの国がそんな制度を採用しているかどうかは定かではないけれど、人造人間『悲恋』は、入国審査で弾《はじ》かれる可能性が大だ。

そして、それを言うならほぼ同じ理由で、空挺部隊の副隊長・氷上竝生も、やや厳しい――彼女は人造人間でこそないが、改造人間である。その肉体の随所に、科学者の手が入っている――『炎』を操り、『氷』を操る、驚愕の改造人間。

それは確かに、人類の英知が行き着いた先ではあるのだが、同時に、人類の枠《わく》をややはみ出した存在であるとも言える。

普通にしている分にはわからないだろうが、内偵調査中、どこかで医学的に分析を受ける機会があったら、彼女は間違いなく引っかかる――普通医に通うこともできない彼女に、任務中にもしものことがあれば、治療が受けられないという展開になりかねない。

（僕を助けに四国に来ちゃうような、案外、向こう見ずな氷上さんだから……、怪我や病気は、心配するというより、前提にしておいたほうがいいと思うんだよね）

海外旅行の基本ではあるが。

とにかく、人造人間と改造人間には、別の任務地に赴いてもらったほうが良策である――そして次は、空々が四国から連れて帰ってきた空挺部隊の隊員達である。

空挺部隊の隊員七人。

虎杖浜なのか。好藤覧。灯籠木四子。

地濃鑿。杵槻鋼矢。手袋鵬喜。

酒々井かんづめ。

（……あれ？）

はたと直面する事実――現役魔法少女三人に、元魔法少女三人、そして『魔女』一人。

（えっと、彼女達は……、その、『人間枠』でいいのかな？）

気付かなければ、それは気付かなくてよかったくらいの疑問符ではあったけれど、しかし気付いてしまえば、考えざるを得ない。

『魔女』である酒々井かんづめは、『火星陣』であるだけに言うまでもないとして――『魔法少女』は、『人間』なのか、そうでないのか？

もちろん人間だろう。普通に考えれば。

彼女達はコスチュームとマルチステッキ、すなわち組織から与えられた道具によって、魔法少女たり得るわけで、実際、それらを回収された地濃と杵槻と手袋は、もう魔法を使用することはできない。

身体が機械でできているわけじゃない。

肉体改造をされたわけじゃない。

その手で鉄塊を砕くこともできないし、その手から炎を出すこともできない――年相応の女の子であり、すなわち、人間である。

それは、今もコスチュームを着て、リアルタイムでマルチステッキを振るう黒衣の魔法少女達にしたって、条件は同じだ。

魔法に基《もと》づくコスチュームは、すさまじい技術で、とんでもない破壊兵器ではあるけれど、極論、スマートフォンを持っているのと、大差ない――すごいのはスマートフォンであって、それを使う人間ではない、どれだけ巧みに使いこなそうとも。

アイテムありきなのだ。

（ただ、そうと考えない人も、いるだろう……、一度でも魔法に手を染めた人間は、もう人間じゃあないと考える人も、いるかもしれない）

理屈じゃない。

さりとて真実とも違う。

これは定義の問題だ。

（『人間王国』が、どれほど、『魔法』や『魔女』について把握しているかにもよるんだけれど……、そんな彼女達の前歴がバレたら、つるし上げられる可能性がある）

だとすれば、有能であるはずの天才少女達こそ送り込めないし、そんなデリケートな問題を抱えることをわかっていながら、元魔法少女達を送り込むのも忍びない。

虎杖浜や好藤や灯籠木、もちろん鋼矢、そして誰より地濃ならば（要するに、手袋鵬喜以外なら）、トラブルになっても、自力でなんとかはするだろうという安心感も正直あるのだけれど、しかしながら、トラブル要素が多いことをあらかじめ承知していながら、あえてその選択をする理由はなかった——彼女達にはそれぞれ、それよりも似つかわしい内偵先もある。

（なんてことだろう……、空挺部隊には、僕一人しか人間がいない）

衝撃の事実だった。

まさか一番人間味に欠けた奴だけが、人間だなんて——だが、空々は『人間王国』に行くことができないのだった。彼は部隊長という立場上、アメリカ合衆国の対地球組織『USAS』への派遣が、最初から決まっている。

それに、人間味の問題をさておいても、空々だって、厳密には『人間』の定義に当てはまるのかどうかははなはだ怪しい。

男子なので『魔法少女』でないのは確かだとしても、四国ゲームの最中、魔法少女のコスチュームを着こなして、マルチステッキを振るって、つまり数々の『魔法』を使っていたことは揺るぎのない事実である。

一週間という短い期間だったとは言え、彼は魔法に手を出していた——『魔法』に触れれば『人間』でなくなるというのなら、空々とて、その条件は満たしている。

(何より……僕はその四国ゲームで優勝して)

血識零余子から、『魔人』を引き継いでいる。

『魔人』を引き継ぎ、『魔人』作りの一翼を担っている。

『魔人』という以上、それはまだ『人』の範囲内なのかもしれないけれど……、しかし『魔』がついてしまっただけで、そうじゃないと思う向きもあるだろうことも、確実だ。

（改めて……、ろくでもない集団なんだな、空挺部隊って）

まあ、別に人間らしい集団を謳っていたわけでもないし、だからこそ、メンバーの八人は四国を生き残れたのだと言う以外にないのだけれど、しかしそれがここに来て、任務に支障を来《きた》す要因になろうとは。

そんな八人が、人類の『裏切り者』を探ろうと言うのだから、なんとも皮肉と言うか、やりきれないけれど、ともかく、こうなってしまうと、他に選択肢はなかった。

他の任務地同様、選択肢はなかった。

（二人の助っ人に、任せるしかないのか……、乗鞍ぺがさと、馬車馬ゆに子）

そう決めてしまえば、最初にあったような躊躇が綺麗になくなるのも、はなはだしいまでの空々少年らしさだった——なにしろ、彼にはまだ、考えなければならないことがあったから。

かくして、『人間王国』内偵調査への選抜はなされたわけなのだけれども、空々少年のこの一見考え過ぎなくらいの配慮には、しかし重要な工程が抜けていた。

顔も知らないのだから当然だが。

乗鞍ぺがさと馬車馬ゆに子。

『自明室』に籍を置く二人の助っ人が、たとえ助っ『人』であろうとも、本当に人間なのかどうかを、考慮するのを、空々は忘れていた——まさか。

『あの二人なら死んでもいい』という右左危博士の偽悪的な言葉を、今回ばかりは額面通りに受け取っていてもよかったことを彼が知るのは、ずっとずっと、遥かあとのことになる。

4

「驚いたわ。アフリカってもっと暑いイメージだったけれど、意外と涼しいのね。こんなことなら荷物が増えることになっても、ちゃんとコートを持ってくればよかった」

「なんでそんな嘘つくの？」

二人の少女が立っていた。

彼女達の出身地である日本から一万キロ以上離れたアフリカ大陸の中央付近の新興国『人間王国』の王都・『人間都市』に——である。

もっとも、彼女達は、自分の出身地が本当に日本であるかどうかを知らなかったし、この王都の名前『人間都市』も、一応聞いてはいたが、既に忘れてしまっていた。

どういう交通手段で地球を半周してきたのかも、やはり同様に忘れている——今ここにいる以上、そんなことはどうでもいいからだ。

　彼女達は大抵のことをどうでもいいと思っている——そう教育されていて、それを妨げる部分はもう頭の中から削除されていて、もう元に戻ることはない。

「この私、乗鞍ぺがさは、嘘をつくのが好きなのよ」

「知っている。でもこの私、馬車馬ゆに子は、嘘をつかれるのが嫌いなの」

　双子のようだ、という印象を、この二人を見れば、誰もが持つだろう——何から何まで、そっくりだと。

　しかし、凝視すれば、二人には似た要素なんて、ほとんどないことに気付くはずだ——髪型も顔形も、背の高さも体型も、まったく違う。

　それなのに。

　似ている——同じように見える。い、い、い、い、い、

「でも、人のためにつく嘘ってあるわよ？　町中でお店に並んでる行列を見かけたら、『うわー、時間があったら絶対私も並ぶのになー！』って言って、並んでいる人に並び甲斐を与えてあげるのが、この私、乗鞍ぺがさの趣味」

「知っている。でもこの私、馬車馬ゆに子は、人のためが嫌いなの」

「なによ。自分のためはもっと嫌いな癖に」

「そうね。私が好きなのは、ぺがさのためだけ」

「なによ。それは人のための嘘？」

「いいえ。あなたのための嘘」

声の質もやはり違うが、しかし抑揚のないしゃべりかただけは、共通していた。

いろんなものがはぎ落とされて、かろうじて残ったものを寄せ集めたような、そんなしゃべりかただけは。

「じゃ、いこっか。死にに」

「うん。死のっか」

そして、死地に送り込まれた二人の少女は乗り込む——人類発祥の地に建てられた『人間王国』の王都・『人間都市』のちょうど中央に位置する、『人間王』が住まう王宮・『人間宮』の中に這入り込む。

内偵のために。

そして死ぬために。

「この私、乗鞍ぺがさ——人呼んで、乗鞍『死んでくれ』ぺがさ」

「この私、馬車馬ゆに子——人呼んで、馬車馬『死んだくれ』ゆに子」

二人は執拗《しつよう》に、自分の名前を繰り返す——そうしていなければ、そんなこの世で一番どうでもいいもの、すぐに忘れてしまいそうだから。

（第6話）（終）

第7話「残り物には不服がある！もっとも困難な任務」

0

本番に弱いタイプって、いったい何に強いんだ？

1

アメリカ合衆国『USAS』。
内偵担当者——空々空・虎杖浜なのか。
フランス『宿命革命団』。
内偵担当者——地濃鑿・酒々井かんづめ。
イギリス『永久紳士同盟』。
内偵担当者——好藤覧・灯籠木四子。
中国『仙億組合』。

内偵担当者――杵槻鋼矢・手袋鵬喜。
新興国『人間王国』。
内偵担当者――乗鞍ぺがさ・馬車馬ゆに子。
　ここまで決まると、もう、残る一ヵ所の内偵先に送る内偵担当者は、考えるまでも
選ぶまでもなく、完全なる消去法で決まってしまうのだが、しかし空々空は空挺部隊
のリーダーとして、決して彼女達二名を。
氷上竝生と人造人間『悲恋』の二名をコンビにして、該当組織の担当にしたわけで
はなかった――むしろ。
　むしろ、右左危博士から聞いた六ヵ所の内偵先――六ヵ所の対地球組織の中の最後
の一ヵ所についての詳細を聞いたとき、直感的にこう思ったのだった。
「そこで仕事ができるのは、氷上さんと『悲恋』以外には、考えられない」

2

「わかりました、お任せください。この氷上竝生に、この氷上竝生に、この氷上竝生
に！　万事お任せいただければよろしいかと存じます」
　ふたつ返事で引き受けられた。

ふたつ返事過ぎて当惑するくらいだった——というか、まだ任務内容もろくに話していない先から、そんな安請け合いをされてしまっても困る。

しかもなぜそんな嬉しそうに……。

この人、ちゃんとことの深刻さが伝わっているのだろうか？

四国で何かが吹っ切れてしまった感がある——吹っ切れたと言うのか、ただぷっつんと切れたと言うのか。

「えっと……氷上さん」

「その呼びかたはやめてください」

諫《いさ》めようとした空々に、逆に氷上は、ぴしゃりと言う——ああ、またかと空々は思う。年下の空々相手でも、部下であるという姿勢を崩さない第九機動室からの伝統は、空挺部隊に移っても、まだ維持されている。

彼女のクールビューティーな要素が維持されている証左とも言え、ならば安心材料とも取れるのだが。

（さん付けなんてせず、コードネームの『焚《た》き火《び》』と呼び捨てにしろと、また言うのだろう……）

と、空々が思っていると、

「どうぞ、竝生と呼び捨てにしてください」

氷上は予想通りそんなことを……は？

（なぜ下の名前で……）

なぜそんな真面目な顔で。

人の心がわからないことで有名な空々空は、関係が近しい人間の心ほど、客観的に見られなくなる傾向があるのだが、事実上二代目の世話係として、それなりに付き合いの長い（その割を食らって、空々と共に左遷されてしまった）この秘書の内心は、付き合いが長くなれば長くなるほど、謎めいてきた。

客観的に見られないし、主観的にはもっと見られない。

これは『関係性の変化』や、『感情の高まり』などといったものを、上手に処理できない空々の責任も大きいのだが、しかし、自分の半分くらいの年齢の空々に対して、必要以上に過剰な感情を委《ゆだ》ねようとする氷上も、完全に無罪とは言えない。

（本当、あの放火魔の弟のことは、この人にどんな影響を与えているんだろう……）

ともかく、と切り替える。

「えっと……『焚き火』」

睨まれた。

睨まれるのが苦手な空々である。

人を人とも思わない、いや思えない、感情の死んでいる少年ではあるのだけれど、しかし、それゆえに、『人にどう見られるか』ということを、常に気にしていたりもしている。

倫理観や道徳観が欠落しているゆえに、自分が正しいかどうかを自分で判断することができない——ゆえに案外、押しに弱い。

そんな空々だからか、気がついてみれば、空挺部隊の隊員には、基本的に自分本位で、人のことなんて気にしない者ばかりが勢ぞろいしているが、そんな中でほとんど唯一、氷上だけは、他人への干渉を躊躇しない性格だった。

人としては長所であり、仲間としても美点ではあるのだが、苦手は苦手だ。

「竝生……任務なんだけれども」

仕方なく空々は従った。

こんな序盤のやりとりで、話が長くなっても困る——今回の内偵調査の任務については、メンバー個別に詳細を説明しなくてはならない。

氷上はまだ、鋼矢に次ぐ二人目だった。

先は長い——ちなみに、副隊長なのに二人目だと知ると気分を害するだろうから、それは黙っておいたほうがいいと、一人目の鋼矢から適格な助言を受けているので、それは言われた通りにしている。

「ははあ。なるほど、ロシアの『道徳啓蒙局』が潰滅したと……、それは把握しておりませんでした。申し訳ありませんでした」

そんなことで謝られても。

常に危機感を持ち、組織内に独自のネットワークを――『自明室』の中にさえも――張り巡らせている彼女としては、自分のまったく把握していない情報があるのが、屈辱的なのかもしれない。

プライドが高いのだ。

秘書として。

（まあ、四国ゲームのときは、そのお陰で助かったと言えるから、一概にそれが悪いってわけじゃあないんだけれど――この人はたぶん、色んなことに責任を感じ過ぎなんだよな）

空々が色んなことに責任を感じてなさ過ぎなので、それでちょうどいいとも言えるが、割れなべに綴じぶたとも言える。

「それでは、どのメンバーが誰と組んで、どこの対地球組織に向かうのかを決めなければならないのですね――メンバーは正規の十人と助っ人二人、行き先は六ヵ所」

「うん。だから一応、ざっくり、メンバーの組み合わせと行き先を、決めてみたんだけど」

「それをまずこの私に相談していただけるとは、身に余る光栄です、部隊長」

「…………」

さすがに後ろめたかった。

しかしそれを顔には出さない。

ただでさえ死んでいる感情を、更に殺す。

「それで、私は空々部隊長と一緒に、どこに行けばよいのでしょうか」

氷上は自分が空々と組むことを前提にしていた。

いや、もちろんそれも考えたのだが。

慣れない土地、どころか初めての海外だから、氷上のような頼れる秘書が同行してくれれば、そんな心強いことはない——と、まさか彼が思わないわけがない。

空挺部隊のメンバーの中で、はっきりと海外経験があるとわかるのは氷上だけだ(聞いたわけではないけれど、たぶんあるだろう——第九機動室に異動してくる以前は、もっと活発に活動していたらしいし)。

頭も回るし、何より、大人だ。

少年兵ばかりの空挺部隊における、唯一の大人——誰であれ、彼女をパートナーとするものは、大きなアドバンテージを得ることになる。

(だから、僕だって組めるものなら、氷上さんと組みたいんだけどね……)

安全係数は飛躍的に跳ね上がるだろうが、しかし、そういうわけにはいかないのだ。

彼女の行き先は決定していて、そして空々は、そこには行けないのだから。

「氷上さん……、竝生に行ってもらうのは、船なんだ」

「？　外国に行くまでの交通手段が、船という意味ですか？　構いませんが、それだと、時間がかかりそうですけれど」

「じゃなくって……、船『で』行くんじゃなくって、船『に』行ってほしいんだ」

空々は言った。

「竝生に内偵して欲しいのは、『救助船』なんだよ」

「お任せください」

そこまで言ったところで、彼女の返事は変わらなかった。

もちろん、彼女は知っているはずだ——それがどういう『船』なのか、そしてそこに行くことが、どういう意味を持つのか。

それでも彼女は『お任せください』と言うのだった——そして続ける。

「当然、空々部隊長も一緒ですよね？」

3

『行くのは難しいけれど、すぐ追い出される国』。

最後の内偵先を、右左危博士はそう表現した――『人間王国』と対になった言葉のその意味するところが、空々にはよくわからなかったのだが、しかし説明を聞いてみると、なるほど、そんな適切な表現もなかった。

「救助船『リーダーシップ』」

と。

右左危博士は、気だるげに言い始めた。

さすがにこれまで、『道徳啓蒙局』も含め、六つの組織を続けて、しかもあまり理解がいいとは言えない空々を相手に説明したことで、疲れが出てきたのかと思ったが、どうやらそういうことではないらしかった。

喋ったり、言いくるめたり、説明したり、あとは嘘をついたりするのが仕事の一部である右左危博士は、こんな程度ではまだまだ疲れたりはしない――理解は遅くとも、さほど反論せずに話を聞いてくれる空々は、むしろ彼女にとっては、いい聴衆だと言えるだろう。

ここでやや、彼女の口が重くなったのは、単に、語る内容について、思うところがあるかららしかった。

思うところ。

はっきり言えば、拒否感。

　この対地球組織の説明を最後の最後に回したのは、『わかりやすいところから説明した』というのももちろんあるのだろうけれど、単純に、話すのが嫌だったから——というのも、ひょっとしたらあるのかもしれなかった。

「救助船……？　船、ですか？」

「そう。船」

　右左危博士が頷いたのを受けて、じゃあさっき言っていた、『厳密には国じゃない』というのは、この最後の対地球組織を指してのことだったのだと思い至る。そんな気付きを後押しするように、「太平洋のど真ん中あたりを拠点に、まあ世界中を航海している巨大船よ」と、右左危博士は続けた。

「一応、船籍はアメリカ合衆国ってことになっているわ。元々、かの国の対地球組織『USAS』から分裂・独立した組織だから——それゆえに、今はやや、対立気味だけれど」

「はあ……」

　だから船の名前と言うか、組織の名前も『リーダーシップ』と、英語の綴りなのか。

「でも、巨大って言っても、あくまで船でしょう？　『人間王国』は、どれだけ新しかろうと、国だから……、勢力が大きいと言われれば、納得もできますが」

「たかが船が、対地球組織のトップ7に入っているのに、違和感があるってこと？　まあ、そう思うでしょうね——うん。どう説明すればいいかな、その辺は」

右左危博士はそこで、考えるようにする。

ポーズなのかとも思ったけれど、どうやら本気で、説明の仕方を迷っているらしい

——珍しいと言うか、こんなことは、まずないことだった。

「対地球組織とは言ったけれど、それはあくまでも便宜《べんぎ》上の分類であって、『彼ら』が真の意味で地球と戦っているかどうかというのは、議論がわかれるところなのよね——だから、定義によっては、救助船『リーダーシップ』を、トップ7に数えない考えかたもある」

空々の質問の答にはなっていないけれど、しかしだからと言って無視はできない、意味深な物言いだった——『国ではない』どころか、『対地球組織』でさえないのか？

ますます実態がつかめなくなるが。

実も態も、ないかのような。

「そうね。そう言いたくなるのは、わかるわ——ある意味、さっき説明した『人間王国』はわかりやすいのよ。わかりやすさがやばいって話をさんざんしたけれども、なんて言うか、物語的でもあるし、『人間王』の立志伝だと考えれば、胸にすっと入る

ところもある——私達は古参の巨大組織の人間だから、そういう新興勢力を『得体が知れない』と思ってしまうけれど、そんな偏見は、新しい時代には付き物の、ステロタイプな先入観だものね」

空々くんはむしろ『人間王』に感情移入できるんじゃない？　と、冗談混じりに言う右左危博士——悪い冗談である。

感情の死んだ少年に、感情移入など。

「それに比べて、救助船『リーダーシップ』はわかりにくい——空々くんの言う通り、巨大船ではあっても巨大組織ってわけじゃないのに、それでもどこが中心で、誰がトップなのか、よくわからない構造になっている——いつの間にそんな組織が出来上がっていたのか、母体だった『ＵＳＡＳ』にも、はっきりとは把握できていないくらい。それこそ、ごく自然発生的に生まれたとしか考えられないくらいにね——」

「…………」

「——と。まあ、あんまりビビらすようなことばかり言っても仕方ないか。安心させるために別方向からのアプローチをすると、その『人間王国』よりは、安全と言えば安全よ——なにせ、乗船さえさせてもらえない公算が大だから」

乗船さえ——させてもらえない？

『入るのが難しい』？

「鎖国中とは言いつつも、国民は広く受け入れている『人間王国』と違って、救助船『リーダーシップ』は、ほとんどの人類を受け入れない。対照的とも言えるわね」

「……救助船、なんですよね？　それなのに、ほとんどの人類を受け入れないんですか？」

単なる、名前だけの問題かもしれないけれど、そのズレがいささか気になった。もちろん、対地球組織なのだから、事故にあった海難者を救助して回っている、辞書的な意味での『救助船』でないことは確実だとしても……。

「ええ。救助船『リーダーシップ』は、おっそろしく差別的なの。『救う人間』と『救わない人間』を、明確な基準で区分している——だから、乗船できるのはごく限られた人間だけだし、条件を満たせなくなったら、すぐさま下船させられることになる。『入るのは難しいけれど、出るのは簡単』——」

「聞いていると……、差別的と言うより、排他的な組織ですね。国にも属さず、どころか、土地さえ持たずに、航海し続けているなんて……」

地球と戦う組織と言うよりは、むしろ厭世集団のようなイメージだ。

そう言うと右左危博士は、

「まさしく、そうかもしれない。それが正解なのかもしれない。だからこそ、彼らは対地球組織じゃないという考えかたもある——彼らは地球と戦っているんじゃなくて、人類が地球に負けることを前提に、活動しているんじゃないかって」

と応じた。

「敗戦後におこなうべき救助を、今から先んじておこなっていると言うのかしらね……。だからこそ、負けることなんて一切考えていない他の組織からは、睨まれているんだけど」

「……つまり、救助船『リーダーシップ』が、いわゆる国に属していないのは、国の崩壊を見越しているからってことなんでしょうか」

「そういう側面もある——けれど、元々彼らは、国家制度なんて信じていないのよ。思い上がり集団だからね」

思い上がり集団。

ずいぶん辛辣《しんらつ》な言葉を使う。

基本姿勢が偽悪的な右左危博士ではあるけれど、その代わり、何かを明確に批判することも、そんなにない人だと空々は思っていたのだが——こと、救助船『リーダーシップ』については、えらく攻撃的だ。

何が彼女を、そう感情的にさせるのだろう。

思うに、『おっそろしく差別的』という部分だろうか？

「右左危博士。『乗船できる人間』と、『乗船できない人間』の間に設けられている基準っていうのは、なんなんですか？」

「天才かどうか」

思い切ってずばり訊くと、ずばり答が戻ってきた——端的だった。

端的で、しかし、ど真ん中だった。

「一言で言うとね。天才なんてわけのわからないものを、一言で言おうとしちゃってるところが、私は思いっきり気に入らないんだけどね——」

「…………」

やはり、気に入らないらしい。

しかも、思いっきり。

だがしかし、その露骨とも言える不思議な嫌悪感の理由も、こうなるとあっけなく、納得できるものだった。

『天才』を乗船切符にしている船があったら、それを右左危博士が嫌うのは、むしろ当然である——嫌わないほうが不思議だ。なぜなら彼女は、『天才』と呼ばれることを嫌うから。

（改造人間を作ったり、人造人間を作ったり、僕でも天才だって思うけれど……、どうしてそんなに嫌うんだろう）

努力をしていないみたいな言われかたが嫌いなのかもしれないけれど、そんな単純な話でもなさそうだ――たぶん問題は、もっと根深い。

　奥深い。

「実は、私もかつて、招待状をもらったことがあるのよね」

「招待状……ですか。それは、船への？」

「他に何があるのよ。ええ、『地球撲滅軍』を出て、研究成果と共に、救助船『リーダーシップ』のクルーにならないかって、ね――スカウトというか、ヘッドハンティングというか」

「研究成果というのは――」

　うっかり訊きかけて、空々は慌てて、出かけた言葉を飲み込む――危ない危ない。『研究成果というのは、娘さんのことですか』なんて訊いてしまうところだった。

「もちろん断ったけどね、だって私、天才なんかじゃないし。ただ、そんな風に彼らは、世界中から、天才を――自分を天才だと思っている人間を招いて、船のクルーとして雇っている」

　ちなみに天才の家族であっても、天才じゃなかったら乗せてもらえないのよ、と右左危博士は付け加えた。

　思っていた以上に、乗船審査の基準が厳しいらしい。

　差別的――か。

そんな引き抜き行為を繰り返していたら、対地球組織だけでなく、世界中から恨まれることになりそうだが……、それを補ってあまりあるメリットが、その招待にはあるのだろうか？

「つまり……、天才、と言うか……、あちこちから、有能な人材を集めて、地球と戦うための準備を進めている船……なんでしょうか」

いや、違う。

厳密には彼らは、地球と戦っているわけではないという話だった——じゃあ、厳密には彼らは、天才を集めて、何をしているのだ？

何がしたいのだ？

「メリットとか、戦略とかじゃなくって、天才を集めること自体が目的なのよ。それが結果として、巨大な対地球組織に比肩しうるような一大組織を形成してしまったってだけの話で——強いて言うなら、彼らの目的は地球と戦うことじゃなくって、人類を守ること」

「人類を——守る」

人類と地球が戦争状態にあるのなら、それは同じ意味になるのでは——と、一瞬思いかけたけれども、しかし、よくよく考えてみれば、両者はぜんぜん違う。

「救助船『リーダーシップ』は、いわば人類という種の保護を目的としているのよ」

と、念押しするように、右左危博士。

「保全ではないにせよ、ね。たとえ地球に負けたとしても、その後も、滅ぶことなく、種が生きながらえるように——だから、人類の中でも、とりわけ優秀な者ばかりを選抜して、一ヵ所に集めているということ」

だから天才と言っても、『頭がいい』人間ばかりを集めているわけじゃないのよ——そう右左危博士は、やはり気だるげに言う。

そういう態度を見ていると、自分が天才扱いされたことへの不満はあっても、必ずしもそれだけで、救助船『リーダーシップ』を、よしとはできないわけではないのか。

「運動能力が高いとか、コミュニケーションスキルが高いとか、モラルが高いとか……、性格がいいとか、美男美女だとか、そういう『才能』でもぜんぜんオッケー。格差社会の象徴とでも言うのかしらね——」

「明確な……基準、ですか」

さらっとモラルの高さが言及されていたが、しかしこうなると、その船自体のモラルを、問いたくもなる——船も空々少年に、まさかモラルを問われたくもないだろうが。

「そんな風に、簡単に『才能』を決めつけるところが、私と相容れないのよね——空々くんの『地球陣』を見破るスキルだって、『才能』ではあるけれど、でもそれが人間として優れているかどうかの判断って、また別じゃない？……私が天才なのか、それとも頭がおかしい奴なのかのジャッジを、他人に委ねたくはないわよねえ」

「…………」

なんと答えていいか、返答に窮する。

自分のことはさておき……、右左危博士に関して言えば、彼女は、娘を犠牲にすることも辞さないマッドサイエンティストだからこそ、救助船『リーダーシップ』から招待状が届くほどの天才性を発揮できるのだろうと思うし。

ただ、彼女自身としては、『頭がおかしい奴』と思われるほうが好みなのだろう。

ひねくれ者だから。

「ま、ともかく概要はそんな感じ。まとめると、救助船『リーダーシップ』は、他の対地球組織とは違って、『いかに地球に勝つか』ではなく、『戦争被害をいかに最小限におさえるか』を対策にしている組織だってこと——敗戦処理を専門とする対地球組織ってところね。ただし、人類の中でも優秀な人間ばっかりを、構成員として集めてしまったから、組織の規模は小さくても、その影響力が、結果としてありえないくらい莫大になってしまったの。でも、どれだけの軍事力を誇ろうとも、『自分達だけ助かればいい』って思想が根本にあるから、地球との戦争において、あまり戦力として期待できないわ」

「……色んな組織があるんですね」

そんなコメントしか出てこない。

味も素っ気もない。

自分がいかに、何も知らずに地球と戦っていたか――戦わされていたのかを痛感する。同じ対地球組織と言っても、世界に目を向けてみれば、かなり違いがある。

（『地球撲滅軍』と『絶対平和リーグ』でも、だいぶ違ったしね……今更気付くようなことでもないのかもしれないけれど。でも）

「でも、救助船『リーダーシップ』が、『自分達だけ助かればいい』って考えている組織なら、彼らが人類を裏切って地球につくってことは、まずないんじゃないですか？　組織力的には『道徳啓蒙局』を潰すことができるけれど、彼らが『裏切り者』である可能性は、いちじるしく低いと考えてもいいんでしょうか」

「そこは難しい。そりゃあ、普通に考えたらそうなのよ。ある意味で彼らは、理想を掲げ、理想郷を作ろうとした『人間王国』よりも、ストイックに人類の救済をもくろんでいる――だから当然、人類を裏切るとは思いにくい」

そこで右左危博士は首を振る。

嫌そうに。

「ただ、何せ彼らは利己的過ぎて、どういう行動に出るのか、まったく予想できない怖さがある。『自分さえよければそれでいい』を、天才が実行するんだから、目も当てられないような裏切りかたをしてもおかしくない——たとえば、人類の戦力を削ぐことで、人類が地球にさっさと負けてしまうことを狙っているのかもしれない。下手に戦争が長引いて、戦災が拡大する前に終戦させたほうが得だと思っているのかもしれない。地球に対する怒りとか、恨みとか、対抗意識とか、そういうものにとらわれない集団の考えることは、どんな発想の転換を生むのか……、だから、容疑は極めて濃いとも言えるし、極めて薄いとも言える。そういう意味じゃ『人間王国』と同じで、他の対地球組織と同じよ」

『研究さえできればそれでいい』と考えていそうな、他ならぬ右左危博士がそんなことを言うのだからよっぽどだが……、確かに、勝ち負けで物事を考えていないというだけでも、他の組織とはスタンスが違い過ぎる。

戦争に負けることでダメージを抑えようとするなんてのは、『地球撲滅軍』じゃあ、口に出しただけで処分されかねない暴論だ。

(他の対地球組織と対立的だったってこともあるのなら……、『道徳啓蒙局』が自分達の活動の邪魔になると判断して潰したのかも……？)

話を聞いていると、そのくらいの理由でも動きかねない組織だ——逆に、『道徳啓蒙局』のほうからしてみれば、いくら救助船『リーダーシップ』を快く思っていなかかったとしても、地球と戦う上で、一応は人類側の一翼を担っている彼らを、おいそれと潰すわけにはいかなかっただろう。

「『道徳啓蒙局』から『天才』……、優秀な人材を引き抜くために、所属する組織を潰したって線もあるかもね——ただ、こういう予想も、するだけ無駄って気もするの。彼らはもう、本当に思想が強過ぎて、理論じゃ解釈できない。私、論破できない奴らって苦手なのよ」

「………………」

存外、天才と呼ばれるのが嫌いな彼女の本音は、そんなところにあるのかもしれない——実際にはどんな人間が、救助船『リーダーシップ』に集められているのかは想像するしかないけれど、どう考えても、右左危博士と気が合うメンツが揃っているとは思いにくい。

(思想のあるなし……、まあ、この人にはないよな。思想なんて)

たぶん左右左危という研究者は、天才の自覚に欠けているのではなく、天才同士の間にある、同族意識にこそ欠けているのだろう——そんな風に空々は考えた。

「だから、間違ってても私は、近づきたくもない船なんだけれど……、だからって容疑者であることに違いはないんだから、空々くん達に内偵をお願いしないわけにもいかないわ。もしも、世界中から天才を集めて、その上で地球側につこうと言うのであれば、さすがに捨ててはおけないもの」

「……でしょうね。でも、そんな排他的な組織を、どうやって内偵するんですか？『入るのが難しい』って、その通りじゃないですか――『人間王国』と違って、『地球撲滅軍』との交流も、ほとんどないでしょうし……」

組織内に潜入する口実も、名目もない。

他の組織の内偵がたやすいということはないにしても、任務にあたるための最初のハードルが、あまりに高過ぎる。

「うん、まあ、そうなんだけど――だから今回の任務を、空々くん達にお願いしようって、私は思ったのよ。確かに乗船の条件は厳しいんだけれど、空々くん率いる空挺部隊のメンバーなら、その高度なハードルは決して、越えられないものではないでしょう？」

なにせ天才揃いだもの。

と、右左危博士に言われて、空々は隊長として誇らしい気持ちに――なんて、まさか、なるわけがなかった。

4

誇らしいか、恥ずべきかはともかくとして。

『地球撲滅軍』に新設された窓際部署の空挺部隊で天才と言えば、四国の『絶対平和リーグ』から連れられてきた黒衣の魔法少女達、元チーム『白夜』の虎杖浜なのか、好藤覧、灯籠木四子の三人なのだが、しかし空々は、彼女達を救助船『リーダーシップ』に派遣しようという発想を、まったくもって抱かなかった。

確かに彼女達はそれぞれ優秀で、たとえ魔法少女のコスチュームを脱いだところで、人類としてかなり優れた部類に入るだろうけれども、しかしいかんせん、性格が悪過ぎる。

もとい、性格が未熟過ぎる。

『絶対平和リーグ』の『体制側』に配置されていながら、少女らしさを失っていないということが、そもそもひとつの脅威なのだが――そんな彼女達を救助船『リーダーシップ』に送れば、感化されてしまう可能性が高い。

可能性と言うか、それは危険性だった。

右左危博士が彼らに対して持たなかった共感や仲間意識を、彼女達ならば持つかもしれない――『地球撲滅軍』に来たばかりで、もちろん組織に対する愛着なんてあるはずもない彼女達は、あっさり、救助船『リーダーシップ』のクルーになる道を選ぶかもしれない。

対地球組織のひとつとしての救助船『リーダーシップ』が、人類に対する『裏切り者』であろうとなかろうと、比類なき現役の魔法少女が三人も移籍するという展開は、避けられるものなら避けるべきだろう。

いや、もちろん自身も何度か、『地球撲滅軍』からの脱走を試みたことのある空々である、究極的には、天才少女達が組織を抜けようとしたところで、救助船からのヘッドハンティングに応じようとしたところで、それを止める権利なんてないし、またその能力もない。

未だ『風』『土』『火』の大魔法を使いこなす彼女達が本気で組織からの足抜けを企んだなら、それを止めるすべなど、あるはずもない——だが、それを差し引いても、救助船『リーダーシップ』への潜入捜査が、あのエリート達に向いているとは、思えなかった。

聞くだに、船内の環境は、十代の少女には刺激が強過ぎる——甘やかされていた一般的な魔法少女達と違って、彼女達は『体制側』だったけれど、だからこそその危うさを、空々は否定できない。

（たぶんそれは、黒衣の魔法少女の一人であり、四国ゲームで『ゲームオーバー』を迎えた、『木使い』の『スタンバイ』のことが、僕には忘れられないからだろうな——）

他の四人同様に『天才』と呼ばれながら、しかし彼女は四国ゲームの最中、プレッシャーに耐えきれず、暴走してしまった。

エリートはプレッシャーに弱い、なんてのは俗説だと思うし、あれは例外的なケースで、基本的に元チーム『白夜』の魔法少女のメンタルが強固であることは間違いないとしても、それでも彼女達が、魔法『少女』であり、天才『少女』であることも、間違いないのだ。

だから、どれだけ話を聞いても、いまいち得体の知れないふたつの組織——いかにもイレギュラーが予想されそうな『人間王国』や救助船『リーダーシップ』の内偵よりも、『ちゃんとした』とは言わないにしても、スタンダードな対地球組織を担当してもらうほうがいいのではと、空々は判断するのだった。

（エリートがプレッシャーに弱いかどうかはともかく……、イレギュラー要素が苦手なことは間違いないだろうからね）

だから彼女達には、アメリカ合衆国の『ＵＳＡＳ』やイギリスの『永久紳士同盟』といった、組織力が巨大であるがゆえに、対地球組織としては真っ当である内偵先を定めたのだった。

……少なくとも虎杖浜なのかの、飛行機という乗り物に対する反応を見れば、空々のこの予想が完全に的外れということはなさそうだが、それがわかるのは、出発後のことであるとして。

才能という部分だけに注目するなら、『魔女』である酒々井かんづめは突出している——彼女の『先見性』があれば、船内での思いもしないようなイレギュラーにも対応できるかもしれない。精神性についても、前世での記憶を含めれば、六歳の外見そのままではない。

が、彼女には地濃鑿のことを頼む気でいる空々だった——乗船条件が『天才』である以上、あの地濃は百回生まれ変わっても、救助船『リーダーシップ』のクルーになれないことは、普通の幼児でもわかる。『天才的な馬鹿者』というのでは、おそらく審査で弾かれるに決まっている。

似たような判断で、生き残ることにかけて、なみなみならぬ天才性を発揮する杵槻鋼矢——彼女も彼女で、やはり『天才』呼ばわりを嫌うだろうが——にも、救助船入りを頼むわけにはいかない。

かんづめに地濃を任せるのとは意味合いが違うけれども、彼女には、手袋鵬喜のことをよろしく頼みたい空々である。

手袋もまた、乗せてもらえるとは思えない。

彼女はむしろ、通常の船舶でも乗せてもらえないかもしれない危険人物なのだから——助っ人の二人、乗鞍ぺがさと馬車馬ゆに子については、貸し出してくれた右左危

博士が、

「天才という言葉が、あの二人ほど似合わない二人は、そうはいないわ」

と言っていた（地濃より似合わないのだろうか？　いや、地濃はひとりで似合わない）。

だから空々は、最初からそれしかないと決めていた人物を、選ぶことになる。

つまり、氷上竝生。

空挺部隊の最年長者――『焚き火』。

救助船『リーダーシップ』だろうが、マッドサイエンティストだろうが、誰にも文句のつけようもない、改造人間にして才媛《さいえん》である。

5

「え？　でもパートナーは空々部隊長ではないんですか？」

才媛は目を丸くした。

まるで両親から『実はあなたはうちの子じゃなかったのよ』と教えられた子供のような顔をしている――彼女の大人としての分別を期待して、赴任地を選定した空々としては、ちょっと反応に困る反応である。

さっきまでの『お任せください』『喜んで』という態度が一気にしおしおと萎《しぼ》んでいく様子が見て取れたが、それは見て見ぬ振りをする空々である。

こればっかりは、たとえどれだけ押しを強く言われようとも、変更できない部分だった――発令元である右左危博士からも、それとなく申しつけられている。政治上、空々がアメリカ合衆国の対地球組織を訪れないのはありえない、と――それに、仮にそうでなかったとしても、空々が救助船入りできるとは、とても思えない。

いくら上司で、それを見定めなくてはならない立場にあるとは言っても、地濃や手袋のことをあれこれいう資格なんて、本当は空々などに、あるはずがないのだ――救助船『リーダーシップ』が求めるような天才性など、空々は一個たりとも持ち合わせていないのだから。

右左危博士が言及していた通りだ。

感情が死んでいて、誰にも感情移入できない、感性というものに欠けている短所を、『地球撲滅軍』が唯一無二の英雄だと持ち上げてくれたけれども、それは結局、どうしたって欠点であって、どう見たって美点ではない。

自分でそう思う。

(『裏を返せば、何が美点で何が欠点かなんて、一通りには言えないって話よ――わかるかしら?』なんて、右左危博士は言ってたけれど、わからないよなあ……)

「しかし、そう言えば、今目の前にいる氷上竝生も、『炎』と『氷』を操る改造人間としてのスキルを、決して己の長所としては、とらえていない節があった。

むしろコンプレックスであり、できる限り、その能力を隠していた。

（放火魔の弟から移植された力っていう性格もあるからだと思っていたけれど……それだけじゃあないんだろうな）

きっと。

いずれにしても、だから、肉体を改造されて得た『焚き火』としての能力を、救助船『リーダーシップ』が乗船切符として認めたとしても、決してそれを喜びはすまい。

ただし、空々は決して、その能力の部分を重視して、彼女の任務地を決めたわけではない——彼女なら、船のクルー達にも、雰囲気にも、決して呑まれることはないだろうと、そう確信できるから、彼女を指名するのだ。

たぶん、もっとも困難だと思われる内偵先に——氷上竝生を派遣する。

「……はあ」

そんな空々の決断をよそに、明らかにテンションが下がった風の氷上だったが、しかしそこはやはり、大人である。

すぐに取り直して、

「その救助船については、もちろん存じ上げております——私のルートで、乗船までの経路は確保できると思います」

と、てきぱき、先の話を始めた。

私のルート。

同じ用語を鋼矢も使っていたが、鋼矢の言う『私のルート』と、氷上の言う『私のルート』は、まったく違うものなんだろうなあと、空々は漠然と思った。

なんにせよ、空々が『僕のルート』なんてものを持つことは、たぶん一生ないのだろうが。

僕の道、という意味でも。

道なんて、とっくの昔に見失った。

「私もまさか自分を天才だとは思っていませんけれど、天才の振りくらいはできます。しかし、言うまでもありませんが、危険な船ですよ。左博士がどのように表現したかはわかりませんけれど……、『戦争から天才を保護している』と言えば聞こえはいいですが、言いかたを換えれば、要は世界中の才能を一手に独占しようという試みですからね。私に言わせれば、対地球組織とは言えません……」

それもまたひとつの戦いかたであることは認めますけれど、と、一応はそう付け足したものの、明らかに氷上は、救助船『リーダーシップ』に対して否定的だった。

（四国でもそうだったけれど……、だから、意外と気が合うんだよな、氷上さんと右

左危博士って。不思議なことに）

　そんなことを言えば、これ以上なく忠実な部下である氷上も、本気で怒るかもしれない——彼女は自分の肉体を無許可で改造したマッドサイエンティストに、恨み骨髄なのだから。

「だろうね。僕もそう思う」

　なので、そんな風に話を合わせてみたら、

「でしょう⁉」

　と、嬉しそうに身を乗り出す氷上だった——後ろめたい。

「となると、現地には私一人で赴いたほうがよさそうですね——未成年には危険過ぎますし、それ以上に、刺激が強過ぎます。六ヵ所ある内偵先のひとつを、私が一人で担当すれば、その分、空挺部隊の貴重な戦力を、よそに回せるというメリットもありますしね——」

　秘書らしく、今後の予定を組み立てていく氷上——このまま黙っていると、メンバーのカップリングまで決めてくれそうだ。

　この際いっそ任せてしまおうかと、自分の案を引っ込めたくもなった空々だったけれど、既に一度、鋼矢に相談してしまっている手前、そういうわけにもいかない。

「いや、氷上さんにお願いしたいことは、実は、別にもうひとつあるんだ」

睨まれた。

「……竝生さんにお願いしたいことは、実は、別にもうひとつあるんだ。それは、パートナーとして、『悲恋』を連れて行って欲しいということなんだけれど」

「『悲恋』を?」

またも目を丸くする氷上。

いったい僕は何度この人の意表を突くことになるんだろう——そこまで奇抜《きばつ》なことを言ったつもりはないのだけれど。

(空々と同行できないんだったら) 一人のほうが動きやすいという気持ちが氷上にはあるようだったが、しかし空々はリーダーとして、この任務に限っては、誰であれ例外なく、単独行動を許可するつもりはなかった。

全員二人組で行動させる。

助っ人の二人も含めて、これは揺るぎない大前提であり、変えるつもりはない——そして氷上竝生のパートナーとして、空々は人造人間『悲恋』を選ぶのだった。

人造人間『悲恋』。

マッドサイエンティスト・左右左危が『不明室』の長だった頃に開発した最高傑作——『地球撲滅軍』の『新兵器』として、四国を比喩でなく沈めかけた、究極のアンドロイドである。

四国ゲームにおいては、空々の指示の下、何人もの魔法少女を亡き者にしている――人造人間は、『人間王国』の基準からは弾かれるかもしれないけれど、しかし救助船『リーダーシップ』の基準からすれば、大合格だろう。

彼らが求めるのは、むしろ人の形をしていながら、人を凌駕する才能なのだから――改造人間だろうと人造人間だろうと、優れているならば、ウエルカムなはずだ。

そして『悲恋』は機械であり、精神性は基本的に皆無だ――救助船『リーダーシップ』という非現実的な、ふわふわした環境におかれたところで、それで揺らぐということはない。

受け付けた命令以外のことは実行しない、昔気質《かたぎ》の機械である――集団的天才にあてられて、向こう側の住人になってしまうというような危惧は、まずない。

（四国ゲーム終了後の動作を思えば、完璧にその危惧がないとまでは言えないんだけれど……、でもまあ、僕がそばにいなければ、きっとその辺は大丈夫だろう）

同時にそれが、安定性という意味では空挺部隊最強のカードである人造人間『悲恋』を、自分に同行させない理由でもあった――空々と共に軍事行動に及ぶと、かのロボットはどんな暴走をするかわからないリスクがある。

そのリスクのせいで、一時は廃棄されかけた『悲恋』だったが、そこは空々が、なけなしの権力を使って食い止めたのだった――どういう気持ちから自分がそんな権力乱用に走ったのかは、よくわからないが。

「ただし、『悲恋』の実戦経験は、今のところ四国ゲームだけだからね——あれは突発的な出来事だったと考えれば、今回が正真正銘の初任務となる。だから、氷上さんにお願いしたいんだ」

「任せてください、喜んで……と、言いたいところなんですが」

と、氷上は口ごもった。

空々が『氷上さん』と呼んだことにも気付いていない。

「その前に、いくつか確認させてください。彼女、爆弾ですよね？　今回の任務で、その爆弾を使用する予定は……」

当然の不安か。

一時は四国ゲームの生き残り、全員が脅《おびや》かされた、『悲恋』の機能であり、本能である——元々『悲恋』は、地球に対する兵器なのだから、設定次第では、四国どころか、大陸のひとつやふたつ吹っ飛ばしかねない、広範囲に被害を及ぼす爆弾。たとえ安全を保障されたところで、共に行動する上では、細心の注意を払わねばならない——が、高性能高機能の爆弾であるからこそ、滅多なことでは爆発しない仕組みにもなっている。

究極の破壊兵器であるゆえに。

誰にも破壊できない強度を持つ——

「一応、右左危博士に頼んで、爆弾の機能はオフにしてもらうつもりだよ。そうでないと、いくら救助船『リーダーシップ』がウエルカムだったところで、危険物だと判断して、乗せてくれないかもしれないし」

「そうですね……、ええ、そうしてもらえると助かります」

左博士が素直に機能をオフにしてくれるかどうかは疑問ですけれど、と、しかし氷上は、その点、そう簡単には安心できないようだった——まあ、『悲恋』の爆発機能を伏せられたまま、四国に同行させられた経験を持つだけに、その疑いはなかなか払拭できまい。

救助船『リーダーシップ』に入り込んだところで彼女を爆発させ、その巨大船ごと沈没させるという目論見を、右左危博士が持っていないという断言は、空々にもできない——彼女の『天才呼ばわり嫌い』が、まさかそこまで行き着いているとは思わないけれど。

かろうじてある保証としては、右左危博士は『悲恋』を『娘』と呼ぶほどにこだわっていて、まだ爆弾として使うつもりはないらしいという点か——地球を倒すために使うことはあっても、船を転覆させるために使うことはない。

「……それに、万が一のことがあったとしても、『炎』を制御できる氷上さんなら、

『悲恋』の自爆を止められるかもしれませんよ。四国ゲームのラストで、虎杖浜さんと灯籠木さんがそうしたように」

「『炎』だけでブレーキになるかと言えば、やや怪しいですね……、『風』の力もないと。ああ、でも、『炎』も使いようによっては、温度差で風を操れますか」

そんな風に、『悲恋』への対策を練《ね》る氷上——やはり、能力の応用性が高い。

元々、弟の『火達磨《ひだるま》』を格下げして移植したものが、氷上の『焚き火』のはずなのだが、両方を見た空々の感想としては、別段、『火災』の規模が弱まったとは思えない。

(むしろ、氷上さんのほうがよっぽど……)

精神性の問題であり、使い手の問題なのだろうが。

「私は改造人間として乗船したほうがいいでしょうけれど、でも、『悲恋』を正直に、爆弾ロボットだと申告するのは、避けたほうがよいでしょうね。同じ改造人間という扱いで、乗るべきでしょう……、改造人間と人造人間の区別が、創造主である右左危博士以外につくとも思いませんし」

「うん……、完全に機械だって言うと、さすがに乗せてくれないかもしれないしね」

人造人間『悲恋』が爆弾なのに、少女の形をしているのは、どこにでも潜入できる、『動く爆弾』であるためだ——そう考えると、このような潜入任務・内偵調査は、彼女にうってつけのものであるとも言える。

「まだ確認したいことはある？　氷上さん」

「竝生です」

気付かれた。

だいぶん冷静さを取り戻したらしい。

「竝生が確認したいことは、あとひとつです――そういうことでしたら、名前を考えていただいたほうがよろしいかと。どれだけ人間に偽装したところで、さすがに名前が『悲恋』の二文字では、通りづらいかと……」

「ああ、そうか」

言われてみればもっともだ。

メンバーの組み合わせや赴任先を考えるのでいっぱいいっぱいになって、そこまで気が回っていなかったけれど――機械の彼女に人間として内偵調査をさせるならば、名前のみならず、詳細なプロフィールが必要となる。

「四国では、死んだ魔法少女の名前を名乗ってもらったりしたことがあったけれど……、今回は、でたらめをでっち上げちゃえばいいのかな？」

「ただのでたらめだと見抜かれる恐れがありますから、どなたかのプロフィールを転用するのがよろしいかと思います。『地球撲滅軍』のどなたかの名義を借りて乗船すれば、短期間であれば、まず看破されないかと」

なるほど、確かにそっちのほうがいいかもしれない——人一人分のプロフィールを、くまなく嘘で塗り固めるというのも、かなりな重労働だ。誰かの履歴書を、そのままそっくり借りてしまえば、手間はかなり省けそうだ。

「じゃあ、そっちの段取りは僕がやっておくよ……、右左危博士に見繕《みつくろ》ってもらえるよう、お願いしてみよう。氷上……、竝生は、早速旅の準備に取りかかって頂戴。たぶん、渡航手続きに一番時間がかかるのは、この救助船だと思うから」

「わかりました。それでは改めまして」

と、氷上は咳払いをしてから、凜《りん》として言った。

「お任せください。喜んで」

そしてそれから、さも今思いついたように、「ああ、蛇足《だそく》ながら、あとひとつだけ、質問がありました。どうでもよいことなのですが、参考までにお聞かせください」と、氷上は言う。

どうでもよいことではなさそうに——これまでのすべては、それを訊くための前振りだったかのように。

「空々部隊長は、どの女の子と組むおつもりですか？」

6

そんな経緯があって――その後もどたばたがあって――決定した組み合わせで、各チームが、それぞれの任務地に旅立つことになる。

「アメリカ合衆国ね――ふふふ。ま、世界一の国を見ておくのも、私のこれからにとって、きっと有益でしょうね。新しい自分に出会えるかもしれないわ」

虎杖浜なのかは、そんな余裕を見せていた――まさか世界一の国に入国する以前に、新しい自分に出会うことになることなど、この時点では思いもよらず。

「芸術が私を呼んでいるというのでしたら是非もありません、参りましょう、フランス」

「……できることならおまえはかえってこんほうがええ」

地濃鑿はうきうきしながら、酒々井かんづめはうんざりしながら日本を発つ。

「はいはい。ほな、ぱっと行って、さっと帰ってこようで」

「うんー。イギリスもいいけれど、やっぱり日本が一番だからね」

出発する前からそんな台無しなことを言いながら、好藤覧と灯籠木四子は地に潜る。

「じゃ、行ってくるわよ、空々くん。中国四千年のお土産期待しといて」

「……行けばいいんでしょ、行けば」

気楽そうに緊張感なく杵槻鋼矢が、気苦しそうに緊迫感たっぷりに手袋鵬喜が出発する——いやいやそうにしながら、なにげに手袋のほうが、荷物は大きかった。

「大丈夫よ、なんとか部隊長。この私、乗鞍ぺがさは、アフリカにはこれまで何度も足を延ばしているから」

「なんでそんな嘘つくの？」

結局、仕事前に設けられた短い面談の機会では、なにひとつ理解しあえることのないまま、乗鞍ぺがさと馬車馬ゆに子は旅立って行った。

そして。

「では、お気をつけて。空々部隊長」

「では、お気をつけて。空々部隊長」

氷上竝生と人造人間『悲恋』は異口同音にそういって、クルーズへと出かけたのだった——ある意味では、一番どうなるのか未知数のチームだったけれども、そんな風に声が揃ったところを見ると、案外あの二人、気が合うかもしれないなと、空々は思った。

(右左危博士から任務を言い渡されたときには、いったいどうなるかと思ったけれど……、終わってみれば、結構ベストな組み合わせができたんじゃないのかな？　僕にしては、珍しく、よくやったほうか……）

確かによくやったほうではあっただろう。

腐心の甲斐もあったというもので、参謀である鋼矢も認めた通り、空挺部隊の少人数と、ほぼ全員にある性格の難、それぞれの相性や因縁、履歴——それに任務地、各対地球組織の性質を勘案した結果としては、これ以上の結論を望むのは、無茶というものである。

ただし、ことが終わったあと、彼は部隊長として、自分の判断を後悔することになる——他の組み合わせはともかくとしても。

氷上竝生と『悲恋』を組み合わせたのは、明らかな大失敗だったと——どうして気付かなかったのだろう。

それは導火線の隣に火のついたマッチを置いたようなもので、それが爆発することは、目に見えていたのに。

7

（虎杖浜なのか……、元チーム『白夜』の、黒衣の魔法少女。『風』の魔法少女『スペース』……、まあ、あの子となら、何かあるって心配はないと思うけれど……でも、二度以上、じかに本気で殺し合っている相手と二人旅をするなんて、やっぱり空々部隊長は、どこか違うな……）

と、この期《ご》に及んで。

任務が開始されても、未《いま》だ往生際悪く、空々空の心配をしている氷上だった――自分でも少し、あの年下の上司に、精神的に依存し過ぎたと思う。

彼の世話をしているようでいながら、実際のところ、彼を心配したり、面倒を見たりすることで、安定を図っているのは自分のほうだ。

実際、彼が乗った飛行機はこれと同時期、ハイジャックされているわけだから、決して彼女の心配が的外れで、ことのほか過保護というわけでもないのだが、しかし、既に仕事がスタートしているのだから、まずはそちらに集中しなければならない。

空々を心配するのもいいけれど、客観的に見て、自分のほうがよっぽど、危ない立場にいるのだから――右左危博士からもあのあと、注意を促されたけれども、空挺部隊の中で一番危険な任務を担当しているのが氷上であることは、まず間違いないのだから。

（他の対地球組織への内偵と違って、私の場合、本当に救助船『リーダーシップ』の一員になる必要があるからね――『天才の振り』か……。正直、若い頃を思い出して

嫌なんだけど）

自分に溺《おぼ》れていた頃。

才能に酔いしれていた頃。

そんな十代が、彼女になかったわけではない――それこそ元チーム『白夜』の天才少女達のように、思い上がっていた時代が、氷上にもあった。

（あの子達は、本当に天才なのだろうけれど……、私は偽物だったなあ……）

「何を考えているんですか？　おねーさん」

と。

含羞《がんしゅう》の気持ちと共に物思いにふけっていると、横に座っていた人物から、そうぶっきらぼうに声をかけられた――否、人物ではない。

そこにいるのは――そこにあるのは、機械だ。

人造人間『悲恋』。

まさしく十代の少女にしか見えないが、彼女は機械であり、ロボットであり、アンドロイドであり――そして、爆弾である。

「な、何をって……別に」

「何を考えていてもいーんですけれど、私の足は引っ張らないでくださいね。もしも邪魔だって思ったら、いつでも切り捨てますから、そのつもりでいてください」

機械とは思えない流暢さで、機械とは思えない毒舌《どくぜつ》を振るう『悲恋』だった――出発前、『部隊長』に挨拶するときかぶっていた猫を脱いでいる。

「つたく――空々のためだからなんでもするんですけど、また厄介な任務を言い渡されたものですよね。ま、私は大体のことはできるからいいんだけど――それにしても、救助船『リーダーシップ』に乗るだなんて、思ってもみませんでしたよ」

さばさばとした口調に、高飛車な態度。

四国で行動を共にしたときとは、ぜんぜんそのありようが違う――人造人間『悲恋』。

(『天才の振り』か――それにしても)

「何ですか、なんか私に文句でもあるんですか？　おねーさん。なんでしたら今のうちに、どっちが上か、決めときます？」

「あのね、あなたね――」

機械ならではの『トレース』とは、とても思えないその意地悪げな表情に、さすがに氷上の堪忍袋の緒が切れかけたとき、

「お待たせいたしました」

と、部屋の扉が開いた。

部屋。

救助船『リーダーシップ』の待合室である。

どこの港にあるのかも厳重に秘匿されているこの待合室にたどり着くことが、救助船『リーダーシップ』に乗船するための最初の一歩だったのだが——こうして迎えが来たということは、とりあえず、そのステップはクリアしたようだ。

真っ白いセーラー服を着た迎えのクルーは、椅子に座る氷上と『悲恋』の顔を確認して、

「氷上竝生さんと、花屋瀟さんですね？」

と言って、にっこりと笑った。

「準備ができております——どうぞこちらにおいでください」

8

花屋瀟。

右左危博士が人造人間『悲恋』、身分査証の際の身分詐称のために用意した、プロフィールである——そのプロフィールの本来の持ち主は、既に故人。

空々空の親友。

地球が敵だと自力で気付き、小学生のうちに『地球撲滅軍』に自《みず》ら志願した変わり

種で、一時は実戦部隊である第九機動室を、実質的に支配していた少女。

救助船『リーダーシップ』に乗り込むための偽装用の『人となり』としては、まさしく申し分なく、これ以上は望むべくもない――そう呼ばなければさしずめ悪魔の申し子とでも呼ぶしかない、まごうことなき、天才である。

（第7話）

（終）

第8話「組み合わせの答え合わせ！研究者達のハラショー」

0

間違いがあるからと言って、どこかに正解があると考えるのは、間違いだ。

1

空々少年が率いる空挺部隊の十人と、『自明室』から貸し出した二人の助っ人が、命がけの内偵調査のために世界各地に向けて旅立っていったのを見送ってから、

「私って、最低かしらねえ」

と、左右左危博士は呟いた。

彼女にしてはややトーンの低いそんなつぶやきを受けて、

「どうでしょうねえ」

どこかとぼけたような口調でそう返したのは、右左危博士の学生時代の後輩であ

り、かつて四国の『絶対平和リーグ』で魔法少女製造課の課長として黒衣の魔法少女達を統べていた、『地球撲滅軍』に移ってきた現在は『自明室』の副室長を務めている男――酸ヶ湯原作である。

そしてこう続ける。

「僕がいますからね。だから最悪でも、最低からは二番目なんじゃないでしょうか」

「そりゃあ、そうか」

苦笑し、肩を竦める右左危博士。

納得したように。

「私がどんな奴でも、あんたよりはマシかもね――さすが、無数の少女達に悪逆無道の限りを尽くしていた研究者は、言うことの迫力が違うわ。お見それしました」

「何か、気後れでもあるんですか？」

悪逆無道と呼ばれたことには特に応じず、酸ヶ湯博士はわざとらしく首を傾げて、

「僕から見れば、右左危先輩は、およそベストな判断をしたと思いますけれど」

と言う。

「ベスト、か……。何がベストかなんて、正直、わかんないけどね。ベストを尽くすことはできても、それが本当にベストかどうかなんて、どうやって判断すればいいのかしらね――最悪としか思えないような結果が出たとしても、案外それって、それで

も最悪よりはマシな答なのかもしれないじゃない」

「あはは。本人は幸せになったつもりでも、それが不幸の始まりってことはありえますからね――あなたと出会った飢皿木博士がそうだったように」

「言うわねえ」

元夫のことに触れられて、少し愉快そうな顔をする右左危博士。それは不愉快そうな顔なのかもしれなかったが、いずれにしても、空々少年あたりは、まだ見たことのない表情である――子供相手には見せない、大人同士の振る舞いだった。

「ベストと言えば」

と、酸ヶ湯は続ける。

「空々くんの判断は、ベストだったと思いますか？　空挺部隊のメンバー、それに乗鞍さんと馬車馬さんを、どういう組み合わせで、どこに派遣するか――結局、アドバイスらしいアドバイスは、してあげなかったんでしょう？」

「んー。『人間王国』には、あの二人のどちらかを派遣したほうがいいとは、一応言ったけれど……、まさか二人を組み合わせて、一緒に送るっていうのは、想定外だったかもね。その辺……、やっぱり読めないわ、空々くんは」

でもまあ――と、右左危博士は、言葉を選ぶようにする。

「ベストはベストなんじゃない？　限られた選択肢の中、よくもまあ考えたものだわ

──ベストな案のひとつではある」

「確かに……、でも、不満がないわけじゃあないでしょう？　あなたなんですから」

「不満？　いいえ、満足はしているわ──人をなんにでもいちゃもんをつけるうるさ型みたいに言わないでくださいな。でも、せっかくだから参考までに聞いてみたいわね。もし酸ヶ湯くんが空々くんの立場だったら、どんな組み合わせにしていた？」

参考までにと言うより戯れにと言うような、面白半分そのもののその質問に、

「空々くんの気持ちになるのは、難しいですねえ」と言いつつ、そこはかつて、魔法少女を四国中に配置していた責任者である、すぐに「僕だったら」と言い始める。

（あらかじめ、そんな思考実験をしていたのかもしれないわね──昔から考えることが好きな後輩だったから）

考えることが好きなのは、右左危博士も同じだったが。

「元チーム『白夜』の面々は、バラすでしょうね。一騎当千である彼女達を固める意味は、ほとんどありませんから──そして素直に、天才である彼女達の一人を、救助船『リーダーシップ』に送るでしょう」

「それは、黒衣の魔法少女達と距離が近い、酸ヶ湯くんの個人的判断がたぶんに入っているわね──確かに素直だわ。入っているのは、個人的感情かもしれないけれど」

まあ、たとえ個人的判断であったところで、それは実に妥当《だとう》な判断ではある──奇

をてらってはいない。

（私も、『地球撲滅軍』の幹部クラスとして、それなりにいろんな子供達を見てきたつもりだけれども……、あの子達は本当にものが違う。ぶっちぎってる）

虎杖浜なのか。好藤覧。灯籠木四子。

よくもまあ、あれだけのメンツが、四国に結集していたものだ——あの三人だけでなく、更にあと二人、同レベルの天才がいたのだというのだから、とんでもない。

誰かの死を悼む、ということをあまりしない右左危博士だけれど、その二人に関しては、そうしたくもなる。

いや、本当にとんでもないのは、そんな五人を手元に揃えてみせた、この後輩なのだろうか？

（ただし、年齢とバランスのとれていない、危うい天才性なんだけどね……、そういう意味じゃ、彼女達を救助船『リーダーシップ』に送りたがらなかった空々くんの判断も、指摘するほどの間違いじゃあない）

「で、じゃあ酸ヶ湯くんは、あの三人をバラすんなら、それぞれ誰と組み合わせて、どこに派遣していたのかしら？」

「ふふ、迷うところですねえ。まあ、仮想ですから、もっともらしく迷っても仕方ありませんが——救助船『リーダーシップ』に送るべきは、やはり元チーム『白夜』のエースだった、虎杖浜なのかさんでしょうか」

「へえ？」

少し意外だ。

てっきり、元チーム『白夜』のリーダーだった、灯籠木のほうを選ぶと思っていたが。

「リーダーとトップとの違いって奴？」

「と言うより、性格の違いですね。灯籠木さんは、何かといまいち、やる気に欠けますから。そういう性格が、同レベルの天才をまとめる上ではうってつけだったのですが……、救助船『リーダーシップ』というより大きな異端の集団の中では、むしろしっくりなじんでしまうかもしれない。虎杖浜さんなら、かの船においても、存在感をばりばりに発揮できるでしょう」

「ばりばりに、ね。……好藤さんは？」

「美意識が高い好藤さんは、存在感を発揮し過ぎるきらいがありますからねえ。もちろん、乗船資格はあると思いますけれど、むしろ彼女には、『人間王国』を担当してもらいたいところです」

「ふうん」

彼女達三人が、『地球撲滅軍』に来てからまだ三ヵ月なので、細かいキャラクター性まではつかめていないが、酸ヶ湯に言わせれば、天才少女達にも、ひとくくりにできない差異があるらしい。

「一緒に船に乗り込む、虎杖浜さんのパートナーは？　やっぱり空々くん？」

「空々くんの判断に、後知恵でケチをつける気はありませんけれど、虎杖浜さんのパートナーに、空々くんはどうかと思いますね——あまりおすすめはできません。四国でのいざこざもありますし、それに、何やらそれ以前から、あの二人には因縁があったのでしょう？」

「ええ、そうね……不穏な空気が漂うわ。旅先でのトラブルが予感されるわ。ただし、そのあたりの感情を抜きにすれば、結構いい組み合わせだとは思うわよ——私は」

「誰もが空々空ではありませんからね。感情を抜きにはできないでしょう」

「…………」

厳密に言えば、空々少年も、虎杖浜なのかに対しては、感情を抜きにしていたとは言えない——四国では彼女に対して、彼らしくないジャッジが何度かあったらしいと聞く。

（剣藤犬个が絡んでいると、どうしてもそうなっちゃうみたいね——、彼にとって最強のボディガードとも言うべき人造人間『悲恋』と、二人組になろうとしなかった彼

の判断は、その意味じゃ非常に理性的だったと言える）

四国ゲームのラストで、『悲恋』と二人きりになる危うさを知って懲りたのだと、単純に言うこともできようが――それだったら、虎杖浜と組むほうが、よっぽど懲り懲りだろうに。

その辺の判断基準は、空々空のオリジナリティに満ちていると言える。

「虎杖浜さんとは、杵槻さんに組んでもらいたいですね」

と、酸ヶ湯博士は言った。

「相性と言うか、組み合わせ的には。虎杖浜さんは、四国時代から、杵槻さん――魔法少女『パンプキン』を買っていましたから。天才少女ゆえの傲慢と言いますか、なかなか、他人を、それも天才でない努力家タイプの他人を、評価したがらない傾向のある虎杖浜さんが、それでも四国ゲームの優勝者候補と見なしていた杵槻さんなら、きっと、うまくやっていけるんじゃないでしょうか」

「ふむ……いちいち的確ね。杵槻さんなら、いくらか経歴を偽装すれば、救助船『リーダーシップ』の乗船資格も得られるでしょうしね」

（私に言わせれば、『天才』と『努力家』を、対義語みたいに考えるのが、そもそもの間違いなんだけどね――くだらないわ）

「じゃ、『人間王国』に派遣する好藤さんのパートナーは誰にする？」

「馬車馬さんです」

　即答だった。

　そこは『自明室』の副室長として、右左危博士と同じ判断をしたようだ——『死んでもいいふたり』のうちの、一人。

空々はふたりをセットにして『人間王国』に派遣したけれど――彼女達は新兵とは言え『自明室』の所属なので、右左危博士や酸ヶ湯のほうが一家言ある。

当然なのだが。

「そして、灯籠木さんと乗鞍さんを組み合わせて、そうですね、中国あたりに派遣するでしょうね――『仙億組合』に」

「ふむ。組み合わせはともかくとして、派遣先が中国である理由は？」

「中華料理が好きなんですよ。灯籠木さんは」

「…………」

そこは完全に個人的判断のようだった。

（いや、でも大事なところか……）

福利厚生、でもないけれど。

口振りを聞いていると、三人の天才少女の中でも、灯籠木は特に、気まぐれな性格のようだし――彼女のモチベーションをケアすることは、上長としてやるべきことなのかもしれない。

さすがの右左危博士も、あまりそういう視点では、空々の振るった采配《さいはい》を見ていなかったけれど、そうなると、イギリスに派遣された灯籠木に、現地の食が口に合っているかどうか、気にかかるところだった。

「杵槻さんを虎杖浜さんと組ませたことで、宙に浮いちゃった手袋ちゃんはどうするのかしら？　あの子の評価は、酸ヶ湯くんの中では低いかもしれないけれど」

「そんなことはありませんよ——彼女を変わり者揃いのチーム『サマー』に所属させたのは誰だと思っているんですか」

「あら。あなたなの？」

「ええ。あのときはちょっぴり、権力を乱用しました——」

悪びれもなくそう言う酸ヶ湯博士に、右左危博士は、大して意外にも思わない。穏やかそうな顔をして、やることはやる男だ——昔から。

ただ、そんな彼が、手袋鵬喜を評価していたということについては、素直に意外だった。

もちろん、四国ゲームを生き残った彼女には、右左危博士も一目置いているのだが——ただし、空々が彼女を、杵槻鋼矢に託した理由も、よくわかるのだった。

（手袋ちゃんの魅力っていうのは、『すごい』とかじゃなくて、『やばい』って感じだ

もんね――若者言葉的じゃない意味で）

「――なので、同じく私が権力を乱用して、正規の魔法少女に登録した地濃さんと組んでもらいたいですね」

「地濃ちゃんと……、ああ、そう言えばあの子達、研修時代の同期か何かなんだっけ？」

そんなことを言っていたような。

決して、『だから友達同士』というわけではなさそうだけれど（どころか、地濃のほうはともかく、手袋のほうは、明らかに地濃のことを苦手としている）、なるほど、聞いていると、酸ヶ湯博士のチーム編成の意図が見えてきた。

それは空々にはない発想なのだろうし。

そして右左危博士にもない発想だった。

（じゃあ、酸ヶ湯くんからしてみれば、杵槻ちゃんと手袋ちゃんを組み合わせるって考えかたも、ないものだったんでしょうね――道理でこんな話を振ってくるわけだ。空々くんの考えたチーム編成を、酸ヶ湯くんは本音ではぜんっぜん、ベストだと思っていないのね――）

涼しい顔をして。

要は、チーム分けで組むことになった二人が、旅先で『仲良くできるかどうか』

を、結構重視している。

　空々は、あまりそれにはこだわっていない――自分が虎杖浜と組むこともそうだし、手袋と鋼矢を組ませることもそうだし。

（人間関係に敏感な女子同士のチーム編成を、四国でずっとおこなっていた酸ヶ湯くんならでは……かしら）

　それとも、当たり前の考えかたなのか。

　当たり前ではない右左危博士には、わからなかった。

「手袋さんと地濃さんのペアには、イギリスの『永久紳士同盟』を担当していただきましょうか。二人とも、外国語が得意ではないでしょうが、それでも英語圏なら、ある程度フィーリングで動けるでしょう――観光地を出なければ、案外、感覚的には漢字圏よりも行動しやすいかもしれませんよ」

　まあ、そういう考えかたもあるだろう。

　ならば、せっかくの天才少女二人を、その行動しやすいイギリスに派遣した空々の采配は、ますますもって、酸ヶ湯博士には認められないものなのかもしれない――手袋を漢字圏に送った判断はともかく、地濃をフランスに送った判断については、もはや明確なミスだと思っているのかも。

（『こいつなら言葉が通じなくてもやっていけるだろう』なんて感覚は、現実的には、乱暴と言えば乱暴だものね――）

まあ、それでも地濃なら、フランスだろうとどこだろうと、世界中どこでも――乗れさえすれば、救助船『リーダーシップ』だろうと――やっていけるのではないかと、それは右左危博士も思うところだが。

（それに、見方を変えると……、酸ケ湯くんの判断も、残酷と言えば残酷だわ。元『魔法少女』で、現在は魔法を使えない、言うなら普通の女の子二人をペアにして、対地球組織を内偵させようって言うんだから――『失敗してもいいペア』として、揃えられている感がなくもない）

それも現実的――か。

「かんづめちゃんはどうするの？『先見性』を持つ『魔女』は？」

「当然、彼女のことは、空々くんに任せるべきでしょう――二人でアメリカ合衆国の『ＵＳＡＳ』行きです」

「…………」

当然、なのかどうかはともかく。

四国ゲームの過程を思うと、適切な組み合わせではある――今回の任務はあくまでも内偵調査であり、攻撃力は必要ないのだから。

難を言うなら、幼児を派遣された『ＵＳＡＳ』がいったい何を思うかという点だが……、それはまあ、どこの対地球組織でも同じだろう。

幼児が来て驚かない組織はない。

「……となると、行き先こそフランスの『宿命革命団』に変わったけれども、氷上ちゃんと『悲恋』ちゃんの組み合わせだけは、酸ヶ湯くんの采配も、空々くんと一致するってことね」

「ええ。まあ、僕の場合は、そここそが消去法的な判断ですがね――空々くんは、むしろ初期段階の直感的なインスピレーションで、あの二人を組ませることを考えたようですが」

「あの二人は二人とも、オールマイティカードみたいなところがあるからね。ある意味、誰とでも、どういう風にでも組める――組んでしまえば、すべてが適切に思える。ただし、二人とも、空々くんとは組まないほうがいいのかな？『悲恋』については、四国ゲーム終盤での事件があるし、氷上ちゃんは空々くんが絡むと冷静な判断ができなくなるし」

まあ、離れたら離れたで、やっぱり冷静な判断ができなくなるのだが。

しかし彼女が常に冷静である必要があるかどうかは、また別の問題だ。

（その状態につけこんで、半ば騙《なか》して四国に連れて行ったりもしたけれど……、空々くんと氷上ちゃんの、適切な距離感って、いったいどれくらいなのかしらねえ？）

そんなことを思う。

別に心配する義理も筋合いもないのだが、元実験対象の『その後』を気にする程度の人間性は、右左危博士も持ち合わせているのだった——人間を実験対象にしている時点で、既に人間性には、大いに欠けているのかもしれないけれど。

「ま、関係者である私としては、氷上ちゃんと『悲恋』とのペアについては、いささかの懸念《けねん》がないでもないんだけど……」

「懸念ですか？」

「ええ、そう……」

(空々くんに頼まれて、『悲恋』の人格を調整……偽装したのが、吉と出るか凶と出るか。まあ、『地球撲滅軍』の中じゃあ、あの花屋瀟って子は、間違いなく、歴史上もっとも、天才らしい天才なんだけど)

ただ、とても氷上のような、生真面目な性格の持ち主と、相性がいいとは思えない——右左危博士は生前の花屋と、直接の接点があったわけではないので、なんとも言えないが。

(ま、厳密には人格のトレースであって、同一人物ってわけじゃあないから、滅多なことはないだろうけれど……)

それでも、今の『悲恋』が、四国ゲームで空々につき従っていたときのような、素直なロボットでないことは明白だ。

　堅物の氷上が、どこまで『悲恋』を『使える』か——それに任務の成否がかかっている。

（大量の人格が詰め込まれた私の『娘』ではあるけれど——あくまでも『悲恋』は、『兵器』であり『道具』であり『爆弾』であるということを、氷上ちゃんがどこまで理解しているかってところね——できればアドバイスしてあげたかったんだけど、あの子、私の助言なんて絶対聞かないものね）

　当然の極みだが。

　ならば余計なことを言うべきではなかろう。

　刺激しないに限る——刺激したくなるけれど。

「まあ、実際に決めなければならない立場に置かれたら、また考えかたも変わってくるのかもしれませんが……、とりあえずこれが、僕が考えるベストの布陣《ふじん》ですね」

　まとめるように、酸ヶ湯博士は言った。

　確かに、無責任な立場からなら、なんとでも言えるところもある——が、少なくとも右左危博士としては、文句のつけようもないそつのない采配ではあった。

　後輩の成長を嬉しく思う。

　というほど、酸ヶ湯博士は後輩感のある後輩ではないし、右左危博士にしたところで、あまり先輩というタイプではないのだが。

まあ、さすがであることに、変わりはない。

「僕のベストは僕のベストとして、じゃあ、右左危博士のベストは、どんな感じだったんです？　興味がありますね」

「ん？　いや、それはなるべく、考えないようにしていたけれど——考えちゃうと、根が親切な私だから、空々くんの判断に、つい口を出しちゃうかもしれないからね」

「なるほど。あなたの根が親切かどうかはともかく、でも、もういいじゃないですか——なんであれ、彼らはもう出発したのですから。僕の意見だけ聞いて、自分の意見を言わないんじゃ、ディスカッションにならないですよ、右左危先輩」

「ディスカッションをしていたつもりはないんだけれどね——でもまあ、いっちょ、考えてみましょうか？……魔法少女達に対する前提知識が違うから、四国出身者を軸にして考えた酸ヶ湯くんとぜんぜん違う答になると思うけれど、そこは気を悪くしないでね」

そう前置きをして。

右左危博士は五秒ほど考え。

そして答を出した。

「私なら、『人間王国』に派遣するのは、馬車馬ちゃんじゃなくて、乗鞍ちゃんのほうね。性格的に、そっちのほうが合ってるって気がする」

「ふむ。まあ、そこは好みの問題でしょうね――彼女達に何を求めるかという。では、彼女のパートナーは？　元チーム『白夜』の誰ですか？」

「いえ、元チーム『白夜』からは選ばない……、手袋ちゃんね。あの子の人間らしさを重視して」

「へえ……、まあ、確かにあそこは、『人間』であれば、誰でもいいという面もありますからね……空々くんは、元魔法少女を人間と考えていいかどうかを悩んだようですけれど、それはやはり、考え過ぎでしょうしねえ……しかし、それにしても、手袋さんですか」

露骨に驚きこそしないが、意外そうだ。

それに構わず、

「空々くんのアメリカ行きは、政治的に固定されていることだから動かせないとして――そのパートナーにこそ、元チーム『白夜』をエントリーしたいわね。ただし、虎杖浜ちゃんじゃなくって、灯籠木ちゃんね」

と続ける。

「灯籠木さんですか？　虎杖浜さんじゃないというのはともかく……、好藤さんではなく？」

「ええ。虎杖浜ちゃんでもなく、好藤ちゃんでもなく、灯籠木ちゃん――」

酸ケ湯博士が好藤を勧めるようなことを言うのは、彼女が空々のことを、四国ゲームのプレイ中に、気に入っていた節があるからだろう――だから旅先で比較的うまくやっていける公算が高いと思うのだろうが、やはり右左危博士の考えかたに、そういう判断は入らない。

これは癖であり、悪癖でもあるのだろうが。

(人間関係を、なじむかどうかより、刺激的かどうかで、考えちゃうのよね――空々くんのためにも、灯籠木ちゃんのためにも、いい組み合わせだと思うわ)

特にいいと思うのは、あの二人ならば、どう間違っても、恋愛関係に発展しそうにないところなのだが。

(大人の目から見れば、空々くんって、案外地濃ちゃんとかが相手だと、うまく行っちゃいそうな感もあるのよね――氷上ちゃんは絶対に賛同しないだろうけど)

個人的には子供の恋愛は推奨したいと思う、懐の広い右左危博士ではあったけれど、しかし空々に限っては、そういうわけにはいかない――そういうわけにはいかない事情が、四国ゲームの終盤で生じてしまったのだ。

「じゃあ、好藤さんと虎杖浜さんは？」

元魔法少女製造課のトップとしては、やはり魔法少女達の行き先が気になるらしく、そんなことを訊いてくる酸ヶ湯博士。

（お互い、子供が好きよねえ）

絶対に誰の同意も得られないことを、右左危博士は思った——誰の同意も得られないことを確信しながら。

「どちらを救助船『リーダーシップ』に？」

「いえ、どちらも送らない」

「どちらも？」

「ええ。普通に考えたら、当然送るべきなんでしょうけれど、ついその王道を外れたくなるのが、この私なのよね——」

（まあ、私が救助船『リーダーシップ』の思想が嫌いだからってのもあるんだけれどね……それだけってわけでもなく）

「——彼らの下に、素直に、天才を送り込みたくないって思っちゃうの」

「……不思議な先輩ですよ。天才と呼ばれるのが嫌いなだけで、天才が嫌いなわけじゃないっていうのが、特に不思議です——どういう感覚なんですか？　それ？」

「天才って言われると、まるで生まれつきの才能に乗っかってる運のいい奴と思われているみたいで、むかつくからよ」

当たり障りのない理由を答えた。

実際はそんな単純なものではないけれど、こと細かに説明するのは面倒くさい――と言うより、説明したくない。

だいたい、説明できるほど確固たる信念というわけでもないのだ。

「だから、むしろアホっぽい子を送り込むわね。地濃ちゃん」

「ち、地濃さんを、救助船『リーダーシップ』にですか……大胆ですね。奇策と言いますか……、それは僕にはない発想ですよ。空々くんにも、ない発想でしょうね。……地濃さんのパートナーは？　彼女と同レベルのアホ……、失礼。同レベルの知性を持つ者が、他にいるとは思いませんが」

「そこは馬車馬さんでいいでしょう」

「……とにかく右左危先輩が、救助船『リーダーシップ』が嫌いだということしか伝わってこない、悪意のある采配ですね。馬車馬さんは、地濃さんとは違う意味で、かの船に相応しくないキャラクターでしょうに」

確かに、少なくとも『天才』というタイプではない――だからこその配置なのだが。

「船側が乗せてくれないでしょう、そもそも」

「ええ、私も別に、あの新人ユニットが天才だとは、基本的には思わない。だからこれは机上の空論なのだけれど、でもまあ、書類を偽装して、どうにかして乗船してしまえば、なんとかなるでしょう」

「なんとかなると言うか、何が起こるかわからないと言うべきだと思いますが——地濃さんと馬車馬さんの相性とか、ちゃんと考えていますか？」

　考えていない。

　所詮は思考ゲームだ。

「はあ……、まあ、案外、地濃さんは誰とでもうまくやるのかもしれませんけれどね。ああいう子ですから。じゃあ切り替えて、右左危博士は、好藤さんや虎杖浜さんを、誰と組ませて、どちらに派遣するつもりなのですか？」

「安心してよ、彼女達のせっかくの才能を奇策で無駄遣いしようってわけじゃないわ。そうね、好藤ちゃんには氷上ちゃんと組んで、フランスに行ってもらおうかしら——そこはまあ、酸ヶ湯くんと意見を一にするところだけれど、せっかくの天才の語学の才能は、フランスで生かして欲しいから」

「そこだけ、のようですがね——意見が一になるのは。パートナーが氷上さんなのには、何か理由が？」

「前に言ったかもしれないけれど、好藤ちゃんと私達って、四国で一悶着《ひともんちゃく》あってね——だから仲直りの機会を設けようと思って」

「一悶着？」

少女ではないのに魔法少女のコスチュームを着ていた右左危博士と氷上を目撃した好藤が、変態だと思って攻撃を仕掛けてきたという『一悶着』で、実はその後、特に解決を見ていない。

三ヵ月間、引きずったままだ。

それをこの際、解決してしまえればという、これは右左危博士の都合のいい妄想だった——そもそも豪放磊落《ごうほうらいらく》っぽく見えて、意外と頑固な美意識を持っているらしい好藤が、一緒に旅をしたくらいで、態度を融和させるとも思えない。

(ま、オールマイティカードの氷上ちゃんは、誰と組んでも似たようなものだしね——同じ理由で、『悲恋』には)

「『悲恋』には虎杖浜ちゃんと組んで、中国に行ってもらおうかしら」

「ふむ……、ようやく現れたまともな組み合わせのようですけれど、場所が中国なのはどうしてですか?」

「最後のペアである、杵槻ちゃんとかんづめちゃんに、イギリスに行って欲しいからよ——杵槻ちゃんは、どこの国だって対応してみせるだろうけれど、ほら、やっぱりかんづめちゃんは、『魔女』じゃない? 『魔法少女』と言えば日本だけれど、『魔女』と言えば、やっぱり本場の英国でしょう?」

「ああ……、残るのはその二人でしたか」

と、酸ヶ湯博士は頷く。

納得して頷いたわけではなかろうが。

「しかし、そんな適当な理由で赴任地を……」

「そう？　割と適当だと思うけれど」

「あなたが空挺部隊の部隊長でなくってよかったですよ――」

「ふふふ」

まあ、笑って応えるしかない。

かつてクーデターを起こされた、元『不明室』の室長としては。

実際、思考実験だとは言え、たぶん実践であれ実戦であれ、右左危博士の判断は、そんなに変わらなかっただろう。

（だから、空々くんの決定に口出ししなかったんだけどね――でもまあ、酸ヶ湯くんの意見を聞いてみると、彼の采配も彼の采配で、やっぱり結構な奇策なんだけど）

しかし個性が出たものだ。

空々空と酸ヶ湯原作と左右左危。

一応は全員、なんらかのチームを率いた経験を持つ者だが、空挺部隊を世界各国に配置するにあたって、こうも個性が――差が出るものか。

（えっと……まとめると……、空々くんを①、酸ヶ湯くんを②、私を③として……）

以下のようになる。

アメリカ合衆国『USAS』担当
①空々空・虎杖浜なのか
②空々空・酒々井かんづめ
③空々空・灯籠木四子
フランス『宿命革命団』担当
①地濃鑿・酒々井かんづめ
②氷上竝生・人造人間『悲恋』
③氷上竝生・好藤覧
イギリス『永久紳士同盟』担当
①好藤覧・灯籠木四子
②地濃鑿・手袋鵬喜
③杵槻鋼矢・酒々井かんづめ
中国『仙億組合』
①杵槻鋼矢・手袋鵬喜
②灯籠木四子・乗鞍ぺがさ

③虎杖浜なのか・人造人間『悲恋』
新興国『人間王国』
①乗鞍ぺがさ・馬車馬ゆに子
②好藤覧・馬車馬ゆに子
③乗鞍ぺがさ・手袋鵬喜
救助船『リーダーシップ』
①氷上竝生・人造人間『悲恋』
②虎杖浜なのか・杵槻鋼矢
③地濃鑿・馬車馬ゆに子

（三人共通しているのが、確定して動かせない、リーダーの空々くんのアメリカ行きだけだとは……、采配者の個性というより、それだけ、空挺部隊のメンバーが個性的なのだと考えるべきなのかもしれないけれどね）

おそらく、三人に限らず、誰が考えても、空々以外のペアや行き先は、かなりバラけるのではないだろうか――そして何が正解かなんて、わかるわけもない。

そう考えれば、ベストなどというものはこの組み合わせにこそなく、せいぜい、ベストを尽くすことしかできないのかもしれない。

（この状況……、ワーストを尽くしたような状況じゃ、そうするしかないでしょうけどね）

「いえ、しかし右左危先輩」

と。

チームの組み合わせについての思考実験——いや、思考遊戯に興じているうちに、まんまと気持ちがほぐれてしまった、そんなタイミングを見越したかのごとく、かつての後輩は切り替えるように、こう言った。

「僕と右左危先輩と、空々くん。三人の采配は見事にバラバラになった不揃いに終わったかのように思えますけれど、でも、一ヵ所だけ、足並みが揃っているところがありませんか？」

「ん？」

「僕と右左危先輩ですよ——酸ヶ湯原作と、左右左危です」

酸ヶ湯博士は、場が暖まったところで、いよいよ本題だという風に、右左危博士に向き合う——長い前置きではあったが、しかし確かに、これからの行き先を思えば、どれだけ暖めても、暖め過ぎということはない。

「みんな、無事に各地に出発したことですし、そろそろ僕達の研究者コンビも、参りましょうか——ロシアの『道徳啓蒙局』跡に」

2

研究者コンビ。

酸ヶ湯博士は自分達のことをそう表現した——二人の経歴を思えば言い得て妙だ。

かつて『不明室』で、数々の改造人間と、そしてワンオフの人造人間を作ったマッドサイエンティストである左右左危と、四国の『絶対平和リーグ』、魔法少女製造課で、その名の通り、数々の魔法少女を製造し続けていた酸ヶ湯原作。

研究内容、その方向性は水と油ほどに違うけれども、しかし二人とも、常軌を逸した『研究者』であることに違いはない。

（思えば、酸ヶ湯くんと二人で組んで、『何かをする』なんてことがあるとは、かつては考えてもみなかったわね——）

しかも、元旦那——飢皿木鰻を挟まずに、だ。

（部下に全員裏切られても、酸ヶ湯くんやら氷上ちゃんやら、昔の縁でなんとか食ってるわけだ——思いもよらなかったけれど、私らしいと言えば、私らしいのかな？）

『不明室』から追放されたことは、結果として、四国ゲームにおける『悲恋』の暴走の責を受けずに済んだというラッキーに繋がったし、起死回生のように空々少年に賭けたことが、のちの『自明室』の設立に繋がった。

　空々少年が窓際の新設部署に追いやられたことを思うと、我ながらうまく振る舞ったものだと思う――そしてうまく振る舞ったと言うなら、この如才《じょさい》ない後輩以上の者はいるまい。

（四国民のほとんど全員が犠牲となるような一大不祥事の、唯一生き残った戦犯だって言うのに、なんの裁きも受けてないんだからね――『自明室』の副室長・酸ヶ湯原作。この後輩の場合は、私との縁故を利用したってわけでもない……、もしも私がいなかったら、むしろ『自明室』の室長は、酸ヶ湯くんが務めていただろうから、邪魔をしているようなものだし）

　実際のところ、『地球撲滅軍』の上層部から、右左危博士が期待されているのは、それだろう――余所者の酸ヶ湯博士を、先輩である右左危博士がきちんとハンドリングすることを求めている。

（そうすることが自分のメリットになるから、そうさせてはもらうけれど――ただ、私でも完全に、この後輩を制御することは難しいのよね。何を考えているんだか……）

　同じ研究者畑の学者人間だが、なにせ専門分野が違い過ぎて、彼が何を欲しているのかは、よくわからない――血識零余子から『魔人』を引き継いだ空々空との共同研究だけで、満足するような器ではないだろう。

（だいたい、今回の話だって、酸ヶ湯くん発信みたいなものだしね——ロシアの『道徳啓蒙局』に送り込まれていた『絶対平和リーグ』からのスパイは、元をただせば酸ヶ湯くんの子飼いの魔法少女だったわけだし）

組織が消滅したのちも、粛々と活動を続けていたそのエージェントからもたらされた情報に基づき、右左危博士は空々空率いる空挺部隊を、世界各地に内偵に送り込んだ。

そして、みなを見送ったのち、こうして。

貸し切った砕氷船に乗って、酸ヶ湯原作と二人、ロシアへの上陸を試みているというのだから、人生はわからない。

人生はわからないし、後輩は底知れない。

（私は後輩にいいように利用されているだけなのかもね——だとしても、空々くん達をいいように利用しているだけの私が、何かを言うことなんてできないんだけど）

「ふふふ。いや、しかし、自動操縦、自動制御の砕氷船ですか——科学の力はすごいですね。まさかこんな大きな船の乗員が、たった二人だとは。救助船『リーダーシップ』の天才達もご存知ないんじゃないですか？　科学万歳ですね」

魔法の研究者は、そんな風に科学を誉めそやした——日本の領海を出たあたりでのことである。どこまで本気で言っているのかは定かではないけれど、まあ、うまく国内から出られたことに彼もほっとしているのは、確かだろう。

（レンタルした民間会社の砕氷船を、『自明室』の技術で改造しただけなんだけれど……、まあ、偽装工作はうまくいったみたいね）

とにもかくにも、公的機関や、『地球撲滅軍』には気付かれず、ロシアに出発することができた――あとは入国手続きだが、そちらも既に手はずは整っている。

（氷上ちゃんあたりには、当然のごとくバレてたみたいだしね。私達のロシア行き……できる限り隠していたつもりだけれど、他にも気付いている人はいるでしょう。たとえば杵槻ちゃんとか……、『地球撲滅軍』の他部署にも、完全に漏洩《ろうえい》していないとは言えない）

「大丈夫なんじゃないですか？」

と、酸ヶ湯博士は、右左危博士の心中をおもんぱかるようなことを言ってきた。

「そのために、空挺部隊に動いてもらったんですから――彼らの動きをマークするだけで精一杯で、『地球撲滅軍』も、僕や右左危博士を追っている場合じゃないでしょう」

「そうね」

六ヵ所同時内偵。

その作戦指令は、内偵調査をおこなっていることが、他の対地球組織に露見しにくくするため、できる限り調査の時間を短くするためだという空々への説明に、言うほどの嘘はなかったが――もうひとつ、目的があった。

『地球撲滅軍』本体への目くらまし。

『何をするかわからない』、もう潰すことすらできなくなった空挺部隊の任務活動を、組織として綿密にチェックしないわけにはいかない。任務内容の重大さを考えても、世界中に目を向ける必要があり――結果。

結果、本来デスクワークの管理職である、そして空挺部隊とは別部署の所属である、右左危博士と酸ヶ湯博士へのマークは甘くなる。

その隙をついての、ロシア旅行だった。

多少の漏洩はあったとしても、今のところは、上首尾に進んでいると判断できる。

「ただ、罪悪感は否めないわね。空々くん達には、ちゃんと説明しておいたほうがよかったんじゃないかって」

「またそういうことを言う――まだそういうことを言う、ですかね？　彼らにもきちんと相談するべきだという僕からの注進をはねのけて、機密保持を優先したのは他ならぬあなたじゃあないですか、右左危博士」

「うん、まあ、そうなんだけどね」

だから、罪悪感なんて言っているのは、本来、かたはら痛い話である——四国ゲームの際、呉越同舟《ごえつどうしゅう》のような振りをして、氷上竝生を利用したように、左右左危は今回もまた、空々達を利用しようとしている。

これはそれだけの話なのだ。

それ以上でもそれ以下でもない——それ以下の話なんて、ないけれど。

(いつも通りの、いつもの私——まあ、別に今更、『いい奴』になるつもりもないけどさ)

「……反対はしましたけれど、正しい判断だと、今では思っていますが。未確認のまま、子供達に協力を仰ぐには、少々ことが大き過ぎます。四国ゲームどころじゃあない——人類対地球の戦争の、戦局を変えかねない事態ですから」

「そうね。迂闊に組織にも報告できないわ。意思決定機能がどこにあるのかはっきりしない『地球撲滅軍』じゃあ、ロシアからの情報に対して、どんな判断を下すのか、予想がつかない——すべてを公表する前に、まずは現地に飛んで、自分の目で確認しなきゃ」

「研究者の基本ですね」

自分の目で見なきゃ納得できない。

基本というより、それは研究者のすべてだった。

「まあ、空々くん達には、自分達の任務に集中してもらったほうがいいでしょう。『道徳啓蒙局』を潰した『裏切り者』を特定することも、それはそれで大切ですよ」

まるでそれよりも大切なことがあるような言いかただった。

（そして、実際にあるって言うんだからね……、それよりも大切なことと言うか、それよりも最悪なこと、だけれど）

「そうね。たとえ任務を達成できなくとも、どのチームも、囮としての役割を、十分に発揮してくれるでしょう――『地球撲滅軍』の目だけじゃあなく、世界中の対地球組織が、彼らから目を離せなくなる。その隙を、どれくらいつけるか――」

そういう意味では、空々達は別に、失敗してもいいのだ——部隊長の空々は、相当がんばって、チーム分けや行き先を考えてくれたようだけれど、全体から見れば、それはあまり重要じゃあなかったとも言える。

酸ヶ湯案や右左危案を採用して、それで結果、任務を果たせなかったとしても――目くらましにはなるのだから。

こちらが跼蹐《きょくせき》を地で行くつもりである以上、むしろ彼らが目立ってくれればありがたいというのが、本音かもしれない。

「失敗してくれたほうが注目が集まるだろうから、いっそ空々くん達には行き先で、行く先々でトラブルを起こして欲しい、とまで言うと、いささか非人間的過ぎるかしらね？」

「いいえ？　とても人間らしいと思いますよ」

酸ヶ湯はそんな風に同意する。

みなが出発してしまった以上、今更反対しても無意味だと思い、先輩の判断に迎合しているだけかもしれない。

彼は彼なりに、こんな情報を先輩の元に届けた責任を感じているのだろうか——とてもそんな風には見えないが。

「部下に情を移し過ぎても、うまく仕事は回りませんから。円滑《えんかつ》なコミュニケーションは、仕事をおこなう上では必要不可欠ですけれど、でも、だからと言って目的を見失ってはいけません——仲良くしたり、友達になったりするのが、僕達の仕事ではないでしょう」

「……ブロイラーっているじゃない」

「？」

右左危博士の唐突な発言に、酸ヶ湯博士はきょとんとした——如才ない後輩も、意表を突かれることはあるらしい。

ただ、さすがと言うか、すぐに、「えっと、鶏《にわとり》か何かの品種でしたっけ？」と、対応してくる。

「品種と言うか、育てかたかしらね。大量の鶏を効率よく育成する手段と言うか……、生命を伸び伸びと育てるんじゃなくて、あくまで経済動物として、製品のように扱うって感じ？　ま、専門外だから、厳密な定義は知らないけれど……、そういうのって結構、批判されたりもするじゃない」

「まあ、そりゃ、『生命を伸び伸びと育てる』ほうが、イメージはいいでしょうね」

と、とりあえず酸ヶ湯博士は同意する。

なぜいきなり鶏の話になったのか、着地点が見えないままに、話を合わせているようだ。

「味もいいでしょうし」

「いい値段にもなるけどね」

「なんですか？　急にグルメに目覚めたんですか？　右左危先輩は、灯籠木さんとは違って、食にはこだわりのないほうだと思っていましたけれど——なんならロシアについたら、名店でボルシチでもいただきますか？」

「いや、そうじゃなくってさ——なんて言うのかな。雑談と思って聞いてね？　そりゃあ、狭い小屋の中で、化学的に処理された餌を食べて、工業製品のように育てられた鶏よりも、広場で自然の餌を食べながら、伸び伸びと愛情を込めて育てられた鶏のほうが、健康的なお肉になるとは思うんだけど——でも、そんな愛情を込めて育てちやったお肉を、食べられるかしらね？」
「ん……」
「愛情っていうのも、いかにもふわっとした言いかただから、定義が難しいけども
さ。丁寧に気を使って、優しく育てた生き物って、やっぱり食べにくいって思うの
よ。いくらそのために育てたんだ、おいしくいただきますするために伸び伸びと育て
たんだって思っていても、人間なんだから、割り切れるもんじゃないわよね――だか
ら、ブロイラーの育てかたって、結構、理にかなってると思うのよ。ああいう風に、
生命を製品のように扱うことで、生命を食べやすくなる」
「………」
と、しばらく沈黙したのち、
「右左危先輩らしい意見ですね」
と、酸ヶ湯博士は苦笑する。
本音では、『右左危先輩らしい、ひねくれた意見ですね』と言いたかったのだろう
が、まだこちらの真意が見えないだけに、控えたらしい。
「あえて普段から手荒く扱い、粗雑に育てることで、いざというときに、鶏を絞めや
すくするってことですか――まあ、ブロイラーもブロイラーで、決して育てかたが簡
単であるというわけでもないと思いますけれどね。突き詰めれば、フランスの美食、

フォアグラの作りかたにも通じるところがありますし」

中華料理好きの灯籠木さんは、フランス料理はどうなんですかねえ――と、そこで酸ヶ湯博士は、かつての部下の食の好みに、思いを馳せた。

かつての部下の嗜好《しこう》を必ずしも完全に理解しているわけではないらしい。

「でも、そのフォアグラにしたって、現代の技術を駆使すれば、本当はもっと健康的に作る方法があるかもしれないけれど、あえてあんな作りかたをしている――のかもしれませんね。してみると、化学調味料やらがもてはやされるのは、『命をいただいている感覚』が、巧みに削られているからでしょうか？」

「いや、別にね？　私がしたいのは、『結局、命を食べてるじゃん』って、ベジタリアンを論破しようって話じゃないのよ――ただ、人間に接するときも、これは同じなんじゃないかって思って。いつか利用するつもりで人のことを育てて、優しくしていても、その『いつか』が来たときに、情が移って、利用することや、切り捨てることができなくなったりするのかもね、と――だから、いつか裏切るつもりだったなら、普段から冷たく、そっけなく接しておくことが肝要なのかもしれないって思って」

「……それは、空々くんや、氷上さんのことを仰っているんですか？」

それとも。

と言い掛けて、酸ヶ湯博士は引っ込めた。

先輩に対する配慮だったのだろうが、ただ、そこまで言ってしまえば、もうすべてを言ったも同じだった。

(『それとも、飢皿木先輩や、娘さんのことを仰っているんですか』――どうなのかしらね)

まあ、結局、こんなのは、悩んでいる振りをして、格好をつけているだけだと、右左危博士は自覚している。

結局のところ、自分はやるのだし。

今もこうして、やっているのだから。

こんなのは定期的におこなう精神状態のメンテナンスでしかない。

(どうせやるときはやるんだから、やるときの罪悪感を軽減するために、普段から心の準備をしておこうって話なのかしらね――『私も丸くなったもんだ』って、一度くらいは本気で言ってみたいものなんだけれど)

「研究で、実験動物を扱う際、どこまで慎重に扱うかという問題でもありますね」

四国では、と酸ヶ湯博士。

「黒衣の魔法少女――あの五人を、ああいう形に作り上げるために、どれだけの少女が『実験台』になったのか、計りしれません。右左危博士は『よくもあれだけの才能が四国に結集したものだ』と仰いましたが、僕に言わせれば、偶然集まったわけではないのですよ——尊い犠牲のたまものです。もしも、多くの少女の死が前提になければ、彼女達の天才は、覚醒《かくせい》しなかった」

「…………」

「四国ゲームが開始されて以降——これはつまり、『絶対平和リーグ』の実験が失敗して以降という意味ですが——、魔法少女全員が助かるようにゲームを運営するという選択肢も、僕にはありました。けれど、僕はそうせず、ゲームの真相を、一部の魔法少女にしか教えなかった。結果、四国ゲームを生き残った魔法少女は、ほんの数人にとどまりました。けれどあれが、間違った判断だとは思いませんよ。あれがダメージコントロールを越えた利潤の追求だった以上、正しかったとも思いませんが、僕は最善の判断をしたという自負があります」

そう思ってなきゃやっていられないというだけなんですがね——全権を委譲されてしまった中間管理職の悲しさです。

酸ヶ湯博士はどこまでが演出なのか、自虐的にそう言った。

そんな彼を慰めるほど、優しい人間ではないのだけれど（そもそも、そんな可愛らしく、慰めを求めているとも思えない。自負があるし、後悔もないだろうから）、右左危博士は、

「もしも酸ヶ湯くんが、そこでお抱えの魔法少女可愛さに、『究極魔法』のことをな

いがしろに、全員を助けようとしていたら……、私達もろとも、四国は沈んでいたかもしれないってことね」

と言う。

「ええ。ことは四国だけでは収まらなかったかもしれません」

「ん？　でも待って？　魔法少女可愛さって言ったけれども、『絶対平和リーグ』は……、って言うか、特に酸ヶ湯くんは、四国の魔法少女達を、さんざん甘やかしていたわけでしょう？　可愛がりまくって、いわば『伸び伸びと』育てていたわけじゃあない――」

「ああ、そう言えば、そうですね」

しれっと、今それを思い出したかのように、酸ヶ湯博士は肩を竦めた。

「ええ、だからきっと大丈夫なんですよ。野山で愛情を込めて伸び伸びと育てようが、狭い檻《おり》にぎゅうぎゅうに押し込め、工業製品のように育てようが、結局のところ、必要になったら、ぜんぜん殺して食べられますって」

「………………」

そりゃそうか。

（地球が人類を滅ぼそうとするわけよね――生きるだけでも罪深いって言うんだから）

3

　ただまあ、別段、そんな理由で地球は、人類を敵視しているわけではないだろう
――生きるために他の生命を養分にしなくてはならないのは、何も人類に限った話ではない。

　動物だろうが植物だろうが、虫だろうが菌だろうがウイルスだろうが、すべての生命は、他の生命に依存して生きている――人類だけが、命を殺して食べているわけじゃない。

　先ほど、鶏をまるで一方的な被害者のように語った右左危博士だけれど、その鶏だって、ミミズだったりなんだったり、何らかの生き物は殺して食べているわけだ。

　裏を返せば、『この動物は貴重だから保護しよう』なんて言った瞬間、その貴重な動物とやらは、一方的な加害者になるわけだ――罪深さがあるとすれば、その辺りか？

（喰うか喰われるか、とか言って――実際はその両方なのよねえ。喰うし、喰われるし、よ）

　実際のところ、食料を手に入れるための狩りが命がけだった頃には、『命を食べる

ことが罪深い』なんて発想が、共同体の中にあったとは思いにくい——それは単なる、『お互いさま』だったのではないだろうか？

（リコーダーを順番に吹いていって、最後に失敗した奴の罪が重くなるようなものなのかしらね——人類が断罪されるとすれば、理由はそういう条項に基づくのかも。つまり、『食べるから』罪深いんじゃなくって、『食べられないから』罪深い……、攻撃力の高さよりも、防御力の高さのほうが、実は罪業《ざいごう》なんだったりしてね）

これもまた思考実験だし、思考遊戯だし。

地球が何を考えているかなんて、まったく、予想もできないのだ——案外、『罪深い』なんてものじゃなく、ただ食欲のままに、捕食者として人類を、食そうとしているだけという線もある。

あの『大いなる悲鳴』も。

ちょっと大きな声を出してみたかっただけ——だったりして。

次の『大いなる悲鳴』がいつあるのか、人類は——これは対地球組織に限らず、全人類が——戦々恐々としているわけだが、地球と喋れでもしない限り、その日を突き止めることはできないだろうというのが、大方の予想だ。

これはあながち、匙《さじ》を投げた悲観論でもない。

カトラリーは、まだ手中にある。

『悲鳴』があるなら『喋る』こともできるんじゃないかというのは、むしろ現実的な予測だ——そして『大いなる悲鳴』の予測も、極めて現実的なそれとなる。

（……空々くんが、何か知っている節もあるんだけれど、そこだけは彼、一向に口を割らないのよね——そんなに口の堅いほうじゃないと思うんだけど、だとしたらあの子、どんな重要なことを隠しているのかしら）

「動物とコミュニケーションが取れて、おしゃべりができるようになったら、動物を食べられなくなる——なんて言うけどさ。それもたぶん、そんなことぜんぜんないんでしょうね。お魚さんとコミュニケーションをとりながら、がつがついけちゃうんでしょうね」

「むしろ相手の意図や風習、文化的な傾向が理解しやすくなって、狩りやすくなるかもしれませんね——と。雑談はそろそろいいですか？　右左危博士。到着するようですよ」

そんな風にまとめて、酸ヶ湯博士は下船の準備をする——と言っても、彼も右左危博士も、ほとんど手ぶらに近い。

極寒《ごっかん》の地に耐えられるようにもってきた、厚手のコートくらいだ。大抵のものは現地調達するつもりで、今はなによりも、身軽さのほうが断然優先された。

身軽さ、そして、フットワークの軽さ。

空々達とは違う。

彼女達がこれからおこなおうとしているのは、内偵調査ではないのだ——ロシアの対地球組織、世界最大の対地球組織だった『道徳啓蒙局』は、既に崩壊している。

だから。

二人の研究者が、これからおこなうのは——『実験』だ。

思考実験ではない、実験的な実験。

彼女が。彼が。

これまで、ずっとおこなっていたことを、これから先もおこなうだけ——

(『裏切り者』より、よっぽど罪深いかもね……混乱に乗じた、まるで火事場泥棒よ)

「船は？　このまま乗り捨てて行っていいんですか？」

「ええ。乗り捨てオーケーの条件で借りたから」

「砕氷船をレンタカーみたいに言いますね……」

ロシアの一都市、その廃港に着船する砕氷船——自動操縦は、タラップまで自動でおろしてくれる手間いらずだ。

どころか、今は使われていない港を利用した、完全な密入国なので、パスポートもいらない——逆に言えば、ここから先は、何も保証されていないし、誰も守ってくれないということだが。

そんな場所に自ら望んで、武器も、ボディガードも、もちろん魔法もなしで向かおうというのだから、

（私の好奇心も、私の向学心も——私達の研究馬鹿も、行き着くところまで行き着いちゃったって感じよねえ？）

まさしく、マッドサイエンティスト。

かつてスカウトを受けたものの——こんなの、間違ってても救助船『リーダーシップ』のクルーになんてなれっこない、愚かしさだった。

（私って最低かしら——でも、最低だって、おなかはすくのよねえ？）

「お待ちしておりました。ようこそロシアへ」

と。

タラップを下りたところで、ロシア語で話しかけられた。

「初めまして。『地球撲滅軍』所属、『自明室』室長、左右左危よ」

「初めまして。『地球撲滅軍』所属、『自明室』副室長、酸ヶ湯原作です」

「初めまして」

二人の自己紹介を受けて、この極寒の中、防寒の機能など、気安めほども果たしてくれそうもない冗談みたいな薄着で博士達の到着を待っていた、その金髪の『少女』は、笑顔を浮かべて、自己紹介を返した。

金髪でツインテール。

薄着の衣装は、ふわふわで可愛らしくスカートの広がったワンピース仕様で——そう、四国でよく見たコスチュームだった。

魔法少女のコスチュームだった。

「『道徳啓蒙局』所属、『諜報隊』隊員——トゥシューズ・ミュールです」

パドドゥ・ミュールの『姉』です。

滅びた『道徳啓蒙局』の唯一の生存者にして、異国の魔法少女は、そう名乗った。

4

実験が始まる。

人類を救うための、あるいは人類を滅ぼすための。

あるいは人類には無関係の、人体実験が。

(第8話)

(終)

第9話「裏切りは裏切りを知る！砂漠に空に風が吹く」

原稿用紙の最後のマスに詰め込まれる、句読点のような扱いはもううんざりだ。

0

1

「それにしても、『USAS』って、何の略なんだろうね？」
今更のようにそんなことを訊いてきた上司の空々空に、虎杖浜なのかは、
（ズレてるわ、すべてにおいて）
という感想を持った。
まあ、適切なタイミングと言えば、案外、適切なタイミングなのかもしれない——
それがどういう頭文字の集合かなんて、今回の任務に、何も関係がない。
言うなら雑学の部分だ。

だから、『裏切り者』探しの『内偵調査』という、十代の子供がするにはあまりにおぞましい任務が、おおむね終わった段階で、ようやくそんな些事《さじ》に気を回すというのは、順番としては非常に合理的である——だけど、普通、そんな合理的に考えられるものじゃあない。

（いや、普通じゃなくっても……、たとえ、私達みたいな、天才と呼ばれる輩《やから》でも）

目前に『USAS』なんてアルファベットの並びを見せられたら、ついつい、というよりただ自然に、それが何の略なのか、考えてしまいそうなものだけれど——

（そういう人間的な反応をいっさいせずに、あるがままに受け入れられるっていうのは……、どう表現すればいい感性なのかしら。『感情が死んでいる』なんて言うけれど……、本当に死んでいるのは好奇心なんじゃないかしら）

ものを知ろうという気持ち。

ものを好きになる気持ち。

そういうあれこれに欠けている——

（まあ、一緒に行動する立場となれば、それこそ、好奇心をぐいぐいそそられるって感じなんだけれどね——）

空々空ってどういう人間なんだろうね？

そんな疑問こそ、今更なのかもしれない。

「ん？　ああ、虎杖浜さんも知らないのかな？　だったら別にいいんだけれど」

「…………」

ひょっとするとこいつ、私の下の名前も知らないいんじゃないだろうかと思いつつ、虎杖浜はあくまで権高な風に、

「『ＵＳＡＳ』って言うのは」

と、質問に応える。

「『アン・シリーズ・アンド・システム』の略よ」

「『アン・シリーズ』？　赤毛のアンみたいだね……あれはカナダの話だっけ？」

「綴《つづ》りが違うわ」

この台詞こそが『アン・シリーズ』みたいだなと思いつつ、虎杖浜は、「『アン・シリーズ・アンド・システム』」と、繰り返した。

「なんて訳せばいいのかしらね……、直訳してしまうと、『何のシリーズでもなく、何のシステムでもない』って感じになるのかしら？　唯一無二とか……、んー」

フランスの『宿命革命団』やイギリスの『永久紳士同盟』、あるいはロシアの『道徳啓蒙局』と違って、ちょうどいい訳語が思いつきにくい言葉の並びなので、少し考えることになる。

「ま、さしずめ、『独立戦線』ってところかしら？　アメリカだしね」

「ふうん……、でも、アメリカだけど、別に『ＵＳＡ』自体とは関係ないわけか」

「まあ、特務機関で秘密機関とは言え、あくまで非合法の組織だものね――国家を背負うような名前は冠せないでしょう。あくまでも国とは別という形を取る……、その辺は、アフリカ大陸の新興国、『人間王国』とは違うわよ」

そっか、と空々は頷いた。

そして「『何のシリーズでもなく、何のシステムでもない』、か――」と、意味深に、虎杖浜がでっちあげた直訳を、呟く。

「らしいと言えば、らしいね」

「うん？　どういう意味？」

「いや、つまり」

と。

空々少年は、そこで今回の任務を総括するように言った。

「どうやら『ＵＳＡＳ』は、僕らが探す『裏切り者』じゃあないらしいってことだよ」

2

あれから。

あれから、と言うのは、つまり、ニューヨークの空港に着陸するはずの民間飛行機がハイジャックされてから、という意味だが――『地球撲滅軍』空挺部隊、隊長の空々空とその同行者である虎杖浜なのかは、無事に、アメリカ合衆国への入国を果たしていた。

入国し、既に二週間が経過していた。

日本に追い返されることなく。

と言っても、空々があのとき提示したように、虎杖浜なのかは黒衣の魔法少女『スペース』として、『①ハイジャック犯を制圧する』か、『②飛行機から自分達だけ脱出する』かという二択のうち、後者を選んだというわけではない。

壁に穴をあけて、飛行機を墜落させる方策を選んだというわけではない――彼女は空々よりは『正義の味方』としての自覚があるほうだったので、いざとなれば少しもためらわないにしても、一応は、『民間人の犠牲は少ないほうがいい』と考えるタイプだった。

民間人にとっては幸いなことに……。

天才ゆえの余裕とも言える。

才能に恵まれ過ぎているため、『何かを犠牲にして、何かを得る』というような考えかたに、いまいち不慣れなのだ。

しかし、だからといって前者を選んだというわけでもない――ハイジャック犯を制圧するくらい、飛行機に乗ることに比べればお茶の子さいさいの朝飯前だったが（まさしくチキン・オア・フィッシュ？　でもないが）、しかし空々が言った通り、そのやりかたでは、機体が日本へ折り返すことになるだろうことは、目に見えていた。

飛行機が滑走路を離れるときの、あの独特の浮遊感を、あろうことかもう一度味わされることになるなんて、冗談じゃなかった――帰りは海路を選ぼうと、その時点で真剣に考えていたくらいの虎杖浜なのである。

海路は海路で、彼女を苦しめたかもしれないが（飛行機が駄目な自分が、船には強いと無根拠に考えられるほど、彼女ももう、楽観的にはなれなかった）――さてどうしたものかと、考えていると（考えている間は、自分が飛行機に乗っていることを忘れられたので、できればそのままずっと考えていたかったが）、

「ああ、そうだ」

と、隣の座席の空々少年が、思い出したように付け加えたのだった――選択肢の『その③』を。

思い出したのではなく、思いついたのだろうが。

（本当、タイミングがズレてるわよね――いや、その案自体は合理的なんだけれど、だったら『その①』として、提出しなさいっての）

全員が救われ、自分達の目的も果たせられる案が思いつく脳なら、そもそも①はともかく②の案なんて、どう絞ったって出てきそうにないけれど――たぶん、空々少年の中では、それらはすべて、等価なのだろう。

目的を果たせることと、目的が果たせないことが。

飛行機が飛ぶことと、飛行機が落ちることが。

まるっきり等価――死んでることと生きていることのように。

等価。

(こんな何もかもを一緒くたに考えているような子に『嫌われている』って、実は私、すごい貴重な立場にいるんじゃないかしら?)

もっとも、その『嫌われている』も、『好かれている』と、実際、そんなに大差があるわけじゃあないのかもしれないけれど――そんな空々部隊長が、『その①』や『その②』と同じものとして、虎杖浜に示した選択肢の『その③』は、

「ハイジャック犯だけじゃなく、乗客全員を制圧する」

だった。

「乗客だけじゃなく、乗組員も機長もコーパイもキャビンアテンダントも……、飛行機内の人間、全員を、一人残らず制圧する」

「…………?」

言われたときは、意味がわからなかった。

わけがわからな過ぎて、まともな対応ができない——いや、もちろん、できないわけじゃあない。黒衣の魔法少女としての固有魔法『風』を使えば、飛行機に乗っているすべての人間——多く見積もっても、五百人くらいか——を、制圧するのに、十秒もかからない。

問題は、どうしてそんなことをしなきゃいけないのか、だ。

「ああ、別に殺せって意味じゃないよ？」

空々は少し慌てたように、そう付け加えた。

（いったい私を、どんな物騒《ぶっそう》な魔法少女だと思っているのよ）

四国の住民を無差別に虐殺した実行犯みたいに思われているのだとしたらそれは心外だし、そりゃあある程度はその罪を負うにしたって、他ならぬ空々からそんな風に見られるのは、心外どころか、筋違いだ。

「『風』……つまり『空気』を操れば、機内のみんなの呼吸を制御して、無傷で意識を喪失させることは容易でしょう。そんな感じで」

「そんな感じでって……、美容院で髪型注文するみたいに言われてもね」

大勢の人間の『呼吸』を調整しろとは、さらっと無茶を要求する上司である——まあ、できるけれども。

しかし、無傷でとなると、神経を使う細かい作業であることには違いないし（飛行機に乗っていることを忘れられるので、そちらのほうがありがたいと言えばありがたいが）、どうしてそんなことをしなくてはならないのかという疑問には、まだ空々空は応えていなかった。

（ハイジャック犯ってのは、たいていの場合、機内に共犯者を潜《ひそ》めている、なんて言うけど……、その不安を取り除こうってこと？　全員を区別なく制圧することで？　でも、この場合、あんまり意味がないって言うか……）

乗客どころか、機長まで制圧しろというのでは、それじゃあまるで、こっちがハイジャック犯じゃないか——ん？

いや、そういうこと？

「さすがだね」

と、空々は言った。

虎杖浜の察しのよさを、誉めてくれたらしいが、しかし、彼の胸中を読めたことを誉められても、あまり嬉しくはなかった。

むしろ、そんな無茶苦茶な発想を理解できてしまう、自分も結構、異常なんじゃないかと、不安になってしまうくらいだった。

「うん、つまりこの飛行機を、ハイジャック犯からハイジャックして、このままアメリカに向かおうって話。酸素を調節してみんなを眠らせるのは、目撃者を消すためだよ」

「…………」

その『目撃者を消す』という言いかただと、まるで全員を殺すみたいになっていたが、これは単純に、『見られないようにする』くらいの意味しかないのだろう。

言っていることがあまりに無感情過ぎて、気をつけていないと、部下として命令を取り違えてしまいかねない。

「……でも、空々くん。ハイジャック機をハイジャックして、それからどうするの？　機長やコーパイまで眠らしちゃったんじゃ、どうやってこの先、航路を維持するのよ——やっぱり墜落しちゃうんじゃない？」

あんまり言うと、自分が飛行機を怖がっているようだが（怖がっているのだが）、その点を確認しないわけにはいかなかった。

せめてコーパイ……、副機長だけは起こしておいて、飛行機を操縦させるべきなのでは……、いや、でもそれだと、到着後のトラブルが避けられなくなるのか。

「考えたんだけどさ」

と、空々は虎杖浜に向き直って、言った。

「虎杖浜さんが飛行機を怖がっている理由って、運転を人任せにしているからなんじゃないのかなって思って——自分で空を飛ぶことに慣れていたから、それもかなり熟練して慣れていたから、科学技術や赤の他人の操縦で、空を飛ぶことが不安なんじゃないのかな」

「な、何の話よ」

不安がっているみたいに言われたら（不安がっていても）、つい、反発してしまうけれど、なるほど、言われてみたら、それはその通りなのかもしれなかった。

同じ天才少女の灯籠木も、そう言えばそんなことを言っていた——もっとも彼女の場合は、だからと言って飛行機を怖がったりはするまいが。

しかし少なくともそれが、この原因不明の恐怖の、原因の一端ではあるだろう——四国でもっとも飛ぶのがうまかった魔法少女は、間違いなく魔法少女『パンプキン』こと杵槻鋼矢だろうが、固有魔法の『風』でブーストをかけた虎杖浜よりも上だったかと言えば、それはないのだから。

事実上、黒衣の魔法少女『スペース』が、四国の空を制覇していたのだ——なぜあれだけ空を飛んでいた虎杖浜が飛行機が怖いのかという疑問の立てかたこそが間違っていて、実際は、あれだけ空を飛んでいた虎杖浜だからこそ、逆説的に、違う理屈で動く飛行機が怖いというのが、疑問に対する解答なのかもしれない。

ありうる。

（空々くんらしい、逆転の発想ね——この私を裏側から解釈してくれるじゃないの）

でも、そんな解答を示されたからと言って、どうということもない——何の解決にもならない解釈だ。自分がうまくできるから人任せにできないなんて、そりゃあままあることかもしれないけれど、つまり自分からのアプローチではどうしようもないということじゃあないか。

「いや、だから——虎杖浜さんが運転してくれればいいんだって」

「え？」

「できるでしょ？」

「は？　できるわけ」

「できるでしょ？」

「…………」

できた。

もちろん、コクピットに乗り込んで、操縦桿を握って、オートパイロットを起動させ、管制室と連絡を取り合いながら、飛行機のエンジン出力を抑制し、両翼の動作をコントロールさせることなんて、できっこない——いくら天才少女でも、知らないことはできない。

習えば人よりうまくできる自信はあるけれど、魔法少女の研修には、飛行機の操縦訓練なんてなかった。

だが。

飛行機の操縦はできなくとも、『風』の操縦はできる——黒衣の魔法少女としての固有魔法で、『風』を自在に操ることができる。

操縦どころか、縦横無尽だ。

ゆえに、機内の人間を全員制圧することも、お茶の子さいさいの朝飯前で——どういう理屈かは定かではないけれど、とにかく空中に浮く巨大な鉄の塊を動かすことも、やはりお茶の子さいさいの朝飯前だった。

そう。

飛行機を取り囲む空気を操作すれば——向かい風を、揚力を操作すれば、虎杖浜には、完全に自在にとはいかないまでも、飛行機を『飛ばす』ことができるのだった。

紙飛行機のように。

(そんなダイナミックなこと、四国じゃしたことなかったけどね……)

同じチーム『白夜』の天才少女でも、そういう荒技は、『水』の魔法少女である『シャトル』や、『土』の魔法少女である『スクラップ』の担当する分野だった。

(あの二人は、吉野川を逆流させたり、瀬戸内海の島々を滅茶苦茶に移動させたり、してたからねえ——)

そんな二人と戦った経験を持つ空々ならではの発想であるとも言える。

「まあ、大きさ的に、細かい微調整とかは難しいかもしれないけれど、アメリカ大陸は雄大だからね。きっとどこにでも着陸できるだろう。空港、かなり多いらしいし」

「……どこにでも着陸しようとしたら、撃墜《げきつい》されるでしょ」

一応はそんな反論をしつつも、虎杖浜は結局、選択肢の『その③』を選ぶことにした——もう少し考えれば、もっといい案と言うか、もっと安全な案を、危なっかしい上司の血の通わないアイデアに頼らず、自分で思いつくこともできたかもしれないが、やはり機上では普段通りには頭が働かないし、もしもこれが『裏切り者』からの妨害工作だったとしたら、あまり時間を無駄にしてもいられなかった。

考えてみれば、『絶対平和リーグ』時代から、虎杖浜はあまり上司からの命令に服従するというタイプではなかったが（だから魔法少女製造課の課長は、かなり大ざっぱな命令しか出さなかったし、比較的忠実だったはずの彼からのそんな命令さえ、ときに彼女は逆らっていた）、ここでは空々の言う通りにすることにした。

（素直になったものね、私も）

たぶん、発令した空々のほうが、意外だったかもしれないけれど、虎杖浜自身にも、それは新鮮な驚きだった。

飛行機を制圧し。

飛行機を操縦し。

飛行機を着陸させる。

彼女がやったことをまとめれば、たったの三行の箇条書きで描写できてしまうようなたわいのなさだったが、実際にはそんな簡単なものではなく、付随するトラブルを回避するために、あれこれ画策せねばならなかった——しかし、そのあたりも含めて、たぶん『やり甲斐』みたいなものがあったのだろう。

部下として、あるいは天才少女として。

己の才能を最大限に発揮できる命令を実行することが、不謹慎にも『面白かった』のかもしれない——予定通りの時刻に飛行機を、ニューヨークの空港に着陸させたときには、もうまったく、鉄の塊によるそんな飛行を、彼女は怖いとは思わなくなっていた。

まあ、鉄の塊が空を飛ぶよりも、紙飛行機のほうが感覚的にわかりやすいと言うと、天才どころか馬鹿っぽいし、このやりかたを覚えてしまうと、ますます普通に飛行機に乗ることができなくなってしまいそうだが、ともかくそういった経緯で、虎杖浜なのかは、そして彼女の上役である空々空は、アメリカ合衆国への入国を果たしたのだった。

3

とは言え、無茶苦茶な方法での入国には違いなかったので、あるいは機体がハイジャックされたことよりも、そこから先のほうが大変だったと言えるかもしれない。

だが、飛行機が着陸し、地に足がついてしまえば、地に足の着いた空を飛ぶ魔法少女は、弱点らしい弱点のない天才少女であり、入国審査も税関も、何ほどのこともなかった。

と言うか、オールカットした。

その辺りは、四国での大々的な不祥事の隠蔽を担当していただけあって、見事な手腕だったと言うか——空々を抱えて、現場から高速での逃走を成し遂げた。

お見事である。

「乗り心地には期待しないでね。私は『パンプキン』と違って、人を抱えて飛ぶことには慣れていないから」

そんなことを言っていたが、『風』を操れる黒衣の魔法少女『スペース』の飛行には、空気抵抗というものがほとんど皆無だったので、乗り心地だけに限って言えばむしろ鋼矢に抱えられていたときよりもよかったというのが、空々空の感想だった。

まあ、思い返してみれば、彼はむしろ、魔法少女『パンプキン』の飛行でこそ、ブラックアウトを起こしたりしているのだ——人を乗せるのに慣れていないのは、むしろ杵槻鋼矢のほうだったかもしれない。

ともかく。

空々空と虎杖浜なのかの、言うなら『ただならぬ因縁』チームは、こうして妨害工作を回避した――それが本当に妨害工作だったのかどうかもわからないままに。

とは言え、ハイジャックの実行犯が、そのまま直接『裏切り者』に繋がっているとも思えなかったし、たとえ回避ではなく正面衝突を選んでいたところで、真相を突き止められはしなかっただろう。

調査を拒む『USAS』の仕業なのか。

それとも他の対地球組織の仕業なのか。

入国を果たしてみると、磁石のように不運を引き寄せる空々少年が、いつも通りに遭遇した、ただの一般的ハイジャックだったのかもしれないという気もするのだった。

「その辺は考えても詮がないし、棚上げにして、何事もなかったかのように、さっさと仕事に入りましょうか――妨害工作だったにしろ何にしろ、私達が『USAS』の内部に潜入しちゃえば、迂闊に手も出せなくなるでしょう」

内偵調査に入ってしまえば、二人に何かあれば、自分達が犯人であり、自分達が『裏切り者』であると言っているようなものだし、他の対地球組織の画策だったとしても、二人の内偵を妨げるためだけに、この不自由なタイミングで、『USAS』を敵に回そうとはしないはずだ。

こんなのは理屈であって、実際にはこんなゲーム理論のような損得で人は動くまいし、そもそも『裏切り者』がどういう心理で何を考えたにしたって、ロシアの『道徳啓蒙局』をつぶしたことは、不合理なおこないなのだから、結局のところ、確かなことはなにも言えないのだが。

何をしてくるかわからない。

何を考えているかわからないのだから。

(何をしてくるかわからないし、何を考えているかわからない――正直言って、それは、むしろ空々くんのことなんだけどね)

だから、口調こそ楽観的に保ちつつも、虎杖浜は、妨害工作への警戒心や、パートナーへの心構えを失わないままに、『ＵＳＡＳ』からの迎えの人物と合流したのだったが、しかし合流してから先の展開は、とんとん拍子だった。

とんとん拍子というか――拍子抜けだった。

即興で身につけた英語が、思っていた以上に通じたから、というのもあるのだけれど(イギリスに向かった元チーム『白夜』の同僚、好藤覧と灯籠木四子との合同学習が、かなりの効果を発揮したと言える。天才少女達の行き先がすべて英語圏に偏っていた空々部隊長の采配に、まさか『一緒に勉強しやすいよう』という意図があったとまでは思わないけれど、結果として、それがいい相互作用を生んだわけだ）、『USAS』の人間は友好的だったし、視察への流れも、極めてスムーズだった。

もちろん、アメリカは広い。

広大な国土面積を誇る。

秘密組織で特務機関で、地下組織である『USAS』の拠点は、全国に広がっていて、ニューヨークから始まって、ワシントン、シカゴ、ボストン、ロサンゼルスなど、東海岸から西海岸まで、カナダ国境からメキシコ国境まで、観光旅行ではおよそ考えられないような無茶な行程で、空々と虎杖浜は、アメリカ中を旅することになった。

なるべく陸路を選んだけれど、どうしても飛行機に乗らなければならないときは、虎杖浜は、『自分で操縦している』とイメージすることでなんとか乗り切った――いや、ずっと空々に抱きついていたので、乗り切ったとは言い難いが、少なくとも、搭乗時間だけは乗り切った。

飛行機はともかく、かつて殺し合い、今は上司だという複雑な関係性である空々にしがみつくことにはだんだん慣れてきた虎杖浜だったが、とにかくその道中、ハイジャックにも、カージャックにも、列車ジャックにも遭わなかった。

異国語によるコミュニケーションも、過密なスケジュールに基づく道中も、決して楽だったわけではないけれども、人生にはだいたい余裕のある虎杖浜にしてみれば、これはこれで『仕事している感』が充実していて、楽しいと言って差し支えのないものだった。

（まあ、四国ゲームの管理とかいう、不良債権の処理みたいな仕事よりは、やり甲斐があって当たり前なんだけどね——『裏切り者』探しの内偵調査も、どっこいどっこいの暗さをはらんでいるとは言え）

そんな、勉強のために留学した優等生みたいな、的外れと言えばやや的外れな満足感に満たされつつ、虎杖浜はきっちりと仕事をした。

彼女に比べて、上司の空々のほうは、当然英語はからっきしだったけれども、まあそうでなくとも元々、コミュニケーション能力の低い、共感能力の低い彼なので、虎杖浜もそこをアテにしてはいない——上司は上司として、どっしり構えてくれれば、そのほうがありがたい。

そんな風に虎杖浜が主導権をとる形で任務を遂行したから、いろいろとスムーズにことが進んだというのも、たぶんにあるのだろう。

事実上、最初からアメリカ行きが決定していた空々が、虎杖浜なのかをパートナーに選んだのは、『自分と同行しても、一番死にそうにないから』であり、彼女に説明したその理由に一応のところ偽りはないのだけれど、任務の滞りのない遂行という観点でも、これは結構な組み合わせだったと言えるのかもしれない。

左右左危博士なら空々と灯籠木を組ませたし、酸ヶ湯博士なら空々とかんづめを組ませていたわけだが、そのふたつのペアでは、内偵調査そのもののほうはともかくとして、現地での活動やコミュニケーションには、かなりの支障があっただろうことは想像にかたくない――同じ天才少女でも、灯籠木は間違っても『主導権』をとるタイプではないし、酒々井かんづめは、『魔女』であると同時に、やっぱり幼児なのだから。

そんなこんなで、あっという間に二週間。

各地での視察を終えて、空々少年と虎杖浜なのかは、今、ラスベガスに来ていた――アメリカ合衆国最大級の娯楽《ごらく》都市、ラスベガス。

その中心地に建つ巨大ホテルの一室に、今夜は宿泊する予定になっていた――現在の偽装身分は『春休みを利用した姉弟での旅行』ということになっているので、相部屋である。

別に予算を倹約する必要はないのだが、任務の性格上、できるだけ単独行動は避けようという判断である――寝るときさえも。

(女の子と相部屋だってのに、ぜんぜんどきどきした素振《そぶ》りとか見せないのね、この子――まあ、どきどきされても困るんだけど)

その辺に触れると、こっちがどきどきしているみたいになるので、虎杖浜も余計なことは言わないが——しかし、こうなってみると、そんな警戒も、空回りだったんじゃないかというような気にもなってくる。

アメリカに入国して、二週間。

つまり内偵調査を始めて、二週間。

先述の通り、『裏切り者』探しなんて、おぞましい言葉の響きの割には、割と充実した仕事ではあったけれど——しかし、成果はなかった。

いや、あったと言えば、あった。

空々の言う通りだ——彼と意見が一致してしまうことが、いいことなのか悪いことなのかは、人として大いに判断に迷うところだけれども、虎杖浜もやはり、

「そうね。『ＵＳＡＳ』は、どうやら『裏切り者』じゃあなさそうね」

と言わざるを得ない。

二週間の視察——対地球組織同士のなごやかな交流を終えての、結論だ。

結論。

成果ではなくとも、結果ではある。

アメリカの対地球組織『ＵＳＡＳ』が『裏切り者』でないとはっきりしたのならば、それもまた、仕事をしたと言えるだろう。

まだ明日明後日、七ヵ所の視察を残しているので、決めつけるにはまだ早いとも言えるのだが、正直なところ、もう今晩にでも帰ってもいいとさえ、虎杖浜は思い始めている。

それくらい、『USAS』からは、『裏切り』の気配を感じなかった。

(むしろ、地球に対する敵意は、『地球撲滅軍』や『絶対平和リーグ』以上ね……言語感覚の違いもあるんだろうけど、地球に対するののしりかたがすごかったわ)

子供には聞かせられない——子供だけれど。

仮に彼らが『道徳啓蒙局』を潰したのだとしても、それは地球の味方をしてのことではないと確信させるくらい、その憎悪は強かった。

(そのあたりは、和と洋との、根っこのところの思想の違いなのかもしれないけれどね——日本じゃあ、地球やら自然環境やらに、過度に感情移入する傾向があるから)

もちろん、事前の調査で、対地球組織の中でも強硬派とも言うべき『USAS』の姿勢は知っていたけれど、やはり実際に話してみると、違うものだった。

目の当たりにすると、迫力が違う。

それがわかっただけでも、海を渡って——飛行機に乗って——はるばるアメリカまでやってきた甲斐があったというものだが。

「まあ、感覚的な結論なんだけどね……、『USAS』が『裏切り者』じゃないって、確固たる証拠が出てきたわけじゃないし。でも、『裏切り者』の証拠ならともかく、『裏切り者』じゃない証拠って、見つけるのは難しいわよね——って言うか、見つけるのは無理よね」

「……でも、虎杖浜さん、行きの飛行機で言ってたでしょ。『裏切っていたら、なんとなく、見ればわかる』って——二週間も見て、それでわからなかったんだから、『USAS』は地球と結託していないって、そう考えていいんじゃないのかな」

あまり鵜呑みにされても困るが。

その診断法も、別に絶対ではないのだから。

「もちろん、どれだけ友好的に振る舞っても、『USAS』は、自組織にとって不都合な部分を、私達には見せないでしょう——って言うか、好都合な部分しか見せないでしょう。それはもう当然の組織防衛として……、でも、どうも印象としては、彼らは『裏切り者』じゃないどころか、『道徳啓蒙局』の壊滅さえ、把握していないとしか思えないのよねえ」

「……うーん」

空々はここでは、曖昧に頷く。

煮え切らない感じだ。

これは単純に語学力の差と言うか、決して彼は虎杖浜の見解に異を唱えているわけではなく、そんな細かいところまで、『内偵』できていないということなのだろう――『裏切り者ではなさそう』というのも、あくまで感覚的な物言いである。

感覚的な物言いなのは、究極、虎杖浜のほうも同じなのだけれど、彼女は曲がりなりにも、所属していた組織の『体制側』にいた人間である――魔法少女である。

感じたことを、こうして、言葉に出すからには、一定以上の確信がある。

『USAS』の構成員と二週間、入れ替わり立ち替わりに接していても、後ろ暗いところがないどころか、むしろ『どうしてこの時期に、「地球撲滅軍」が交流を申し入れてきたのだろう？』と、単純に疑問を持っているようだった。

不思議がられている。

もしも彼らが、『道徳啓蒙局』が『裏切り者』によって潰されたことを知っていたなら、こちらの目的も、薄々察しそうなものだが……、むしろ、ただただ、親切だった。

「『どうぞうちの自慢の組織を、好きなだけ見ていってくれ』って感じだったわよね――至れり尽くせりと言うか」

「僕にはそこまで親切じゃなかったよ。レディ・ファーストって奴なんじゃないの？」

別に軽口のつもりもないだろうが、出し抜けに（空々空から）レディなどと言われると、びっくりする。

ふむ、と姿勢を正す。

文化の違いか……。

（食文化の違いには、当惑したけどね……、すごい量のご飯が出てくるんだもの。空々くんが、意外と健啖家《けんたんか》だったってのは――まあ、この子は出自が体育会系なんだっけ？）

四国では、ほとんど、女装した姿ばかりを見ていたので、そういう印象はなかったのだけれど、この旅の中で、彼が割と筋肉質な『男の子』であることを知った、虎杖浜である。

「実を言うと」

と、空々。

「右左危博士から話を聞いた時点で、個人的には、アメリカ合衆国の対地球組織、『ＵＳＡＳ』について、最初から容疑は薄いほうだと思っていたんだよ――『ＵＳＡＳ』が『裏切り者』である可能性は、極めて低いだろうって」

「名探偵みたいなことを言うじゃない」

私にはこの事件の犯人が最初からわかっていました――なんて、いや、言っていることは、まったく逆なのだけれど。

「なんで？」

取り立てて、その予想に反対意見があったわけではなかったけれど——むしろ同意見だった——、空々の上司としての資質を査定するためにも、そんな試すようなことを訊いてみる。

あと二日——巡る施設の数で言えば、七ヵ所——仕事を残しているとは言え、結構、消化試合みたいな気持ちにもなっているので、虎杖浜の興味は、かなりこの正体不明の上司の評価へと移行しつつあるのだった。

天才が仕えるに足る上司なのかどうか——飛行機の中でしがみつくに足る甲斐性のある上司なのかどうか。

きちんと見極めたい。

（酸ヶ湯博士の下ってんならともかく……、『絶対平和リーグ』って器じゃあ、私達の天才性は収まりきらなかったしねえ）

「なんでと言われても、それもあくまで感覚的な判断なんだよね……、確かに、『道徳啓蒙局』が潰れたら、名実ともに『ＵＳＡＳ』は、世界一の対地球組織にはなれるから、『裏切り者』云々以前に、単純な権勢争いとしての動機は一番強いとも言えるんだけれど、それなら堂々と犯行声明を出してよかったと思うんだ。陰謀的に潰すよりも、そのほうが組織力を見せつけられるからね」

「そうね……それは、そう。攻撃自体は奇襲でおこなったとしても、その後、とぼける理由はない――高らかに名乗りをあげていい。でも、だからこそ『裏切り者』なんじゃないの？　人類側じゃなくて、地球側――人類の敵として、『道徳啓蒙局』を潰したんじゃないの？」

そして今も虎視眈々と、『地球撲滅軍』やらを、潰そうともくろんでる――というのが、『裏切り者』を想定した場合のシナリオだ。

「うん。でも、それでも、だよ。『道徳啓蒙局』亡きあと、名実共にトップに立った『ＵＳＡＳ』なんだから、そのあとは堂々と、対地球組織をひとつずつ、潰していけばいい。我こそは地球側なりと宣言して」

「……それはどうかしら。いくら最強の対地球組織になったところで、トップ７の他のすべての対地球組織が結集したマンパワーよりも、圧倒的に上ってほど、突き抜けてはいないはずよ？」

「うん、そうなんだけれど、でも右左危博士の話を聞いていると、他のすべての対地球組織……、『地球撲滅軍』、『宿命革命団』、『永久紳士同盟』、『仙億組合』、『人間王国』、救助船『リーダーシップ』のうち、たった二つでも、組織同士の提携が成立しそうな組織がなかったんだよね。特に救助船『リーダーシップ』は、まったくとりつく島もない。よくて『いい競争相手』ってところで、足並みが揃うとは思わない……、競合組織である以上、当たり前なんだけれど。唯一の例外が、比較的友好関係にある、『地球撲滅軍』と『USAS』なんだけれど……」

「…………」

「つまり、『道徳啓蒙局』を潰した『裏切り者』が『USAS』だった場合、もう、躊躇する理由がまったくないってことだよ。対地球組織としてのトップを目指して『道徳啓蒙局』を潰したという線も、『裏切り者』だっていう線も、ない……と、だから僕は思っていた」

もちろん百パーセントじゃないけれどね、と言いつつ、どうやら最初からここが『外れ』だと思っていたのは、本当のようだった。

(『外れ』なのか『当たり』なのかは、どうにも判じかねるけれどね……現状世界トップの対地球組織である『USAS』が『裏切り者』じゃなかったってのは、どう考えたって本来、喜ぶべきことなんだから)

だが、だからと言って『よかった』では済まされない——『USAS』が『裏切り者』でなかったというなら、当然、相対的に他の対地球組織の容疑が濃くなるということであって、ならば、『USAS』の視察のために、部隊長の空々空と、三人の天才少女の中でも、もっとも安定性の高い虎杖浜という二枚のカードを使ってしまったことは、単純に浪費と言える。

ほとんど、そうするしかなかったとは言え……、采配を決めた空々の立場からすれば、勿体なかったという気持ちは否めまい。

これでたとえば、フランスの対地球組織『宿命革命団』が『裏切り者』だったケースを想定すれば、そこに地濃鑿を配置してしまったことは、もしかしたら取り返しのつかない致命的なミスになるかもしれないのだ。

「どこか、思い上がりもあったのかもしれない」

と、空々。

「どんなに『USAS』の容疑が薄くっても、僕だったら、その低確率のカードを引くんじゃないかって……、そんな不運に見舞われるんじゃないかって。だけどそれは、思い上がりだった」

（なんか変な反省をしているわね……）

マイナス思考というわけではないのだろうし、もしもそれが自己評価なら、むしろもうちょっと、自覚を強くしたほうがいいのではないかと思うくらいだけれど。

（ハイジャックに遭うだけでも、十分低確率のカードを引いているってのん？）

そうだ。

ハイジャック——あれは結局、なんだったのだろう。

『USAS』が『裏切り者』でなかったと言うのなら、必然、あの妨害工作も、彼らの仕業ではないということになるのだが――ならば誰の仕業だったのか。

（内偵にかかりっきりで、脇にどけていたけれど……、こうなってくると、本当にただの偶然だったって線も、あるのかもね）

ただの偶然――ただの不運。

「……他の対地球組織を内偵している子達は、果たして今頃どんな調子なのかしらね？　何かがはっきりしたり、異常事態が起こったりしたら、リーダーである空々くんのところに、連絡があるはずなんでしょう？」

「うん。でも、ぜんぜん誰からも連絡はない――順調なのかな」

そんな風には思っていない口調だった。

まあ、この状況で『便りがないのは元気な証拠』とは、とても言えまい。

時差の問題もあるし、あまり各国間で連携を取り合っていると、それがそれぞれの対象組織から不審に見えてしまうかもしれないということで、各人、自分達のペアの内偵に集中するということに決めている。内偵している側が心配することでもないけれど、通信もどこで傍受《ぼうじゅ》されているかわからない。

ただ、じゃあいざ『何か』、ことがあったときに、空々に連絡を入れようとしたところで、それができる状況にあるかと言えば、かなり厳しいと言うしかないだろう。

二週間の内偵調査によって、『ＵＳＡＳ』の嫌疑がほとんど晴れた現状、空々と虎杖浜は、こうして観光地の高級ホテルの一室ですっかり伸び伸びしてしまっているけれども、どのペアもこうしているとは限るまい。

（そりゃあお仕事だし、なにひとつ危ない目に遭わなかったってわけじゃあないんだけれど……、私としたことが、ずいぶんと楽をしてしまった感はあるわ）

楽をしてしまったし、楽しんでしまった。

飛行機はつらかったけれど。

しかし、帰国してこんな話をしたら、好藤や灯籠木から、どんな皮肉を言われることか、わからない——せめて彼女達の向かったイギリスの『永久紳士同盟』も、同じく潔白だったらいいのだけれどと、勝手なことを思った。

「いや、って言うか実際問題、どこなんでしょうね？『裏切り者』って……、『ＵＳＡＳ』の容疑が最初から薄かったってのは、なるほど納得できたけれども、じゃあ、空々くんの中では、どの組織の容疑が、一番濃厚なのかしら？」

「右左危博士は、『人間王国』や救助船『リーダーシップ』を、部分部分で怪しんでいたようだけれど、あれは疑いというより好みのようだったし……、その辺については知識がなさ過ぎて、僕にはなんとも言えないな。『裏切り者』だったにしろ、そうでなかったにしろ、そのふたつの対地球組織の内偵が、厳しい任務であることには違いなさそうだけれど」

「それはそうでしょうね」

新興国と救助船。

秘密組織の中でも、特にシークレット指数の高い組織だ——『どうぞ我々の自慢の組織を、好きなだけご覧ください』とは、何がどうまかり間違っても、ならないだろう。

「フランスの『宿命革命団』、イギリスの『永久紳士同盟』、中国の『仙億組合』の三つの容疑は、はっきり言って、似たり寄ったりだよ。一直線に横並びだ。強いて言えば、イギリスの容疑が少し薄い……かもしれない」

「ふうん……まあ、こんな議論も、本当に『裏切り者』が存在していればこそ、実のあるものなんだけれどね」

虎杖浜は、ここまでの話柄をひっくり返すようなことを言う。

「こうなると俄然、ロシアに向かったらしいという、右左危博士と酸ヶ湯博士の動きが気になってくるわね」

虎杖浜が個人的に気になるのは単純に、元上司である酸ヶ湯博士の動向なのだが、任務という面から見ても、だ。

ロシア——『道徳啓蒙局』。

「極秘裏に私達へ発令したこの仕事は、目くらましのためのフェイクであって、右左危博士の本命は、自分達のロシア行きなんじゃないかって風にも感じるのよ――空々くんはどう思う？」

さすがは天才少女の一翼とでも言うべきか、ほとんど正解みたいな読みをしてみせた虎杖浜だったが、しかしながら、その推察に対する空々の感想を、彼女はここでは聞くことができなかった。

口を開いて何かを言い掛けた空々を妨げるように、ホテルの部屋に備え付けられた電話のベルが鳴ったからだ。

ん、と思う。

空々の携帯電話が鳴ったわけではないので、これは仲間の任務達成、あるいは異常を知らせるアラームでないのは確かだったけれど、しかし、こうして部屋の電話が鳴るというのは、要警戒の事態だった――チェックインの際に見せたパスポートの偽造がバレたとか？

（いや、バレるも何も、あのパスポートは正規の手続きを踏んで作られた、『本物の偽物』なんだけれど……）

勘のいいホテルマンが、書類など関係なく、二人が姉弟などではないことを看破した、という線なら、あるかもしれない。

一流ホテルだ、そんな鋭い人材が勤めていても不思議ではない——その場合、いったい、どうごまかしたものか。

(不本意ながら、英語が不得手な振りをして、言い逃れるしかないかもね——)

無能の振り。

超苦手だ。

いずれにしても、鳴り続ける電話を無視していても埒が明かないので、ともかく、虎杖浜は受話器を取った。

「ヘロウ」

「もしもし」

とりあえず、『たどたどしさ』を装ったイントネーションで口火を切ると、『ネイティヴ』な日本語が返ってきた。

「ご記憶でしょうか？『USAS』シカゴ支部のノーライフです」

4

ノーライフ。

『NO LIFE(命なき者)』ではなく、『KNOW LIE IF(もしも嘘だと知っていたら）』——空々と虎杖浜のふたりが『ＵＳＡＳ』のシカゴ支部の内偵をするときに、あちら側の案内役を務めたエージェントである。

黒髪短髪の女性軍人、年齢は氷上より少し下だろうか——虎杖浜の観察では、とにかく少年兵が多い『地球撲滅軍』（あるいは今はなき『絶対平和リーグ』）とは違って、『ＵＳＡＳ』には、大人が多いようだ。

その辺りこそ文化の違いと言うべきだろうか、軍人が尊敬される土地柄では、非合法の組織であっても、人材を確保するために、子供をさらったり、子供を洗脳したり、子供を甘やかしたりする必要はないらしい。

（皮肉にも、偽装の任務であるはずの現地交流で、かなり『ＵＳＡＳ』に詳しくなっちゃった感じだけれど……）

だからノーライフは、大人とは言え『ＵＳＡＳ』の中では若手であり、それゆえに、日本から来た子供達の接待役を任されたということだったのだろうが——しかし、シカゴで円満に別れたはずの彼女が、どうして、ラスベガスにいる空々達に電話をかけてくるのだ？

忘れ物でもしただろうか？

そう思っていると、「今、ホテルのロビーにいるのです——お部屋を訪ねてもよろしいでしょうか？　虎杖浜さん」と、更に言われた——流暢なイントネーションの日本語というだけでなく、そもそもが美しい声だ。

「はい……もちろんです」

そう応じざるを得なかった——こちらは視察をさせてもらっている身だ。シカゴから訪ねてきた相手を、まさか追い返すわけにはいかない——泊まっているホテルはすぐに調べられるとしても、しかし、いったい何の用だろう？

「虎杖浜さん。コスチューム、着ておいて」

部屋番号を告げてから受話器を置くと、空々が端的に、そう指示を出してきた——言われるまでもなく。

ホテルに備え付けの寝間着に着替え、もう明日に備えて寝るつもり満々だったけれど、もう一働き、しなければならないようだ。言いながら、空々も手早く着替える——彼の場合は、ただマナーとして着替えるだけだけれど。

着るのはアメリカ到着直後に購入していた『I LOVE NY』のシャツである——定番ではあるが、この局面においてそれを着る彼の神経は大したものだ。

（内偵がバレたのかな……あと二日だったのに。ただ、だとしても『USAS』が『裏切り者』でなかったのなら、それほどの問題にはならないはずなんだけど——）

それにしても、現地のエージェントに任せず、わざわざシカゴからはるばるやって来るというのは、ただごとではない。

少なくとも『忘れ物を届けに来た』というわけではあるまい。

「虎杖浜さん。いつでも逃げられるように、部屋のカーテンは開けておいてね」

と、空々は言った。

それは当然の用心だろう。

続けて、同じくらい当然のことを言う。

「そして、いつでも殺せるように、覚悟は決めておいて」

5

殺す気はない。

というように、ノーライフは入室し、椅子に座るや否や、懐から取り出したごつい拳銃を、テーブルの上に置いた。

「ボディ・チェックもしてくれて構いませんけれど——できれば省略して欲しいものです。なにぶん、時間がありませんから」

(時間？　何の時間だろう)

と、虎杖浜は思いつつ、そこは相手を信頼することにした——というか、この状況でボディ・チェックなんて、する意味がない。

部屋に一人で来たからと言って、ホテルが完全に包囲されていないとは限らないのだ——『USAS』の組織力があれば、容易なことだ。

包囲されていないと考えるほうに無理がある。

「ありがとうございます。では」

と、笑顔を浮かべて、ノーライフは空々達に向かう——上長である空々が、彼女と対峙《たいじ》する形なのだが、実際には空々の横に立つ、虎杖浜がやりとりの主軸を務めることになる。

通訳が不要なくらい、相手が日本語ぺらぺらであっても、それでもこちら側の意図を伝えるときには、齟齬《そご》がないよう、向こうの言葉で喋るべきだからだ——『ニュアンスの違い』で、殺されてしまってはたまらない。

「単刀直入に申し上げます。ロシアの『道徳啓蒙局』が、何者かの手によって潰されました」

いきなりノーライフはそう言った。

にこやかな表情とは裏腹な端的な言葉に、一瞬、虎杖浜も空々も、反応が遅れた——と言うか、どんな反応をするべきか、決められなかった。

ミスだ。

「やはり、ご存知だったのですね——そうですか、それで突然の、交流でしたか」

納得したように頷かれる。

（しまった……）

と、内心舌打ちしつつも、しかし、今のは単なる手続きであって、ほとんど判明していたことを、確認しただけなのだと思うと、そんな後悔するようなことでもないのかもしれない。

（そうか、『USAS』がとうとう、『道徳啓蒙局』の崩壊を知ったのか——私達からしてみると今更だけれど、ということは、裏を返せば、とにもかくにも『道徳啓蒙局』の崩壊自体は、嘘偽りのない真実だったってことね）

ふたつ以上の情報源で確認できたのだから、情報操作であり、『道徳啓蒙局』は潰れた振りをして、自ら更に地下に潜っただけという線は、もう考えなくてもよさそうだ。

あるいは、右左危博士が嘘をついていたという可能性も——

（いや、まあ、『道徳啓蒙局』の崩壊は嘘じゃなくとも、右左危博士が嘘をついていないということに、なるわけじゃあないけどね——なんにしても、ここで私達が嘘をつく意味はとことんないわ。『ビー・オネスト』だわ）

虎杖浜は空々に目配せをして、上司の承諾を得てから、

「ええ、実はそうでした。ミス・ノーライフ」

と、英語で言う――自然、頭の中で一度、文章の添削《てんさく》をすることになるので、意識せずとも慎重になれる。

「白状すれば、あなたがた『USAS』が、『道徳啓蒙局』を潰したのではないかとの疑念を持ち、交流のかたわらで、私達は密かに内偵調査を進めていました」

「とぼけたり誤魔化《ごまか》したりしないのは、話が早くて助かります」

と、あくまで日本語で応じるノーライフ。

正直な対応が誠実と受け取られたのか、それとも皮肉を言われたのかは、判断が難しい――少なくとも、怒っている風には見えないけれど。

「それで、私達への疑念は晴れたのですか？」

「だいたいは」

と、虎杖浜は、ここでも正直に答える。

彼女は（たぶん空々も）組織に対する忠誠心がほとんどないので、こういうときに沈黙を守ったり、変に嘘をついて取り繕ったりするような気概は特に見せない――そんなところでは頑張らない。

虎杖浜と空々の、数少ない共通点とも言えたし――つまり、この二人にペアを組ませたときに生じる最大の問題点とも言えるのだが、それがこの場合は、効を奏しているようだった。

「あと二日ほど、交流期間を残していますが、もうあまり意味がないものと見ています。なんでしたら明日明後日は予定をキャンセルして、グランドキャニオンでも見に行こうかと、上司と話していたところでした」

空々にはわからないと思って、軽いジョークも交えつつ、そんなことを言う虎杖浜――まあ、空々のような人間は、一度グランドキャニオンを見て、人生観を変えたほうがいいんじゃないかというのは、あながち冗談でもない、虎杖浜の率直な気持ちではあったが。

ここはラスベガスだし、予定をキャンセルして、ギャンブルに興じると言ったほうが、あるいはジョークとしては完成度は高かったかもしれないけれど、未成年の身では、スロットもできない。

(今この瞬間こそ、ギャンブルくらいにスリリングだけどね……)

「我々の疑いが晴れたというのであれば、それは何よりでした」

ノーライフは穏やかに、丁寧な日本語で、そう言った――他意はなさそうだ。

後ろめたいところもなさそうで、だからこそ、そんな態度により一層、『USAS』は『裏切り者』ではないと確信する虎杖浜だった。

(自分達が『裏切り者』じゃないからこそ、疑われても、寛容にもなれる――のだと都合よく解釈して、でも、疑惑は晴れても、疑問は残るわね。どうして、わざわざス・ノーライフが、シカゴからって疑問——そりゃあ『道徳啓蒙局』が潰れたなんてニュースはおおごとだろうけれど、だからこそ、私達への対応なんて、現地のエージェントに任せればよかっただろうに——）

「正直、私達にしてみれば、『道徳啓蒙局』の壊滅は、寝耳に水の情報でした。ですからこうして段取り抜きで、あなたがたに即座に確認が取れたのは、助かったと言うほかありません」

こちらの内心に、気付いているのかいないのか、ノーライフはそんなことを言う。

『地球撲滅軍』の情報網に、『USAS』の情報網が競《せ》り負けたことについては、遺憾の意を表明せざるを得ませんが、ね」

「…………」

厳密にはそれは、『地球撲滅軍』の情報網と言うより『絶対平和リーグ』の情報網であり、現状に則して言うなら、左右左危の情報網なのだけれど——いくら正直に対応すべきと言っても、訊かれてないことまで説明するのは、いささか誠実を通り越しているだろう。

虎杖浜がそう考えていると、

「私が来たのは」

と、ノーライフは言った。

「私がこの手の案件の、エキスパートだからです。こういうときのために、私は『USAS』に籍を置いております——そういう意味では、私が余暇を過ごしていられる世界が、一番平和ということになるのですが」

「エキスパート……」

思わず、日本語の発音で復唱してしまった。

『この手の案件』というのは、つまり、『人類への裏切り行為』という意味だろうか？　いや、だとしたらますます、彼女がここにくる意味がわからなくなる。

（私達の聴取を、犯人探しよりも優先する理由があるのかしら……、はっきり言えば、『道徳啓蒙局』を潰した対地球組織があるなんて事態が発覚したら、私達みたいな内通者のことなんて、ほっといてもいいくらいだろうに）

いや、そうでないケースもあるか。

（そうね——『USAS』の立場からすれば、『地球撲滅軍』を疑って当たり前だものね。私達の『内偵行為』が『調査のため』なのか、それとも『次なる裏切りのため』なのかを、確認しに来たのかしら……）

と言うか、それは確か最初の時点で、空々が右左危博士から示唆されていた可能性である——『地球撲滅軍』が『裏切り者』である可能性。まあ、だとすれば、氷上あたりがそれに気付かないということはないはずだが——

「空々空さん、虎杖浜なのかさん」

と、ノーライフは改まって、言う。

二人の反応を窺いながら。

「申し訳ありませんが、おふたりには明日からの予定を、キャンセルしていただきます――視察のスケジュールも、それに、もしもグランドキャニオンを見に行くおつもりだったというのなら、そちらの予定も」

(やっぱり、そうなるか)

ここから先、詳しい聴取があるのだろう。

こんな生やさしい、牧歌的ではない聴取が。

となると、日本に帰れるかどうかも怪しい。

『裏切り者』かどうかはともかくとして、『地球撲滅軍』からの助けは期待できないし、こうなると、空々があらかじめ言っていたように、窓から逃げるというのが、最適解なのかもしれない。

あるいは……。

(あるいは、『殺す覚悟』……)

馬鹿馬鹿しい言葉だとも思う。

殺すのに覚悟なんていらない。

むしろそんなものはないほうが、楽に殺せる。

その程度のことは、『地球撲滅軍』の英雄も、絶対平和リーグの魔法少女も、よくよく知っていることだ――だけど。

（『人を殺すには覚悟がいる』って設定にしておいたほうが、いいって思ってるんでしょうね、空々くんは――）

そう考えることで、人命に対するブレーキを用意しているのだろう――自分に何が足りないか、一応、わかってはいるらしい。

なので、ここは上司の命令に従い、虎杖浜なのかが元チーム『白夜』の黒衣の魔法少女として、そして空挺部隊の隊員として、とある覚悟を決めようとしたそのとき、

「すべての予定をキャンセルして――これから、私に同行してください」

と、ノーライフは椅子から立ち上がりつつ、腕時計を確認する。

そういえば、時間がないと言っていたが。

「お急ぎ願います。パリ行きの飛行機の時間が、迫っておりますので」


（第9話）

（終）

第10話「空と地の合流! 国境線を越えて」

暴力反対の反対は、暴力賛成ではなく暴力容認である。

0

1

宝くじを買う者が必ずと言っていいほど口にする『夢を買っているんだ』という言葉に、宝くじを買わない者が必ずと言っていいほど説得されず、むしろ強い反発を覚える理由は、『なんで夢を買っているんなら、許されることになるんだ』という潜在的な感想があるのだろう。

夢という綺麗な単語を便利に使いこなして、自らを許そうというやり口が受け入れられないというのは、しかしながら、なにも宝くじに限った話ではない——大人が子供に、まるで自身の幼少期への復讐でもするかのように夢の大切さばかりを語るため、何事につけ、『夢を追う』という大義名分があまりにまかり通りやすい風潮があるとも言える。

夢なんだからいいだろう、とか。

失敗しても、これは夢を追っていたのだから、それで後悔はないのだ、とか。

ただまあ、よくよく考えてみれば、夢であろうとなんであろうと、生じる損害や振りまかれる迷惑が、輝いたりきらめいたりするわけでもない――ともすると、『夢を追う』というのは、『現実から逃げる』と、まんまイコールだったりもして、追っているのか逃げているのかのジャッジは、なかなか当人にできるものでもなさそうだ。

夢とは、つきつめれば『なりたい』とか『したい』とか、人の欲のバリエーションであって、ならば殊更《ことさら》持ち上げて、理想化するようなものではない――理想という言葉も、やっぱり人の欲のバリエーションであることを思えば、一層、それは現実的人間味でしかない。

もちろん。

だからと言って夢を見ないわけにはいかない――自分にとって都合のいい展開や望ましい未来、満たされるヴィジョンをイメージできなければ、人は歩くことさえままならないだろう。

百万分の一の確率だろうと、一億分の一の確率だろうと、くじを引かないことには、それが当たる可能性はゼロだ——という例の言い分には、確かに、一定の真実が含まれている。

一定というのは、つまり、百万分の一や、一億分の一の確率という意味であり——くじを引く分の労力や費用を、別のところに投資していれば、もっと高確率で何かを得られたかもしれないという意味とほぼ同義でもあるのだが、それでも真実は真実として、まったく揺るぎない。

『夢を買う』だったり、『夢を追う』だったり、巷間《こうかん》、種々雑多な表現もあるけれど、しかし、では夢でないものとは、いったいなんだろうという話にもなる。

地味に勉強することや、地道に努力することが、どうして『現実』になるのか——要するにそれは、いわゆる『夢』を素晴らしいものとして高らかにたたえているのではなく、単に『現実』を、厳しくて嫌で、最悪なものだと位置づけ、貶《おとし》めているだけではないのかというような印象もある。

まあ、『現実』が、厳しくて嫌で、最悪なものではないとする、絶対的な根拠もないのだけれど——なんにしても、夢を買う者がいれば、夢を売る者もいる。

需要と供給である。

ひょっとすると、売っているのは現実かもしれないが。

そういう点からも、夢と現実は表裏一体であり、ここからが夢、ここからが現実と、明確に区別のつくものではないのだろう。

いずれにしても、もしもこんな説教じみた訓話をとうとうと聞かされたなら、元魔法少女という夢のような経歴を持つ地濃鑿は、きっとこう言うに違いない。

「宝くじを買う者は必ずと言っていいほど『夢を買ってるんだ』と言うんですって？　いやあ、それはそうじゃないですか？　だってそりゃあなかなか、『ギャンブル中毒なんだ』とは、言えないでしょうに」

2

そんな想定を裏付けるように、そして現在、つまりフランスへの入国後、二週間が経過して——地濃鑿は、ギャンブルに興じていた。

ルーレットの一点賭けを繰り返していた。

内偵調査という任務上、やむにやまれぬ事情があって、というようなもっともらしい言い訳さえ用意されていない——どころか、彼女は今、フランスにすらいないのだった。

現在彼女は、フランスに隣接する形で位置する国家、モナコ公国へと移動して、世界的に有名なカジノホールで遊んでいるのだった——文字通り、遊んでいる。

遊び以外の何でもない。

未成年だから本来、ギャンブルに参加してはならないのだが、そんなルールに縛られる元魔法少女ではなかった。

奔放なのだった。

自由なのだった。

四国ゲームのルールの中でさえ、そうやって生き残った彼女である――ルールどころか、『地球撲滅軍』空挺部隊の隊員としてのレギュレーションさえ、守ろうともしていない。

人類に対する裏切り者とは実はこいつのことなんじゃないかと思わせるほどの、そんな地濃の勝手気ままっぷりを、六歳の幼児・酒々井かんづめは、少し離れた場所から、冷めた目で見ている――幼児にあるまじき、生気に欠けた目である。

どんな過酷な二週間を過ごせば、人はここまで精力を失うことになるのかと思わせるオーラをまとう六歳児は、しかし厳密には、『人』ではなく、『魔女』である。

未来予知にも似た『先見性』を持つ『魔女』。

もしも彼女がその気になれば、このカジノホールで、無限にユーロを稼ぐことができるだろう――ルーレットだろうとブラックジャックだろうと、お手の物だ。

（もっとも、うちのばあいはちのうとちごうて、どんなにきかざっても、はたちいじようにはみえへんやろけどな……）

その辺が如才ないというか、意外だった。

イタリアンファッションから、フランスで購入したブランド服へと着替えて、念入りにメイクを施した地濃は、まあ、『大人の女性』とまではいかないにしても、『童顔の東洋人』程度には、成年として通用する見た目になっていた。

四国で、カラフルでふりふりのワンピースを着ていたときとは、まったく印象が違う――それこそ、魔法みたいな『変身』だった。

（むだにじょしりょくがたかいっちゅうんか……、しかも、ぎゃんぶるもそこそこつよいしの）

見る限り、勝ちっ放しである。

野性の勘なのか、お前も『先見性』を持つ転生した『魔女』なんじゃないのかと思わせる勝ちっぷりだ。

ろくに言葉もわからない癖に、いったいなぜ。

（いや、『かちっぱなし』ちゅうんもちゃうんか……）

他にすることもないので、それにまた迷子になられても困るので、連れと思われないくらいに離れた位置から、不本意ながらずっと地濃を観察しているかんづめだったが、そうやって見る限り、彼女は実に不可思議な賭けかたをしている。

（かちをつみかさねて、それをいっきにきりくずす、みたいなことをくりかえしとうな……、ふつうにみとったら、ひきどきをしらん、ただのあほのかけかたやねんけど……）

ある程度チップが積もったところで、ここぞとばかりに大勝負に出て、そして負ける——そう解釈するなら、カジノ側にとっては、実においしい客と言うか、いわゆるカモという奴なのだが、地濃の場合は、若干様子が違う。

負けても別に悔しがっていない。

むしろ、それはそれで狙い通りというような爽《さわ》やかさがある。

（たいりょうのちっぷをもちはこぶんはしんどいから、てきとうなところでがばっとへらしとう、すてとう、みたいないんしょうやの……）

そんな潔いものでもないのかもしれないが、ここで得たものは、すべてここに返していくというような、キャッチ・アンド・リリースみたいな志《こころざし》さえ感じる。

ならばギャンブラーとしては、かなり気っ風のいいタイプである——実際、テーブル周囲の客やディーラーからも、評判がいいようだ。

ギャラリーさえできている。

（ことばがつうじへんぶん、あらがみえへんちゅうのか……、にほんじんがごかいされそうなきらいもあるけどな）

あれを一般例だと思われては困る。

いや、別に困りはしないが。

かんづめは日本人どころか、『火星陣』だし。

(しかしまあ、ことばなんかつうじんでもええんやっちゅうのを、たいげんしてくれたようなにしゅうかんやったの……、ねんのためにふらんすごをたしょうかじってきたうちのほうが、ええつらのかわやわ)

実際、地濃のコミュニケーション能力は大したものだったと、そこはそう公平に評価せざるを得ない——それはディスコミュニケーション能力、あるいはアンチコミュニケーション能力とでも言うべきものなのかもしれないけれど、現地の人間相手にも一歩も引かず、日本語と身振り手振りだけでぐいぐいいく彼女は、とうとうここまで、郷に入りながらも郷に従うことなく、己を貫いて、仕事を成し遂げていた。

(『しごとをなしとげて』……ゆうんも、ああしてあそんどうすがたをみると、しっしょうもんやけどな)

しかし、事実は事実である。

こうしてモナコ公国内の社交場で遊んでいる地濃と、それを見守っているかんづめだが、二人は決して、任務を放棄しているわけではない——任務を既に終えて、こうして余暇を過ごしているのだ。

今日だけではない。

昨日はルーブル美術館に行ったし、一昨日は城塞都市を見に行った——思えば初日は凱旋門とエッフェル塔を見たわけで、完全にフランス地方を満喫していると言える。

バカンスだ。

その辺りは、たとえ任務をあらかた終えようとも、決して遊ぼうとはしなかった——もちろん、グランドキャニオンを見に行くつもりなんてなかった——空々空や虎杖浜なのかとは、如実に性格の違いが出ていた。

(さいしょのまちあわせをぼうがいされたあと……、なんとかして『しゅくめいかくめいだん』のえーじぇんととごうりゅうして、よていどおりのないていいちょうさには いったもんの……、ちょうさじたいは、いっしゅうかんもかからんと、おわってもうたからな)

楽な任務ではなかった。

ただ、楽でなかったのは、むしろ向こうのほうだろう——地濃のような人間の相手をしなければならなかった『宿命革命団』には、かんづめは同情を禁じ得ない。

もちろん、謎の幼児が同行していることも、彼らの混乱を加速させただろうが——だから、地濃が早々に任務の切り上げを宣言したとき、彼らはきっと、心底ほっとしたに違いない。

　フランス語をちゃんと理解できるわけではないかんづめでも、『宿命革命団』において地濃鑿が、『日本から来た災厄』と通称されていたことは察しがついた――ともかく。

「どうも『宿命革命団』は、空々さんが言うところの『裏切り者』ではないと判断してよさそうですね、かんづめちゃん」

と、地濃が結論を出したのは、調査を始めてから一週間も経っていない、予定されていた行程の、半分も終えていない頃だった。

　普通なら、結論を出すのが早過ぎるタイミングだったし、似たような状況にあった空々空と虎杖浜なのかのコンビも、内偵開始から一週間の時点では、半ばそう確信しつつも、お互いそこまでの話はせず、保留して調査を続けたものだったけれど、そんな慎重さとは無縁の地濃の結論を、『先見性』を持つかんづめは、肯定せざるを得なかった。

　地濃の言うことに賛成するなんて、なんとも言えない生理的な嫌悪があるけれど、自分の固有魔法が、同意している。

（『しゅくめいかくめいだん』は『うらぎりもの』やない……、うちの『せんけんせい』からみても、それはたしかや）

もちろん、彼女の『先見性』とて絶対ではない——だから絶対視なんてされたらたまったものじゃないし、自分でも、使いどころを間違えないようにしないといけないと、常に心がけている。

だが、この場合は、相当『絶対』に近かった。

それくらい明白に、『宿命革命団』は潔白だった——あらぬ疑いをかけられた上に、地濃鑿がやってきたというのだから、『宿命革命団』の不運たるや、筆舌に尽くしがたいものがあっただろうが、しかしまあ、それも調べなければわからなかったことでもある。

（やや、はんそくやったけどな……、ほんのうてきにしんぎをはんだんするちのうと、『せんけんせい』をもつうちで、ちぇっくをするいうんは……、ゆうざいやろうとむざいやろうと）

そういう意味では、『宿命革命団』は、今回空挺部隊の調査対象となった六つの対地球組織の中では、むしろ恵まれていたほうなのかもしれない。

『裏切り者である』ことを証明するのは証拠があればたやすいことだが、『裏切り者でない』ことを証明するのは悪魔の証明であり、どうしたって最後は感覚によるしかない部分もあるのだが、しかし、『魔女』がその点を裏打ちしてくれるというのだから、手間が省ける。

疑いが晴れやすかった。

地濃・かんづめペアの調査が、たったの一週間足らずで切り上げられたのは、そういう裏事情というか、個性に基づくアドバンテージがあってのことだった。

（まあ、こうなると、しょにちにまちあわせばしょをねらってこうげきがあったんは、なんやってんちゅうことになるよな――うちらと『しゅくめいかくめいだん』とのごうりゅうをじゃまするためのこうげきやったとばかりおもうとったけれど、かならずしもそうではなく、むかんけいのばくげきやったんかな？）

そのあたりはもう過去のことであり、『先見性』をもってしても、見通せるものではない――いくらなんでも、あんなタイミング通りの無関係があっていいとは思わないのだが。

空々の身にならともかく、普通はそんな偶然、起こらない。

地濃の天才的なまでに馬鹿げた危機回避能力がなければ、あそこで死んでいてもまったくおかしくなかった。

（ただ、ぼうがいをねらってのもんやったとしたら、そのごのいっしゅうかん、ぼうがいらしいぼうがいはぱたっとなかったんも、きになるはなしやけん――）

それもまた、かんづめの『先見性』では知るよしもないことだったが、アメリカ合衆国への入国時、ハイジャックに遭った空々・虎杖浜ペアとも共通するところだった

——出会い頭の妨害工作と、その後の放置。

(まるで、『ごうりゅうをさまたげようとした』じじつがいっこあれば、それでよかったんやないかっちゅうかんじの、おざなりさやな——こうなってくると、あのくうばくが、ないていちょうさにきたうちらをなきものにせんとした、『しゅくめいかくめいだん』のしわざやったとはかんがえにくい)

空爆の件も含めて、彼らは潔白だ。

『魔女』が保証するし、勘だけで生きているような元魔法少女も、そう断言する——いや、元魔法少女は、さっさと仕事を切り上げて、観光に出発しようとしているきらいがないでもないのだが、というか、ありありなのだが。

空挺部隊の部隊長からの指令を額面通りに受け取るなら、あくまでも調査の本質は、対象組織が『裏切り者』か、そうでないのかを見定めることにあったわけで、それが終わった以上、残りを自由時間にするのが必ずしも職務放棄であるとは言えないのだけれど、しかし表向きは組織交流をうたっている以上、後半のスケジュールをバラしてしまうのは、よくないのではないかと、当初、かんづめはそう考えた。

幼児なりに真面目なのだ。

立てた以上は、建前も大切である。

と言うか、どれだけ歴史のある素晴らしい芸術都市も、彼女の本質的な寿命に比べれば、『最近のブーム』なので、観光にさほどの興味がないかんづめは、地濃のサイトシーイングにつきあわされるのは、仕事につきあわされるよりうんざりすると言うのがあった。

（もしもしごとがおわったちゅうんなら、さっさとにほんにかえりたいわ――かえったところで、おにいちゃんはまだかえってへんやろけどな）

どころか、こんな速度で内偵に結論を出したのは、さすがに自分達だけだろうから（天才少女ペアでも、一週間では結論を出すまい）、『地球撲滅軍』に戻ったところで、空挺部隊のメンバーは一人もいないだろうが。

（うさぎはかせも、おらんかもな……すかゆはかせも、な）

ただ、結局のところ、かんづめが地濃のリスケを承認したのは、自分の『先見性』とは趣を異にする、彼女の危機回避能力を見込んでのことである。

（こいつは、しこくでも、どうめいあいてであるこうやからいわれとった、『まじょ』をさがすっちゅうにんむをとちゅうでほうきして、ひとりすきかってにこうどうすることで、こくいのまほうしょうじょ『すぺーす』からのついせきをのがれるっちゅう、はなれわざをしとったことやしな――にんむやしめいにこだわらず、ただただよくぼうのままにうごけるっちゅうこいつの『つよみ』みたいなもんに、ここはのっかっといたほうがええんかもしれん）

そう思ったのだ。

もちろん、こんな考えかたがまったく理に適っていないのは重々わかっていた——危機回避能力など、言ってしまえば、それこそただの偶然じゃないか。

宝くじみたいなものだ。

どんな低確率であっても、それが当たる者はいる——ハイジャックの被害に遭う人間が、隕石が頭に直撃する人間が、どれだけ低確率であろうと、存在するのと同じ理屈で。

だけど、宝くじに当たったからと言って、決してその人物が、特別な人間というわけじゃあない——運がいいというのとも、厳密には違う。

『当たるか当たらないかは二分の一』なんて考えかたは、数学的にまったく正しくないけれど、しかし、百万分の一の確率を引いて当たった宝くじと、百万分の一の確率を引いて外れた宝くじが、等価であることは確かなのだから。

だから、四国ゲームを生き残ろうと、空爆を回避しようと、それをもって地濃鑿を、『持っている』と考えるのは、ちょっと違う——そもそも『持っている』ってなんだよ、という話だろう。

才能を持っている人間のことをそう言うのか、それともたまたま偶然に恵まれた人間のことをそう言うのか。

（ぐうぜんか……、もんだいは、ぐうぜんとひつぜんに、どれだけのちがいがあるんかっちゅうことやけどな）

勤めている仕事場が火事になったとき、遅刻をしたから助かった人間を『持っている』と表現するならば、しかしその人間が、普段からどれだけの頻度で遅刻していたかを、きちんと検証する必要があるだろう。

同じように、地濃鑿の危機回避能力、すなわちただの『偶然』も、何度も続けば、それは『当たり前』になる――ひょっとするとかんづめは、それがいつまで続くか、観察したいのかもしれなかった。

（『まほう』というかのうせいをもっとった『かせいじん』は、しかしながら、むざんにもちきゅうにはいぼくした……、ほな、『にんげん』はどんなもんやちゅうのを、うちはみたいんかもな――『まほう』ではない、やけど『せつめいのつかへんちから』みたいなもんを、ちのうのみに、みせてほしいんかも）

『持っている』。

それが単に『運のいい奴』を表すのではなく、『魔法』のような、しかし『魔法』ではない力の所有を意味するならば、それを持っているのは、地濃鑿か、あるいは空々空くらいしか、いないのだろう。

才能でも、運でも、魔法でもない力。

いや、それは、本質的には。

(『ちから』でさえないのかもしれへん)

3

もっとも、その後の一週間、地濃鑿の『観光旅行』に振り回されたかんづめは、己の判断を後悔することしきりだった——どうしてほんのいっときと言えど、こんな奴の将来性に期待してしまったのか、あのとき生じた気の迷いに対する嘆きは、とどまるところを知らなかった。

人はこうもわがままに、海外で振る舞えるものだろうかと、逆に感心さえさせられた——そんな様子を見ていると、人類を滅ぼしたがる地球に肩入れする『裏切り者』がいたとしても、さほど不自然ではないとさえ思わされた。

(このむすめ、あれでもいちおう『ないていちゅう』は、せーぶしとったゆうんかいな……しんじられへん)

体力のほうも信じられない。

普通人間の肉体は、一週間も連続で遊び続けられるようにはできていないはずなのだが——ついて回るだけで、幼児はへとへとだった。

フランスが美食大国でなければ、エネルギー不足に陥っていたかもしれないくらいだ——またこの元魔法少女は、高級店ばかりに向かうのだ。

これだけ奔放に振る舞いながら、しかしドレスコードやテーブルマナーはしっかり守るあたりの如才なさが、逆にむかつくというものだった——逆にそのあたりは、幼児ゆえに守りきれないかんづめなので、変なコンプレックスを抱かされてしまう。

（うまいはうまいけども、なにせこっちはこどもじたやから、じゅうぶんにたのしめとうともいえへんしな——）

もっとも、観光旅行中には、目立ったトラブルがなかったのも事実だった——危機を回避できたのかどうかは定かではない。

回避できたときには、そうと気付かないケースのほうが多いだろうから、これは当然とも言える——『あのまま任務を続けていたら、とんでもないトラブルにぶつかっていたかもしれない』なんて想像は、実に後ろ向きで、まったく建設的とは言えないだろう。

ただ、こうしてしまいには国境線を越えて、カジノホールでギャンブルに興じている彼女の背中を見ていると、

（まあ、これでよかったんかもな）

と、思えてもくる。

諦めにも似た境地だが。

（ちゅうか、こいつはこれでええんかもな――おにいちゃんも、うちとこんびでしごとさせることで、このむすめにしょくぎょういしきにめざめてほしいとか、そんなことはおもうてへんやろ。むしろこいつのもちあじをいかすために、うちにふぉろーをまかせたとみるべきか――）

四国で魔法少女達を指揮していた酸ヶ湯原作が、地濃に――魔法少女『ジャイアントインパクト』に与えたマルチステッキは『リビングデッド』というもので、そのアイテムが内包する固有魔法は『不死』だった。

人を生き返らせる魔法。

問答無用で死者を復活させる、強力の上に超がふたつやみっつつく、四国ゲームの要《かなめ》とも言える魔法――ある意味では、黒衣の魔法少女達に付与された五大魔法にも匹敵する。

そんな魔法がどうして地濃のような少女に付与されたのか、それは絶対平和リーグの人間ならば誰もが首を傾げるところだった。

一応の結論としては、その強力な魔法は、しかし自分自身には使えない（自分が生き返ることはできない）という、必然的な弱点を有していたから、死んでも別に生き返らなくていい、言うなら人身御供《ひとみごくう》としての役割を、当時、魔法少女製造課の課長だった酸ヶ湯原作は、地濃鑿に負わせたのではないかというものがある。

けれど、マルチステッキ『リビングデッド』の、四国ゲーム内での重要度を思えば、魔法少女『ジャイアントインパクト』も、死なれては困る魔法少女だった——四国ゲームの優勝者候補でこそなかったものの、重要なキャラクターであることは確かだった。

それを思うと。

（すかゆのやつは、それにまほうしょうじょ『きゃめるすぴん』のやつも、ちのうのみのことを、『ふし』のまほうなんぞもっとらんでも、しぬようなたまやないって、そうひょうかしとったんかもな——『せいめいりょく』がつよいっちゅうんか、それとも『せいぞんりょく』がつよいっちゅうんか）

ならばそれは、やはり空々空と通じる。

感情の死んでいる空々少年も、さすがに地濃とひとくくりにされたら、嫌がるかもしれないが——やっぱり、『生き延びる』というのは、才能だ。

その才能を誰より持っているのは、杵槻鋼矢だと、かんづめは思っていたけれど……。

（すくのうても、こうやは、ぎゃんぶるがつよいっちゅうたいぷではなかったかな……、ちっぷよりも、じみちにちまちま、どりょくをつみかさねるたいぷやったからな――）

その点は、どちらがいい、という問題でもないのだろうが。

どちらのタイプも、四国ゲームを生き残ったことには違いない。

（こうや……、そうやな、こうやは、いまごろ、どないしとんやろ）

あまり『心配する』というようなニュアンスでもなく、かんづめはふと、杵槻鋼矢の現在に思いを馳せた――同じく元魔法少女である手袋鵬喜と、中国の対地球組織『仙億組合』に潜入しているはずの彼女。

空々に対してそんな希望は言わなかったし、だいたい訊かれもしなかったけれども、もしもかんづめが、空挺部隊の中の、誰でも好きな相手と組んでいいと言われていたら、まず鋼矢を選んでいただろう――鋼矢も、たぶん、自分を選んでいたはずだ。

それくらい、鋼矢の『努力』と、かんづめの『先見性』は相性がいい――四国ゲームで鋼矢が、ルール集めよりも『魔女』探しを優先していた理由は、そこにこそある。

なので、かんづめに地濃の面倒を、鋼矢に手袋の面倒を任せた空々の采配は、決して間違えてはいないのだけれど、任された二人にしてみれば、決して最良のものではないのだった――応用の利くタイプの二人が、やや割を食った形である。

（まあ、あいつなら、だれとくんでももんだいはないとはおもうんやけども……、でも、それもないていさきが、『うらぎりもの』やなかったらのはなしやけどな——）

フランスの対地球組織『宿命革命団』が『裏切り者』でなかったのなら、中国の『仙億組合』が『裏切り者』である可能性は、相対的に増す。

アメリカの『USAS』に向かった空々・虎杖浜ペアや、イギリスの『永久紳士同盟』に向かった好藤・灯籠木ペアに比べて、ペア自体に不安を残す鋼矢・手袋ペアは、やや危うい。

危ういと、かんづめの『先見性』が働く。

（『にんげんおうこく』にいったたっちゅう『じめいしつ』からのすけっとふたりについては、しらんすぎて、なんともいえんところがあるし……、きゅうじょせん『りーだーしっぷ』にむこたひがみとじんぞうにんげん『ひれん』は、むこたばしょがあやうすぎて、ぺあのくみあわせには、あんましまともなじゃっじがでけへんねんけど……）

自分の任務が終わってしまうと、よそがどうなっているのか、気になりもする——鋼矢なら、それでも滅多なことはないと思うが。

これは『先見性』とはなんら関わりのない、信頼めいた気持ちである。

「やとすると、あんがい、それがいちばんええんかもしれんな……、『うらぎりもの』が『せんおくくみあい』なんやったら、ほかのとこいったやつらのあんぜんどはあがるわけやし──こうやがそこをたんとうするんは、べすとやろ」

「いや、ベストとは言えない」

うっかり。

どうせ日本語の、しかも方言の、その上舌ったらずな呟きなら、周囲の誰にもわかるまいと思って口を滑らしたかんづめだったが、すぐ横から、そんな合いの手が入った。

（…………！）

驚く。

驚く一方で、しかし、酒々井かんづめは取り立てて慌てはしなかった──なぜなら、彼女の『先見性』をかいくぐるように現れる人間が、この地球上に、そうはいるとは思わなかったからだ。

地濃鑿を除けば、そんな人間は一人だけ。

そんな人間味のない人間は一人だけ。

「どうも、思っていたよりも事態は深刻みたいなんだよ、かんづめちゃん」

そこには、彼女が『おにいちゃん』と呼ぶ、十四歳の上司、空々空が立っていた──アメリカにいるはずの彼は、なぜか（空港かどこかで観光客向けに販売されていたのであろう）、『I　LOVE　PARIS』のパーカーを着ていた。

4

空々空は一人ではなかった。

どうやら手分けして、かんづめ達を探していたようで、すぐに、カジノホールの別の場所を探していた虎杖浜なのか（相変わらず黒衣の魔法少女のコスチュームを着ている――外国では意外と目立たないものだ）と、アメリカから同行してきたという『USAS』のエージェント、ノーライフという女性軍人と合流した。

同行してきた、というより、空々と虎杖浜が、ノーライフに同行してフランスにまでやってきたということのようだ――いや、フランスを通り越して、モナコ公国に、である。

（よくもまあ、かってにくにまでいどうしたうちらを、みつけてくれたもんや――それだけゆうのうやゆうことやろうし、そして、それだけのりゆうがあるゆうことか）

四人は、カジノホールに隣接されたバーに移動した――子供ばかりの部隊である空挺部隊の隊員としては出入りを躊躇するスペースだが、女性軍人ノーライフの登場によって、空々や虎杖浜やかんづめの、行動範囲が広がった形だ。

地濃ならば、単身でも臆することなく、バーに入ってみせただろうが（それはさすがに『保護者』として、かんづめが止めただろうけれど、しかし変なところでエシカルな彼女は、旅行中もその手の施設には近寄らなかった）。

「って言うか、『ジャイアントインパクト』……じゃなくって、地濃ちゃんは、ここに呼ばなくていいの？」

虎杖浜が言った。

（よけいなことを）

という気持ちで、かんづめは首を横に振った——空々も同じ動きをしていた。

あの動きの読めない厄介者が、せっかくギャンブルに夢中になってくれているのだから、ここは放っておくのが吉だと、リーダーも正しい対応をしてくれているようだ。

（あめりかでのけんしゅうかつどうをへて、なんかまなんだものでもあったんかな——まあ、『ゆーえすえーえす』からまなんだゆうのもあるやろけど、どうせだいのてんさいとしろくじちゅういっしょにこうどうしとってんから、そこからきゅうしゅうするもんはおおきかったやろな）

その虎杖浜は、さすがに余裕というか、澄ましたものだが——空々とツーマンセルで行動するというのも並々ならぬ苦労があっただろうに、それを滲《にじ》ませもしないのは大したものだ。

まさか虎杖浜が、アメリカからフランスへの航路の途中でも、隣の席の空々に抱きつき続けていたということまでは『先見性』では読めず、かんづめは元チーム『白夜』の魔法少女に対する評価を、更に上げるのだった。

「……『地球撲滅軍』は、子供を戦場に送ることをためらわないとは聞いていたけれど、しかし、こんな幼児までエージェントとして採用しているというのは、驚いたというほかありませんね」

と。

そこで『ＵＳＡＳ』の構成員であるノーライフが、かんづめの体軀《たいく》をまじまじと見ながら、そんなことを言った。

かんづめがなんとなく見返すと、彼女は「失礼」と言う。

「もちろん、任務に参加している以上、一人前なのでしょうけれど、『ＵＳＡＳ』には、基本的に十五歳より下の軍人はいないものですから」

別にかんづめは気分を害して見返したわけではなく、単に、

（にほんごたっしゃやな）

と思っただけなので、そんな謝罪は必要なかったのだが――それに、『魔女』であることは秘匿しておくべきなので、変にこの会話を掘り下げるべきではないという判

断もある。

（ただ、こうしておにいちゃんたちといっしょにうちらのところにきたっちゅうことは、つまりおにいちゃんたちのないていちょうさは、ばれたっちゅうことやんな）

バレたというか、露見したというか。

要するには、任務に失敗したということなのだろうか？　いや、単純にそれだけの話なら、こうして日本を飛び越えてヨーロッパまで、やってくる必要はない。

二人が日本に強制送還されるか――それとも、『ＵＳＡＳ』から一生出られなくなるか、そのどちらかだ。

そんな風に考え込むかんづめの風格（？）を見て、『やはりただものではなさそうだ』と認識を新たにしたのか、ノーライフは、

「どなたの判断かは存じませんが、国を移ったのは正解でした」

と、本題に入った。

「『宿命革命団』への内偵調査を、途中で取りやめたのは、見事です。こちらのモナコ公国内にいる限り、安全は保証されますから」

（ん……）

言っていることの意味がわからない。

最初は皮肉を言われたのかもしれないと思ったが（『なに仕事をサボってカジノに

来てるんだ』）、空々と虎杖浜の反応を見る限り、必ずしもそういうわけではなさそうだ。

　とは言えとりあえず、

「さがさせたみたいでわるかったのう、おにいちゃん」

と、空々には謝っておくことにした。

虎杖浜には謝らなくていいだろう。

「いや、いいんだよ、かんづめちゃん。どうせ、地濃さんの判断だろう？」

さすがに上司は部下を見ている。

と言うか、仕事を投げ出すくらいならまだしも、国を移動し、カジノホールで遊ぶというダイナミックな動きをするエージェントは、『地球撲滅軍』がいかに巨大な組織であろうとも、地濃鑿のほかにはいない。

(どうやら、それがまたしても、こうをそうしたみたいやけれど)

『持っている』――か。

「だから、探すのも実は、そんなには苦労しなかった……、地濃さんなら必ず、極端から極端に走るような動きを見せるだろうと思えば、逆に候補は絞れたから」

それもすごい話だ。

かんづめの『先見性』でも読み切れるとは言えない地濃の動きを、そんな風に予想しようとは――本人は認めたがらないだろうが、案外、空々空には地濃の上司として、適性があるのかもしれない。

（おにいちゃんとちのうがぺあをくんでにんむにあたるゆうんが、あんがい、いいくみあわせなんかもしれんな――まあ、ただめちゃくちゃになっただけかもしれんけども）

その後、『不死』の魔法で生き返ったとは言え、不死身とも思われる英雄・空々空が、地濃鑿とチームを組んでいたときだけ、二度にわたって死んだことだけは、忘れてはならない。

「ほんで」

まあ、地濃のことは、いったん置こう。

正直、『魔女』としての酒々井かんづめはともかく、幼児としての酒々井かんづめは、そろそろ限界だった――だからこうして、上司の空々空と、天才少女の虎杖浜と合流できたことには、ほっとせざるを得ない。

たとえ彼らが、どんな凶報を携えてきたのだとしても……。

「どないしたんや。おにいちゃん、こじょうはま。あめりかからふらんすへなんて、かなりのじぇっとせったーやないか。そんなにひこうきがすきなんかいな」

大した意味も込めずに言ったせりふだったが、『飛行機が好きなんか』という部分を受けて、虎杖浜が少しだけ表情を曇《くも》らせた。

(なんなんや)

「うん、まあ、色々あってね——その前に、聞いておこうか、かんづめちゃん。事実確認と言うか。フランスの対地球組織、『宿命革命団』の内偵は、どんな具合だった？」

首尾を問う空々に、かんづめは「まあ、じょうじょうやの」と答える——嘘ではない、内偵だけに話を限れば、上々である。

不本意ながら。

「『しゅくめいかくめいだん』はいわゆる『うらぎりもの』やなかった——いっしゅうかんくらいないていしして、うちとちのうは、そうはんだんした。あいつらは、ろしあの『どうとくけいもうきょく』をつぶしてはない……、ちゅうか、『どうとくけいもうきょく』がつぶれたことも、しらんゆうかんじやったな」

「そう。そっちも、そうなのね」

虎杖浜が、取り直して、そう頷いた。

『そっちも』と言うからには、どうやらアメリカの『ＵＳＡＳ』でも、同じような調査結果が出たらしい——むろん、空々と虎杖浜は、こちらの担当班と違って、一週間で調査を切り上げたりはしなかっただろうが。

(つまり、ちょうさをおおむねおえたじてんで、むこうがわにないていがばれたってことなんか……？　いや、ちゃうやろな。『ゆーえすえーえす』が、ついに『どうとくけいもうきょく』のほうかいをしったあたりから、おにいちゃんたちのないていがろていして……、それで、いっしょにふらんすにきた？)

さすがの『先見性』で、推理を組み立てるかんづめだったけれども、しかしそれでも、腑《ふ》に落ちない部分が多過ぎる。

推理材料が少な過ぎるとも言えるが。

「要するに、タイムアップって感じだったんだけどね――内偵対象の組織が『道徳啓蒙局』の崩壊を知ったら、芋蔓《いもづる》式に、私達の渡航目的もバレちゃったってことなんだから」

その辺、もうちょっと気を配っておくべきだったわ、と、虎杖浜は大して反省の色も見せずに、そう伸びをした。

(さいしょから、もうちょっとおおやけになっとうじょうほうやったらともかく……、うちらがよそうしとったいじょうにひとくされとう、まるひじょうほうやったみたいやな)

その責は、部隊長である空々が負うべきものではなく、発令した右左危博士が負うべきものなのだろうが――彼女の情報網が、少し優秀過ぎた結果と言える。

（『ぜったいへいわりーぐ』のすぱいの、さいごのじょうほうか――しょうじき、そっちのしんぴょうせいもあやしゅうおもうとったんやけど、『ゆーえすえーえす』のえーじぇんとがそれをうらづけてくれたいじょう、かくていじこうとかんがえてええんやろな）

これは空々達も、同じ結論を出しただろう。

もちろん、疑おうと思えば、ノーライフが空々達を騙そうとしているのかもしれないと、疑うことはできる。

ただ、こうして同行しているところを見ると、空々と虎杖浜は、ノーライフの言葉に、一定の信頼を置いているらしい。

（はっきりいえば、こくいのまほうしょうじょ『すぺーす』の『かぜ』のまほうをつこうたら、ぐんたいやろうとなんやろうと、かんたんにせいあつできる――『ゆーえすえーえす』のせんざいりょくがどれほどのものであろうとも、にげることくらいはできたはずや。それやのに、こうしていっしょにきとうゆうことは）

ノーライフとの同道に、なんらかの意義を見出しているということのはずだ――本人の前で、おおっぴらに言えるものではないかもしれないが。

（それはあとできくか……、それよりこっちからも、じじつかくにんをしとかんとな）

『先見性』は絶対ではないのだから、勝手な思いこみに基づいて、これ以上の思考を続けるわけにはいかない。

「おにいちゃん。『ゆーえすえーえす』も、『うらぎりもの』やなかったとして——ほな、どこのたいちきゅうそしきが『うらぎりもの』になるんや？　ほかのれんちゅうとは、ちゃんとれんらく、とれとるんか？」

「いや、通信は取っていない——傍受される可能性を考慮してってのもあるんだけれど、相手の状況が読めない以上、こちらから連絡するのは危険だと思って」

と、空々。

「だからかんづめちゃんにも、こうして直接会いに来たんだ——いよいよとなったら、電話するしかないとも思っていたけれど、まあ、予定通りのホテルに泊まってないことがわかった時点で、安心できたし」

予定通りのホテルに泊まっていないことで安心するというのもおかしな話だが、こと地濃鑿が絡んだ行程に限っては、それもまた真なのかもしれなかった。

地濃がスケジュールに忠実に動いていたら、むしろ『な、なにがあったんだ……？』と、心配になってしまう。

「ふうん……」

まあ、そこはいいだろう。

組織連携の基本である『報告・連絡・相談』を徹底したところで、世界中に散っている隊員達では、連携なんてできるわけもないし、ならば現場の判断でそれぞれ動くのも合理的と言えば合理的だ——どうあれ任務が終了したものが、直接動いて一方的に合流すると言うのは、四国ゲームの生き残りらしい戦略だった。

だが。

どうして空々達がまず、フランスの、自分達のところに来たのかという疑問は、それでは払拭されない——空々達と言うより、『USAS』のノーライフの判断か？

（ふつうにかんがえたら、『どうとくけいもうきょく』をつぶした『うらぎりもの』が、ほかならぬふらんすのたいちきゅうそしき『しゅくめいかくめいだん』やから、ここにかせいにきたちゅうのが、じゅんとうなよみになるけれど——）

しかし、それはない。ないと思う。

内偵を（半ばで）終えたかんづめと地濃は、『宿命革命団』は『裏切り者』でないという結論を出している——相当確度の高い結論のつもりで、たとえノーライフが『宿命革命団』を『裏切り者』だと見定める理由があるとしても、十分に議論を戦わすことができるつもりだ。

「誰とも連絡を取っていないから、『裏切り者』がどこかは、まだわかっていない——けれど、ノーライフさん曰く、『宿命革命団』は、『裏切り者』でない公算が高いって話だったのよ」

かんづめの思考を遮るように、虎杖浜が言った。

「だから、かんづめちゃん……の、内偵結果は、正しいんだと思うわ」

「…………」

どうやら、『絶対平和リーグ』出身の魔法少女としては、『魔女』であるかんづめのことを、『ちゃん付け』で呼ぶことに、大層違和感があるらしかった——そりゃあそうなのだが。

（ただしい……、んやとしたら、ますますふしぎやわ）

どういう情報網で、ノーライフ、ひいては『USAS』が『宿命革命団』を『裏切り者』でないと判断したのかはわからないけれど、そこは公開されることのない組織機密だろうから、考えても詮がなかろう。

問題はなぜ、それなのに、『永久紳士同盟』のあるイギリスや、『仙億組合』のある中国を目指さなかったかということだ。

「僕は、容疑が薄いのはむしろ『永久紳士同盟』だと思っていたんだけど……、いや、それだって、大した根拠はなかったんだけどね」

と、前置きをしてから、空々は自分達がフランスに——今はモナコ公国に——来た理由を、説明してくれた。

（おそいっちゅうねん）

と思うが、空々に気を利かせろと望むほうが間違っている。意図的にもったいぶったわけでも、どうやら、ないらしい。

「もしも『裏切り者』が、次に狙うとしたら、フランスの『宿命革命団』だろうから、忠告と援護のために、ノーライフさんが動くことになったってことなんだよ」

「ちゅうこくとえんご」

ならば、かんづめや地濃との合流は、むしろ、ついでだったようだ——空々空と虎杖浜なのかが、その移動に同行させられたのは、おそらくは情報交換の名目か。

（『ちきゅうぼくめつぐん』へのぎねんも、とうぜんあるんやろうけれど——『ゆーえすえーえす』のはんだんとしては、『うらぎりもの』をつかまえることよりも、さきに『しゅくめいかくめいだん』をまもることを、ゆうせんしたっちゅうことか）

ならば当然、『USAS』からフランスへと派遣された人員は、ノーライフ一人ではないのだろう——自分の判断で動ける援護のための部隊が、フランス入りをしているはずである。

結んだ同盟や批准している条約の関係もあるのだろうけれど、他国の対地球組織の防護まで担当する部署があるというのは、『USAS』の組織力を感じさせる。

空挺部隊の内偵調査は、あくまで自分達の安全を確保するための任務なのだから、そこらへんの意識は、まったく違うらしい。

(『ゆーえすえーえす』が『うらぎりもの』のかのうせいもあったいじょう、そういうわけにはいかんかったとはいえ……、さいしょから『ちきゅうぼくめつぐん』が『ゆーえすえーえす』にぜんぶしょうじきにそうだんしとったら、うちらがふらんすでうおうさおうするひつようもなかった、ゆうことになるんかな)

もっとも、それだって『USAS』からの情報を鵜呑みにするわけにいかなかった以上、かんづめ達の内偵調査は欠かせなかっただろうし、空振りだったからと言って、無駄でもないのだが。

「まあ、ほんだらもう、『しゅくめいかくめいだん』もちゅうごくをうけて、『どうとくけいもうきょく』のほうかいをしったたっちゅうことやな——やから、うちとちのうが、もなこにうつっとったんが、せいかいやってゆうとったんか」

その状況では、内偵をしているかんづめと地濃が、怪しまれても仕方がない——またも発揮された地濃の危機回避能力に、かんづめが心ならずも舌を巻いていると、

「いや、忠告はできなかったんだよ」

と、空々が言った。

「僕達がフランスに到着したときには、『宿命革命団』は、もう潰されていたんだ」

5

『道徳啓蒙局』に引き続き、『宿命革命団』までも、壊滅した——その言葉の意味するところはあまりに重い。

人類と地球との戦争において、トップクラスの規模を誇る組織が、ふたつも欠けてしまったのだ——ひとつ欠けただけでも大事件だったのに。

戦況分析は、それを専門とする部署に任せるべきだろうが、門外漢のかんづめからしたところで、それがほとんど、致命的と言える事態であることは察しがつく。

察しどころか、決着がついたと言ってもいいくらいの話だ——いつ？

いったい、いつだ？

少なくとも一週間前までは、『宿命革命団』は正常に機能していた——内偵していたかんづめが言うのだから間違いはない。

ならばあれからの一週間で、急展開があったということになる——だが、とても一週間で潰せるような規模の組織じゃあなかった。

（『どうとくけいもうきょく』とおなじく、ふいうちをくらって——でも、たとえ、ふいうちやろうとむりやったんちゃうんか？）

とすると、ノーライフが最初に言った言葉の意味合いが、まったく変わってくる。

内偵を切り上げ、モナコ公国に移動したのが『正解』だったのは、そうしないと『宿命革命団』に内偵がバレていたからではなく、そうしないと『宿命革命団』が潰される巻き添えを食っていたからなのか。

（『どうとくけいもうきょく』がつぶされるときに、『ちきゅうぼくめつぐん』のすぱい……『ぜったいへいわりーぐ』じだいからひきつづいてないていをすすめとったやつがつぶされたんとおなじで……、うちとちのうも、つぶされとったかもしれん）

いや、『かもしれない』なんて曖昧な話じゃあない。戦闘力をほとんど有さない二人は、間違いなく殺されていただろう——『魔女』の『先見性』など、いざ戦闘が始まってしまえば、ほとんど役に立たないのだ。

（いや、ちのうの『ひさく』ゆうんがあったっけ——）

魔法を失った魔法少女が、任務に就くにあたって考えたという『秘策』——結局、内偵中はそんな危うい局面には一度もならなかったので、使われる機会はなかったが。

途中からは忘れていた。

幼児の記憶力で保持するのは、あまりに馬鹿馬鹿しかったからだが、しかしそれを言うなら、地濃のほうも、自分がそんな発言をしたことをもう忘れているかもしれない――やっぱり、そんなものがあったのかどうかははなはだ怪しいので、『宿命革命団』が潰される前に任務を抜けたのは、正しかったのだろう。

「いつ……」

かんづめは慎重に、問う。

俄然、周辺の視線が気になったが、どうやらテーブルの周りには、既に虎杖浜が、『凪』のシールドを張っているらしい。会話の内容が漏れることはないし、そして小口径の銃弾くらいなら、どうにか弾けるようなシールドである。

「いつ、つぶされたんや？『しゅくめいかくめいだん』は」

「正確な日時は、我々も把握しておりません。到着したときには既に、としか」

ノーライフが答えた。

軍人としての心得なのか、その答弁には、ほとんど感情がこもっていなかった――しかし、その表情から『間に合わなかった』という悔いを読みとるのも、そう難しいことでもなかった。

「なにせ秘密組織ですからね。今、あなた達の話を聞いて初めて、『宿命革命団』は、『少なくとも一週間前までは、機能していた』ということが、判明したところですよ」

「……そうか」

それも『道徳啓蒙局』と同じか。

秘密過ぎて、いつ潰れたか確定できない——まるで身元不明の死体のごとく、すべてがはっきりしない。

(だからこそ、このきれーなおねーちゃんは、うちらにはなしをききにきたっちゅうことか——かんぜんに『ついで』にごうりゅうしたわけでもないねんな)

仕事を途中で放棄した、不良内偵者達が、思わぬ重責を担ってしまったわけだ。

「ひとくちに『つぶされた』ゆうても、いろいろあるとおもうねんけど……、いきのこりはおったんか?」

「私の部下達が、総力をあげて現在捜索中ですが、今のところ、成果はあがっていませんね——極めて徹底的です。まだ未確定の情報ですが、国外に出ていた『宿命革命団』のエージェントも、時期を同じくして、行方不明になっております」

「…………」

徹底的——か。

かんづめ達の証言が、そこで重要になってくるわけだ。

「ちなみに、犯人は不明。だけど、状況から考えて、『道徳啓蒙局』を潰した『裏切り者』と同一犯だと考えて、まず間違いないでしょうね」

虎杖浜が端的に言う。『終わったはずの任務が面倒なことになってきた』という内心がかいまみえる表情だ。

あるいはイギリスに向かった元同僚二人を、心配しているのかもしれない――『宿命革命団』が潰された以上、イギリスの『永久紳士同盟』が『裏切り者』である可能性は相対的に増したし、そうでなかった場合は、次は『永久紳士同盟』が、標的になるかもしれないのだから。

それは天才少女二人だけでなく、他の対地球組織に向かったペアも、同じ条件だが……。

「はっきり言うと、手詰まりです」

ノーライフが日本語で、しかしジェスチャーはアメリカ人らしく大振りで、言った。

「『裏切り者』が次の動きを見せる前に、『宿命革命団』と連携を取りたかったのですが――彼らの情報網と『ＵＳＡＳ』の情報網を統合すれば、何かわかることもあるのでは、と。しかし、『裏切り者』の動きは思いの外《ほか》早かった――こうなると、我々も、まずは自分達の組織防衛を第一に考えなくてはならないかもしれません」

『地球撲滅軍』と連携を取る、という考えは、あまりないようだ――まあ、彼女達にしてみれば（かんづめ達にしてみても）、『地球撲滅軍』の潔白は、必ずしも証明されていないので、当然の判断とも言えるが。

(ただしこうやって、げんばでじょうほうこうかんするぶんには、おっけーっちゅうとこかの……やったら)

「……ちのうをよんでこよか」

自分でも驚くくらい、渋々と言った感じの声になった——空々も、虎杖浜も、『やむをえない』という顔をしている。

彼女が有用な証言をしてくれるとはとても思えないけれど、しかし彼女がかんづめと共に『宿命革命団』を内偵したのは確かなのだ。かんづめが見落とした『何か』に、彼女が気付いているかもしれない——『裏切り者』かどうかという視点を外れて、もっと広い視点から、壊滅の前兆のようなものがなかったか。

(ほんのうてきにそれをさっしたから、あいつはにんむをきりあげた——そんな『ききかいひ』をなしとげたんやないかっちゅうみかたもできるしな。ひょっとしたら、こんきょのわからんうちの『せんけんせい』なんぞより、よっぽどあてになるかもしれん)

そして四人は、バーを離れて、再びカジノホールへと戻る——タイミングがよかったのか、ちょうど地濃は、手持ちのチップをすべて、使い果たしたところだった。

どうも、バカラのテーブルで豪気なオールインをして、すっからかんになったらしい——彼女は彼女なりに、こちらに合流しようと、チップの量を調整していたらしい。

（そのへん、よくどしいんか、むよくなんか、ほんまにわからんやつやな……）

「あ。大事なお話、終わっちゃいましたか？」

と、すっからかんの地濃は、あっけらかんとこちらを振り向く——大敗した直後とは思えないそのさばさばとした笑顔を見せられるだけで、うんざりした気持ちになるのは、かんづめも、空々も、虎杖浜も同じだった。

まだ地濃鑿という少女を知らないノーライフだけは、その少女らしい笑顔を額面通りに受け取ったようだが、そんな甘い認識は、次に発された少女らしからぬ言葉に、即座に打ち消されることになる。

「よかったよかった。お話が終わったところでお伝えしようと思ってたんですけど、さっき、謎の紳士が現れて、空々さん達への伝言を託されたんですよ。外国語だったんで、なに言ってたかはわかんないんですけど」

「謎の紳士!?」

「伝言!?」

「なに言ってたかはわかんない!?」

空々と虎杖浜とノーライフが声を揃える——いや、揃ってはいないのだが、地濃の言葉に対する感想としては綺麗に揃っていた。

「そ、そいつはどこいってん」

人生経験の違いで、唯一復唱ではなく質問を返せたかんづめだったが、

「もう帰っちゃいましたよ。みなさん、お話が長いから」

と、逆に責めるようなことを言われた。

(こいつだけは、ほんまにどうしようもない――)

危機回避能力は高いのに、どうしてこうも危機感が薄いのだ。

この状況で現れるそんなメッセンジャーが、まともな人物像であるわけがないだろうに――

(もなここうこくないににげたことで、『しゅくめいかくめいだん』のまきぞえはくわんかったとおもうたけれど――おってがきたってことか？　いや、それがおってやったんなら、ちのうがぶじですんどるわけがない。なにもんや……？)

「あ、もしかして、私のことを心配してくださったんですか？」

心配はしていないが。

正直、上位の指揮系統である空々と合流して、保護者としての責任が消えた今、いなくなっていてくれてもよかったくらいだ。

「……どんな紳士だったの？」

馬鹿者の上司とはこんなにもつらい立場なのかと痛感している風の、指揮系統上位

の空々だったけれど、しかしそれでもかろうじて、地濃に報告を求めた。

「やだなあ、なにを言っているんですか、空々さん。耄碌《もうろく》しちゃいましたか？」

世界一なにを言っているのかわからない少女は、たぶん耄碌の正しい意味も知らないままに、至極《しごく》当たり前みたいに答えた。

「紳士と言えば、英国紳士に決まっているじゃあないですか」

6

舞台はイギリスへ——部隊はイギリスへ。

（第10話）

（終）

第11話「天才封じ！至れり尽くせりの監禁生活」

真相は、深層にはなく、むしろときに浅薄《せんぱく》だ。

0

1

できて当然。

そんな風に思われることが天才にとってひとつの悲劇だとするなら、今回の任務において、好藤覧と灯籠木四子は、最初の時点からその悲劇に見舞われていた。

空々空は、左右左危博士から発令された内偵調査に、己が率いる空挺部隊に所属する厄介な面々を采配するにあたって、かなり苦心したものだが、結論を出してみれば、イギリスの対地球組織『永久紳士同盟』の内偵調査を割り当てた、好藤と灯籠木——元チーム『白夜』の魔法少女、黒衣の魔法少女『スクラップ』と黒衣の魔法少女

『スパート』については、あまり心配がいらないものだと思えた。

天才少女。それも二人ペア。

しかも、送る先は空々部隊長が、比較的『裏切り者』である容疑が薄いと見ている対地球組織だ――どう転んだって、そこでトラブルがあるとは思えなかった。

いや、仕事である以上、それもアウェーでの仕事である以上、すべてが順風満帆《じゅんぷうまんぱん》とはいかないにしても、四国ゲームを管理していた、絶対平和リーグの『体制側』だったあの二人なら、多少の――多大なるトラブルがあったところで、余裕で対応してみせるだろうという読みは、空々でなくともできようというものだ。

公平にバランスを取るよりも、戦力を偏《かたよ》らせる傾向をもってチーム編成を組んだ空々の采配の、一番効果が現れているのが、このチーム天才少女と言えた。

逆に言うと、そんな偏りの割を食う形になったのが、地濃鑿・酒々井かんづめのペアだったり、杵槻鋼矢・手袋鵬喜のペアだったりするのだが、そこはかんづめや鋼矢の、なんというか、特性に期待した形だ。

好藤と灯籠木に関して言うなら、天才ならぬ空々からすれば、『期待する』なんてこと自体がおこがましいとも言えるわけで、任務が始まってしまえば、上司として、気を揉む対象としてのプライオリティの低いコンビだった。

それよりも、地濃がどうしているのかとか、手袋は無事に手柄をあげられたのかとか、氷上さんは『悲恋』と仲良くやっているだろうかとか、そんな方面へ、彼の思考はシフトするのだった。

（あの二人なら、仮に『永久紳士同盟』が『裏切り者』だったとしても、きちんと適切に対応してみせるだろう——あの二人なら、できて当然だ）

できて当然。

そんな風に思っていた。

そんな風に思われる悲劇も知らず——否。

あるいは『できて当然』と思われることを悲劇と思うような者は、所詮、天才ではないのかもしれないけれど。

2

ただ、現実として、好藤覧と灯籠木四子の二人は、土中にトンネルを開通させてイギリスに到着し、すったもんだの末に内偵任務が開始されてから、しかしまったくと言っていいほど、当然のことができていなかった。

と言うより、内偵調査に、ほぼ入れていないと言ってよかった——途中で切り上げたとは言え、一応は『調査対象組織である「宿命革命団」は「裏切り者」ではない』

という暫定的な結論は導き出していた地濃鑿・酒々井かんづめコンビよりも、そういう意味では、成果をあげられていなかったと言っていい。

ましてや、最終的には内偵がバレてしまったとは言え、遊ぶことなく仕事をしてみせたもう一人の天才少女、空々空と組みながらも任務を達成してみせた虎杖浜なのかとは比べるべくもない。

好藤と灯籠木は、『永久紳士同盟』が、ロシアの『道徳啓蒙局』を潰した人類に対する『裏切り者』なのかどうかどころか、組織の構成図や特徴さえ、つかめていなかった。

事前に組まれていたスケジュールの、そのほとんどが消化されていない――もしもこの任務のトゥドゥリストがあったなら、そのチェックボックスは、ほとんど空欄になるだろう。

できて当然。

彼女達について、そんな風に思っていたのは空々だけではなく、空挺部隊のほぼ全員であり、『自明室』室長の右左危博士や、『絶対平和リーグ』時代の上司である酸ヶ湯博士も、同意見だったに違いないが――しかし結論から言って、彼女達はなにもできていなかった。

「できなかったんじゃないよー。やらなかっただけー。やればできたよー、ぜんぜん」

灯籠木ならば、飄々《ひょうひょう》とそんなことを言うだろう——そんな、できない者の常套句を、正しい意味で使うことができるのが、天才の天才たるゆえんとも言える。

この場合、『やればできた』ではなく、『できたのに、させてもらえなかった』と言うのが、より正しいが。

初日。

彼女達がイギリスに到着した初日、待ち合わせ場所ではなかったティールームに迎えに来た使者・男装の麗人ならぬ男装の少女に案内されて、二人の天才は『永久紳士同盟』の拠点をいくつか巡ることになった。

男子ではなく女子であることを看破された少女執事——アールグレイ・アッサムは、終始不機嫌そうで、最初の笑顔が嘘だったかのように（まあ、嘘だったのだろう）ぶっきらぼうな態度で二人に接したけれど、しかし少なくともこの時点までは、当初の予定通り、『地球撲滅軍』と『永久紳士同盟』の、対地球組織同士、地球と戦う同志としての、現地交流がおこなわれていたと言える——二人も、特に騒ぎを起こすことはなく、全力を尽くしてとは言わないにしても、それなりに真面目に、部隊長からの命令通りに、相手組織に探りを入れたり、不審な点がないかを観察したりした。

ただ、初日はあくまで顔合わせの挨拶程度で、本格的な内偵調査は、明日以降だと、二人は思っていた――けれど、夕食をご馳走になったあとあたりから、風向きが変わってきた（ちなみにイギリス料理は、灯籠木の舌を満足させた）。

「ご当主様が、お二人をご招待したいそうです――よければ予約されているホテルよりも、ご当主様の屋敷にお泊まりください」

アールグレイ・アッサムから（あくまで不機嫌そうに）そう言われて、

（ご当主様、のう）

と、好藤は興味をそそられた――同行者の灯籠木ほどではないにせよ、およそ忠誠心なんてものには無縁である彼女からすれば、誰かを『ご当主様』と呼ぶメンタリティは、異文化過ぎて、好奇心を刺激されるのだった。

興味を持たずには――美意識を感じずにはいられない。

「いーんじゃないのー？　急な予定変更は、旅の醍醐味《だいごみ》でしょー」

と、灯籠木が言った。

旅の醍醐味と言うよりも、彼女の場合は、待ち合わせのときからそうだったように、この手の任務においてスケジュール通りに行動することを、本能的に嫌っているのだと思われる。

単なる天才ゆえのわがままとも言えるが。

「お泊まりお泊まりー。よろしくねー、アールグレイくん」

少女と見抜いておきながらの『くん付け』に、アールグレイは明らかに気分を害したようだけれど、これは別に、灯籠木が挑発しようとしたわけではない――むしろ、好意の表れなのだ。

一貫して灯籠木は、少女執事に対して、好意的に接している――けれど、彼女の天才以上の天然さを、ちゃんと理解できるのは、同じ元チーム『白夜』の天才少女だけだろう。

（ま、うちらとて、ちゃんとわかっとるんかゆうたら、怪しいもんやけどな――本人も理解を求めてはおらんじゃろうし）

とにもかくにも、二人は、ホテルをキャンセルして、『ご当主様のお屋敷』とやらに招待されることにした。

好藤は『ご当主様』への興味から。

灯籠木は少女執事への好意から。

この宿泊地変更が、強いて言うならまずかった――任務をまっとうするという意味では、対象組織の内奥に、初日から潜り込むことに成功したのだから、むしろ好調とも言えたが、しかし、好調なのはそこまでだった。

二人はそれ以降、『ご当主様のお屋敷』から、出してもらえなくなったからだ――

簡単に言うと、監禁状態におかれたのだ。

いや、監禁と呼ぶには至れり尽くせりで、それは軟禁でさえないのかもしれなかったけれど——ともかく二人の天才少女は、豪奢《ごうしゃ》な洋室に閉じ込められ、その後二週間、部屋から一歩も出してもらえていなかった。

食事も着替えも、なにもかもが極めて豪奢に——幽閉された。

お屋敷。

と言うのは、アールグレイ・アッサムの忠誠心に基づく大仰《おおぎょう》な表現なのではないかとも思っていたが、むしろそれは謙虚な表現で、到着した広大な敷地の中心にそびえたっていたのは、お城だった。

ファンタジー映画に登場するような建築物で、そんな荘厳な様子に、さすがにあてられてしまったと言うのもあって、二人はあれよあれよと、案内されるがままに、『屋敷』の一室に、連れ込まれてしまったのだった。

まあ、いくら天才少女と言っても、出自は一般人である——高貴な家柄の出というわけではないので、『異国のお城』に、浮き足だってしまうのも無理はなかった。

それにまさか、百平米はあろうかという広い部屋を、客人を監禁するために使用しようというのは、さすがに想像の外だった。

本当にやられたという感じだった。

もちろん、表向きは、監禁ではないという風に、彼らは装う――あくまで客人をもてなしているだけだという風に、好藤と灯籠木に、なに不自由のない生活を送らせてくれる。

少女執事、アールグレイ・アッサムは、初日以降二人の前に姿を現さなかったが（灯籠木が残念がっていた）、しかし屋敷に勤めていると思われる『召使い』達が、二人には何一つ、不自由な思いをさせなかった。

『絶対平和リーグ』もかくやというような『甘やかし』っぷりだった――彼女達はちやほやされることに慣れていたので、それで正気を失うということはなかったけれど、普通だったら腑抜けにされていたんじゃないかというくらいの、上げ膳据え膳具合だった。

部屋から外に出さないことについても、あくまで、

『面会の予定が変更された』『組織内部に緊急事態が起こりまして』『こちらでお待ちください』『また予定が変更されました』などなど、たらい回しというか、皿回しのように、なんとか口実を設けて、できるだけ穏便に二人をこの部屋に釘付けにしておこうという感じだった。

暴力は振るわない。

あくまでも紳士的に振る舞う――『永久紳士同盟』とはよく言ったものだが、そん

なわけで『地球撲滅軍』から派遣された二名のエージェントは、二週間にわたって、これまでにないような運動不足を経験していた。

対象組織の内偵はおろか、せっかくはるばるイギリスまで来たというのに、ロンドン橋もロンドン塔もロンドンアイも見ることなく、今日も今日とて、二人の天才少女はこうして優雅に紅茶を楽しんでいるのだった。

アフタヌーンティー。

（考えてみれば、初日からずっと、お茶ばっかり飲んどるのう……）

「ま、これはこれで、贅沢な海外旅行だよねー。ほら、よく言うじゃない。日本人は休暇に旅行をしても、まるで働いているみたいだって。ぎゅうぎゅうにスケジュールを詰め込んで、あっち行ったり、こっち行ったり、ばたばたして。外国人の休暇の過ごしかたって言うのは、旅先でこうやって、何にもせずに、ゆっくり本とかを読んでることなんだってさー」

「あくせくしない贅沢か。……まあ、そんなもん、うちらは普段からやっとうけどな。久々に働こうとしたときまでこれやと、なんや、神様にお前は働くなって言われとう気分になるわ」

いますっかり慣れた、豪華絢爛《けんらん》な監禁部屋の中で、好藤はそんな風に天を仰ぐ——仰いだ天、ならぬ天井には、巨大なシャンデリアがつり下がっている。

そのシャンデリアの飾りひとつで、日本では家が建つかもしれない——結局、二週間が経っても会えていないこの屋敷の『ご当主様』とは、何者なのだろう。

何を生業《なりわい》にすれば、こんな城が建つのか。

『永久紳士同盟』の関係者であることは間違いないにしても——『人間王国』のような例外を除けば、基本的に秘密組織であるはずの対地球組織の構成員が、表の身分や職業を、持つことは珍しいはずなのだが……。

(英国やと、その辺はちゃうんかな——灯籠木いわく、『007』のお国やからのう)

イアン・フレミング。

帰国したら読んでみようか。

そんなことをぼんやり思う——帰国できないという心配は、まあ、しなくていいだろう。

閉じこめられているのだと気付いたときには、さすがに警戒もしたけれど、こうして時日が経ってみると、連中の狙いは見え見えだった。

要するに、視察に来た好藤達に、何も見せず、何もさせずに、そのままタイムアップを迎えさせて、日本へと送り返したいのだ。

平和裏、と言うか。

遠回しな、組織交流の拒否である。

あくまで予定外の事態であり、あちらとしても本意ではないという風を装いつつ、日本からの使者に仕事をさせない――もちろん、どう迂遠に飾ったところで、露骨なシャットアウトであることには違いない。

「まあ、『永久紳士同盟』側としても、これって苦渋の判断なんだろうけれどねー。本当は、私達を閉じ込めて監禁なんて、したくないだろうし、するつもりもなかったと思うんだよねー」

「やろうな……、こうもてなされてるからわかりにくいけども、これってかなりの暴挙やろ。あとで『地球撲滅軍』と『永久紳士同盟』の間で、問題の火種になりかねんくらいにな」

「火種、ねえ？」

くすくすと笑う灯籠木。

彼女にも好藤同様、監禁されていることについての危機感は、まったくないらしい――まあ、『いざとなったらいつでも逃げ出せる』という自負があるから、危機感なんてなくて当然なのだが。

二人が監禁に甘んじているのは、ひとつにはこの監禁生活が心地よいものだからで、もうひとつには、仮にこの監禁から脱したところで、任務達成にプラスになるわけではないからだ。

（『永久紳士同盟』に、組織内部を見せるつもりがないんじゃったら、それを無理矢理暴く権限が、うちらにあるゆうことはないからの――）

「『永久紳士同盟』としては本当は、当初の予定通り、当たり障りのない組織の拠点を案内して、軽く情報交換でもして、それでお茶を濁すつもりだったと思うんだよね――」

と、濁りのないお茶を飲む灯籠木。

「だけど、視察官の私達が、天才過ぎた」

「……じゃな」

天才過ぎた。

一般的にはどうかと思われるほど傲岸不遜《ごうがんふそん》な表現だけれど、この場合、他の表現がまったく思いつかない。

それに、こんなことは彼女達にとって、別に初めてというわけでもないのだった。

初日、少女執事に案内されて、ロンドン付近の『永久紳士同盟』の拠点を巡り、何人かの構成員に会って――その日だけでも得られた情報はそれなりにあったのだが、しかし向こうも向こうで、当然、こちらに探りを入れていた。

そして彼らは思ったわけだ。

『こいつらに組織内部を見られるのはやばい』――と。

『裏切り者』であるとないとにかかわらず。

秘密組織として、彼女達を内部に入れるべきでないと、そう判断された。

「……優秀ってのも、つくづく困りもんじゃの。足並みを揃えるっちゅうことができへん──ひょっとして、内偵任務って、一番うちらに向いてへん任務なんちゃうんか？」

「そうだねー。自分を偽るって、意外と苦手かもねー。どうしたって、あふれる才能を隠しきれないからねー」

できて当然。

誰もがそう思っていた天才少女二人による内偵調査は、そんな感じで、暗礁《あんしょう》に乗り上げていたのだった──できて当然の彼女達だからこそ、このまま打つ手なく、伸び伸びとぬるま湯の環境で連泊した挙げ句、すごすご日本に帰ることになるのだろう。

「こうしてみると、案外、地濃とか手袋とかのほうが、内偵任務には向いとるんかもな──虎杖浜はどうなんじゃろ？」

「いやあ、だから言ったじゃん。虎杖浜は私達の中じゃ、天才としてまともなほうだからね──あいつの行き過ぎている部分は、空々くんが上手に中和してくれるだろうし、うまくやってるんじゃないのかな」

「それじゃと、空々くんが才気に欠ける馬鹿みたいじゃがの」

だがまあ、自分達のことを棚に上げて、心配するほどのことでもないのも確かだ——同じ元チーム『白夜』だとは言っても、虎杖浜は渉外係として、外部と接点を持つことが多かった。それでうまくやっていたということは、彼女はそれなりの社会性は有しているのだろう。

「ま、任務失敗なら任務失敗で、別にええんじゃがの」

「だねー。別に怒られやしないだろうしねー」

そう頷き合う二人だったが、しかし問題の本質は、つまりこういうところにあるんじゃないかという風にも、好藤は思う。

監禁生活から無理矢理に脱出するというのは、仕事の目的にそぐわないにしても、他のアプローチがまったくないわけではないだろう——世話役を命じられているであろう『召使い』達と交渉したり、上司である空々に連絡を取って追加の指示を仰いだり、やれることはあるはずだ。

それをせずに、『甘やかし』に甘んじていたのは、根本的に二人に、任務に対するやる気がなかったからである。

他国の対地球組織への内偵調査という仕事に、二人は最初から乗り気じゃなかった。

決定的なまでのモチベーション不足。

それが敗因——敗北ではないにしても、失敗の要因。

別にこの任務に限った話じゃない。

『絶対平和リーグ』時代にやっていた四国ゲームの管理だって、決して二人は、使命感をもって臨んではいなかった——灯籠木が特に顕著だったが、かなり適当だった。

適当でいい加減。

だからと言って不真面目だったわけでもないのだが、しかしながら、じゃあ真面目に一生懸命、あくせく働いていたのかと問われれば、首を横に振るしかない。

推測するに、もしもあのとき、チーム『白夜』が必死になって、全身全霊をもって四国ゲームの管理に臨んでいたなら、あの壮大な実験は、まったく違う結末を迎えていたのではないだろうか？

少なくとも、よその組織から単身乗り込んできた十三歳の少年などに、優勝をかっさらわれるような醜態はなかったに違いないし——『絶対平和リーグ』が『地球撲滅軍』に接収されるようなことも、やはりなかったのでは。

（そこで責任を感じられるほど、うちらが可愛らしい女の子やったらよかったんじゃがのう——そうはいかんわ）

できて当然。

やればできる。

そして——できなくても別に構わない。

任務が達成できなかったくらいで、多少の失敗をしたくらいで、自分の値打ちは変わらない——そんな確信が、天才少女達に行為の徹底をおろそかにさせる。

うかうかと屋敷への招待を受けたことは、今から思えば確かに失敗で、判断ミスではあったけれど、十分に取り返せたであろう失態だ。

今からだって決して遅くない。

全体の視察はともかく、『永久紳士同盟』が『裏切り者』かどうかのジャッジだけなら、一日あれば終わるだろう——私達なら。

「だけど、それをしようって気にならないんだよね、私達は——無気力なのかな。これでも私、自分のこと、それなりに欲どしいほうだと思ってるんだけどねー」

特に性欲は強いほうだと思うんだよ、と灯籠木は、反応に困るようなことを言う。

冗談でもなさそうだが。

「強欲という意味じゃったら、もっとやり甲斐のある任務が欲しいっちゅうところかのう？　まあ、任務に失敗しとう癖に、何をほざいとるんじゃっちゅう感じじゃろうが」

「やり甲斐のある任務、ねえ——そういう意味じゃ、あれは楽しかったな。やり甲斐があった。『地球撲滅軍』の作った『新兵器』、人造人間『悲恋』の爆弾機能を止めたとき。あのときは、働いたって気がしたよ」

「うちが参加しとらん奴やないか」

まあ、羨ましい仕事である。

それで思い出したが、瀬戸内海の島々をほうぼうに動かすという仕事をしたときは、好藤も充実感があったものだ。

細々とした仕事が苦手というわけでもないのだけれど——むしろそれはそれで得意だから、結果、監禁されることになったのだけれど。

(無気力に、低いモチベーションでやっても、ある程度はできてしまうっちゅうんが、うちらの抱える一番厄介な点なんかもしれんのう。足並みは揃えられんのに、自然、手を抜く癖がついとう)

「まあ、いいんじゃないの？　今回は裏目に出たけれど、これはこれで、美点でもあるんだと思うよー？　私達クラスが常に本気出してたら、そっちのほうが迷惑でしょ。ある意味、ノントラブルでイギリス旅行を終えることができたんだから、これは一つの成果じゃない？」

「前向きじゃの」

しかしそれもひとつの見識である。

アールグレイ・アッサムの言っていたことをどこまで鵜呑みにしていいのかはわか

らないが、フランスでは地下鉄の駅が攻撃されたという――地濃鑿や酒々井かんづめを狙っての爆撃。

あの二人がそんなものをかわせないわけがないけれど、町並みや民間人に被害が皆《かい》無《む》だったとは思えない――たとえ回避しようとも、トラブルはトラブルだ。

それと比べると、イギリスは平和なものだった。部屋の外の様子はうかがえないが、まあ、たぶん、平和なはずだ。

自分達のような突出した人間が到来して、何事も起こっていないというのは、成果と言えば成果だった――もっとも、これは好藤や灯籠木の手柄ではなく、彼女達をいち早く監禁して都市から隔離した、『永久紳士同盟』の手柄と見るべきなのかもしれないが。

(組織の内部をうちらに見られとうないっちゅう事情はもちろんあったにせよ……、うちらをこの屋敷に招待したんは、そういう意図もあったんかもな――うちらを危険分子やと判断して、先に手を打った、とか)

だとしたら大した危機管理能力だ。

『絶対平和リーグ』に見習わせたい――いや、かの組織はもう存在していないのだが、そんな意識の十分の一でもあれば、今も好藤や灯籠木は、四国の空を飛び回っているはずである。

「それに、私達が内偵調査できなくっても、他の五ヵ所で任務にあたっているみんなが頑張ってくれてたら、それで問題はなくなるわけだし。どのチームかが『裏切り者』を突き止めてくれたらそれでよくって、もしも他の五ヵ所が全部潔白だったとしたら、消去法で『永久紳士同盟』が『裏切り者』だったたってことになるもんねー」

「んー。まあ、それも理屈じゃな」

そういう流れになると、まるで自分達のミスを、誰かにフォローしてもらうみたいで、あんまりいい気分とは言えない。

少しだけ、好藤の美意識に反する。

だからと言って奮起《ふんき》しようというほどでもない――『奮起する』ということ自体が、そもそも彼女の美意識に反しているのだ。

「実際のところ、どう思う？　灯籠木――初日にちらっと見ただけの印象ではなんとも言えんじゃろうけれど、『永久紳士同盟』は『裏切り者』か否か――どっちじゃろな」

「そうだねー。まあ、好藤が思っているのと同じことを思ってるよ」

「ふむ。じゃあ」

違う。

と思っているわけか。

『永久紳士同盟』は『道徳啓蒙局』を潰していない――人類を裏切っていない、と。
「あくまでも暫定的な評価だけどねー。それに、正直、初日の見学の結果、そう思っ
たっていうより、こうして私達を監禁していることを根拠にしての評価だよ。彼らが
本当に『裏切り者』なら、監禁はもうちょっと、厳しいものになってると思う――な
んとなく」
最後に『なんとなく』とつけられると、説得力に欠けるようにも聞こえるが、しか
し灯籠木の『なんとなく』ほどアテになるものはないと、好藤は考える。
同時に、
(監禁がもうちょっと、厳しいものになっとったら、うちらもいっそ反撃に出とった
かもしれんけどの――居心地がええから、動いてまで出たいと思えんかった)
とも思う。
だからやっぱり、『永久紳士同盟』は適切なのだ――日本からやってきた天才少女
への最適手が、『モチベーションを削ぐ』だということを、わかっている。
ただし、それはつまり、たとえ『永久紳士同盟』が『裏切り者』だったとしても、
ひとまずは好藤達に同じ対処をしたという可能性もあるということで、彼らの容疑を
完全に晴らす理由にはならないが……。
彼らが内部を見られたくないのは、『裏切り』を隠したいからかもしれないのだか

ら。

「うん。だから絶対とは言わない……、けれど、こうなるともう、彼らの容疑を完全に晴らしたり、あるいは固めたりは、しないほうがいいだろうと思うね。私達はこのままなすすべもなく、日本に送り返されるべきだよ」

「送り返されるべき」

「波風立てずにね。『相手が波風立てまいとしている』って事実だけでも、持ち帰ればそれは、情報になるでしょ。そりゃあ、私達二人が二人がかりでその気になれば、『永久紳士同盟』を潰すこともできるかもしれないけれど」

とんでもないことをさらりと言う。

特に反論はしないが。

「でも、向こうがまだ、対立する気がないって言うんだから、ここは平和路線を保つべきでしょ。彼らが『裏切り』を隠したいなら、突っ込まずに隠させておいてあげて、あとでそれを逆手に取るなりすればいい——もちろん、そこから先は、もう私達の仕事じゃなくなるだろうけどね」

「……そうじゃな。政治的な領域は、大人に任せよ。うちらはせいぜい、休暇を楽しむとしよか——紅茶、もう一杯どうじゃ？」

「いただくわ」

上品に応じる灯籠木――まあ、こんな貴婦人ごっこをあと数日続けるというのも、乙なものだと、好藤は苦笑する。

あんまりこの居心地の良さになれてしまうと、日本に帰ってから苦労しそうだけれど、そんな苦労にも自分達なら、すぐに対応できるだろう。

そんなことを思ったけれど、しかし、天才少女も、これぱかりは読み違えていた。彼女達は日本に帰る前に、苦労をすることになるのだ――仕事をすることになるのだった。

3

灯籠木四子は、元チーム『白夜』の魔法少女の中でも、飛び抜けて気ままなキャラクター性だととらえられているし、そんな彼女だからこそ、当時魔法少女製造課の課長だった酸ヶ湯原作は、彼女を天才少女集団のリーダーに任命することで、責任感を持たせようとしたという側面もある。

それはちょうど、左右左危が今回の任務を空挺部隊に発令するにあたって、空々空にチーム分けや赴任地の選定の全権を委譲したのと似ていた――空々のほうについてはまだ結論は出せないにしても、灯籠木をチーム『白夜』のリーダーに据えた効果は、大いに認められた。

まあ、おおむねその効果は、彼女の部下という立場になった、四人の天才少女のほうにこそあらわれたのだが——リーダーとしても彼女は気ままとしか思えない振る舞いを続けることで、『リーダーがこんな体《てい》たらくなんだから、自分がしっかりしないと』と、四人全員に思わせたわけで、それはそれで、立派な上司の資質と言えた。

人の上に立つのに向いているかどうかはともかく、天才の上に立つのには向いていた。

たとえ天才同士でも、人の言うことを嫌うプライドの高い少女達の上に立つべき天才として、灯籠木四子は申し分なかった。

とは言え、実際のところ、彼女がはたから見てそう思われるほど気まぐれで、何事につけモチベーションが低く、労働をおろそかにする怠け者であるかと言えば、そんなこともない。

手を抜いてもたいていのことができてしまうし、仮に窮地に陥るようなことがあっても、そんな窮地からは余裕で脱出できるという自負があるがゆえに、その必要がないから、活動的にも能動的にもならないだけである。

『やらずに後悔するよりやって後悔するほうがいい』という常套句《じょうとうく》をなぞって言うなら、『やらなくっても後悔しないし充実してるから、やらない』という少女である。

『天才とは、99％の努力と1％の才能である』と言われたら、『いや、別に私、1％の才能だけでも楽しく生きていけるし』と返すのが、灯籠木四子流なのだった——だが、それだけに。

やるべきときを、彼女は逃さない。

抑えるべきときは抑えるし——

押さえるべきは押さえる。

「好藤さま、灯籠木さま」

という呼びかけと共に豪華監禁部屋の扉がノックされたとき、

（ぴくん）

と、自分の中でセンサーが働くのがわかった。

感じた。

それは正面に座る好藤も同じだったようで、一瞬で彼女は、少女らしからぬ剣呑《けんのん》な顔つきになっている——あるいは意識は高くなくとも、美意識は高い魔法少女は、ティータイムを邪魔されたことを、不快に思ったのかもしれない。

「失礼致します。まことにお待たせ致しました——ご当主様が、お会いになるそうです」

這入《はい》ってきたのは、二週間ぶりに顔を合わせる少女執事、アールグレイ・アッサムだった――いや、少女執事では、もうない。

彼女はメイド服を着ていた。

（メイド服……、さすが本場って言うか、マンガで見るのとかとは、ずいぶん違う感じだねえー。でも、私は男装姿のほうが好きだったなー）

そんなことを思ってから、

（『ご当主様』、か）

と、彼女の言葉を受け止める。

今や懐かしくさえある言葉だ。

お待たせいたしましたも何も、『ご当主様』はおろか、アールグレイ・アッサムとすら、もう会う機会はないまま帰国するのだろうと予測していたけれど――状況が変わったのだろうか？

変わったとしたら、どのように？

予想が外れるという、なかなか得難い経験に、灯籠木はかすかに興奮する――『どうせいつも通り期待外れなんだから、落ち着け、落ち着け』と、ときめくハートをなだめながら。

「いやあ、ぜんぜん待っちょらんよ。今来たとこじゃしのう」

好藤がそんな皮肉を、日本語の、しかも方言で言う。

（性格が悪いなあ）

と思うが、その性格の悪さが、彼女の尖《とが》った天才性を丸く和らげているところがあると思っているので、特に注意はしない。

「今から？」

「はい。できれば、すぐに来ていただきたく存じます――時間がありませんので」

（時間がない？）

おかしな言いかただ。『ご当主様』はお忙しいかたですから、と言うのだったらわかるけれども――急用？

抱いた疑問の答を求めて、アールグレイ・アッサムの表情を読もうと試みた灯籠木だったが、しかしこれはうまくいかなかった――燕尾服からエプロンドレスに着替えようとも、彼女の怒りを秘めた仏頂面には変わりがなく、それはまるでお面を見ているかのようだった。

謝ったほうがいいのだろうか。

「どうする？　灯籠木。そんなん言われても、うちらも忙しい身じゃしのう――でも、ここは時間作ったるか？」

性格の悪さを発揮して、冗談めかしているけれど、しかし好藤からのこの問いかけには、別の意味が含まれていると、灯籠木は受け取る――天才同士のキャッチボールだ。

要は、『なんや、風向きが変わってきたみたいじゃけど、どうする？　行かんほうがええかもしれんぞ』という相談である。

企みがあるのか、何かの罠《わな》か。

これまで、こうもてなし、こうも隔離し、部屋に釘付けにしていた二人に、あえて今、このタイミングで会おうと言うのだから、まさか大広間でダンスパーティの用意がされているということもないだろう。

（どうしよっかなあ）

考慮しつつ、正直、どっちでもいいと思った。

たぶん、好藤も同じ気持ちだろう。

好藤がこちらに判断を投げたのは、一応、元リーダーである自分に配慮してくれたのだろう――自分で判断するのがただただ面倒臭かっただけかもしれないが。

いずれにしても、どんな罠があろうとも、それに怖じ気付くような灯籠木ではない――しかし、わざわざ好んで罠に飛び込もうと言うほど、リスクテイカーでもない。

『ピンチになるほどわくわくが止まらないぜ！』と言うような、アニメ作品のようなメンタリティとは、彼女は無縁である。

ピンチよりはチャンスが好きだ。

大事なのは、今がチャンスかもしれないということだった。

（んー……）

しばし考えた末、灯籠木は椅子から立ち上がった――どうするつもりなのか、と口に出したわけではなかったが、意図は伝わったようで、好藤もそれに続いた。

（会っておくか）

そう決めたのは、『ご当主様』に対する好奇心からでも、監禁生活とは言え、二週間もたっぷりもてなされておいて、向こうからの求めに応じないと言うのも筋が通らないからでもない――もしもここですげなく断ったら、扉のところで待機するアールグレイ・アッサムが、きっとこちらを『力ずくでも連れて行く』方針を取るつもりだろうと、そう推測したからだ。

『力ずく』なんて恐るるに足りないけれど、しかし、好感を持っている相手と、正面切ってバトルになるのは忍びないという判断である――つまりは私情なのだけれど、天才には私情を優先する権利が常にあると思っている灯籠木だった。

私情なくて才能なし。

自由でなければ天才ではない。

その意味では、灯籠木四子は地濃鑿のことを、ある程度は認めているのだった――あれくらい私情をはさみ、あれくらい自由に振る舞って、あれで才能がなければ嘘だろう。

「じゃ、案内してよー。アールグレイくんー」

「……こちらです」

メイド服を着ても一向に改められない『くん付け』に、苛立ちを隠さず——あるいは彼女としては、ここでバトルに突入してくれたほうが、いくらか鬱憤《うっぷん》を晴らせたのかもしれない——アールグレイ・アッサムは、屋敷の廊下を先導する。

「どういう理屈で着替えたんじゃ？　ずっと男装しとるわけやないんじゃな」

と、その背中に、好藤が話しかけた。

興味のままに（あるいは美意識のままに）訊いたのだろうが、訊かれたほうは、それを余裕ぶったふてぶてしい態度だと思ったようで（あながち間違いとは言えない）、足を止めて振り向き、好藤を睨む。

「外では少女執事、屋敷では少女メイドでございます」

皮肉を返しているつもりなのだろうか、アールグレイ・アッサムは、殊更丁寧な口調で、そう言った。

（『少女メイド』って……、元々『メイド』が『少女』って意味だから、『少女少女』になっちゃってるけどねえー）

日本語は難しい。

「『ご当主様』から申しつけられておりまして。物騒な世の中だから、出かけるときは男の子の振りをしなさいと――あなたがたのような蠱惑《こわくてき》的な短いスカートをはくなど、もってのほかだと」

「ほえーん」

灯籠木は頷く。

『いつ?』と聞いたのではなく、素直に感嘆したのだ――『あなたがたのような蠱惑的な』というくだりは無視した。

(なんだか、まるで『厳しい親』みたいな『ご当主様』だねえ――単純な主従関係ってわけでもなさそう、かな?)

「あなたがたこそ、どうしていつも、そんなお召し物を?」

そう訊いておきつつ、返事を待たずに歩みを再開するアールグレイ・アッサム――飄々とした天才児である灯籠木も、さすがにその質問に、正直に答えるわけにはいかなかったが。

(魔法少女だから、とは言えないんだよねー……、内緒だもん。いや、ひょっとして、それがバレちゃったのかな? だからこうして呼ばれたのかな?)

ありそうな話だ。

灯籠木達が二週間、ラグジュアリーな監禁生活を過ごしている間に、『永久紳士同盟』はずっと、彼女達の調査をしていたのでは――だとすると、これは、ヘッドハンティングの申し出があるのかもしれない。

『地球撲滅軍』から『永久紳士同盟』への移籍。

そもそも『絶対平和リーグ』から『地球撲滅軍』に移籍したばかりの彼女達にとっては、それは考え過ぎということもない、現実的な想定だった。

実際、そういうこともあるんじゃないかと、任務に就《つ》く前からひそかに考えてもいた――もっとも、そのとき考えていたのは、救助船『リーダーシップ』が任務地だった場合だが。

（救助船『リーダーシップ』だったらまだしもなー。『永久紳士同盟』に異動するっていうのは、まあ、ないかなー。ご厚意は嬉しく受け止めるとしても、イギリス料理、おいしいけど、太るんだよなー。中華が食べ放題の『仙億組合』なら、考えるんだけどなー）

クラスメイトの男子から告白されたらどうしよう、と悩む女子中学生のようなことを思いつつ（まあ、年齢的には彼女は女子中学生なので、これは天才云々《うんぬん》ではなく、仕方がない）、案内されるがままに、灯籠木四子は好藤覧と共に、アールグレイ・アッサムの後について、どこで果てるともしれない廊下を歩き続けて。

そして屋敷の大広間と言うより、やはりお城の王の間としか言えないくらい、天井が高く、広大な部屋にたどり着いた。

「お」

「おっと」

そこで、好藤と共に、声を出して驚いた。

ホールには、見知った顔がいくつも揃っていたのだ——それも、ここにいるはずのない、見知った顔だった。

『地球撲滅軍』の新設部署・空挺部隊の面々。

空々空。虎杖浜なのか。

地濃鑿。酒々井かんづめ。

そんな四人の知人のそばに、一人、見知らぬ軍人風の女性がいる——彼女こそが『ご当主様』なのだろうか？　いや、そんな雰囲気ではない。

虎杖浜が軽く手を挙げてきたので、とりあえず、それに応じておく。地濃も手を挙げてきたが、それには取り合わなかった。

「では、私はご当主様をお呼びしてまいりますので、こちらでお待ちください——しばし、ご歓談のほどを」

そう言って、アールグレイ・アッサムは、広間の奥のほうへと移動する——どうやら『ご当主様』は、これから呼びにいくらしい。

呼んでおいて待たせるというのは、ややエチケット違反という気もしたが、しかしこの場合はそれがありがたい。

少女メイドが去っていくのを待ってから、灯籠木は訊いた。

「空々くん、なんでここに？」

「ユーロスターって列車が、フランスから通っていて……」

返ってきたのは的外れな答だったが、それはそれで得るものはあった――つまり、空々は、アメリカから直接イギリスに来たわけではなく、フランスを経由して、たぶんそこで地濃とかんづめを拾ってから、イギリスに来たようだ。

もちろん、彼女は天才で、魔法少女ではあっても、決して超能力者ではないので、地濃達が拾われたのは厳密にはモナコ公国であることや、虎杖浜の強硬な主張によって、航路は使わず、電車に乗ってイギリスに来たのだということまでは、さすがにわからない。

空々が『I　LOVE　LONDON』のトレーナーを着ている理由も――そして、彼らがどういう理由で、おのおのの任務地から、イギリスにやって来たのかも。

(私達が監禁されているのを知って、助けに来てくれた……ってわけじゃあ、ないよねえ)

仮に監禁状態が伝わったとしても、灯籠木達に対して救助の必要がないことくらい、彼らはわかっているはずだ。

(軍人の彼女は……、『USAS』か『宿命革命団』か、どっちかの人だよね?)

「ふむ。どうやら戸惑っておられるようですね」

と、そこで地濃が、一歩こちらに寄ってきた。

「よろしい。私が説明しましょう」

「待って、地濃さんは何も説明しないで」

「ちのう。おまえはいっしょうだまっとれ」

「まずは一歩下がりましょ?」

「五分でいいから出て行ってください」

同行者から四人同時に止められていた。

上司が『さん付け』で呼んでいるし……、どんな部下なのだ。付き合いが長いはずもない女性軍人からも、退席を促されているし——いったいどんな過酷な列車旅だったのだ。

(まあ、色々さっ引いても、地濃さんがうまく説明できるとは思えないよね)

かと言って、さっきの返答から考えるに、空々もあまり説明がうまいほうだとは思えない——ここは、元チームメイトである(現在も同僚である)虎杖浜に頼ろう。

視線を送ると以心伝心で、「まあ、込み入ってるってほどじゃないんだけど——」

と、彼女は端的に、ここまでの道程を開示した。

『ＵＳＡＳ』の内偵調査を中断して、『ＵＳＡＳ』のエージェント——ノーライフという名前らしい——『ＮＯ　ＬＩＦＥ』ではなく『ＫＮＯＷ　ＬＩＥ　ＩＦ』——と共に、フランスへ。

それは地濃とかんづめが内偵中の『宿命革命団』に、注意を促すためだった——『道徳啓蒙局』の次に狙われるのは『宿命革命団』だという確信が、『ＵＳＡＳ』にはあったらしいと言う。

その確信が何なのかは、虎杖浜達はまだ教えてもらっていないそうだ——現状で教えてもらっていないということは、ノーライフは、『地球撲滅軍』の人間に、それを教えるつもりがないということだろう。

ただ、情報源はともかく、それは正確な情報だったようで、虎杖浜達の一行がフランスに着いたときには、『宿命革命団』はもう潰されたあとだったという。

（ふうん……？）

駅が攻撃されたという情報は得ていたが、しかし自分達が監禁されている間に、世相もずいぶん変わったものだ。

光陰矢のごとし——いや、光は矢より、ずっと速いけれど。

こうして無事な姿を見せているということは、地濃とかんづめは、どうにかしてその巻き添えは回避したのだろうと予測し、そのくだりについては省略してもらう――彼女達が生きている理由なんてどうでもいい。肝要なのは、どうしてその後、彼らがイギリスに来たのか、なのである。

（『宿命革命団』相手には間に合わなかった忠告をするために？　それとも、単に電車一本で来られる距離だったから？）

どちらにしろ、『永久紳士同盟』が『裏切り者』ではないという確信がなければ、こんな少人数で、その拠点のひとつに乗り込んで来たりはすまいが……。

「そう言えば、うちらがここにおるんを、どうやって知ったんじゃ？　ここがどこなんか、うちらも正確には知らんねんけど……」

空々が着ているトレーナーからすると、どうやらロンドンを経由してきたようではあるが。

「それを知ったのは、ついさっきよ――私達も、招待を受けてここに来ただけなの。『宿命革命団』が既に潰されていて、目的を見失っているところに、『永久紳士同盟』からの使者が現れて、ね」

「使者？」

「英国紳士です」

横合いから地濃が口を挟んだ。

まあ、彼女にしてはここまで、よく黙っていたほうだろう――それに、詳しく聞いてみれば、その『紳士』から直接のメッセージを受け取ったのは、彼女だったそうだ。

だとすれば、その使者はちゃんと仕事をしなかったと言うことになる――伝言を伝える相手を明らかに間違っているのだから。

（ただ、なんだかファッションだけはちゃんとしてるから、間違うのも無理はないのかな？）

今も、ロンドンの最新モードみたいな格好をしている――どうやらこの子だけは海外生活を存分に満喫していると見える。

こっちは大英博物館にも行っていないというのに。

（まあ、あれだけもてなされて、観光もしたいというのは、欲張りかもしんないけどねー）

「なにせ地濃だからね、メッセンジャーが外国語……、つまりは英語で、何を言おうとしていたのかは、わからなかったらしいんだけれど」

虎杖浜が肩を竦めて、嫌そうに言う。

嫌そうに言うのだから、嫌なのだろう。

「ただ、相手の『発音』は、だいたい覚えていたから、それをもとに、私達は次の行動にうつったってわけ」

「…………」

(内容がわからない『発音』を覚えるって……、かなり風変わりな記憶力だね)

天才性とは違う何かだ。

それでも地濃ならと、納得させられてしまう――なんてのは、その場にいなかった人間の勝手な感想であり、そんな頼りない記憶を軸に行動方針を決めねばならなかった虎杖浜達は、さぞかし戦々恐々だったことだろう。

「それで、イギリスに着いてみたら、『永久紳士同盟』の迎えが、私達をロールスロイスでここまで運んでくれたってこと――車中では何の説明も受けていなかったから、案内されてから『お仲間をお連れ致します』ってさっきのメイドの子から言われたときには、素直にびっくりしたわ。……何してたの？　灯籠木、好藤」

向こうの説明が出尽くしたところで、今度はこっちが説明する番らしい――すべて伝わっていると楽だったのだけれど、アールグレイ・アッサムも気が利かない。

(まあ、『お仲間を二週間にわたって監禁しておりました』とは言えないかあ――車内の空気がぎすぎすしちゃうもんね)

灯籠木は好藤に目配せをして、説明を委ねた。受けて好藤は、

「まあ、話せばなごうなるんじゃが――初日からずっとここでお茶飲んどったんじ

や」

　と、短く話した。

　ただ、さすがにそれでは短か過ぎて、何もわからなかったようで、虎杖浜も眉根《まゆね》を寄せるだけだった。

「ははあ。つまり、天才と呼ばれるお二人は、『永久紳士同盟』を、まったく内偵できていないということですね？」

　と、そこでなぜか地濃がなぜか鋭く、なぜか一番イメージの悪い受け取りかたをした——察しはいいが、感じが悪い。

　美意識の高い好藤は、その言われかたはさすがに心外だったようで（特に地濃から言われたのが心外だったのだろう）、

「そんなことないわ。うちらの閉じ込めかたから、『永久紳士同盟』は『裏切り者』やないじゃろうっちゅうあたりはついとう」

　と、気色ばんだ。

「まあ……そうでしょうね」

　ここまで、『地球撲滅軍』の子供達が状況確認をしているのを、脇から聞くともなく聞いていたらしい『ＵＳＡＳ』の女軍人ノーライフが、慎重な風に頷いた。

　綺麗な日本語である。

「『永久紳士同盟』が『裏切り者』だったなら、私達をこんな風に、フランスから招いたりはしないでしょうし――そもそも、私達の情報分析でも、『永久紳士同盟』が人類に反目するとは、とても思えません」

「…………」

そうなると、いよいよ『裏切り者』は、どこの対地球組織なんだという疑問が本格化してくる――今、灯籠木はアメリカ合衆国の『ＵＳＡＳ』とフランスの『宿命革命団』がそうではないという新情報を得たわけだが、それを認めると、もう候補は、三つしか残っていない。

中国の『仙億組合』。新興国『人間王国』。救助船『リーダーシップ』――『宿命革命団』が壊滅した以上、ロシアの『道徳啓蒙局』の自作自演だったという線は、もう考えなくてもいいだろう。

（いや、あえて複雑に考えるなら、壊滅して地に潜った『道徳啓蒙局』が、地下から手を伸ばして『宿命革命団』を潰したってケースはあるのかな……、もっと厳密に言うなら、『道徳啓蒙局』と『宿命革命団』を潰した『裏切り者』が、それぞれ別の組織だっていう真相もありえる――疑えばキリがないのは、変わっていない）

だから、それよりも今、推し量るべきは、『永久紳士同盟』の意図だろう。

こうして『ＵＳＡＳ』のエージェントと、『地球撲滅軍』の空挺部隊を、一堂に集めた理由はなんだ？　『裏切り者』でないからこそこんな場が設けられるのだとしても、しかし『裏切り者』じゃないからと言って、特にこんな場を設ける必要があるわけではない。

どちらにせよ謎めいている。

「まあ、ここまでのながれにそうなら、『えいきゅうしんしどうめい』もまた、『どうとくけいもうきょく』のほうかいをしって……、そんで、うちらとじょうほうこうかんをのぞんどるっちゅうことちゃうんかな」

『魔女』――酒々井かんづめが言う。

ファンタジーな存在の割に、言うことはリアリスティックだ。

『絶対平和リーグ』の『体制側』だった黒衣の魔法少女と、『絶対平和リーグ』に監禁されていた『魔女』の間には、あまりよくない因縁があるので、そんな現実的な意見も、灯籠木達に言っているという風ではない――同じ『監禁』でも、『絶対平和リーグ』のそれは本当に非道だったから、これは仕方ない。

ただ、『先見性』を持つ『魔女』の意見にしては、いまいち自信なさげだ――むしろ言外に、『たぶん違うけれど』という気配を感じる。

「情報交換……するほどの情報も、正直、僕達は持っているとは言い難いけれどね」

と、空々。

「それより、こうなって来ると、鋼矢さんや手袋さん……、氷上さんや『悲恋』、それに乗鞍さんや馬車馬さんと、一刻も早く合流すべきなんじゃないかって気もしてきた。バラバラになって行動しているときじゃないかもって」

「そうですか？　あんまり一致団結ってタイプの部隊じゃないですけどねえ、私達」

地濃がもっともなことを言った――いちいち人の言うことに水を差す元魔法少女だったけれど、そこで、

「お待たせしました」

と、アールグレイ・アッサムが、大広間に戻ってきた。

(ようやっと、『ご当主様』のおでましってわけだね――)

会話を中断させて振り向くと、少女メイドと、彼女が恭《うやうや》しくかしずく、長身の男がいた。絢爛な衣装にマントを羽織《はお》った、風格のある大男で（十代の日本人である灯籠木から見ると、見上げるくらいの巨大さだ）、なるほど、屋敷の主という感じで、城主という感じだった。

『ご当主様』の名に恥じない。

(ただまあ、意外性はなかったねえ――今度はアールグレイくんが、王様の格好をして現れるのかとか、期待しちゃってたけど)

二週間も勿体ぶられたせいで、それに直前に、空々や虎杖浜達と、思わぬ再会をし

ていたせいで、『ご当主様』に対面したリアクションが薄くなってしまった灯籠木だったが、

「あ」

と、彼を不躾にも指さした地濃の行動には、びっくりさせられた。

「英国紳士」

4

「大事な伝言だったのでね。本来ならばアールグレイに任せるべきところを、私が自らモナコまで足を運んだ——唐突な招待にきみ達が応じてくれるかどうかは不安だったが、こうして来てくれたことを、歓迎する」

『永久紳士同盟』の外部交渉部署の最高責任者。

キングスレイヤーと名乗った『ご当主様』は、一同の元へとゆったりと近づいてきて、そう語った——綺麗な英語である。

聞き取りやすく、これなら地濃が、『意味はわからなくとも音だけを覚える』なんてことができたのも、納得できなくはなかった。

高貴な家柄の使う上品な英語という感じだが、ただ、それをちゃんと理解できてい

るのは、灯籠木と好藤、虎杖浜と、ノーライフの四人までで、空々とかんづめと地濃の三人は、通訳を必要としているようである。

気まぐれで、灯籠木が訳してあげた——キングスレイヤーのダンディさが好みだったので、気まぐれと言うか、気をよくしたのだ。

（キングスレイヤーは、どう綴るのかな？『スレイヤー王』……『王殺し』？いずれにしても本名ではなさそうだし、ただの交渉役って器量じゃあないようねえ）

「お構いなくとお伝えください」

と、地濃が言ったが、それにこそ構わなかった。むしろ彼女が口を挟む余地がない英語での会話で、さくさく話を進めよう。

「二週間、お世話になりました。ミスター・キングスレイヤー」

灯籠木は言って、淑女《しゆくじよ》っぽくお辞儀をする。

「なかなかお会いできないと思っていたら、海の向こうにお出かけだったんですねー」

馴れ馴れしい、それに皮肉っぽくもある物言いに、キングスレイヤーの脇に控えるアールグレイ・アッサムがこちらを睨んでいたが、気にしない。

（モナコ公国か……地濃だね、たぶん）

「それは申し訳なかった。こうしてお会いできて光栄——と言いたいところだが、正直、会わずに済んだら、それがなによりだったのだ」

「……？」

　意味深長を通り越して、かなり思わせぶりな言いかただ。

「こうして、『ＵＳＡＳ』と『地球撲滅軍』に集まっていただいたのは、他でもない。内密に話さねばならないことがあったからだ――訳してもらえるかね、ミス・灯籠木？」

「……いいですよお？」

　まあ、地濃はともかく、責任者である空々に、キングスレイヤーの言葉が届かないというのはまずかろう。

　なので灯籠木は、キングスレイヤーの続いた言葉を日本語に翻訳《ほんやく》し、一同に伝える。

「みなさんは、『道徳啓蒙局』の崩壊を知り、おのおの動いているのだと思う――『地球撲滅軍』の二人が、我々の組織を内偵するために英国に来たこともわかっている」

　そこで一息ついて、

「まず最初に、はっきり言っておかなければならないことがある。我々は決して、人類に対する『裏切り者』ではない。『永久紳士同盟』は人類を救済するための組織でありと言う。
「地球が滅びるまで、戦い続ける組織だ」

その通りに訳す。

予想通りと言うか、予定調和の言葉なので、この辺は訳しやすい――ただ、そこから続いたキングスレイヤーの言葉はあまりに予想外過ぎて、天才少女をして、なんと訳せばいいのか、判断を迷わせるものだった。

（じゃあ、自ら出向いた理由は、本当は――モナコでの伝言は、あくまでついでで、本題はフランスでの――）

しかし、その文章は端的な主語と述語の関係で、文法的に比喩の入る余地はなく――結局、直訳するしかなかった。

「だが、『道徳啓蒙局』と『宿命革命団』は、我々が潰した」

（第11話）

（終）

悲亡伝

DENSETSU SERIES 07

HIBOUDEN

NISIOISIN

第12話「万里の逃亡劇！袋の鼠と鋼の意志」

歴史は勝者が作る——が、うまく作れるとは限らない。

0

1

想像してみて欲しい。

『欠点のない人間』や『平和な世界』、あるいは『美しい自然』や『素晴らしい地球』を思うときのごとく想像力豊かに——想像してみて欲しい。

言葉もろくに通じない異国でおこなう、食事どころか水分補給もままならなくて、屋根のある場所での寝起きもできず、公権力にも地下組織にも追われる、捕まったら終わりの逃亡生活を——それを十代の女の子が、既に二週間にわたって続けているという状況を。

想像してみて欲しい。

（う、う、ううう——）

『地球撲滅軍』空挺部隊の平隊員。

元魔法少女・手袋鵬喜が現在置かれている状況が、まさしくそれだった——着替えも入浴も満足にはできず、ずっと洗っていない髪は見る影もなくぼさぼさになって、皮肉にもそんな姿が迷彩になって隠れやすいほどだった——これで路地裏や廃墟に潜めば、背景と保護色のようにほどよくなじんで、彼女の姿は見えなくなってしまうだろう。

いっそ消えられたらいいのに。

そんな風にさえ思う——精神的に限界だった。

自己愛と自意識の塊のような性格である少女・手袋も、さすがに年貢《ねんぐ》の納め時とでも言うのだろうか、ここまで追いつめられれば、心が折れる寸前まで来ていた。

（つらい、つらい、つらい、つらい、つらい、つらい、つらい、つらい、つらい、つらい、つらい、つらい——）

呟く。

あたかもそれが正気を保つための呪文であるかのように——あるいは、それが狂気に至るための呪文であるかのように。

こんなにつらいなら、いっそぽっきり、心が折れてしまえば楽になれるのに——心が砕けてくれれば、すっきりするのに。

おなかがすいた。

あちこち痛い。ずきずきする。

意識を保つのが難しい。

微熱もあるんじゃないだろうか。

なんでこんな、極めて現実的なことで苦しまなくっちゃならないんだろう——私は悪の地球と戦う選ばれし戦士のはずなのに。

魔法少女『ストローク』なのに。

ああ、それはもう昔の話？

チーム『サマー』は全滅して……。

今の私は……、空挺部隊のメンバーで。

あれ……記憶がうまく繋がらない、どうして私は、今、中国にいるんだっけ？　中国って、島根《しまね》県とか鳥取《とっとり》県とかの中国じゃなくって、中華人民共和国だよね？

パンダ……中華料理……万里の長城……。

黄河文明……。

つらつらと、意味はなかろうと考え続けることで、ぎりぎり脳の機能を維持している感じだった――と言うより、坂道を自転車で降りているように、ただの慣性で、ただの惰性《だせい》で、手袋は、自分自身を持続していた。

（つらい、つらい、つらい――四国よりもつらい）

四国ゲームは、死と隣り合わせの過酷極まるものだった――ルール違反を犯せば問答無用で爆死するという、ゲーム自体が罰ゲームみたいな、滅茶苦茶なものだった。

だけど、今から思えば、あれは楽だった。

すぐ楽になれるという意味で、楽だった。

言うならオフボタンが常にあった。

それに比べて、異国での逃亡生活の、なんと地獄なことか――追われたら逃げないわけにはいかないし、探されたら隠れないわけにはいかないし。

（ど、どうして私がこんな目に――）

なにか悪いことでもしたのだろうか。

話が違うとしか言いようがない。

任務の内容は、あくまでも内偵調査だったはずだ――世界各地の対地球組織の中に『裏切り者』がいるから、それを見つけだすというのが業務内容だったはずだ。

内偵という言葉の響きは穏やかではないし、低リスクの仕事だと思ったわけじゃあないけれど、少なくとも、こっちが調べる側、こっちが探す側、こっちが追う側――

だったはずだ。

なのにどうして、逃亡犯に身を落としたのか。

せっかくの中国旅行だと言うのに、パンダを見るどころか、自分が目を白黒させるような有様だ——どこで話が変わってしまったのだろう？

(変わってなんかいない……最初からだ)

そうだ。そんな記憶も、もう曖昧だ。

はっきりしない、ぼんやりとして、像を結ばない——だけど、内偵先である『仙億組合』と、合流に失敗したのは覚えている。

合流するはずの相手は殺されていた。

二人の男女が首を斬られていた。

(そして今、私も同じように、殺されようとしている——)

殺されようとしている？

だけどそれは、最終的な話だろう。

殺される前に、色々される。拷問や虐待を。

ティーンエージャーの女子の頭では想像もつかないようなあれこれを、ティーンエージャーの女子の体にされる——そんなことになるくらいだったら、死んだほうがましだ。

死にたくはないけれど。

けれど、いつまでそんな風に思っていられるか、もうわからなくなっていた――今の状態は、もう死んでいるのと同じようなものだとも言えるのではないか。

実際、疑問だ。

こんな逃亡生活を、あと一日でも、あと一時間でも続けるくらいだったら、もう死んだほうがいいんじゃないのか？

可愛い自分。

大好きな自分を保つためには、今、ここで、自分で自分に決着をつけるのが、正しい方策ではないのだろうか。

こんなみっともなく、救いもなく、ほうほうのていで、泥と土にまみれながら、物陰に隠れつつ、食べ物なんだか何なんだかわからないものを食べ、泥水なんだか何なんだかわからないものを飲みながら、こそこそ生き続ける自分を、いつまで好きでいられるか、最早わからない。

（なんで、死なないのかな、私――）

自分が今、寝ているのか起きているのか、夢を見ているのか現実を見ていないのか、それともこの逃亡生活が夢なのか、手袋がわけがわからなくなりつつあったところに、

「お待たせー」

と。

手袋と同じくらいずたぼろの姿でありながら、声もすっかり嗄《か》れて、様変わりしていながら、しかし、四国にいたときとなんら変わらない斜に構えた調子で、杵槻鋼矢が帰ってきた。

「次の逃亡ルートが確保できたわよ。移動するから、立ち上がって」

「…………」

杵槻鋼矢。元魔法少女『パンプキン』。

四国最年長の魔法少女――復習するように手袋は、目の前に立つ女子のプロフィールを、頭の中で反芻《はんすう》する。

噛んで含めるように己に理解させる。

(そう……、私は、この子のことを、恨んでいて……)

えっと？ なんで恨んでるんだっけ？

そうそう、チーム『サマー』が滅んだのは、この子のせいだったから――でも、それは違う？ そもそも四国ゲーム自体が仕組まれていて……、空々空が来たせい？ 違って……、『絶対平和リーグ』が、魔法少女を甘やかして……。

「ほら！ しっかりする！」

ぺちん、と頬を叩かれた。

それで、もやがかかったようだった頭が、一時的にしゃっきりする——自分の置かれている状況を、強制的に認識させられる。

これが夢ではなく、現実なのだと。

想像の中じゃなくって、おままごとじゃなくって、リアルな逃亡生活なのだと——ここが異国の、観光客ならたとえ迷子になろうと絶対に入り込んではならない迷路のような路地裏であることを、思い出す。

思い出したくなかったけれど。

「動くわよ。ここももう、安全じゃないわ——なけなしだけど、久し振りに栄養補給もできそうだし、急いで急いで、手袋ちゃん」

「…………」

なんでこの子はこんなにバイタリティに溢れているんだろう。

同じように薄汚れた、どころか、これ以上汚れるのは無理なほど汚れた姿でいながら、むしろ潑剌《はつらつ》としている——手袋よりも食べていないのに、やつれてもいない。

むしろ今の逃亡生活が、充実しているかのようだ——ああ、そうか、と気付く。いや、たぶん、この二週間（二週間か？）、何度も何度も、何度となく繰り返し、気付いていたことなんだろうけれど——

(私がまだ生きているのは、この子と一緒にいるからなんだ)

実際的に、空々空をして『生き延びる天才』とまで言わしめた鋼矢の、逃亡生活における異様と言う他ないまでの才覚(逃亡ルートの確保だけでなく、食料の調達や寝床の確保、追っ手をかわす勘の良さ――)がなければ、手袋はとっくに捕まっていただろう。

自分のような『ただの女の子』が、異国で逃亡生活なんて、土台、できるわけがないのだから――だが、それを言えば鋼矢だって、今は魔法少女ならぬ、『ただの女の子』なのに。

言っていた『お友達』は殺されていて、合流し、内偵するはずだった『仙億組合』から、『殺人犯』として追われている――この計算外の事態に、部隊長の空々や、『地球撲滅軍』に助けを求めようにも、携帯電話などの通信機器はかなり初期の段階で失っていて、SOSを発する手段がない。

頼れる物もなければ、頼れる者もない。

浮ついた気分で中国まで来てしまった手袋よりも、真剣に深刻に、どっぷり浸った危機的現状を認識できているはずの鋼矢が、どうしてこうも、陽気でいられるのか――はっきり言えば、わけがわからなかった。

異常だと思う。

逃げる気力なんて、とっくに失せそうなものだろうに——鋼矢があまりにも平然としているから、手袋もぎりぎり、自分らしさを保っていられるのだった。

この場合の自分らしさとは、すなわち、自分では何もせず、何も決めず、ただただ周囲に振り回されるだけ、強い者に連れ回されるだけ——という意味でしかないが。

「……一人で」

「うん？　何？」

「一人で、逃げて……、もう、私のことは、いいから」

放っておいて。

と、手袋は言った。

本当は、『もう殺して』と言おうとしたのかもしれなかったが、とにかく、口をついたのはそんな言葉だった。

「あなた一人だったら、もっと効率的に逃げられるでしょう？　私は、もういい……、あなたの足手まといになるなんて、つらい」

なんて偽善的な物言いだ。

善じゃなくとも、とにかく何かを偽っている。

こんなのは本気じゃない。ぜんぜん本心じゃない。

本当はもう、これ以上がんばりたくないだけなのに——鋼矢のペースにあわせて歩くのが、しんどくなっただけなのに。

がらがらになった声音は別人のもののようであり、そして言っている台詞も、また違う別人のもののようだった。

「お願い。ここに私を置いていって」

許して。

勘弁して。

殊勝《しゅしょう》なことをいいながら、内心はほとんど懇願状態だった手袋に、しかし鋼矢は、まったくと言っていいほど取り合わず、

「やあねえ、何度目よ、このやりとり」

と、肩を竦めて。

そして膝《ひざ》に頭を埋《うず》めるような姿勢で、まるで身を守るがごとく固まっていた手袋を、無理矢理ひっぱりあげるようにして、立たせた。

脚ががくがくする。

筋肉痛で限界だ。

いや、これは筋肉痛ではなく、捻挫《ねんざ》や打撲《だぼく》なのかもしれない――骨折なのかもしれない。

自分の肌が、土や泥で汚れているだけなのか、それとも変色しているのか、それす

らもう定かではなかった。

　今シャワーを浴びられるなら、一生シャワーを浴びられなくてもいいと思うくらい、身体が熱いお湯を欲していた。

「いいから、さっさと動く動く。きびきび歩く。どうせもう、逃走ルートは二人分確保しちゃったんだから、使わなきゃ勿体ないでしょ——そういうのは、次の隠れ家に辿りついてから考えよ？」

「…………」

　そうだ、こんなやりとり、この二週間（二年だっけ？）、無限に繰り返してきた——そのたび、この調子で、手袋は鋼矢にたやすく言いくるめられて、連れていかれるのだ——ふらふらで、ぼろぼろで、使い古された雑巾《ぞうきん》と大差のない手袋は、逆らうすべを持たない。

（馬鹿馬鹿しい……、本当に『置いていって』欲しいなら、さっき一人でいるときに、ここからいなくなればよかっただけじゃない……）

『仙億組合』からじゃなく、鋼矢から逃げればよかった——それをしなかったのは、つまり、ポーズを取りたいというだけだ。

　自分はもうへとへとで、動きたくないし、潔く諦めているけれど、でも、鋼矢が言うから、意に反してもうちょっと悪足掻《わるあが》きをするんだと、言い訳をしたいだけなのだ。

「手袋ちゃんには、いざというとき、私の盾になってもらうつもりだからね——こんなところでへこたれてもらっちゃ困るのよ」

そんな憎まれ口を叩く鋼矢。

盾に使うつもりだったなら、そんな『いざというとき』は、もうとっくに、幾重にも訪れているというのに——

（四国では、平気な顔をして、チームのみんなを見捨てた癖に……）

いや。

ひょっとして、平気じゃなかったんだろうか。

チーム『サマー』の面々のことも。

四国全体の魔法少女のことも。

四国民三百万人のことも。

鋼矢は、ずっと平気じゃなかったんだろうか——最年長の魔法少女。

それは、それだけ長い期間、『平気じゃない時間』があったという意味なのかもしれない——ここまでぼろぼろになって、すり切れるような有様になって、初めてそんな可能性に思い至り。

それでも鋼矢を許す気になれない自分の頑なさにほとほと嫌気がさしながら、しかしそんな気持ちをせめてものエネルギーに変換し、手袋は、鋼矢に手を引かれるままに、痙攣《けいれん》する脚で、下を向いたまま、移動を開始する。

少女達の逃亡は続く。

2

（さて、しかし、本当に参ったわね——）

杵槻鋼矢は手袋鵬喜の手を引いて、なんとか確保した次なる隠れ家へと向かいながら、そんな風に思う。

今のところ、どうにかこうして生きているけれども、こんなのは先の展望が見えないその場しのぎを繰り返しているだけで、中国脱出の目処《めど》は、まったくついていなかった。

（まさかこんなことになるとはね——そらからくんは、『比較的安全係数が高い対地球組織』ってことで、中国の『仙億組合』の内偵を、私達に任せてくれたはずなのに）

まあ、自ら希望を出しもしたのだから、そこは彼の引きではなく、自分の浅はかさを嘆くべきだった——剣藤犬个から引き継いだ『お友達』のネットワークが、裏目に出た形だった。

（割を食ったたって言うんでしょうね、こういうのは――まあ、誰かが引くべき貧乏くじではあるんだけれど）

鋼矢は、魔法少女『パンプキン』時代の名残で、いつだって『平気に振る舞う』癖がついている――だから、年下の女の子である手袋の前では、必要以上に虚勢を張ってしまうところがあり、それが手袋により一層、複雑な感情を抱かせてしまうのだけれども、ただ、そんな自分の悪癖が、この二週間に限っては、いい方向に働いているのも、間違いなかった。

（『置いていけ』と言われても、そういうわけにはいかないわよね――手袋ちゃんと一緒じゃなかったら、たぶん私も、私のほうこそ、とっくの昔に諦めている）

いざというとき盾にするため、なんて言うのは、確かに見え見えの方便だったけれども、彼女と共に逃げ続けることに、決して利己的な気持ちがないわけではない。

手袋が――たとえ恨みがましい目でも――見ていてくれるからこそ、鋼矢はこの二週間絶え間なく、息絶えることなく、『生き延びる天才』でい続けることができるのだった。

（まあ、私も相当のろくでなしなんだから、最後の最後になったら、それこそ本当に、手袋ちゃんを犠牲にしてでも助かろうとしちゃうのかもしれないけれど――）

ただし、空々空から手袋のことを任されている身としては、そんな『最後の最後』が、訪れないことを祈るしかない。

とても、手袋に『手柄を上げさせる』なんてことができるような状況ではなくなってしまっているが——むしろこの状況は、たとえ生き延びても後の責任問題になるくらいの大失態だ——それでも、せめて彼女を、無事に帰国させるくらいのことはしなければ、鋼矢は働いたことにはならない。

(内偵よりも、よっぽど大変なミッションだったわ、やっぱり——ただ、その任務のおかげで、私はまだ、張り合いをもって逃げ続けていられる)

しかしながら、騙し騙しの逃亡劇にも、限界が近づいて来ているのは、感じている。

いや、それは逃亡三日目あたりからずっと感じていることなので、今更と言えば今更のことなのだけれど。

大組織を相手に、個人がいつまでも逃げ続けることなんて、できるわけがないのだから——地球と戦うようなスケールの組織が、たった二人の、未成年の女の子を追い回しているというのだから、これは逃亡劇というよりは、いっそある種の喜劇のようでもある。

しかし『同胞殺し』を取り逃がしたとなれば、『仙億組合』にとっては、顔に泥を塗られたも同じだ――時間が経過すればするほど、喜劇らしければ喜劇らしいほど、追撃の手はゆるむどころか、激しさを増す一方だろう。

(顔に泥を塗っているのは、むしろこっちなんだけどさ――)

潔白を主張し、冤罪《えんざい》だと訴えかける。

そんな交渉も、まったくしなかったわけではないのだが、まったく通じなかった――状況的に疑われても仕方がないというのもあるが、これは鋼矢の、中国語が付け焼き刃だったからだとも言える。

むしろ、つたない中国語で交渉したことによって、話はよりこじれてしまったかもしれない――筆談も裏目に出た。彼我で意味の異なる漢字が、思いの外多かった。

(たった数日で英語をマスターしてみせた、天才少女のお歴々が、羨ましいわ――こういうときに感じるわね、才能と努力の差を)

まあ、だったらあの元チーム『白夜』の魔法少女達だったら、この状況に陥っていないのかと言えばそんなことはないだろう。

しかし、それでも彼女達の場合は、いざとなれば魔法を使って――『風』と『土』と『火』の魔法――それに飛行魔法――、こんな窮地、たわいなく脱してしまうに違いない。

魔法も使えない。言葉も通じない。

ならば打つ手はない――逃げるしかない。

（ま、ないものねだりをしても仕方ないからね――今は、できる限りのことをするだけよ。一秒一秒を生き延びて、それを未来に繋げていくのが、私流と言うのかしら）

それとも、そらからくん流かしら。

そんなことを思って己を鼓舞しながら、鋼矢は手袋と共に、次なる隠れ家――観光客どころか、現地の人間だって滅多に近づかないであろう、崩壊寸前のような廃ビルの中へとずかずか這入っていくのだった。

隠れ家がどんどん寂れていく。

この次は、下水道にでも隠れるしかないだろう――と、せっかちにも次の、未来に繋がる隠れ家について検討を始める自分の脳は、まだ正常に機能しているらしいと、鋼矢は少しだけ安心した。

3

「人類でありながら人類に対して牙をむいた『裏切り者』の対地球組織って、イギリスの『永久紳士同盟』だったのよねえ――」

と、廃ビルの中で、比較的床が丈夫そうで、そしていざというときの逃げ道が数パターンある部屋を選んで腰を落ち着けたところで、鋼矢はそんな話を始めた。

それは手袋の『なんでこんなことになったんだろう』という独り言を受けての発言である——手袋はどうやらもう忘れているようだけれど、この話をするのは、この二週間で、もう十度目以上になる。

ただ、逃亡生活の中、お互いの正気を維持し続けるためには、内容よりも、会話をすること自体が大切だった。

(パンダの話題も、さすがに尽きたしね……)

「え……、『永久紳士同盟』」

ぼんやりとした風に応じる手袋。

その単語をどれくらい理解できているのか、疑問の残る復唱だった——なので、鋼矢は、「好藤ちゃんと灯籠木ちゃんが、内偵しているところね」と、情報をプラスした。

「だから私は安心していたところがある。安心って言うか、油断かな。内偵するのが他のペアだったならまだしも、あの二人の天才がするんだったら、不確定な情報に基づいて、事前に忠告なんてしなくていいだろうって——」

(まあ、正直に懺悔すると、意地悪な気持ちもあったわね——四国で私達をさんざん苦しめてくれた黒衣の魔法少女には、新天地で、ちょっとくらい苦労して欲しいって

気持ちも）

そんな気持ちが原因で、こんな逃亡生活に身を落としたのだとすると、自業自得もいいところなのだが。

実際、もしも天才少女ペアがイギリスで、至れり尽くせりの豪華監禁生活を送っていたことを知れば、さすがの鋼矢も打ちのめされてしまうかもしれない――境遇が違い過ぎる。

「じゃあ……、鋼矢は最初から、『仙億組合』が『裏切り者』じゃないってことは……、知っていたんだね……」

手袋はぼんやりしたまま、そんな相槌《あいづち》を打つ――寝言のような相槌だ。

「ええ、そうよ。だから私はそらからくんに、私達のペアの赴任地は中国にしててお願いしたんだもの」

もっとも、決して鋼矢は、楽をしようと思って、そんな談合を空々に申し入れたわけではない。

空々は、『手袋鵬喜のアシストをお願いする以上、担当する任務地は、比較的難易度の低いところがいいだろう』と思って、鋼矢・手袋ペアには『仙億組合』の内偵を指示したのだろうけれど、鋼矢が『仙億組合』への赴任を希望したのには、違う意図があった。

「もしもこの先、『永久紳士同盟』が『裏切り者』であることが確定して——『地球撲滅軍』が彼らと戦わねばならない局面になったとき、『仙億組合』との連携が不可欠だったから。今のうちに、その根を張っておきたかったのよねえ」

実際には、根を張るどころか、完全に決裂してしまった有様だ——最悪、『永久紳士同盟』と戦う前に、『地球撲滅軍』は『仙億組合』と抗争する羽目に陥るだろう。

(両者が手を結ぶときの立役者になるつもりが……、手袋ちゃんにその名誉をあげるつもりが、まさか戦争の火種になってしまうとは、計算外にもほどがあるわ)

動きが読まれていたとしか思えない。

合流するはずの店で、これ見よがしに、内通者まで殺していたのだ——あの凄惨《せいさん》な現場の犯人を、まだ『永久紳士同盟』だと決めつける証拠はないのだけれど、そう考えるのが一番しっくりくる。

「なんで……、『永久紳士同盟』と戦うなら、『仙億組合』との連携が……、不可欠なの？」

か細い声での、手袋からの質問。

それも、何度受けたかわからないような質問だったが、鋼矢は初めて受けたかのような顔をして、「いい質問ね」と言う。

いい質問と言うか、当然の疑問なのだが。

「それは、『永久紳士同盟』と『仙億組合』は、ライバル関係……と言えば聞こえはいいけれど、結構な対立関係にあるのよ。私も『お友達』から聞いただけで、確かなことは知らないけれども、組織成立の際の歴史的に」

「ふうん……それは、『地球撲滅軍』と『絶対平和リーグ』の関係に近い？」

「まあ、遠くはないわね──『永久紳士同盟』と『仙億組合』の場合、どっちが上ってことのない、おんなじくらいの勢力なんだけれど」

だから、『地球撲滅軍』との提携は、彼らにとってもメリットのある話だったはずなのだが──見事にご破算にされてしまった。

（どっから情報が漏れたのかしらね──まあ、私のところに漏れてくる情報が、『永久紳士同盟』に漏れないと考えるほうが、無理があるのかもしれないか）

「で、でも……」

と、手袋は言う。

「どうして『永久紳士同盟』は、人類を裏切って、地球の味方をするの？　対地球組織のはずなのに……」

「…………」

それは、初めての質問だった。

二週間の逃亡生活の中、ようやく出た質問──ただ、それは頭が回るようになってきたと言うより、そのような、手袋にとって優先度の低い質問が出てしまうくらい、彼女はもうものを考えられなくなっているということを意味しているようで。

（よくない傾向だわね）

と、鋼矢は思う。

これだったら、同じ話を何度も繰り返しているほうが、まだマシだ。

（こんな対話療法みたいなメンテナンスじゃ、追っ付かなくなって来てる）

本当はまだ伏せておきたい情報だったが、こうなると、手袋の精神に刺激を与えたほうがよさそうだ——そう考えて、鋼矢は、初めての質問に、初めての答を返す。

「『永久紳士同盟』が、人類を裏切って地球についているのかどうかは、微妙なところだわ」

「……。…………。…………………。え？」

きょとんと、手袋は顔を起こす。

何を言われたのかわからず、混乱している風だ——そう、今は混乱しているくらいが、ちょうどいい。

無理矢理にでも脳を動かしたほうが。

「ど、どういう意味？」

「ロシアの対地球組織『道徳啓蒙局』を、『永久紳士同盟』が潰したことは、まあ十中八九確かだわ——私はそう判断している。だけど、その行為が必ずしも、『裏切り』に基づいているとまでは、断言できない。そりゃあ便宜上、『裏切り者』とは呼ぶけれど——対地球組織を潰したからと言って、それを即『地球の味方』と見なすのは、あまりに短絡的と言うものだわ」

「……わ、わからないんだけど」

「でしょうね。私にもよくわからない——だから、それも調べなきゃって思ってた。『永久紳士同盟』が『道徳啓蒙局』を潰した——それが確定された事実だとして、ならば彼らはどうしてそんなことをしたのか？」

犯行の動機。

内偵と同時に、手袋のアシストと同時に。

そのワイダニットも、鋼矢が自らに課した任務のひとつだった。

(そういう意味じゃあ、私が欲張り過ぎちゃったのかしらね——実践してみれば、どれひとつ達成できていないってんだから)

「もちろん、普通に考えたら、『道徳啓蒙局』の崩壊によって利益を得る者なんて、地球以外にはいないんだから——『永久紳士同盟』は、地球のために、『道徳啓蒙局』を潰したと見るのが正着なんでしょうよ。でも、それでかたをつけるのは、あまりにことが大き過ぎる。不意打ちがうまくいったからいいようなものの、『永久紳士同盟』にとって、『道徳啓蒙局』を計画通りに潰せるかどうかって、かなりリスキーな賭けだったはずだもの」

「…………」

おっと、言いかたがわかりづらかったか？　込み入り過ぎたか？

手袋が思考を放棄しようとしているのを見てとって、鋼矢は、「手袋ちゃんは、どう思う？」と、彼女が自分で推理をするように促した。

「確かに、地球と人類との戦争において、世界最大規模の対地球組織だった『道徳啓蒙局』がなくなったら、地球はだいぶん優位に立つことになるわ――だけど、それは『道徳啓蒙局』が存在したままでも、大して変わらなかったとは思わない？」

「え、え……どういう意味？」

「考えて」

「……えっと」

やはり頭が働いていないのか、それがいい風に働いたのか、言われるがままに、考え始める手袋――まあ、答が出せるかどうかはともかく、考えることは大事だ。

(脳がエネルギーを浪費しちゃうから、考え過ぎるのも考えものだけどね――)

「ああ、そうか」

と、しかし。

意外なことに、手袋はこんなコンディションで、正解に辿り着いたらしかった——やはりこの娘、なにげにしぶとい。

「トップではないにしても、トップクラスの勢力を誇る対地球組織である『永久紳士同盟』が、地球側についている時点で、もう勢力図は変わっちゃっているから……だね」

「そう」

それは『裏切り者』が『永久紳士同盟』じゃなくっても、そうなのだ——『USAS』でも『宿命革命団』でも『仙億組合』でも『人間王国』でも救助船『リーダーシップ』でも、内偵先であるトップ7のどこが『裏切り者』だったとしても、その対地球組織が地球側だという時点で、相当の戦力差は生じているのだ。

(ここが中国であるがゆえに麻雀《マージャン》で言うと、『行って来い』って奴ね……、二千点の直取りで、四千点分、変わっちゃう感じ——)

「だから、『道徳啓蒙局』を潰すみたいな、目立つ真似をしなくても、むしろ現状維持に努めたほうが、『永久紳士同盟』にとっては得だったはずなのよ——実際、『永久紳士同盟』が『道徳啓蒙局』を潰したことで、右左危博士は『裏切り者』の存在に気がついた」

のみならず、剣藤犬个の遺したネットワークにもその動きは引っかかり、鋼矢は

『犯人』を突き止めるところまで行った。

……それゆえに、罠を張られ、陥れられたわけだが、そんなのは結果論だ——まさか『永久紳士同盟』が、『仙億組合』と『地球撲滅軍』のつぶし合いまでを計画していたとは思えない。

(仮に、していたとしても、裏目を引く可能性は十分にあった——『永久紳士同盟』の中に、たとえどんな意思決定機関があったとしても、そんなギャンブルに出なければならない正当性を認めていたとは、とても思えない)

「……だから、別の理由があってしかるべきなのよ。必然的で、説得力のある理由が。『永久紳士同盟』が『道徳啓蒙局』を潰す理由が——彼らが人類を裏切っているんじゃないとすれば」

すれば?

すれば、事態が変わるというのだろうか。

まあ、そりゃあ、地球対人類の戦争という視点で見れば変わってくるだろうが、しかし、この逃亡生活が好転するかと言えば、もうまったくといっていいほど、無関係だった。

そんな『裏切り』の裏事情は、現在の鋼矢の状況には、どんな影響も及ぼさない——今は『裏切り者』の『永久紳士同盟』よりも、対処しなくてはならないのは、

『人類の守護者』であるはずの、『仙億組合』なのだから。

（なんか、本当、不毛って気がするわ——国境なんて乗り越えて、みんなで一枚岩になって地球に立ち向かわなきゃいけないってときに、やっぱり人類は、人類同士で戦い続け、殺し合っているっていうんだから）

あの『大いなる悲鳴』以降、人類同士の戦争は『それどころではない』と、かなりなりを潜めたとのことだったが、しかしながら、人類を一致団結させるには至らなかったというわけか。

「……助けは、期待できないのかな」

手袋がぽつりと言う。

質問のトーンが既に絶望を帯びていたが、会話をすること自体が目的である以上、それを無視するわけにもいかない。

「難しいでしょうね。自力で助かる方法を考えるほうが、まだ建設的よ」

建設的。

廃墟の中で使う熟語でもないが。

「そらからくんにしても、かんづめちゃんにしても、それぞれの任務地があるわけだし——私達の心配なんてしていられないはず」

「で、でも……任務期間が終わっても、私が帰還しなかったら、『何かあったんじゃないか』とは思うはずだよね。そうしたら……」

「まあ……」

確かに、まるっきり、その可能性がないわけでもない。

逃亡生活が始まった直後には、まったく援護は期待できなかったけれど、こんな風に二週間、悪足掻きを続けたことで、ほんの少しだけ、救援が来る可能性は高まった。

そういう意味では、この先の見えない逃亡生活にも値打ちはあった——少しでも、それこそ一秒でも長く生き延びれば、その分、『地球撲滅軍』から救助部隊が派遣される確率は上がる。当たり前だが、地道な積み重ねには、地道に積み重ねた分だけ、地道に積み重なる。

道になる。

（ただ、所詮は誤差の範囲内なのよね——助けを期待して、それを軸に逃走経路を考え始めちゃうと、すぐに躓《つまず》いちゃうわ）

もちろん、内偵を終えた空挺部隊が、それぞれ日本に帰ったのち、鋼矢と地濃だけが戻らないとなれば、二人が何らかのトラブルに見舞われたことくらいは、察しがつくだろう。

ただ、もしも天才少女二人が『永久紳士同盟』を『裏切り者』だと突き止めていた場合、鋼矢達へのヘルプは、後回しにされる——はっきり言って、それどころじゃなくなる。

いや、そうでもなくとも、中国最大の対地球組織である『仙億組合』を敵に回してしまうという大失態をやらかした二人の子供など、『地球撲滅軍』は、すぱっと切り捨てるという判断をしかねない。

まだ『地球撲滅軍』のシステムを、きっちり把握しているわけではない鋼矢だけれど、それはむしろ組織として、当然のダメージコントロールだと言える。

(手袋ちゃんには、さすがにそれは言えないけどね……)

『絶対平和リーグ』からも切り捨てられ、『地球撲滅軍』からも切り捨てられようという仮説なんて、迂闊に提示すれば、手袋は支えを失ってしまうかもしれない。

自分だけが心がければいいことだ。

組織をアテにするという考えかたは、もとより鋼矢には欠如しているものなのだけれど（そうやって彼女は、『絶対平和リーグ』最年長の魔法少女となったのだ）、特に今は、それを徹底しなければならない。

具体的なプランがあるわけではないにせよ、ほぼありえないと思われる可能性に思いを馳せている場合ではない。

ただ、手袋はそのほのかな可能性をどうしても諦めきれないようで、

「お、『お友達』は？」

と、違うアプローチをしてくる。

「その……、『仙億組合』にいた『お友達』は、あんな風に、殺されちゃってたとしても……、他の組織には、まだ『お友達』がいるんでしょう？　その人達が、助けに来てくれたりはしないの？」

「…………」

そういう考えかたはしたことがなかった。

鋼矢にはない発想だ。

もちろん、可能性がゼロだから、発想しなかっただけなのだけれど。

(『絶対平和リーグ』の甘やかし政策は、根深いわね――根が深いと言うか、罪が深いと言うか。困ったときに誰かが必ず助けてくれるって、信じちゃうのかな――)

信じる、ではなく、すがる、なのか。

「『お友達』って言っても、もちろん、本当のお友達じゃあないもんでね――実際、会ったこともないわけだし、会おうとしたら、殺されてたわけだし。捕まって、余計なことを喋らないよう、先んじて殺しこそすれ、危険を冒《おか》してまで助けるなんて、するわけがないわね」

私でもしないし、お互い様だ。

と、鋼矢は思う——まあ、状況次第によっては、そう一概に言い切れたものではないのかもしれないけれども、しかし少なくとも、国境を越えてまで、ヘルプに来ようなんて気概のある者がいるだなんて、そんな楽天的になれるわけがない。

「『永久紳士同盟』の中にも、あなたの『お友達』……っていうか、『内通者』はいるわけだよね？　その人は、なにか言ってなかったの？」

「んん？　何、アドバイスっぽいこと？　中国で何かあるかもしれないから気をつけろって言ってなかったのかって？　それはなかったわね。その人は、自分の組織が『裏切り者』だと、知らなかったのかもしれない——」

『裏切り』は組織全体の行為だとしても、なにせ秘密組織なのだから、セクション次第によっては知らないこともあるだろう——知っていても、さすがにそこまでは、鋼矢に情報を流せなかったのかもしれない。

剣藤犬个が作り上げた基盤を、ただ引き継いだだけの鋼矢を、どこまで信じていいのか、向こうも審査中だっただろうから、現時点ですべての胸襟《きょうきん》を開けと要求するほうが無茶というものだ。

（そして……、煎じ詰めれば、『永久紳士同盟』に属するその『お友達』が、私を罠にはめた張本人であるって線も、無視するわけにはいかないわよね。その場合、私は情報に踊らされたただの間抜けってことになるけれど——）

まあ、ここで疑心暗鬼になっていても始まらない――助けは来ないということだけ、確信できていれば十分だ。

助けは来ない。

助けはいらない。

「…………」

静かにそんな決意をする鋼矢を、手袋は、いぶかしむように見ている――状況が切《せっ》羽《ぱ》詰まれば切羽詰まるほど、生き生きしてくるような鋼矢が、わけがわからないのかもしれない。

常に『自然体』である。

魔法少女『パンプキン』時代の悪癖。

自然体であるという不自然さ――しかしそれが、今の鋼矢の寄る辺《べ》なのだった。

4

助けが期待できないという、鋼矢の状況分析自体は、実際、妥当なものだった――

しかし、違う観点から見ても、彼女が諦めず、二週間にわたって、なりふりかまわず遮二無二逃げ続けたことは、効を奏しつつあった。

狙い通りなんかでは、もちろんない。

期せずして、だ。

むしろ逃げ続ければ逃げ続けるほど、局面が厳しくなっていくのを鋼矢は感じていて、手袋ほどではないにしても、彼女とて、『いっそ、ここで終わってしまえば楽になれるのに』という気持ちにまったくならなかったとは言えない。

言うならたまたまの奏功である。

こんな悲惨な目に遭いながら言うことではないけれど――運がよかっただけだ。

それでも、彼女がもしもどこかで諦めていたら、これは生じなかった幸運だったわけで――彼女がふと、

（………？）

と、それに気付いたのは、忍び込んだ廃ビルから更に転々とした先――二日後、不景気で潰れたらしく、今は使われていない機械工場の中でのことだった。

（何か、風向きが変わった……かしら？）

風向きというのは、当然、割れた引き違い窓から吹き込んでくる隙間風のことではなく、既に日数にして半月を越えた、逃亡劇のことである。

急に追っ手の気配を感じなくなった。

ずっと張りつめていた空気が、かすかに緩んだ気がした――これまで常に感じてい

た、『道の細いほうへ、細いほうへと追いつめられていく』感覚が、いきなり霞《かす》んで、遠くにいってしまったような気がした。

気がした――だけだ、根拠はない。

たった二人での逃走である、偵察や見張りを、万全にこなせるわけもなく、追っ手の気配を感じなくなったからと言って、彼らがいなくなった、安全圏まで逃げ切った、ということにはならない。

むしろこの無気配に、鋼矢は内心、冷や汗をかいた――ついに限界がきたのかと思った。四国から数えて足かけ十年、ぎりぎりのところではかない命を、綱渡りで生き延びさせて来たセンサーが、いよいよ働かなくなってしまったのか、と。

感じてしかるべき危機感を感じなくなってしまうというのは、そういうことだ――あるいは、あまりに長期間、気の休まる暇もなく危機的状況に肩まで浸り続けていたため、センサーが麻痺してしまって、追っ手に取り囲まれようとも、働かなくなってしまったのか。

(だとしたら、やばい――まだ次の逃走経路を確保しきれていないって言うのに)

安全圏に逃げ切るどころか、どんどん袋小路に迷い込んでいくようなその場しのぎの中、突如名案が閃《ひらめ》くなんて都合のいい展開を待ち望んでいたわけではないけれど、しかし、ここに来て頼りの、闘争本能ならぬ逃走本能が、機能しなくなってしまうとは……。

（それでも平気な振りを続けるけどね、私は——だけど）

限界なのは、手袋もまた同じだった。

彼女は今、潰れた工場の冷たい床で、死んでいるのかと見まごうほどに身動きも取らず、眠っている——およそ熟睡なんてできるはずもない環境で、昏睡《こんすい》している。

まさしく昏睡という様子だった。

（単なる過労って感じじゃない……、野宿がたたって、風邪でも引いたかな。この状況じゃ、風邪でも命にかかわりかねないけど……）

投降するという道はない。

だが、一度わざと捕まって、機会を待つという手は、あるかもしれない——逃亡生活が、限界に来ているのならば。

手袋が倒れれば鋼矢も共倒れだ。

もう虚勢を張る相手もいなくなる——ならばここで自ら終止符を打つべきか。ただ、一度でもとらわれの身になったあと、『仙億組合』が、逃亡犯に脱獄を許すような、緩みのある組織だとは思えない……。

（こんなことを考えてる時点で、心が弱っているのかしらね——まだ、私のセンサーが、働かなくなったかどうかもわからないのに）

極めて希望的観測に基づいて、ご都合主義の楽観論を述べるならば、知らないうちに二人は国境を越えて、中国の対地球組織である『仙億組合』の影響が及ぶ範囲の外まで出ている、という可能性だってある。

(だとしても、それで追っ手が緩むのはほんの一瞬のことだろうけれど……、だとしたら、この機会を生かさないわけにはいかないわね)

最後の力を振り絞るように、そう前向きに構えて、鋼矢は立ち上がる——立ち上がるだけの動作に、五分以上かかってしまった。

その緩慢な動きに、ぴくりと、手袋が反応したけれど、困憊《こんぱい》状態の彼女を覚醒させるには至らなかった。

「すぐ戻るわ……、予定より早く、ここから離れることになるかもしれない」

一応、そう声をかけてから、実のところ、ずっと前から感覚が怪しい両足を引きずるように、工場の外に出る鋼矢。

脚なんて、もういっそ切り落としたほうが、うまく歩けそうだった——外に出ても、やはり、『嫌な予感』めいたものはしなかった。

ぜんぜん肌がぴりぴりしない。

(追撃を諦めた……のかしら？　だとしたら、どういう理由がある？　私達なんかに構ってられなくなった、とか——そんな急変が、『仙億組合』で起こった？)

ほうほうのていで逃げていたら、知らない間に国境を越えた——というのよりは、そちらのほうがまだしも現実的な可能性だ。

（そう、たとえば……）

追いつめられれば追いつめられるほど冴えてくる鋼矢の脳も、さすがにこうなると、回転速度が遅くなる。

だが、遅くていい。

今は速度よりも、精密さが要求される。

（たとえば、『仙億組合』が、『道徳啓蒙局』の壊滅を知った、とか？　『地球撲滅軍』から遅れること、二週間——ついにロシアで起きた異常事態が発覚した？）

ありそうと言えば、ありそうだった。

世界一の対地球組織の消失は、いつかは露見する大事件である——それは同時に、『裏切り者』の存在も浮かび上がらせる。

それが『永久紳士同盟』であることまでは、さすがにすぐには突き止められないとしても、『道徳啓蒙局』に匹敵するスケールの組織が、人類に敵対していることがわかれば、すぐさま『仙億組合』は、組織防衛に走らねばならない。

よって、些末《さまつ》な逃亡犯なんて、どうでもよくなってしまった——いや、この推理には、相当の無理がある。

まず、仲間を殺されたと思い込んでいる『仙億組合』にとって、鋼矢と手袋は、まったく『些末な逃亡犯』ではない。

むしろ『永久紳士同盟』が『裏切り者』だと知らない彼らにしてみれば、『地球撲滅軍』を容疑者リストから外す理由はないわけで、とすると、時を同じくして現れた二人の日本人を、重要視しないわけがない。

問題視しないわけがない。

(『裏切り者』の『地球撲滅軍』が、次のターゲットを『仙億組合』に定めて——使者ではなく刺客を送り込んで来たのだと、そんな風に推察するのこそ順当で、ならば、追撃は弱まるどころか、激しさを増しているはず——)

たとえ組織防衛のために人員を割かなければならなくとも、なにせ世界一の人口を誇る国の対地球組織である。

マンパワー不足でぱったりと追っ手がやむことなんて、あるはずがない。

ならば……。

(ひょっとして、『仙億組合』は、『道徳啓蒙局』が壊滅させられたことだけじゃなく、もう『永久紳士同盟』が『裏切り者』であることまで、突き止めているんじゃあ？　『仙億組合』にどういう情報網があるのかは不明だけれど、だったら、それを突き止めた時点で、私達の容疑は晴れた……)

真犯人の目星がついたから、鋼矢達のことがどうでもよくなった——これなら、あれだけ張りつめていた空気が緩んだのも、納得がいく。

すべて鋼矢個人の感覚的でしかない微妙なニュアンスなので、納得するもしないも、鋼矢の胸三寸の匙加減になってしまうから、ジャッジの難しいところだが——

（私達が中国全土を東へ西へ、あっちこっち逃げ回っているうちに、世界情勢が変わっちゃったなんて、まるで浦島太郎みたいだけれど——なら、動くなら、やっぱり今だわ）

そう決めて、鋼矢は手袋のところにとって返す——彼女の体調のことを思うと、もう少し（と言わず、せめて一晩）休ませてあげたいところだが、勘所を間違えるわけにはいかない。

たとえ容疑が晴れようと、追っ手がいなくなろうと、彼女達が歴然とした逃亡者であることには違いがないのだ。

ただ一方的に逃げ回っていたわけじゃない、ここまで何度か、小競《こぜ》り合いも起こしている——罠にはめたり、陥れたり、同士討ちを誘発させたりしている。

たとえ今更容疑が晴れても、鋼矢と手袋は、決して無罪放免にはならない。追いかけられないというだけで、見つかれば、やっぱり確保されてしまうだろう。

（だから、その前に……、本当に国境を越える）

どこかで地図を手に入れて、現在位置を把握する――ティーンエージャーの身で、正規の手続きを踏まずに国境線を書類越えしようなんて、誇大妄想の域だが、そうするしかない。

（逃げに逃げまくって、時間稼ぎをした甲斐はあったけれど――それでも、助けが来るなんて期待はできないし、しちゃ駄目だものね）

あくまで自力。

自助努力を怠らない――助けなんて求めないいし、神様になんて祈らない。

そう思いながら、手袋が寝ている場所に、ずるずると、這いずるように戻った鋼矢――と、そこで目にしたのは。

ぐったりと眠る手袋の身体に、覆い被さるようにしている人影だった。

「！」

しまった、と鋼矢は一瞬で総毛立つ。

さっき考えたような仮説は、やっぱりただの絵空事に過ぎなくて、やっぱり消耗した鋼矢が、追っ手の気配を、感じられなくなっていただけだったのか――そして追っ手は、私達がばらばらになるのを待っていたのか。

まずは一人になった手袋が狙われたのか。

（…………っ！）

助けなんてこなかった——どころか、来たのは災厄だった。

息を吞む。

自分の胸の中に、迷いが生じていることがわかる——選択肢はふたつ。
①今すぐ手袋を助けるために部屋に飛び込む。
②手袋が捕まっている間に逃げる。
……そんな迷いが生じただけでも、鋼矢からすれば、十分に意外だった。チーム『サマー』時代の自分だったら、こんなもの、迷う余地もなく、②を選んだに決まっている。

盾にする、しないというような段階の話じゃ、もうなくなっている——今から部屋に飛び込んでも、できることなんて何もない。

一人確保されているところに、二人目が飛び込んでいくだけだ。それよりも、ここは一人だけでも逃げ延びて、そののち、手袋を取り戻す手立てを考えるべきだ。

取り戻す手立て？

そんなもの、あるとでも思うのか？

昔よくやっていたように、仲間を見捨てるだけのことに、何を言い訳がましい理屈をつけようとしているのか——そらからくん。

（そらからくん……、もう十分頑張ったよね、私？）

クズにしてはがんばったほうだ。

チーム『サマー』の魔法少女『パンプキン』なら、こんなにがんばらなかったし

——空挺部隊の杵槻鋼矢でも、所詮はこんなものだ。

そう思ったとき、

(でも)

という声が聞こえた気がした。

自分の声なのだが、幻聴のように、現実味のない声だった。

(チーム『オータム』の魔法少女『クリーンナップ』なら——忘野阻《わすれのはばみ》のチームメイトだったときの杵槻鋼矢だったら、こういうときに、どういう行動を取るんだろう?)

……本当、悪い夢だ。

未だ私は、あんな夢にうなされているのか。

自分をちょっとでも、マシな人間だと思えた、たった二日足らずのことを——

「やめろっ!　離れろっ!」

気がついたら、扉を蹴りあけて、部屋に飛び込んでいた——こっそり忍び込んで、背後をつこうなんて考えは浮かばなかった。

大声をあげて、騒ぎ立てて、少しでもこちらに注意を引きたかった——その隙に手袋が逃げてくれればいいと思った。

鼻で笑いたくなるような自己犠牲精神だ。

だけど、リーダーっていうのは、こういうものだと――魔法少女『クリーンナップ』は、身をもって教えてくれた。

「私が相手だ、かかって来い――」

使ったこともないような乱暴な口調で呼びかけたが、しかし考えてみれば、中国語で言わなければ意味がない。

なんて言えばいいんだっけ？

学んだはずの中国語が、咄嗟に出てこないという、状況に比して極めて現実的な悩みに直面した鋼矢だったが、

「…………」

と、手袋に覆い被さっていた人影は、反応し、中腰をやめて、こちらを向いた――

異国の言葉でも、罵倒《ばとう》は伝わるものなのだろうか。

そう思ったが、

「うっ……！」

薄暗い工場の中、こちらを向いた人物と正面から対峙することで――やっぱり助けなんて来ないんだという確信を、鋼矢は新たにした。

どれだけ逃げ回って、時間を稼ごうとも、それで助けが間に合うなんてことはない

——助けなんて来ない。

来るのは、助けどころか、災厄なのだと。

「おやおや、杵槻さんじゃないですか。ご無事で何よりです」

果たしてその人影は、現在フランスで任務についているはずの元魔法少女——地濃鑿だった。

5

危ねえええ！　地濃ちゃん相手に逃げるところだったあああ！

という内心の叫びをおくびにも出さず、鋼矢は呆れた風を装《よそお》って（悪癖だ）、「何をしているの？　あなた、こんなところで」と訊いた。

どうして中国にいるのかという意味での質問だったのだが、さすがは地濃鑿である、そこはズレたもので、

「手袋さんの治療ですよ」

と答えた。

治療？

「手袋さん、調子が優れないようでしたから。やれやれ、あなたがついていながら、

なんという有様ですか、鋼矢さん。同じ元魔法少女としてとても恥ずかしく思います」

「…………」

別にねぎらって欲しかったわけではないが、しかしまさか、ここまで見るからに死力を尽くしたであろう鋼矢に、そんな責めるようなことを言えるとは、やはりこの少女、ただ者ではない。

今はそれを頼もしいとも思える。

「治療って……、やっぱり、風邪とか引いてる？　それとも捻挫とか……」

「私が見つけたときには、心臓が止まっていました。いわゆる心肺停止状態です」

平気でそういうことを言う。

悪質な冗談だと思ったが、どうやらそれは、本当だったらしく、「大丈夫です、もう生き返らせましたから」と、すました顔で言う。

生き返らせたって……。

いや、コスチュームを脱いだ魔法少女『ジャイアントインパクト』は、もう『不死』の魔法は使えないはずでは？

「ええ、でも、そこは秘策がありましてね」

「秘策……？」

ただでさえわけがわからない突然の登場に、これ以上の情報を重ねて欲しくはなかったが、だからと言って訊かないわけにもいかない——情報過多になるのを承知で、鋼矢は、

「そらからくんも、一緒なの？」

と問いかけた。

我ながら、質問がひとつ飛んでいる——まず地濃とペアでフランスに向かった酒々井かんづめが、一緒なのかどうかを訊くべきだった。やはり頭が働いていない——しかし地濃は、

「ええ、一緒です。空々さんも、かんづめちゃんも、虎杖浜さんも、好藤さんも、灯籠木さんも、ノーライフさんも、アールグレイさんも一緒です」

と教えてくれた。

最後の二人は誰だ。

答もひとつ飛んでいる。

「みんな手分けして鋼矢さん達を探していました。いやー、雄大ですねえ、中華人民共和国は」

そしてそれだけの人数で探して、私達を見つけたのが、よりにもよって地濃なのか……。

（そらからくんがよかったなあ）

　そんなことを思いながら、鋼矢は意識を失っていく――この調子じゃあ、心臓まで止まるかもしれないけれど、まあ、きっと地濃が『秘策』とやらで生き返らせてくれるのだろう。

（ひさく……秘策。そう言えば、地濃が前に、酸ヶ湯博士に呼び出されていたような……？）

「いやあ、ほんとも一、大変でしたよ。中国の対地球組織『仙億組合』も、先日、『永久紳士同盟』に不意打ちを食らって木っ端微塵に潰されちゃって、中国大陸の戦況も大混乱でしたからねえ――」

　追っ手の気配が消えた理由を最後まで聞くこともできず、杵槻鋼矢は半月ぶりの眠りについた――少しは。

（少しはあの子みたいに、なれたのかしら）


（第12話）

（終）

第13話「謁見、人間王！人間の国へようこそ」

人間が考える葦《あし》なら、まず葦が何かを考えよ。

0

1

空々空と虎杖浜なのかのコンビは、アメリカ合衆国で『USAS』の内偵調査を始めてからの二週間、きちんと仕事をやり遂げた――自由になる時間を、すべて仕事のために使った。最終的に内偵調査は露見したとは言え、それは彼らの責任であるとは言い難く、内偵調査員としては、百点満点に近い仕事ぶりだった。

地濃鑿と酒々井かんづめのコンビは、フランスで『宿命革命団』の内偵調査を始めてからの二週間のうち、前半の一週間を仕事に、残りの一週間をバカンスに配分した。なにぶん地濃が地濃らしさを存分に発揮しただけに、後半の遊んだ部分ばかりが際だつが、一応は『宿命革命団』が『裏切り者』ではないというそれなりに正しい結論を出していたし、かの組織の崩壊の巻き添えを食わないという離れ業もなしとげている。

好藤覧と灯籠木四子のコンビは、イギリスで『永久紳士同盟』の内偵調査を始めてからの二週間を、監禁されて過ごした——極めて豪華で至れり尽くせりの監禁であり、事実上、彼女達は仕事をしたとは言えない。『永久紳士同盟』の『裏切り』を見抜けなかったことといい、今回、彼女達はまったく働いていない——自分達のことを天才だと知っていなければ、天才コンビの名前を返上したくなるような失態とも言える。幸い、知っているので、返上はしないのだが。

杵槻鋼矢と手袋鵬喜のコンビは、中国で『仙億組合』の内偵調査を始めてからの半月を、ほぼほぼ逃亡生活に費やした。つまり内偵調査はまったくと言っていいほどできていなかったし、それどころではなかったのだが、一国を代表するような大組織を相手に半月もの間逃げ切ったあたり、杵槻鋼矢の才覚がいかんなく発揮されていると も言えるし、想像を絶するような窮地に追い込まれながらも、それでもしぶとく生き延びて、心肺停止状態にまで陥りながらも蘇生してみせた手袋鵬喜も、やはりただ者ではなかった。

時の流れは誰にも等しく。

それぞれが、それぞれの二週間を過ごした――では、このたび空挺部隊にレンタルされた『自明室』のふたり。

マッドサイエンティスト、左右左危博士が推薦する助っ人二名。

乗鞍ぺがさと馬車馬ゆに子が、アフリカ大陸の新興国、『大いなる悲鳴』ののちに建国された、国家自体が対地球組織だという『人間王国』において、どのような二週間を過ごしていたかと言えば――それはおおむね待機だった。

待ち時間だった。

二週間もの間、彼女たちふたりは――『死んでくれ』と『死んだくれ』のふたりは、待ちぼうけていたのだった。

何に対する待ち時間だったかと言えば、それは『面談』までの待ち時間だ――『人間王国』の国民になるための儀式である。

ひとたび『人間王国』の領地に足を踏み入れた者は例外なく、まず最初に『人間王』――『人間王国』の建国者にして統率者――に面会し、国民として認められなくてはならないのだ。

国民として。

人間として認められなくてはならない。

「国民になろうと希望する者、その全員と会おうとするなんて、とても正気とは思えないわよね――いったい、どんなお人柄なのかしら、『人間王』ってのは」

「さあね。単純に、人と会うのが好きなんじゃないの？」

「あるいは、人間が好きなのかも」

「人間が好きな人間なんて、いるの？」

乗鞍と馬車馬は、そんな適当な、気持ちの入っていない会話を交わしながら、二週間を過ごしたのだった――なにせ、『どんな人間でも、人間であれば受け入れる』という、広く国家の門戸を開いた王国である。

世界中から人が押し寄せて終わりのない長蛇の列ができる――とまではいかないけれど、『人間王国』の思想に協調する者のみならず、新天地を求める者やわけありで自国にいられなくなった者など、かなりの大人数が、『人間王国』の王都、『人間都市』に集結していた。

国民となった者には無条件で住居と仕事が与えられるという触れ込みだったのだが、初日に配付された受付番号が呼ばれるまで、乗鞍と馬車馬は、仮の宿で過ごすことになった――なにぶん、新興国過ぎて、行き届いたガイドブックなどあるわけがなく、足を踏み入れるまでは内部がいったいどういうことになっているのかはわからなかったけれど、這入ってみると予想していたよりもはるかに過熱しているらしい人気っぷりに、ふたりはしょっぱなから嫌気がさしたものだった。

彼女達は人気者が嫌いなのだ。

だから人気者の頂点とも言える『人間王』の印象も悪かった――『面会』したところで、ろくな台詞が言えるとも思えなかった。

「でも、もったいぶって待たされたところで、『面会』なんて、ほんっとただの『儀式』みたいなものなんでしょう？　人間なら全員、合格できるって言うじゃない――今までそれで落とされた人、いないって話よ」

「私達なら落とされるかもしれないよ。人間失格って言われたりして」

「私達あるあるだね、それって。私達を人間として認めてくれたのって、そう言えば、右左危博士くらいだし」

「ま、落とされたらそのときは、腹いせに『人間王』をぶっ殺して、私達も死にましょう」

冗談とも本気ともつかないそんな会議をしつつ、しかし待機していた二週間、彼女達は決して何もしていなかったというわけではない。

待機時間は、言うなら国民希望者にとっては、『人間王国』という新しい国を知るための、研修期間でもあるのだった――『人間王』からじきじきに国民と認められるまでは、いわば『観光客』扱いだけれど、それでも買い物や食事をしていれば、わかることもある。

『人間王国』。

人口は約二千万人――現在のところ。

通貨は新しく考案された単位が使用されているが、言語は特に統一されていない――アフリカの言語のみならず、英語と中国語とフランス語とロシア語とドイツ語とイタリア語とスペイン語と……、とにかく、世界中の言葉が飛び交っている。

日本語はほとんど聞かないけれど。

「言葉を統一しない理由は、何かあるのかしら――どう考えても、そっちのほうが、国をまとめやすいでしょうに」

「きっと世界中の国や文化を、まるごと全部飲み込もうとしているんだと思う――言葉は文化の基本だから」

「世界征服に乗り出すための伏線ってこと？」

「あるいは、言語なんてものを、まったくもって信用していないのかも――言葉を文化の基本だなんてちっとも考えていないのかも」

女子の細腕なりに少しだが、鉱山を掘る仕事を手伝ったりもした――『人間王国』の中核を担う仕事を、まだ国民と認められていない、研修期間の『観光客』が担えてしまうあたり、『面会』は、やっぱり、ただの『儀式』でしかないのかもしれないと思わせた――もっとも。

地球と戦うための国家だというだけあって、『人間王国』は、かなりの武装国家だった——おかしな動きを見せれば、即座に、街のあちこちに配置されている兵隊が、警告なしで発砲しかねなかった。

「まあ、いろんな人間が世界中から集まってくるにしては、ずいぶん治安がよさそうな国だと思っていたけれど……、やっぱり基本的には、武力によって統治されているのね」

「武力、プラス、カリスマ性ね」

「カリスマ性。確かに——国家の仕組みだけを見ていたら、いつ軍部からのクーデターが起こってもおかしくない構造なのに、その辺も、落ち着いたものだもの」

「それだけに、不気味でもあるけれど——『人間王』って、いったいどういう人間なのかしら?」

それとなく、既に『人間王』との『面会』を終えた『国民』から話を聞いてみても、どうも像を結びにくかった——先入観を持ってしまうのも本意ではなかったので、本格的な聞き取りみたいなことはしなかったが。

とにかく、そんなことをしているうちに、二週間はあっという間に過ぎた——仮の宿も、立国されたばかりの国とは思えないほどにインフラが整っていたので、生活に関しては、特に不自由はなかった。

ただし、順番が来て再び訪れた王宮『人間宮』は、かなり質素だった――垣間見た経済的基盤のスケールを思えば、もっと豪華絢爛な王宮を築城することもできるだろうに。

どうやら、国王のカリスマ性みたいなものを、建物の形で明示するつもりはないらしい――となると、ますますその人物像が謎めいてくる。ステロタイプな独裁者のイメージでとらえていると、足をすくわれそうだった。

「まあ、ただの通過儀礼としての、手続き的な『面会』だと、なめてかからないほうがいいかもね」

「そうね。そもそも私達が『地球撲滅軍』からの内偵者だとバレたら、その場で撃ち殺されかねないものね」

「撃ち殺してくれたら、楽になれるのに」

「そうだね。楽になれるのに」

2

二人の直属の上司である左右左危博士は、今回の任務を空挺部隊に発令するにあたり、事前の評価においては、『もっとも疑わしい対地球組織』として、この『人間王国』の名をあげた。

結論から言えば、その評価は間違っていて、実際の『裏切り者』——ロシアの対地球組織『道徳啓蒙局』を壊滅させたのは、イギリスの対地球組織『永久紳士同盟』だったわけだが、しかし重要なのは、それが同時に、『人間王国』の無罪潔白を証明するものではないということである。

もしも右左危博士が、『裏切り者』の正体についての報告を空挺部隊から受けたところで、『だからと言って、「人間王国」が危険でないということにはならないわよねえ』などと、悪びれもなく言うだろう。

国家自体が対地球組織。

秘密組織ではない対地球組織。

合法的でおおっぴらな対地球組織。

裏切っていようと、裏切っていまいと、それはただそれだけで、それはただあるだけで、飛び抜けて危険な存在なのだ——『大いなる悲鳴』のどさくさで、そんなとんでもない国が建国されるのを見逃してしまったことは、世界中の対地球組織が、反省しなければならない『失態』であると、彼女は分析していた。

だから、今回の、世界中六ヵ所にわたる内偵任務——『裏切り者』探しの中で、『人間王国』の内偵だけは、たとえ彼らが『裏切り者』でなくとも、その内実を探るという意味では、とても重要なのだった。

だからこそ空々空に、『人間王国』には、乗鞍ぺがさと馬車馬ゆに子、『自明室』から の助っ人二人のどちらかを派遣するよう促したというのも、もちろんあった——得体の知れない『人間王国』の情報は、彼女にとって、あるいは『裏切り者』の情報よりも重要で、切実に欲するところかもしれなかったから。

今後の『実験』の、たゆまぬ遂行《すいこう》のためにも。

「だから、あの二人には、是が非でも『人間王国』の情報を……、あるいは『人間王』の情報を、持ち帰ってきて欲しいものね——そう、死んでもいいから」

3

「余が、『人間王』である」

玉座というにも、やはり質素な長椅子に、片膝立ちで座ったその人物は、二人を気だるげに見ながら、そう名乗った。

今日だけでも、何組目になるかわからない面会だ、態度がアンニュイそうなのも不自然ではないが——しかし少なくとも、『人と会うのが好き』という様子はない。

『人間が好き』という様子も。

「乗鞍ぺがさと馬車馬ゆに子、か……日本からとは、珍しいな。この国には、世界中のあらゆる国から人間が集まるが、確かあの国の地図には、まだこの国は正しい形で載っておらんはずだが」

側近から渡された書類に目を通しつつ、そんなことを言う——他ならぬ日本語で、だ。

(世界中のあらゆる言語を話せる——とでも言うのかしら?)

二週間の待ち時間を経て、ようやく会えた『人間王』は、正体不明の王は、事前に想像していたどんな姿とも違った。

思っていたより若かったし、思っていたより小柄だった——ただし、『人間王』が女性であるというのは、ある程度、想定していたとも言えなくもない。

(人類発祥の地、アフリカ——)

もっとも、今、目の前の長椅子でくつろいでいるのが、本当に『人間王』なのかどうか、まだ、はっきりしたことは言えない——影武者という可能性はある。

もちろん、武装した衛兵が厳戒態勢で、玉座の周囲に構えているとは言え、この面会の方式は、あまりに無造作だ。『人間王国』の存在を快く思わない——あるいは単純に鉱脈の利権を狙う——不届き者が国民希望者を装って、今、乗鞍と馬車馬がいる位置に立つことを警戒するならば、それらしい替え玉を仕込むというのは、むしろ当たり前だろう。

不届き者を炙《あぶ》り出すための罠として、この面会の席が設けられているのだとすれば、『人間王』の命や利権こそ（今のところ）狙っていないにしても、内偵目的で日本からやってきた、まさしく不届き者そのものである乗鞍と馬車馬は、気を引き締めて臨まねばならない。

「はい、日本から来ました。『人間王』」

乗鞍は言う。

何語で喋ったものか迷ったけれど、相手が日本語で話しかけてきたのだから、ここは日本語で応えることにした。

「はい、日本から来ました。『人間王』」

馬車馬もすかさずそれに合わせた。

気が合うわけでも、以心伝心なわけでもない——ただ、この二人はいろんなことがどうでもよ過ぎて、普通の人間の感性があれば、必ず引っかかるだろうことや、気にしてしかるべきことを、ほとんどスルーしてしまうから、結果として同様の選択をすることが多いというだけだ。

『人間味に欠けるという意味では、空々くんにも匹敵する——ただし』とは、右左危博士の言。

もちろん彼女は、『ただし』の続きこそを、重視しているのだが。

「日本からのう」

と、『人間王』は、そんな二人を、退屈そうに見やる——値踏みするようなその目に、二人はどう映っているのだろうか。

「ろくに内戦もない、平和な国だと聞くが、そんな国からどうしてはるばる、余の国にやってくる気になったのだ?」

余の国。

それがこの場合、文字通りの意味なのだ。

「しかも、お前達のような若い娘が——」

「…………」

「…………」

若い娘と言うなら、『人間王』こそだ。

さすがに乗鞍や馬車馬のような、十代の女子と言うことはないけれど——それでもまだ二十代だろうことは、まず間違いない。

そりゃあ世界中にはいろんな国があって、いろんな育ちがあるだろうが、しかし二十代の女性が一国を成すというのは、どうにも物語めいていて、伝説めいていて——

(作り事っぽいのよね——)

（――そう、だから、影武者っぽい）

（けども、あまりに影武者っぽいから、逆に本当っぽくも見える――）

（――つくならもっと、まともな嘘をつきそう、とか）

（でも、そう考えることが、思うつぼなのかもしれない――）

（――まあ、ここは質問に答えるしかないか。そのための『面会』なんだし）

（適当にごまかすこともできそうだけれど――せっかくの機会なんだから、入れるものなら、懐に入りたいよね）

そんな、同じような思考回路を辿って、

「日本が平和だから来たんです」

と、少女達は答えた。

「困り果てて、喰いつめて、来たわけではありません――私達は地球と戦うために、この国に来たんです。国民になりたいのではなく、兵隊になりたいのです」

「ふっ。兵隊になりたいというその考えかたが、余に言わせれば、もう平和ボケだがな――」

そんな決まり文句は聞き飽きているというような、『人間王』の態度だった――マニュアル通りの受け答えばかりをする就職希望者にうんざりする、企業の面接官のようだ。

その辺りが、この二人と、空々空との違いであり、右左危博士のいう『ただし——』の続きであると言えた。

人間味に欠けることが意外性に繋がる空々と、必ずしもそうではない——むしろマニュアルに寄っていく二人。

どちらがいいというわけでもない。

強いて言うならどちらも悪い。

「……この国では、誰もが悪しき地球と戦う戦士なのだと聞きましたが」

「もちろんそうだが、戦うと言っても、千差万別、様々な戦いかたがあるからのう——そして地球と戦うというのは、地球としか戦わないという意味ではないぞ？」

兵隊は戦う相手を選べない。

そう言って『人間王』は、首を振った。

「察しておるだろうが、この面会は、希望者を国民として認めるための通過儀礼のようなものだ——しかし同時に余から希望者に、最初で最後の警告をするための場でもある」

「警告……？」

「人間ならば誰もが国民となれる『人間王国』。そんな国の住人に、本当になりたいのかどうか——一度国民になってしまえば、やめることはできない。一生、人間だ」

「……それが、どう問題なんですか？」

「さあな。自分で考えるがよい」

『人間王』はつれなかった。

新たな国民を歓迎するというような物腰ではない――とは言え、厳《おごそ》かに覚悟を問おうとしている風でもない。

「日本には、『地球撲滅軍』という対地球組織があったはずだが――地球と戦いたいだけならば、そこに属するのでは駄目だったのか？」

どきりとするような質問が飛んできたが、それは想定されていたので、二人は冷静に答える――マニュアル通りの答ではあるが。

「『地球撲滅軍』は、ぬるいです――私達は、『人間王国』の思想にこそ共鳴しますが、『地球撲滅軍』に入ろうとは思いませんでした」

「はい。思いませんでした」

マニュアル通りの答ではあるが、しかしこれは、完全な嘘でもない。

面接を通るために、偽りの答弁をしているわけではない――『地球撲滅軍』に入ろうと思ったことなんて、二人にはない。

この二人は、気がついたら入隊していたという他ない二人である――そういう意味では、完全なる嘘だったのはむしろ、『地球と戦いたい』という言葉のほうだ。

広義的にも、この言葉は嘘だ。

『地球撲滅軍』に入隊したのちも、どんな教育を受けようとも、どんな洗脳を受けようとも、この二人に、地球に対する憎悪や敵意を持たせるには至らなかった。

『大いなる悲鳴』を、確率的に生き残った者は、誰しも、やはり確率的に家族や友人を失っているので、それが地球の仕業だったと知れば、多かれ少なかれ怒りややる瀬なさをそちらに向けるものなのだが――この二人にはその傾向がまったくなかった。

まったくなかったからこそ。

『地球撲滅軍』に入れられた、とも言える――空々空が入隊した以降の、空々空を知ってしまったあとの、『地球撲滅軍』に。

「なるほど。よかろう。では、余からの警告を受けても、日本に帰るつもりはないということだな――まあ、あんな極東からここまで、二人で来たというだけでも、十分に余の国の国民たる資格はあると言える」

『人間王』は、二人に対してそう喋りつつも、あまり二人に興味がないような口振りだった。やっぱり、段取り感が否めない。

（まあ、二千万人全員じゃなくっとも……、それくらいの回数、人と会って話していたら、対話のパターンは出尽くすよね――）

（――私達が個性に欠けたマニュアル人間じゃなくっとも、人間のバリエーションな

んて有限なんだから、何を言っても、先例はあるでしょ）

（でも、だったら尚更、こんな面会、意味がないと思うけれど――）

「住居と仕事は支給されるが、おそらく、日本ほど豊かな生活は保障できんぞ。それでもよいのだな？」

「構いません」

「望むところです」

その後も、『人間王』からの簡単な質問と、それに対する乗鞍と馬車馬からのテンプレートな答の応酬が、しばらく続いた――いつか、本題のような、極めつきのような質問が来るかもしれないという用心を、二人は一応怠らなかったが、

「では、以上だ」

と、『人間王』はあっさり、面談を打ち切った。

振り返ってみれば、五分も話していない。

このあとにも続く、国民希望者の列を思えば、一組五分というのは妥当なところだろう――一国の王としてしなければならない仕事は、他にもわんさかあるはずなのだから。

（でも、その中でも特に、この面談を大事にしているっぽいんだけど――）

（――それが、こんなにおざなりでいいの？）

（はっきり言えば、上の空みたいなんだけど――）

（――それがカリスマ性と言うか、一種の浮き世離れした雰囲気を出しているとは言え）

ただ、新たなる国民に対して、第一印象としてのカリスマ性をアピールしたいのであれば、もっとそれっぽいはったりをかましてきそうなものだ――長椅子に半ばしなだれかかるようにして話す『人間王』の振る舞いを、ただだらしがないと受け取る者だっているだろう。

（英雄も偉人も、会ってみれば、意外とそんなものなのかもしれないけれど――）

（――だったら、それこそ立派な影武者を立てるとか、あるいは面談は部下に任せて、ごく限られた人間としか会わないことで、カリスマ性を高めたほうがよさそうなのに）

（それとも、ひょっとしたらどうしても、この面談を自分でおこなわなくちゃいけない理由があるのかしら――）

（――人を見る目が、すごくあるとか）

「乗鞍ぺがさ。八十点。馬車馬ゆに子。八十点。二人とも、合格」

二人が面談の必然性みたいなことに思いを馳せていると、『人間王』があっさり、そんなことを言った――勿体ぶることなく、ふたりに『点数』をつけて、『合格』と言った。

(八十点？　私達が？　人間として？)

(合格？　何が評価されて？)

採点や審査の基準がまったくわからず、戸惑う二人だった——いや、『合格』できたのであれば、『内偵任務』をおこなう上で、それに越したことはないのだが、しかしあまりに脈絡がなさ過ぎて、わけがわからない。

『合格』だけならまだしも、『八十点』とは、なんだろう——八十点以上が合格で、自分達はぎりぎり合格なのだろうか？　それとも、合格基準は五十点あたりなのだろうか？

ただ、それを問い返す前に、

「次」

と、『人間王』が部下を促したため、二人は王の間から追い出されることになった——ここで抵抗して、王を問いつめても始まらないので(終わってしまうかもしれない)従うしかないふたりだったが、しかし『人間宮』を出る段に至って、

「あっ」「あっ」

と、二人、同時に気づいたのだった。

遅蒔《おそま》きながら。

（そうか――あの人、本当に『人間かどうか』を見ていたんだ）

（『余の国』……『人間王国』の国民になろうとする者が、本当に『人間かどうか』）

（出身国は関係ない……）

（老若男女も、能力も思想も貴賤も関係ない――純粋に『人間かどうか』）

（言い換えれば――『人間の振りをした、人間以外の何か』か、どうかを見ていた）

そう、すなわち、『人間王』は。

入国希望者が『人間』なのか『地球陣』なのかを、審査していた――その事実に、乗鞍ぺがさと馬車馬ゆに子は、息を呑む。

だって、そんな区別ができるのは、人材豊富な『地球撲滅軍』の中でもただ一人――たった一人、空々空だけなのだから。

4

厳密に言えば、空々空でなくとも、『人間』と『地球陣』との区別ができないわけではない――ただ、それを区別したとき、見てしまった『地球陣』の輝かしい正体に、とても正気を保てなくなるということだ。

物理的に脳が破壊される、と言ってもいい。

そんな衝撃を受けるほどの、『美しい』正体を、『地球陣』は秘めているのだと言う——だからこそ、感情が死んでいて、そんな『美しさ』に反応しない、空々空のような人間が、組織に重宝されたわけである。

重宝されたのはあくまで当初の話であり、その後、空々が組織に与えた手ひどいダメージを受けて、『地球撲滅軍』の上層部は、むしろ彼を組織から排除する方向へと舵《かじ》を切ったが（そして失敗し、今に至るわけだが）、しかしながら、『地球撲滅軍』に限らず、対地球組織としては、地球からの先兵である『地球陣』を『発見』できる『目』は、常に求めるべき理想の兵器だった。

実のところ、乗鞍と馬車馬も、そのために地球撲滅軍からスカウトされた人材だった——感情が死んでいる空々空との類似性を見込まれて、二人は『地球撲滅軍』に招かれたのだ。

当時の上層部としては、『空々空の他にも「人間」と「地球陣」とを区別できる者がいれば、奴の価値は暴落する』という腹積もりがあったのだろうが、しかし、結論から言って、彼女達二人は不適格だった。

二人だけではなく、当時空々空の後釜候補として招かれた全員が不適格だった——事前の検査ではねられた分だけ、ラッキーだったと言える。実際に『地球陣』を見て、脳が破壊された候補生もいたことを思えば。

その後、空々空が四国からの帰還を果たし、もう組織内の誰にも手が出せないほどの立場を手に入れたあとは、そんな『都合のいい後釜探し』のプロジェクトは宙に浮いてしまい、同時に二人は行く当てを失ってしまったのだった――『自明室』を設立した右左危博士に拾われていなければ、むしろ『危険因子』として、処分されていたかもしれない。それだけに、二人にとって、今回、右左危博士の指示によって空挺部隊に組み入れられたことは皮肉な展開なのだが――ただ、右左危博士に対する感謝も、空々に対するやっかみも、彼女達の中にはない。

一切ない――ひと切れもない。

一時は空々空の後釜と見なされていただけのことはあって、そのあたりの感性は、死んでいるも同然だ。

ただ、さすがに、自分達がやらされようとしていたことは覚えていて――それだけに、そんな離れ業を、しかも肉眼でやってのけている『人間王』には、戦慄《せんりつ》せざるを得なかった。

(確かに……、だったら、どれだけ大変な作業でも、時間がかかろうが手間だろうが、自分でやらざるを得ない――)

(――むしろそれこそが、『人間王国』の国王としての、もっとも重要な仕事かもしれない。入国審査――)

「…………」

「…………」

もちろん、現時点ではただの推測でしかない――だが、そうとでも考えないことには、王が自らあんな『面談』をおこなう意味がない。

ただ、仮に『人間王』が、そんな『眼力』を持っているのだとすると、彼女があんな若い身空で、『大いなる悲鳴』の混乱に乗じたとは言え、新国を建立するという偉業を成し遂げた事実にも、納得がいく。

むしろ彼女にしかできないと言っていい。

世界中の対地球組織が、喉から手が出るほど欲する力だ――『地球撲滅軍』が、どういう形であれ擁する空々空でさえ、『実検鏡《じっけんきょう》』というアイテムなしでは、人間と『地球陣』との区別はつかない。

『地球陣』本人（？）でさえ、自分が『地球陣』なのかどうかはわからないのだ――それをノーコストかつノーリスクで見分けられるとなれば、そんな巨大なアドバンテージはない。

成立してまだ一年ちょっとの対地球組織が、トップ7にランキングされるわけだ。

（『人を見る目がある』んじゃなくて――『人外を見る目がある』）

（『八十点』というのは、じゃあ、人間としての点数じゃあなくて、審査の正確さをあらわす数値……、私達が人間である確率が、八十パーセントって意味……？）

となると、その数値が高いのか低いのかも、微妙である——人間として八十点と言われたなら、まああの数字にも思えていたけれど、しかし『二十パーセント人間じゃない』というリスクのある者を国内に入れるのは、国王として、いささかダイナミックな決断だとも言える。

（つまり、『人間王』の裸眼による『眼力』も、決して絶対ではないってことかな……ある程度幅を持った誤差は、飲み込まざるを得ない、とか）

（じゃあ、私達には、今後、二十パーセント分の見張りがつくのかしら）

そのあたりは、これからわかることか。

とにもかくにも、二人はその『審査』をクリアしたのだ——残りの二十点が何を意味するかはともかく、『人間王』から、『人間』のお墨付きをいただいた。

二週間、予定外の待ちぼうけを食らわされたけれど、いよいよこれから、二人の内偵調査が始まるのだった。

国民として根を張り、本格的にコミュニティに所属し、友人知人を作って、必要不必要の判断を自分達ではおこなわず、できる限りの情報を収集する——『人間王国』が『道徳啓蒙局』をつぶした『裏切り者』であるかどうかを調査するための内偵だが、それだけにとどまらず、鎖国状態で、外部にはほとんどその内実が知られていない新興国の詳細を、日本に持ち帰らなくてはならない。

彼女達の任務は、他のペアと比べて、そのあたりが複雑である——一番難しいのは、『日本に持ち帰る』という、最後の部分だ。

入国のたやすさに比べて、出国の難しさは、まさしく鎖国状態なのだ——出国を企《くわだ》てただけで殺されかねない危うさがある。

どうしたものか。

入国する際に通信機器のたぐいは没収されているので、直接持ち帰って報告するしか、伝達の手段はないのだが。

（……まあ、正体不明の『人間王』が『若い女性』だって情報を持ち帰るだけでも、値千金だけどね——それに）

（『人間王』が『地球陣』を見分けられる『眼力』を本当に持っているんだとしたら、『人間王国』が『裏切り者』である可能性は著しく下がる——当面の危機については、他のペア、空挺部隊本隊の内偵調査で、しのげるでしょう）

自分達が置かれている状況や世界情勢、あるいは地球対人類との戦争の趨勢《すうせい》になど、ほとんど興味のないふたりは、そんな風に考えながら、あてがわれていた仮の宿に帰還する——この宿に泊まるのは今夜までだ。

これから引っ越しの準備である。

新生活に向けて——新しさになど、二人は何の感慨もないが、生活に向けて。

まあ、とは言え、取り立ててまとめるような荷物もないのだけれど——部屋のドアを開けると、

「やあ、乗鞍さん。馬車馬さん」

と。

見知らぬ少年が、部屋の中央に陣取っていた——少年は『I　LOVE　BEIJING』というTシャツを着ていた。

5

見知らぬ少年は、実際には見覚えのある少年で、もっと言えば、ここにいるはずのない少年だった——十四歳の少年。

空挺部隊隊長・空々空だった。

任務前に日本で数回会っただけの相手なので、服装を変えられると、誰だかわからなくなる——これが直属の上司である右左危博士だったなら、一応の見分けはつくのだけれど。

しかし、確か、アメリカだかフランスだかの対地球組織で内偵調査をおこなってい

るはずの空々空が、どうしてこのアフリカの新興国に？

　正規の手続きを踏んで来たとは、とても思えないが。

「いや、任務の終了を知らせに来たんだよ。隊長として……、『裏切り者』がどこの対地球組織だったかが、判明したから」

「…………」

「…………」

　乗鞍と馬車馬は、コミュニケーションが下手と言うか、相当理解が遅いほうではあるのだが、それを差し引いても、この少年は説明が下手だった――前置きもなしでいきなり本題に入るから、まったくついていけない。

　まず、どうしてここにいるのか、どうしてここがわかったのかを説明して欲しい。

「え？　ああ、そう？　じゃあ、説明するけれど……」

　意外そうにきょとんとしてから、空々はしかし、こちらの要求に従う――年齢が年齢だから仕方ないが、上司としての威厳みたいなものには、彼はまったく欠けている。

　二人の直属の上司である左右左危博士も、威厳があるというタイプではないが、しかし振る舞いはまさしく、『人の上に立つ者』である――そういう傲慢さに、空々は完全に欠けている。

「ここがわかったのは、一緒に来た好藤さんが調べてくれたからだよ。やっぱり天才って言うのかな。その辺で聞き込みをして、あっという間に、日本人の女の子二人がどこに滞在しているかを突き止めてくれた——すごいよね」

そんな風に言われても、部外者の二人には、まずもって『好藤』という空挺部隊の隊員の天才性を、共有できていないのだが。

(四国出身の魔法少女、だっけ……)

(元じゃなくて、現役の魔法少女のほう……?)

まあ、まだ国内では日本人は珍しいし、言語にさえ不都合がなければ、二人の住所を突き止めることと自体は可能かもしれない。『あっと言う間』というのが、どれくらい『あっと言う間』なのかにもよるが……。

(本当に『あっと言う間』だったん——でしょうね)

「で、どうやって入国したかなんだけれど……、国境付近で書類を書いて入ったんじゃ、時間もかかるし、出るときにちょっとばかりややこしくなっちゃうから、こっそり密入国させてもらった。好藤さんの魔法で、ヨーロッパから、中国を経由してトンネルを掘ってもらって……」

トンネル!?

いや、ついでみたいに言ったけれど、どう考えてもそっちのほうが強烈な出来事だろう!?

(物事の順序や、優先順位が、まったくわかっていない――)

(――これが空々空か)

呆れていいのか、感心していいのか。

これくらいの精神性でなければ、『地球陣』を見分けることなんて、できないのかもしれないが。

「その――好藤さんは？」

「え？　元気だけれど？　いくら魔法が無尽蔵のエネルギーを持っているとは言っても、それ以前に彼女、根本的にタフだよね」

元気かどうかなんて訊いていない。

今どこにいるのかを訊いたのだ。

「ああ、トンネルの出口付近で待機してもらっている。なにせ、彼女のあの格好、目立つからね――イギリスでならともかく、この気候じゃあ。それに、すぐ出て行くつもりだから」

「……『裏切り者』が判明したっていうのは？」

結局、どうやってここに来たのか、どうしてここがわかったのかを訊いたところで、あまり得るものはなかった――実のある会話にならなかった。

してみると、最初からその辺りのくだりを省こうとしていた空々の判断は、それなりに正しかったと言うことか。

「えっと……、二人はどんな調子だった？」

大して心配そうにでもなく、空々少年は訊いてくる。

「いや、と言うのは、中国の『仙億組合』を内偵していた鋼矢さんと手袋さんが、結構酷いことになっちゃってね……、危篤《きとく》状態って言うのか」

地濃さんがいなきゃ危なかった、と空々。

（鋼矢……手袋……地濃……空挺部隊の隊員達）

（どこで何があったのかはともかく、私達が待ちぼうけている間に、外部ではいろいろ動いていたみたいね）

「だからきみ達のことも、一応、心配してみたんだけれど……どう？　二週間の内偵中に、危険なことはなかった？」

なんだか、まるで連休中にどう過ごしていたかを訊くような軽さである。

（私達が言うようなことじゃないんだけれど――この子）

（ことの重大さとか、わかっているの？　そもそも、いくら手っ取り早いとは言っても、『人間王国』に密入国するリスクとか――軍事政権だよ？）

トンネルに身を隠しているという好藤はともかく、危険なことが、今一番ありそうなのは、むしろ空々である——なぜそうも、平静を保っていられるのだろう。

（危機感……みたいなものが、決定的に欠如しているのかしら。私達よりも、ずっと）

（でも、そんなものまでも欠けているんだとしたら——この子にはいったい、何が残っているっていうの？）

いずれにせよ、命令の上位系統にあたる空々からの質問に、二人としては答えないわけにはいかない——現時点でわかっていることを、洗いざらい報告した。

国内の様子や、対面した『人間王』のこと。

そして彼女が『地球陣』を見分ける『眼力』を持っているかもしれないということ——その段に至って、ようやく空々は、

「ふうん」

と、反応らしい反応を示した。

もっと驚くかと思っていたが。

「いや、それなりに驚いてはいるよ。でも、まあ、そういう人が世の中に、一人くらいいても不思議じゃあないからね——僕だけが特別ってこともないだろう」

むしろもっといてくれたら助かるんだけれど、と空々は言った。

（この子の『特別』なところは、ひょっとして、そこじゃないんじゃないかしら……）

(そもそも問題は、そんな『眼力』を保有する人間が、文字通りの意味での一国一城のあるじだってことなんだけど……伝わっている？)

なんとも報告・連絡・相談のしがいがない上役である——空挺部隊の本隊は、よくこんな上司と仕事をしていて、息が詰まらないものだ。

「……なので、『人間王国』が、『道徳啓蒙局』を潰した『裏切り者』だという可能性は、皆無かと思います」

「どうして？」

「え」

そんな反駁《はんばく》を予想していなかったので、虚を突かれた——そんなこと、説明しなければわからないのだろうか？

「……国王自ら入国希望者を篩《ふるい》にかけ、『地球陣』を入れないようにしているような国家が、人類に背信しているとは思えないから、ですが」

「そうとは限らない。篩にかけたのは『地球陣』を、よりよく遇するためかもしれない——仮に『人間王』が、僕と同じように……、僕以上に、『地球陣』を見分けられるとしても、それが連中を排除するためだとするのは早計だ」

ひょっとすると、見分けられるがゆえに、『人間王』は、『地球陣』の美しさに魅せられ、彼らに与する気になったのかもしれない——彼らのための国を作ろうとしているのかも。

空々からのそんな返答を得て、一瞬、

（確かに――）

と、乗鞍は納得しかけたが、

（――いや、でもそんな些末な可能性まで、考える必要がある？）

と、馬車馬は思い直す。

もっともらしく言うので、もっともらしく聞いてしまったけれど、無理に仮説をでっち上げたとしか思えない。

わざわざおぞましい方向おぞましい方向へと、物事を考えている――二人の推測を裏付けるように、空々空は、

「『人間王』自身が『地球陣』であるという可能性もある――だから人間と『地球陣』とを、区別できるのかもしれないね」

という極論を述べた。

6

「もっとも、『裏切り者』が判明した以上、『人間王』の正体については、今のとこ

ろ、棚上げにしておいていいんだけれど——それじゃあ二人とも、出国の準備をして」

「出国？」

急な話の切り替えかたに、二人はぽかんとなったが、空々はただ当然のことを言っているだけのように、「最初に言ったでしょう？　『裏切り者』がどこなのかは判明したから、もう僕達の任務は終了だって——だから迎えに来たんだって」と、淡々と続けた。

そんなこと言ったか？　いや、言ったは言った。だが、逆に言えば、それしか言っていない——確かに話を遮ったのは二人のほうだけれど、もっとちゃんと説明しろ。ようやく入国審査も終わって、これから本格的に任務に取り組もうというときに、梯子《はしご》を外すようなこと言われても。

（いや、梯子を外すというよりは——トンネルを掘ってきたんだけれど）

（この国から抜け出すための方法なんて、絶望的過ぎてそのときまで棚上げにするしかなかったけれど——）

「そう？　でも、僕も話を聞いただけで、まだちゃんとまとめられてはいないんだけどね——情報分析は、右左危博士に任せるしかないと思う。込み入った話を、よくわかってない奴が話すことになるけれど、それでも聞きたい？」

「…………」

「…………」

正直に言うと、込み入った話を、よくわかってない奴が話すのなら、全然聞きたくはなかったが、ここでのめのめと、そんな奴にピックアップされるというのも、納得できない話だった。

せめて移動は、『裏切り者』がどこなのか聞いてからにしたい。

「『裏切り者』……って、言うか、ロシアの『道徳啓蒙局』を潰したのは、イギリスの『永久紳士同盟』だった。これは、自白が取れているから、もう確実だ」

紙に書かれた文章をそのまま読むように、空々は語り始める――その『真相』は、導入部だけでも十分、二人を驚かすに足るものだったが、空々にとっては、そうでもないようだ。

「『永久紳士同盟』が『裏切り者』……？　人類よりも地球の味方を……？」

「いや、必ずしもそういうわけじゃあないみたい。込み入った事情……、政略的な事情っていうのが、あるらしくって――その辺が僕には、うまく説明できない。正直、その辺りはまだ、地濃さんのほうがよくわかるみたいだった」

そこに忸怩《じくじ》たる思いがあるかのように、空々は首を振った――その辺にも、どうやら込み入った事情があるらしいが、まあ、余所の部署の内部事情には興味がない。

問題は、ここ二週間の間に、何が起こっていたか——なのだ。

どうやって『永久紳士同盟』が『裏切り者』だと突き止めたのだろう——いや、『裏切り者』という意味の『裏切り者』ではない？

「じゃあ、彼等は『裏切り者』でもないのに、『道徳啓蒙局』を潰したって言うんですか？」

「『道徳啓蒙局』だけじゃない。この二週間の間に、フランスの『宿命革命団』も、中国の『仙億組合』も潰した——実際、危ういところだったんだよ。地濃さんやかんづめちゃん、鋼矢さんや手袋さんは、その巻き添えを食うところだった——僕と虎杖浜さんだけ、安全に任務を遂行してしまったみたいで、少し心苦しい」

あまり心苦しくはなさそうだ。

仮に心苦しいのだとしても、義務的に心苦しさを負っているように見える。

(私達は、『英雄』空々空の後釜候補として、『地球撲滅軍』に引き入れられたってことだったけれど——これじゃあね)

(及びもつかないというか、お呼びでないというか……、これと一緒にされたくはないって感じね)

「……それで、私達のことも、心配してくれてたってこと？」

義務的に？　という言葉は飲み込んだ乗鞍だった——続きは馬車馬が引き継ぐ。

「『人間王国』もまた、『永久紳士同盟』の被害に遭っているんじゃないかと思って？

……今のところ、そんな兆候はなさそうだけれど」

もしもそんな襲撃を受けていたなら、あんな風に暢気《のんき》に面談などおこなっている余裕なんてないはずだ――それとも、それはこれから起こることなのだろうか？

（『永久紳士同盟』は、『道徳啓蒙局』のみならず、ほかのすべての対地球組織を潰そうとしているってこと？　それも――人類に対する敵意もなく？）

（どう考えても、地球に利する愚行だけれど――利敵行為そのものだけれど）

「いや、きみ達を心配したのは、単に、右左危博士が一番危険な任務地みたいに言ってたからってだけ――『永久紳士同盟』の目論見は、もう終わったんだ」

「終わった？」

「正確には、ほとんど終わっていて、もう外部からは止めようがないってことなんだけど……、少なくとも、『人間王国』に、『永久紳士同盟』からの攻撃が及ぶということはない。……まあ、『人間王国』って、他の対地球組織と違って、れっきとした国家だからね。『秘密裏に潰す』ってことは、そもそも事実上不可能なんだろう」

「何それ？　つまり、できることなら、『永久紳士同盟』は『人間王国』も、潰したかったってことかしら？」

「ああ、いや、そういう意味じゃない。『永久紳士同盟』としては、トップクラスの対地球組織のうち、四つも潰せば、それで十分だったはずで――仮にあとひとつ潰すつもりだったとしても、『人間王国』と救助船『リーダーシップ』は遺したかったはず。大事な受け皿だから」

「受け皿――」

ますます意味がわからない。いや、それどころか、数字さえ合っていない。『永久紳士同盟』が潰した対地球組織は、今聞いた分を合わせても、『道徳啓蒙局』と『宿命革命団』と『仙億組合』の三つだけのはずだ。

四つ目は？　他にどこかを潰しているのか？　だとすればもう、蛮行《ばんこう》もこれ極まれりとしか言いようがないが。

「四つ目は、『永久紳士同盟』自体だよ。今、彼らは自分達で自分達を、壊滅させている途中だ――壊滅と言うか、解体と言ったほうが正しいかもしれないけれど」

「……いよいよ、完全にわけがわからなくなってきたわね」

込み入った話どころではなくなってきた。

空々の言っていることをそのまま全部鵜呑みにすると、『永久紳士同盟』が、周辺の組織を巻き込んでの自壊を図ったということになる――しかも、大した目的もなく、だ。

そんな滅茶苦茶な、とんでもない理解でいいのだろうか？

「目的はあるんだよ。だから、内偵調査でそれに気付きかねなかった、僕や虎杖浜さん、地濃さんにかんづめちゃん、それに『USAS』のエージェントであるノーライフさんあたりには、事情を開示するしかなくなった。……運が悪かったのは鋼矢さんと手袋さんで、任務開始の時点で僕達よりもはるかに深く踏み込んでいた彼女達は、危うく口封じのために排除されるところだった——そんな追撃から逃げ切れたのは、さすがだけどね。さすが鋼矢さんだし、さすが手袋さんだ」

だから知らないって、空挺部隊の隊員のパーソナリティまでは。

「『人間王国』と救助船『リーダーシップ』が重要だって言ったのは、つまり、そういう意味だよ。組織解体後の人員の行く当てとして——保護すべき才能は救助船に、そこまでではなくとも、重要な人物は『人間王国』に向かえば、引き続き地球と戦い続けることができるから」

「……？　でも、それ、何の意味があるの？　単に、『永久紳士同盟』が実体をなくしたってだけのことじゃない。歴史ある対地球組織が、ふたつの新興勢力に併呑《へいどん》されて、どんなメリットがあるって言うの？」

内部から乗っ取ろうとでも言うのか？　いや、そのためにわざわざ、自組織を解体することはない——しかも、他の対地球組織を、三つも壊滅させてまで。

「うん。だけど、その三つもまた、壊滅じゃなくて、解体というべきかもしれないんだ」

「そして同じように、抱える人材を、ふたつの新興勢力に流入させている──」

「ええ?」

「…………」

それで、この混雑だったのか?

二週間も入国審査を待たされるような。

ロシア語やフランス語や中国語をよく聞いたのは、単純に最近、それらを母国語とする者が多く入国してきたからで──そしてこれからは、イギリス人が増えてくると?

「なに? じゃあ、すべては出来レースだったたってこと?」

あらかじめ組織同士で示し合わせて、まるで抗争があったかのような振りをした?

『道徳啓蒙局』の壊滅が、自作自演なんじゃないかというような見方は、最初からあったけれど──それをもっと大きなスケールで、組織間で連携しておこなっていたというのか?

なんのために?

空々のわかりにくい説明を受けて、徐々にではあるが事情が判明してきたところで、まったくすとんと腑に落ちない。

「出来レースというのも、少し違う……、結構な被害も、犠牲者も出てるしね。僕達も死んでいて、ぜんぜんおかしくなかった。『永久紳士同盟』はかなりうまくことを運んだほうなんだろうけれど、それでも完璧とは言えなかったみたいで——まあ、勝手に動いた『地球撲滅軍』が、鬱陶しくも計画の邪魔をしただけとも言えるけれど」

『永久紳士同盟』からすれば、部外者にとんでもない横やりを入れられたって感じだと思う——と空々は、これも心苦しそうに言う。

あくまで義務的に。

「出来レースではなくとも、談合があったのは間違いない。『地球撲滅軍』と『USAS』が談合に参加できなかったのは、これは単に、遠かったから——地続きじゃないからね。厳密にはイギリスも地続きじゃないけれど、一応フランスと、電車がトンネルで繋がってるから」

もうちょっと早く好藤さんがイギリスと日本を繋げてくれていたら、『地球撲滅軍』も誘ってもらえたのかもしれない——と、混乱を更に加速させるようなことを、空々は言った。

「すべて人類を守るためにやったこと——『永久紳士同盟』の、キングスレイヤーさんはそう言ってた。どこまでそれを信頼できるのかは、やっぱり分析待ちだ」

「……そう、わかったわ」

「うん、納得した」

乗鞍と馬車馬は口を揃えてそう頷いたが、しかし、心は逆の意見で揃っていた――すなわち、これ以上、空々空を問いつめても、得られるものはないという意見で。

「そう、それはよかった。僕も説明した甲斐があったよ」

ついたほうにしてみれば、割と見え見えの嘘だったはずなのだが、しかし空々はあっさり、その言葉を額面通りに受け止めたようだった。

「じゃ、急ごうか。このあと、みんなと合流して、行かなきゃいけないところもあるし――見つからないうちに」

「いえ、私達はこの国に残るわ」

「そう。空々さんと好藤さんだけで行って。見つからないうちに」

二人は言った――これは言葉と内心が一致していた。

空々の解説は、かなり要領を得ないものではあったけれど、それでも『裏切り者』に関する案件が、どうやら一応の解決を見たことは確かだった――解説がなくとも、解決したなら、二人にとっては、それでいい。

だが、もうひとつ確かなこととして、四つの大規模な対地球組織が、壊滅あるいは解体されたことによって、今後、二人がいまいるこの国――『人間王国』の重要度が、飛躍的に跳ね上がるらしいということもあった。

消失する四つの組織から、人員が次々流れてくるというのなら――だったら、自分達はこのまま、内偵調査を続けるべきだ。

　乗鞍と馬車馬は、そう考えたのだった。

（幸い、トンネルを掘ってくれたことによって、帰り道の目処《めど》はついた——ならば、脱出するのは、今じゃなくってもいいはず）

（二週間待って、ようやく得た『国籍』を、無駄にしたくないしね——）

　まして、空々が先だって示唆したように。

　あの国王。

『人間王』が——『地球陣』であるという可能性を一度でも考えてしまうと、『疑いが晴れたから』という理由で、おいそれとこの地を離れるわけにはいかない。

　地球に対する敵意も、恨みもない二人だが、職業意識は高かった——マニュアルのように。

　自分に欠けているものを埋め合わせようというように、二人は、任務に忠実であり、それゆえに、こんな中途半端なところで、『人間王国』を離れる気にはなれなかったのだ。

「そう？　だったら、別にいいけれど」

　ご老人に席を譲ろうとしたら断られた程度の意外さで、二人の申し出をとらえたらしい空々は、それでも一応、

「トンネルが、いつまで持つかはわからないよ。歩けるような距離じゃないし……、今後の動き次第じゃ、迎えにこられるかどうかわからない」

と、付け足す。

「右左危博士に、なんて言えばいいんだろう。心配するんじゃないのかな」

「あの人は心配なんてしないわよ——聞いていない？　私達のこと、死んでもいいって言っていたでしょう？」

「言ってたけど……あれはあの人なりの、信頼の表れなんじゃないかと受け取っておいたよ？」

どういう感性だ。

まあ、そういう意味も、まったくないわけじゃあないのだろうが。

「強いて言うなら、その『死んでもいい』って部分が、私達に欠落している、人間じゃない二十点分なの」

「人間じゃない二十パーセントなの」

はぐらかすようにそう言いながら、乗鞍ぺがさと馬車馬ゆに子は、

（もしも『人間王』が、この子を見たら、いったい何点ってつけるんだろう——）

と思った。

7

空々空と『人間王』。

潜伏を続ける道を選んだ二人の内偵者の手引きによって、極東のいち少年が一国の王者に面会し『採点』を受けることになるのは、そう遠い日のことではない——しかし、それは今ではなかった。

内偵は終わり、『犯人』が判明し、ことがおおむね解決しようとも——彼の仕事は、まだ終了していない。

任務は終われど、空々少年の。

リーダーとしての責務は、なお続いている。

（第13話）

（終）

第14話「救助船『リーダーシップ』！不審船は不沈船」

0

『出る杭《くい》は打たれる』というのはあくまでも被害者側の言い分であって、大多数の人間は、『出る杭を打つ』側だ。

1

巨大過ぎて船という印象はまったく持たなかった。

海上に浮かぶ豪勢な宿泊施設――否。

いっそ鉄でできたひとつの島。

それが氷上竝生が、救助船『リーダーシップ』に対して抱いた第一印象だった――世界各地に派遣された空挺部隊の中で、自分達だけはいわゆる『国』ではない、言うならある種の無法地帯に向かうということで、それなりに警戒していたつもりだったが、しかし実際に潜入してみると——船入してみると、これはもう、太平洋のど真ん中に、一個の国家が形成されていると言ってよい。

そんなスケールだった。

（実際、アフリカ大陸の新国家『人間王国』と、うり二つではないにせよ、鏡合わせではあるのよね——『どんな人間でも、人間であれば受け入れる』国と、『優秀であれば、人間でなくとも歓迎する』船……）

氷上は自分を決して天才だとは思っていないけれど、しかしできるほうだとは思っていて（ついでに言うと、クールビューティーだとも思っていて）、だからそれだけに、もしも入船審査で落とされたらかなり恥ずかしいと考えていた——だから通ったときは、本当にほっとした。

（ま、各種書類を偽造したり、身分出自をでっちあげたり、裏工作をさんざんしたんだから、それで落とされたらよっぽど無能ってことになっちゃってたけど——空々部隊長に顔向けできなくなるようなことにならなくて、よかった）

同行するパートナーのほうは、インストールされている人格ゆえか、そんな心配をまったくしていないようだったけれど——

2

空々空が『ことの真相』みたいなものを、密入国した『人間王国』の王都で、乗鞍ぺがさと馬車馬ゆに子に話して、まったく理解を得られず、むしろ呆れられている頃──つまり、救助船『リーダーシップ』への『地球撲滅軍』の内偵が開始されてから二週間が経過した頃。

彼の部下である氷上竝生は、空々自身も、ちゃんと理解できているとは言えない『ことの真相』についての理解を深めていた。

みたいなもの、ではなく。

『ことの真相』そのものを──だ。

『道徳啓蒙局』壊滅の謎と、『裏切り者』の正体について、俗世間から完全に隔離された、浮き世離れしているとも言える救助船『リーダーシップ』の中にいながらにして。

しかも、二週間の間、船の中を歩き回って、クルーへの聴取を続けた結果、今日、ついに確信を得られたということであって、実のところ、もっと早い段階で、その仮説は立っていたのだった──正しく言えば、その仮説を聞いていたのだ。

相部屋の同行者。

人造人間『悲恋』から——である。

「まあ、要は、パワーバランスを考えたってところみたいなんですよね——人類対地球の戦争を、コントロールしたがった誰かが、どこかにいたって感じ？」

入船審査をクリアし、船室に這入ったところで、いきなり、人造人間『悲恋』は、そんなことを言い出した。

「は？　……何を言っているの、あなた？」

「何って、推理ですよ、推理——それもごく初歩の。あなた、ひょっとしてものを考えたことがないんですか？」

意地の悪い表情をにやにやと浮かべて、『悲恋』は続ける——敬語は敬語だが、こちらに敬意がまったく払われていない。

「それでよく、空々の秘書なんてやってられますよね——あいつの近くにいようと思ったら、常に考えてなきゃ」

「…………」

今の人造人間『悲恋』にインストールされているのは、氷上の上司である空々空の、かつての親友——今はなき『第九機動室』の副室長の『性格』と『記憶』だ。

もちろん、それがすべてではないし、そのものを再現できているわけでもない——

救助船『リーダーシップ』のクルーとして認められるために、あえて過度に、天才児としてのステロタイプなキャラクターを演じているきらいもある。

いわば『「天才」の振り』の、お手本みたいなものだ。

それがわかっているから、だから彼女の、大人である氷上に対する不遜な振る舞いも、これまで看過《かんか》してきた——今後の内偵生活においても看過できるかどうかは、自分の忍耐力にかかっていると思っている矢先の、それは、『推理』だった。

「な、何を言っているの？『ひれ……』、じゃなくって、花屋さん」

船に登録されている偽名で、人造人間に呼びかける。

「いや、ですからね——そう考えるとしっくりくるって言うか、すっきりするってことですよ。あなた、そんなこともわかんないんですか？」

「…………」

「パワーバランスの調整——なんていうんでしょうね、そのほうが、『裏切り者』を想定するよりも、わかりやすいんですよ。むしろ『裏切り者』がいたとしても、彼らがこの時期に、『道徳啓蒙局』を潰すという行動に出る、合理的な理由がないんです——人類を裏切るなら、もっと的確に裏切る方法があるはずですもの」

まるで裏切りのエキスパートみたいなことを言っている——なるほど。

『本物』つまり『本人』との接点は、氷上はまったくなかったけれど、このあたり、確かに空々空の親友という感じだった――生前の彼女と接点がなかったことを、心からよかったと思えるくらい。

（そもそも、自力で地球が『人類の敵』だと気付いて、自力で対地球組織『地球撲滅軍』を見つけて、自ら入隊を希望するなんて時点で、ぶっ飛んでるのよね――そんな子供、いえ大人でも、『地球撲滅軍』史上、唯一なんじゃないの？）

「ま――まるで、あなたにはもう、『裏切り者』がどこの対地球組織なのか、わかっているかのような物言いじゃない」

「『裏切り者』って表現は、だからまったく正しくないんです」

その称号は私のものだから、と言いたげに、花屋こと人造人間『悲恋』は続けた。

「むしろ『犯人』は、人類に対して行き過ぎなほどに忠実な味方ですよ――本当、行き過ぎなほど。もちろん、私の推理が正しければ、ですけどね。……『犯人』は、フランスの『宿命革命団』かイギリスの『永久紳士同盟』か中国の『仙億組合』の、どこか。たぶん『永久紳士同盟』――理由は、一番疑わしくないからです」

「………」

本当に特定していたのか。

船に乗ったその時点で。

（いや、船に乗る以前から、推理はもう終わってたの……？）

「な、何その理由？　疑わしくないからって。そんな、推理小説を読んでるんじゃないんだから——一番怪しくない登場人物こそが犯人だって言うのかしら？」

「まあ、そうですね」

責めるように言ったつもりだったが、まるで応えた様子もなく、あっけなく『悲恋』は、そう頷くのだった。

「でないと、偽装工作になりませんから」

「偽装——工作」

「『道徳啓蒙局』は、壊滅したんじゃあなく、解体したって言うべきなんですよねえ」

壊滅ではなく解体。

奇《く》しくもそれは、空々空が、乗鞍ぺがさと馬車馬ゆに子に、下手な説明をするときに使った表現だった——氷上には知る由《よし》もないが、それもまた、少年と少女との友情の、一端だった。

もっとも、説明下手の空々と、説明はうまいが性格が悪い花屋人格、どっちから説明を聞くほうがマシかと言えば、判断の難しいところである。

「で、このあとは、『宿命革命団』と『仙億組合』が、同様に解体して——最終的に主犯である『永久紳士同盟』自身を解体して、しゃんしゃんって感じです。各組織の人員は選別した上で『人間王国』とこの救助船『リーダーシップ』に割り振るつもりでしょう」

「組織解体って……、でも、なんのために、そんなことを」

いや、出来レースだという可能性は、一度提示されてしまえば、それは一概に否定できない可能性であることは、氷上も認める。

世界最大の対地球組織『道徳啓蒙局』が、たとえ不意打ちであろうとも、瞬殺されたという信じがたい段取りの良さ。

台本があったのだとすれば。

「……でも、でっち上げの出来レースとは思えないわ。事実、左博士に情報を送っていたスパイは、命を落としている」

「スパイでしょう？　そんなの、命を落として、当たり前じゃないですか」

あっさりと言った——血の通っていないロボットの意見としては妥当だが、元々それは、血の通った人間の『性格』がいう意見だ。

「私が組織の上層部だったら、この解体を機会に、ドラスティックなリストラをおこなうでしょうからね——膿《うみ》を出して、無能を処分します。そうやってリアリティを演出する。一挙両得って奴ですね」

（絶対に人の上に立っちゃ駄目な人格だ）

しかし、実際には、こういう人格のほうが、人の上に立つのは向いているのだろう

——事実、彼女が副室長だった時代の『第九機動室』のあげた戦績は、異常なレベルだった。

空々空が本格的にヒーローとしての活動を始めるまでは、対『地球陣』戦績のレコード保有者は、花屋瀟だったのだ。

「……その台本に、アメリカの『USAS』と、日本の『地球撲滅軍』がキャスティングされていないのはどうして？」

もしも出来レースだったのだとすれば、こうやって内偵を始めようとしている氷上達は、いい面の皮ということになる。

「ひとつには、単純に距離があるからってことですよね——私だったら、機密維持のために、ユーラシア大陸だけで話をまとめます。それに、この救助船『リーダーシップ』は、一応、船籍がアメリカで、『USAS』と繋がっていますから——事後の受け皿として利用する上で、かの組織を絡ませにくかったってのはあるでしょうね」

「……『USAS』についてはそれで納得するとしても……、日本なんて、ユーラシア大陸の激近なのに」

「中にいるとわかんないでしょうけど、『地球撲滅軍』なんて、対地球組織トップ8の、一番格下じゃないですか。下っ端の下っ端の下っ端ですよ。つい最近、『絶対平和リーグ』を併合することで、ようやくトップクラスの仲間入りをしたような弱小チームが、大企業の談合の仲間に入れてもらおうなんて、傲慢もいいところです」

よっぽど傲慢な調子で言う『悲恋』に、決して組織への忠誠心が高いほうではない氷上でも、しっかり嫌な気分になったけれど――まあ、そうかもしれない。

機密漏洩のリスクを冒してまで、あえて『地球撲滅軍』を、計画の仲間に引き入れる理由は、彼らにはなかったのかも。

「そういう意味じゃあ、さっき、主犯は『永久紳士同盟』だと思うって推理しましたけれど、発案者はむしろ、第一の犠牲者であるところのロシアの対地球組織『道徳啓蒙局』だったんじゃないかなって思いますね――一番巨大なパワーを持つ組織から提案しなきゃ、通りそうもない案ですし。理想論って言うか、ゲーム理論って言うか……、最初に自分達が潰れてみせなきゃ、説得力に欠けますし――全員に自己犠牲の精神があってこそ、初めて成り立つ軍事作戦なんですから」

「……わからないわね。その軍事作戦に、どういう意味があるの？　普通に考えたら、さっきあなたが言っていたみたいに、組織を一時解体して、スマートにするためってことになるんだろうけど……、でも、それで得をするのは、四つの組織から人材が流入する『人間王国』と救助船『リーダーシップ』だけでしょう？」

「でも、実際のところ、それがもっとも、適切な判断だとは思いませんか？　私のような性格の悪い人間から見れば、どうしてみんながそうしないのかが、わからないくらいですよ――組織とか国境とかにこだわらず、人類同士で競ったりせず、一枚岩になって一致団結して地球に立ち向かえばいいものを、思想や信条に縛られて、てんでばらばらに戦っている現状を、もっと憂《うれ》うべきなんです」

「……性格の悪い人間の言いそうなことよね、確かに」

それができれば苦労はないという話だ。

挙げ足取りに近い。

もしも今回の出来事の裏側が、『道徳啓蒙局』と『宿命革命団』と『永久紳士同盟』と『仙億組合』を併合させるために、示し合わせた三文芝居だったのだと、確かにそんな合理的な説明はないけれど――それはとてもありそうもないことだ。

組織の成り立ちも、歴史も、それこそ思想も信条も、ぜんぜん違うのだ――同じ対地球組織と言っても、そういう意味では、厳密には競合組織でさえない。

(同じ日本の中でも、『地球撲滅軍』と『絶対平和リーグ』を併合させるだけで、あんなてんやわんやだったんだから――まして国境をまたいで、なんて)

「ええ、そうですね。だけど、人類が一致団結せざるを得ない状況に陥れば、どんな組織も垣根を越えて、手を結び合うんじゃないですか？　追いつめられれば、友情も芽生えるってもんでしょ」

「友情……」

その言葉が、こんな胡散臭《うさんくさ》く響くことも珍しいが、しかし思えば、花屋瀟ほど、友情に殉じた者のほうが珍しい。

　文字通り――殉じた。

「人類が一致団結せざるを得ない状況って……どんな状況？」

「そうですね。たとえば」

と。

　まったく追いつめられた様子もなく、むしろそれが愉快で愉快でたまらないというように、人造人間『悲恋』は、インストールされた彼女の人格がおこなう推理の核を述べるのだった。

「次の『大いなる悲鳴』が、間近に迫っている――とかですかね？」

3

　救助船『リーダーシップ』に乗った直後に、人造人間『悲恋』――偽名『花屋瀟』――は、ああやって得意げに己の推理を披露したけれど、今から思えば、あのとき彼女は、そこまで確信を持って、氷上にそれを語っていたわけではないのだろう。

（あれが、いわゆる『マウンティング』って奴だったのかしらね――私と二人で任務

に就くにあたって、主導権って言うか……、とにかくパートナー関係を築く上で優位に立とうと考えて、はったりをかましてきた）

実際、かなり効果的だったと言える。

あんな増長の権化のような物言いを、正面からぶつけられたのだ、その後の共同生活に、大いに支障を来したとしても不思議ではなかった——そう、氷上でなければ。

救助船に乗れるか否かの基準となる『天才性』についてははたまた別問題だとしても、性格の悪さだけなら、彼女を更に凌駕する、なにせあの左右左危博士を知っている氷上だから、その後も心折られることなく、クルーズ生活を過ごすことができたと言える。

（そもそも今回、『悲恋』にこんな性格をインストールしたこと自体が、それをぎりぎりまで隠していたこと自体が、私に対する左博士の悪意だものね——）

四国で過ごした左博士との共同作戦のことを思えば、花屋瀟こと人造人間『悲恋』との共同生活も苦ではなかった——とは言わないまでも、耐えられないものではなかった。

それに、性格の悪さを補ってあまりある有能さが、『悲恋』の、今回の人格にはあった——その点は確かに、認めざるを得ない。

現在の空挺部隊にもっとも欠けているものを持っている、と言うのだろうか——性格は極悪で、人格に誉められたところはない癖に、彼女は恐ろしく、コミュニケーション能力が高かった。

それは機械特有の高い言語力のことだけを言っているわけではなく、見ていて不思議なくらい、彼女は人の懐に入るのがうまかった。

救助船『リーダーシップ』の乗船資格を得ている『天才』には、気難しい者も多いはずなのに、彼女は誰とでも仲良くなった。

広大な船舶内をあっちこっち、絶え間なく縦横無尽に動き回って、『悲恋』は膨大な物量の情報を仕入れてきた——それをまとめるのが、氷上の主な仕事だった。

最初は、自分も聞き取り調査をおこなおうとしていたのだが、すぐに『いっそ任せて、私はデスクワークに専念したほうが絶対に効率的だ』と思えるほど、『悲恋』は有能で、人好きのするロボットだった——『可愛がられる』のが得意という感じだった。

ならば、氷上のように、クールビューティーにして可愛げのない女子は、むしろ彼女の聴取の邪魔になる——そう判断した。

差があり過ぎて、悔しくもない。

この船の乗船資格を、間違いなく持っていたであろう、元チーム『白夜』の天才少女達——虎杖浜なのか、好藤覧、灯籠木四子でも、これは、こうはいかなかっただろう。

あの三人は、人からちやほやされることには慣れていても、人から可愛がられるというタイプじゃない。

(如才ない、という意味じゃあ、鋼矢さんとかに近くなくもないけど――、まあ、『地球撲滅軍』の幹部クラスだって、何人も『花屋瀟』に骨抜きにされていたって話だし……)

改めて――末恐ろしい天才児だったのだと思い知る。

花屋瀟。

結局、彼女は『第九機動室』の勢力争いのようなものに敗れて、はかなくも志半ばで落命することになったわけだけれど、しかしもしも彼女がそこで死ぬことなく、その後も『地球撲滅軍』内で猛威を振るい続けていたら、いったいどんな現在に至っていたのだろう。

(空々部隊長との友情が、もしも継続していたなら――それは絵空事でなく、十分ありえる可能性だったはず)

まあ、まず間違いなく、氷上が空々のそばに立つことはなかっただろう――花屋瀟がそれを許したとは思えない。

それだけでなく。

(花屋瀟は、もっと権力の中枢に食い込んで——そして『地球撲滅軍』を解体していたかもね。今回、彼らがそうしたように)

彼ら。

『道徳啓蒙局』。『宿命革命団』。

『永久紳士同盟』。『仙億組合』。

果たしてあの段階で、どれだけ確信があったかはともかくとして——二週間にわたる聞き取り調査と、その分析を終えた結果、初日に『悲恋』が語った推理は、おおむね確からしいということを、氷上は認めざるを得なかった。

外れていればよかったのにと思っていたわけではないが、しかしこうも見事に的中させられると、あまり愉快ではない。

個人的感情で言っているのではなく(それも、もちろんあるが)、だったらその推理を、乗船前に開示しておいてくれれば、空挺部隊は、わざわざ各地に飛んで、現地調査なんてしなくて済んだかもしれないのだ。

危険な内偵調査を、みながする必要はなかった——それとなく、そう文句を言ってみたら、『悲恋』は澄ましたもので、

「せっかく、こうして『出てこれた』んだもの——ちょっとでも、長くこの性格でいたいじゃないですか？」

と言うのだった。

ロボットにとりついた幽霊みたいなことを——実際はデジタル化された、ただのデータでしかない癖に。

そんな理由で乗船するときまでだんまりを決め込んでいたのだとしたら、大した機密保持能力だった——まあ、すべての可能性を考慮して行動すべき事態である以上、すべての対地球組織への内偵は、やはりおこなうべきなのだろうが。

当初、もしも『悲恋』が述べた推理が真実だとしても、隔離された船の中ではその裏付けを取るのは難しいのではないかとも思っていたが——だからそれはもう、各組織の内偵担当者に任せるしかない部分で、氷上達は、救助船『リーダーシップ』の組織構造を主に調査すべきかと思っていたが——、しかし、聞き取りを始めてみると、クルーの中にはロシアの天才、フランスの天才、中国の天才、そして最近はイギリスの天才も多くいて、彼ら彼女らから話を聞くことで、外部の状況はどうやらつかむことができた。

(ここにきて急に、各地からの乗船者が増しているってだけでも、もう状況証拠としては十分だったんだけどね——)

彼ら彼女らは、対地球組織からの乗船者であり、もちろん、そう簡単に口を割る者ではなかったのだけれど、そこは『花屋瀟』の人格の、人心掌握術と籠絡術で、わずかずつではあるが、その気難しい心の扉をこじ開けた。

そして『悲恋』の推理はほとんど正しかったことが判明したわけだ――『一番怪しくないから』なんて、当てずっぽうとしかいいようのない理由で言っていた、『永久紳士同盟』が主犯だというところまで、どんぴしゃだった。

任務開始から二週間が過ぎた今頃は、『永久紳士同盟』の解体も、既に終了しているだろうということだった――なんだか、浮き世離れした、ある種安全圏にいるうちに、すべてが片付いてしまったかのような印象である。

「でもまあ、それでよかったのかもしれないわね――もしも『ことの真相』に、私達がもっと早い段階で気付いていても、それで『地球撲滅軍』に、何かができていたってわけじゃないもの。むしろ、ただただ邪魔をしちゃっていたかもしれない――四つの対地球組織の共同作戦、その利権に、なんとか食い込もうとして」

四つの対地球組織。

『人間王国』と救助船『リーダーシップ』を足せば、六つ――救助船『リーダーシップ』の出自が、アメリカ船籍であることを思うと、本当に『地球撲滅軍』だけが、蚊《か》帳《や》の外に置かれていた形だ。

だからこそ、もしも早い段階で真相が見えていたなら、そこで利己的な振る舞いに出ていても不思議ではない――だから、『悲恋』が、船に乗るまでその仮説を誰にも言わなかったことは、期せずして、最善の選択だったのではないだろうか。

彼女がそんな選択をしたから。

世界をまたにかけた軍事作戦は成功したのだ。

「成功……なのかどうかは、まだわからないですよ。『人間王国』も、この救助船『リーダーシップ』も、四つの巨大組織の受け皿たり得るかどうかは、これから証明していくことになるでしょうし。それに、仮に最大限にうまくことが運んだとしても、こんなのは所詮、一時しのぎにしかならない──組織を解体して分散して、そして集結させる。いずれは元の木阿弥《もくあみ》ですよ──」

他人の成功を呪うようなことを言う『悲恋』。

二週間も同室なら、そんな物言いにも、そんな性格にも、さすがに慣れてこようというものだった──どうにかこうにか。

「でも、時間稼ぎにはなるんでしょう？」

「さあ。問題はまさにそこですよね。それこそ、仮説に過ぎないんですし──『大いなる悲鳴』を防ぐためには、人類の戦力を減殺する必要がある、なんてのは」

「…………」

それが初日、『悲恋』の言ったことだった。

四つの巨大な対地球組織が、結集した動機。

組織を解体するに至った理由——

「軍事行動であり、軍縮行動。とは言え、その仮説自体は、以前からあったものですしね——人類対地球の戦争は、遥か古代より継続していて、ずっとずっと戦い続けてきた。しかし科学技術の飛躍的な進歩によって、ここ最近は、かなり有利に——もっと言えばかなり圧倒的に、地球相手に戦況を進めていた。と、思っていたわけです。地球を追い詰めているつもりになっていた——そうやって思い上がっているところに食らった掣肘《せいちゅう》が、あの『大いなる悲鳴』だった。人類の三分の一を削られる、大損害を受けました」

あのとき人類が滅んでいても、まったくおかしくなかったんですよね——と、『悲恋』はある限りの悪意を込めたような声の調子で言ったが、それに限っては誰がどう言っても、同じ調子にはなるであろう、ただの事実だった。

そう——あのとき、ちょっと何かしらのタイミングがズレていれば、それで人類は滅んでいたかもしれない。その後、世界が復興できたのは、あくまで、ただの奇跡だ。

三分の一が死ぬというのは、そういうことだ。

「ただ、逆に言うと、その後の『復興』についても、およそコントロールできたものじゃあなかった——失ったものを取り戻そうとする力はそれだけ強いってことですかね？　強烈な一撃をお見舞いされて一時衰退したはずの人類側は、また、もとの勢いを取り戻しつつあった——『大いなる悲鳴』の対策も練れないうちに」

「…………」

その辺の話は、初日にした話の繰り返しではあった——が、その後船内の聞き取り調査をおこなった今では、より具体的に、より現実味をもって、その仮説を聞くことになる。

とは言え、これまで氷上は、そんな風に考えたことはなかった——どれくらいの人間にとって、それが『常識』だったのかはわからないが。

「『大いなる悲鳴』への対策が完成しないうちに、人類の勢力を完全回復させてしまうのは、やっぱりうまくないんですよね。再び地球を追い詰めてしまえば、同じように追い詰めてしまえば、そのとき、またしても同じ反撃を、あるいは一回目以上の反撃を、食らうかもしれないリスクが、あまりに高過ぎますから」

「……少し、臆病って気もするけれどね。反撃を恐れていたら、戦争に勝つことなんてできないんじゃないの？」

「臆病にもなるでしょう。むしろ二度目の『大いなる悲鳴』が鳴り響いた瞬間、人類の滅亡が決定する公算が高いっていうのに、怯えないほうがどうかしています」

傲慢で意地悪な割に、そういうところの抑制は利くらしく、花屋瀟の人格は、そんなことを言う。

「以前と同じところまで地球を追い詰めるのなら、『大いなる悲鳴』への対策を、一刻も早く完成させるべきだったんですよ——それまでは、迂闊な回復や、パワーアップは、できる限り控えるべきだったんです」

「…………」

それこそ。

それができれば苦労しない——というものだ。

被害からの回復を願わないわけにはいかないし、様子を見つつ加減しながら復興するなんてことが、できたはずもない——パワーバランス。

(最初にそう言ったとき、パワーバランスっていうのは、組織間のパワーバランスのことかと思ったけれど——そうじゃなくって、人類と地球とのパワーバランスって意味だったのね)

戦争とは、そんなことを考えながらおこなわなくてはならないのかと思うと、心底、うんざりする気持ちになる。

ただ、『相手を追い詰め過ぎない』というのは、ある種、コミュニケーションの基本であるとも言える——たとえ勝っても、その後相手から一生恨まれ続けるんだったら、そんな勝利は欲しくないと、大抵の者は思うだろう。たとえ正論で言い負かして、いっときやっつけた気持ちになっても、直後にぶん殴られるかもしれないのなら、理論武装なんてしないほうがいい。

軍縮——だ。

発案者はロシアの『道徳啓蒙局』だという『悲恋』の読みについては、今のところ、まだ確たる裏付けが取れていないけれど、そういう点を考慮すると、なるほど、世界一の対地球組織でなければ思いつかないような、絶妙のバランス感覚だ。

「『地球撲滅軍』なんて、今はまだ、自分がパワーアップすることしか考えてませんもんね——小さい小さい。そりゃあ、仲間外れにもされるわけですよ」

「……まあ、そうかもしれないけど」

そういう言いかたはどうなのだろう。

『地球撲滅軍』に対する忠誠心の低い氷上でも、思わず庇いたくなってしまう言い様だ——もっとも、生前から花屋瀟は、『組織に属する』というタイプではなかったようだが。

出世欲や支配欲が強過ぎた。

階級やら命令系統やらを、かなり大胆に無視していたと聞くし——それに、組織の垣根を越えて、絶対平和リーグの黒衣の魔法少女やらと繋がっていたとも言う。

(その辺りの『記憶』……、って言うか、データベースはどうなっているのかしら?

私は生前の花屋瀟とは、つきあいがなかったから、こんな風に話していられるけれど、もしも虎杖浜なのかあたりが、この子とコミュニケーションを取ろうっていうとき、どういうニュアンスになるのかしら？）

いや、それを言うなら虎杖浜なのかよりも、生前の花屋瀟と親友関係にあった空々空だ――『性格』の『再現』と言っても、やっぱり限度はあるだろうし、所詮は『振り』である。

上っ面だけ性格を真似ているだけで、本質的に人造人間『悲恋』はロボットであり、機械仕掛けであり、複雑怪奇で単純明快なプログラムだ――『道徳啓蒙局』の崩壊についての謎解きにしたって、味気ないことを言えば、彼女が常軌を逸した天才児・『花屋瀟』だったから初日で推理を終わらせるというような神業を成し遂げたわけではなく、単にデータベースに保存されている膨大な情報を検索し参照し確率的に分析した結果、それらしい結論を導き出しただけである。

何もすごくない。

仮にここで表出する人格が別の人物のものであっても――たとえば、あまり頭の回転が速いほうではなかったという氷上の前任者、『剣藤犬个』の人格が表出していたところで、初日に答を出せていただろう。

（と言うか、はっきり言えば、そのほうがよかったかも……、『剣藤犬个』なら、乗

船前に回答例を、すんなり教えてくれていたかもしれないし）

いや、同じかな。

むしろ、『大いなる悲鳴』を防ぐための、地球とのパワーバランス説なんて、モラリスティックな性格をしていれば、きちんと裏付けをとってからじゃあないと、口にはできない荒唐無稽《こうとうむけい》さだろう――船内の聞き取りをおこなう前から、マウンティングのためなのか格付けのためなのか、とにかくああも露骨にはったりをかましてくるなんて、やはり『花屋瀟』だからこそだろう。

だから――結局、空々空が、『剣藤犬个』のキャラクター性と喋ろうと、『花屋瀟』のパーソナリティと話そうと、それは結局、アルバムを見ながら当時を思い出しているようなもので、そこから新たなものは生まれない。

（生まれない――はずよね？）

「ん？　どうかしましたか、おねーさん？　考え込んだりして」

「……いえ。だとすると、地球と人類とのパワーバランスって、どれくらいがちょうどいいのかしらって思って。四つの対地球組織が解体されて、『大いなる悲鳴』を誘発しかねない危機的状況が、仮にひとまずは回避できたとしても、今度は過度に人類側が不利になって、このまま押し切られてしまうってことはないの？」

その場合、人類側には『大いなる悲鳴』のような切り札はないのだ。そのまま寄り切られて、終わってしまう。

「その辺は、『道徳啓蒙局』か『永久紳士同盟』あたりの所属だった天才軍師が、きちんと細かく計算しているはずだと思いますよ――この船のどこかに乗っているだろうご本人とまだお話ができていないのは、残念ですけどね。お話したいですねえ。……解体されたそれぞれの組織の人員は、『人間王国』と救助船『リーダーシップ』に潜伏しただけで、言うなら隠し兵力、温存兵なわけだから、バランスの意図的な調整は、ある程度は可能です。だから押し切られるって心配は、とりあえずは不要なんです」

「…………」

押し引きのバランス感覚。

それこそ、人類が一枚岩になっていないと、できそうもないことだが。

（だからこその、『裏切り』――）

「今回は、主立ったところは『道徳啓蒙局』『宿命革命団』『永久紳士同盟』『仙億組合』の、四つの対地球組織でしたけれど、その解体・統合が終われば、今後は『地球撲滅軍』や『ＵＳＡＳ』も、その他の対地球組織もどんどんどんどん取り込んでいって、最終的には世界連合を作るのが、発案者にとってのゴールなのかもしれませんね――もっとも、そううまくはいかないでしょうけれど。この救助船『リーダーシップ』の船籍がアメリカで、母体が『USAS』だっていう、例の事情があるから、『USAS』との合流に限っては、たぶん上首尾に運ぶでしょうけれど──『地球撲滅軍』だけは、独自の道を行こうとしかねません」

「ん……、それは、何？　下っ端扱いされて、仲間外れにされたから？　そんな連合を、そんな合併を、快く思わないだろうってこと？」

それこそ小さい──が、そこで面子《メンツ》を重んじるのも、組織である。だからこそ、今回、そんな垣根を取っ払おうという動きが、世界地図をうねったわけだが。

「いえ、面子の話をするなら、今回、こうして私達空挺部隊が、その動きに、たとえ邪魔をするって形であっても、噛めたわけですから、『地球撲滅軍』の面子は、十分にとは言わないまでも、ある程度は立っているんですよ。……それに、『USAS』まで合併してできあがる世界連合相手に、面子も意地もないでしょう。否でも応でも、歩調は揃えるしかないんですよ──本来は」

「……本来はって言うのは、どういう意味？　まるで、本来は起こらないことが、これから起ころうとしているみたいな言い方じゃない」

「そんな統合の動きが起こる前に、『地球撲滅軍』がどう動くか、予想ができないってことです──もっと言えば、あのマッドサイエンティスト・左右左危が何を考えているのか、それが私には、見当もつきません」

4

私には。

『花屋瀟』の人格がそう言ったが、それはむしろ人造人間『悲恋』としての意見だったかもしれない——人の手によって作られた人ならぬ人工生命。

人間が神様の意図を読めないように。

彼女には創造主の意図が読めない。

（いや、そういう大層な話じゃない——あの人の心中を推し量れる人なんていない。あの人から改造手術を受けている、この私も——弟も）

「私がこの二週間——正確にはもっと前ですね、私がこの任務を受領したときから、ずっと考えていたことがありましてね。それはたぶん、空挺部隊の誰もが、考えていたことのはずですよ？　あなただって、氷上竝生さん」

「…………」

「どうして『自明室』室長、左右左危博士は、こんな任務を、私達に発令したのか——確かに、空挺部隊は意外と内偵調査に向いている、人材の宝庫ではありましたけれど、それでも素人《しろうと》集団であることに違いはない。だったら、二人の助っ人なんて言わず、すべてを子飼いの、『自明室』の中でおこなってしまえばよかったじゃないですか。専門の諜報部署や、渉外部署に根回しするという手もあった――なのにどうして、問題児揃いの窓際部署、新設の空挺部隊になんて、右左危博士は任務を任せたんでしょうね？」

「……好意的に受け取れば、四国で共に死線をくぐった私達を信頼して、ということになるでしょうし――また、私達に活躍の場を与えてくれたと受け取るべきなのかもしれないけれど」

それはない。

いや、あるにはあるのかもしれないけれど、左右左危の言うことを、好意的に受け取るなんて、そんなありえない愚行を犯すわけにはいかない――疑って疑って疑い尽くして、それでも足りないくらいのスケールの裏や悪意が、彼女の意図には常設されているのだ。

「なんらかの目くらましなのは、確かだと思うわ。空々部隊長には、それとなく報告しているけれど――私達が出発するのと時を同じくして、左博士と酸ヶ湯博士が、ロシアに向けて、砕氷船に乗ったはずだから」

「こっちは救助船であっちは砕氷船ですか」

何が面白いのか、そこで『悲恋』は、あるいは『花屋瀟』の人格は、「ははっ」と笑う。まあ箸が転がってもおかしい年頃なのだろうと、氷上はそのまま、話を転がす。

「てっきりそれは、『道徳啓蒙局』が、どう壊滅したのかを調査するために、自ら足を延ばしたんだと思っていたわ――四国のときもそうだったけど、あの人、存外自ら動くことをそんなに苦にしないみたいだから」

「そうですね。『道徳啓蒙局』内部にいた、スパイの遺骨を回収しに行ったってわけじゃあないでしょうね――でも、実際に内偵調査の結果、『道徳啓蒙局』の潰れかたってのがわかってくると、逆に、二人の博士が連れ立ってロシアに向かった理由が、どうにも謎めいてきません？」

「……あの人は、やることなすこと、全部謎めいていて、いつでも何かを企んでいる風だから、正直、今更って気もするわね」

そんな、本音そのものの前置きをしてから、氷上は、

「何かと目立つ私達を派手に動かすことで、煙幕を張った――目くらまし。世界各地の対地球組織に対する煙幕なのかもしれないし、『地球撲滅軍』に対する煙幕なのかもしれない」

と言う。

そうだ、この任務そのものが、彼女の独断であり、『地球撲滅軍』の上層部が、き

ちんと把握しているかどうか怪しいという事情もある——ならば、どういうことになる？

『道徳啓蒙局』内にいたスパイから、本当のところ、いったいどんな情報が入ってきたのかは、把握のしようがありませんけれど——でも、ひょっとしたら、その時点でもう、右左危博士には、今回の出来事の真相の、あたりがついていたのかもしれないと、私は思っています」

「……さすがに、それはいくらなんでも穿《うが》ち過ぎなんじゃないの？　やるほうも、機密保持は徹底したでしょうし——内偵しなきゃ、私達だって確信はもてなかった」

「うん、だから、数ある推理のひとつとして、思いついていてもおかしくないってくらいの認識ですよ——でも、天才と呼ばれるのが嫌いなあの人なら、まかり間違って自分が救助船『リーダーシップ』に乗らなきゃならないようなプランが見えたら、それを回避するために、全力を尽くすでしょうね」

「…………」

救助船『リーダーシップ』に乗りたくないから、『地球撲滅軍』の世界連合入りの妨害を企てる——いや、やりそうなことではある。個人的好奇心を、組織理論よりも平気で優先する人だ——個人的嫌悪感を、組織理論よりも優先したからと言って、何の不自然もない。

「少なくとも」

　と、人造人間は言う。

「スパイから、世界最大の対地球組織が消滅したという情報を得たとき、『何があったんだろう』と、謎解きに取り組もうってタイプの人じゃないでしょう――むしろその出来事を、『どう利用するか』って思うタイプの人です。過去よりも未来を考えますよ――科学者なんですから」

「うーん……なんだか、そう言うと、すごく前向きな人みたいだけど」

　過去も大事だ。

　いや、だから右左危博士は、一応は空挺部隊に、『道徳啓蒙局』壊滅の謎の、調査を発令しているわけだが――それを二の次扱いにしていることは否めない。

「誤解しないで欲しいんですけど、おねーさん。二の次扱いにするのが許せないって、私は子供みたいなことを言っているわけじゃないんですよ――目くらましに使われるのも、攪乱《かくらん》を担当するのも、それはそれで立派な任務です。実際問題、終わってみれば今回、空挺部隊がおこなった世界各地の内偵調査は『二の次』扱いでちょうどいいくらいのものだったでしょう？　いわゆる緊急性はなかったんだし、とりたてて対策を打たなくとも、『地球撲滅軍』が被害を受けるということはなかったんですから」

「まあ……、それはそうね」

「だけど、だからと言って、決して小さな出来事ではなかった――人類の趨勢を左右しかねない出来事ではありました。これは結果論で言うんじゃなく。なのに、それを次点においてまで、左右左危博士が決行しようとする任務……、いえ、実験とは、一体全体、何なんでしょうね？」

実験。

そんな言いかたをした。

おぞましい響きだった。

（ただ、マッドサイエンティストの本流は、実験と相場は決まっている――私の体にしたように。施したように）

5

左右左危博士の企みは何か。

現在の実験対象は何なのか。

指摘されれば、指摘されるまでもなく、興味は尽きないところだったが、しかし直に対面していてもわからないかのマッドサイエンティストの心中など、こんな太平洋のど真ん中に浮かぶ、世間から隔絶された船内で、わかるわけがなかった——推測しても、すべては推測でしかない。

本来の任務内容である内偵調査の結論にしたって、現時点ではあくまで、複数の乗船員からの証言に基づく、状況証拠でしかない——他の対地球組織を内偵している空挺部隊の隊員と、情報を共有しないと、結論は出せない。

(私達の推測が正しかった場合……、イギリスの『永久紳士同盟』を内偵した、好藤さんと灯籠木さんが、どういう結論を持ち帰っているかが焦点になるわね——いや、焦点はむしろ)

焦点はむしろ、氷上と『悲恋』が、どうやってこの救助船『リーダーシップ』から、日本に戻るか——かもしれない。

空々は、氷上に赴任地を告げるにあたって、救助船『リーダーシップ』のことを、『入るのは難しくとも、すぐ追い出される国』というように表現した——それは右左危博士からの受け売りだったのだろうが、しかし、いざクルーとして中に乗り込んでみると、ことはそう単純でもなかった。

確かに乗り込むのは難しかった——かなり難易度の高い乗船試験があったし、人格が天才で中身が機械である『悲恋』はまだしも、天才の演技で乗り切らねばならなかった氷上は、やっぱり、ぎりぎりの合格だっただろう。

落ちていたときの恥ずかしさといったらなかっただろうから、合格できた幸運は幸運としてきちんと受け止めるべきなのだが、しかし、じゃあ、船から降りたいときは、どうやって降りればいいのかと言えば、そのためのルートが、まったく見当たらなかったのだ。

(見当たらないのも当然よね——だって、ルートも何も、ここは太平洋にぽっかり浮かぶ、『孤島』なんだから)

正直、ここまで外部と隔絶しているというのは、予想外だった——『天才』という肩書きだけが、救助船『リーダーシップ』に乗船するための切符だという触れ込みだったから、単純に、『天才』でないということが露見すれば、すぐに追い出されるものだと思っていたが、どうやらそんなたやすくもないらしい。

(巨大だし、広大だし、設備も整っているからそんな風には見えないけれど——この船はこの船で、救助船って言うよりも、監獄船みたいよね。外界と完全に切り離されている——)

降りる段になって、いざ『天才じゃないところを見せる』なんて言っても、そんな機会がまず見つからない——そもそも『天才』の基準なんて、かなり曖昧なものだ。失敗をしても、馬鹿なことを言っても、愚か者のように振る舞っても、それはそれで、天才の一側面という風に受け取られかねない——こうなると、元より優秀な氷上と、機械人間の『悲恋』が、救助船『リーダーシップ』の内偵役を務めたのは、相応し過ぎて相応しくなかったとも言える。

むしろ、帰還するときのことを思うと、地濃鑿や杵槻鋼矢のほうが、この船の内偵には向いていたかもしれない――そこは右左危博士や酸ヶ湯博士の考えのほうが空々よりも、采配としては正しかったということになる。

氷上と『悲恋』が、きちんと船内で成果をあげたことを思うと、これは指揮官としての空々空のミス、とまでは言えないにしろ――あまり帰り道のことを考えない彼らしさが、そのまま采配に出てしまったと言える。

『入るのは難しいが、すぐ追い出される国』――それはあくまで一般人を対象にしたときの標語であって（そう、そう教えてくれた右左危博士が、自身をそう思っているような一般人を対象にしたときの標語であって）、天才、もしくはそれに準ずる程度の優秀な人間にとっては、『人間王国』と同じ――『入るのはたやすくとも出るのは難しい』場所となるのだった。

「まあ……、船内でわざと騒ぎを起こして、問題行動者として追放されるって言うのが、こういう場合の常套《じょうとう》手段かしら？」

氷上は、パートナーにそう提案する――なにせ謎めいた船の内偵だから、スケジュールなんてあってないようなものだったが、とりあえず、目安としての日程は、あと数日残っている。けれど、おおむねの結論が出た今、考えるべきは、どうやってこの船から出るか、だった。

場合によっては数日を待つ必要もない。

だが、まともにやっていたら、数日どころか、数週間は、このまま船内から出られないかもしれない――生真面目に正当な手続きを踏んでいる暇などなかった。

「どうでしょうね――騒ぎを起こしたところで、必ずしも追放されるとは限りませんよ。私が調べたところ、どう考えても人を閉じ込めるためにしか使いようのない部屋も、この船の中にはあるみたいですし」

「……ええ。私も、そんな話は聞いたわ」

戦争から天才を保護する――なんて、名目通りの船では、だから、ないのだろう。そうでないと、四つの対地球組織から流出する人材の受け皿とはなりえまい。

「右左危博士みたいな人が乗っていたら、人体実験の材料にされかねない――かもしれませんね？」

冗談っぽく言う『悲恋』だったが、とても冗談としては成立していないと、氷上は思った――当然、想定すべき事態だ。

となると、騒ぎを起こすなんて、遠回りな方法を取るよりも、もっと過激な手段を取るべきか――こんな巨大な船を、力ずくでジャックするなんてことは、もちろん現実的には難しいとしても、たとえば救命ボートのようなものを奪い取ることはできるだろう。

（ただ、救命ボートじゃあ、最寄りの陸地まで行くのは難しいでしょうね――そもそも、最寄りの陸地って、いったいどこって話だし）

「……地図やら海図やらは、あなたのハードディスクの中に、あらかじめインプットされているのかしら？」

「ええ。まあ、されています。GPS機能も通信機能も、身分を偽装するために今はオフっていますけれど、いつでも起動できますよ――現在地は正確に割り出せます」

そうだ。

その辺りは、四国ゲームの最中とはわけが違う――機械人間としての『悲恋』の機能を、あますところなく万全に発揮できるのだ。

（理不尽で不条理なルールで縛られてはいない――四国のときとは違う）

まあ、万全と言っても、爆弾としての機能を万全に発揮されたらたまったものではないけれど――いや、それもさることながら。

そうだ、四国のときと言えば。

「あのさ……、あなたって四国ゲームに途中参加するとき、四国まで泳いで向かってたわよね？　泳いで、高知県の桂浜《かつらはま》で、空々部隊長と合流したんだったわね？」

「そうですよ?」

それがどうしたという風な反応だったが、氷上にしてみれば、それだけで十分だった——そうだ、こうして接していると、その嫌らしいまでの人間味についつい忘れてしまいそうになるが、人造人間『悲恋』は、ロボットなのである。

送迎船も、救命ボートも必要ない。

彼女は『泳いで』この救助船から、帰国することができるのだ——地球を半周するくらいのカロリー、彼女がその体内に含んでいる『爆発力』を思えば、ほんの誤差みたいなものだ。

たぶん、普通に船や、トランジットの飛行機で戻るよりも、ずっと早く日本に戻って、空々に報告することができるだろう。

まったく、なんて馬鹿だ——地濃さんのことを言えない。やっぱり私には、こんな船に乗る資格はない。どうしてこんなことを、もっと早く思いつかなかったのか。

「いやいや、何言ってんですか? おねーさん」

しかし、それこそ馬鹿を見下すような目でこちらを見ながら、『悲恋』は言うのだった。

「私はそりゃあ、泳いで帰れますけどもさ。私があなたをどんな風に背負ったとしても、何万キロもの航路を、泳路を、人体で耐えきれるわけがないじゃない——船からそう離れないうちに、溺れ死にますよ」

（…………）

意外、と言うか。

少し驚いた。

いや、『悲恋』が既に、自分の機能のことを把握していたのに驚いたわけではない──人造人間として、自身の取扱説明書を暗記しているのは、当然というものだろう。

そうじゃなくて、驚いたのは……。

「私を置いて、一人で帰還しようって考えが、まったくないのね、あなた」

「は？」

きょとんとした顔をする『悲恋』。

いや、『悲恋』の現在の表層人格──『花屋瀟』が、きょとんとしたのだ。

（なんか、二週間も一緒にいてようやく、空々部隊長の親友らしい一面を見たって感じね）

まあ、彼女が生前にやったことを思うと、『実はいい奴』なんてわけじゃあないのだろうし、これもまた、所詮は『データの再現』でしかないのだろうが。

「内偵調査の結果を持ち帰るだけなら、一人帰れば十分でしょう。私は、ゆっくりと下船のための方法を探す——いえ、いっそこのまま船への内偵を続けたほうがいいかもしれない」

推測が正しいならば。

と、氷上は言った——聞いた『悲恋』は、「相部屋の住人が抜け出したあと、一人残された奴が、なんの嫌疑もかけられないとでも思うんですか?」と返す。

「下手すりゃその直後から、例の監禁部屋に閉じ込められることになりますよ」

「大丈夫よ。これでも、戦士としての訓練は受けている——それも、かなり旧式のね。『地球撲滅軍』が、もっと過激だった頃の」

「でも……」

と、何か反論めいたことを言い掛けて、人造人間『悲恋』はそれを飲み込んだ——そこは人格とは無関係の、機械としてのジャッジが優先される部分である。

氷上が一人船内に残るリスクと、氷上がこのまま内偵し続けるメリットを天秤《てんびん》にかければ、後者が沈む——世界各国から『天才』が流れ込んでくるこの船に、内偵者が滞在し続ける意味は大きい。

「なんなんでしょうね、おねーさんの、そういうところ——『地球撲滅軍』に対する忠誠心じゃありませんよね。空々に対する忠誠心? 意味不明極まりますよ——おねーさんにとって空々は、たまたま配属された先の上司でしょう? いえ、弟の敵、なんでしたっけ？」

「……それは」

ねちねち絡むようなその言いかたは、氷上をおもんぱかると言うより、純粋にやっかんでいるようでもあった。

（この子は、こうやって、剣藤犬个を……）

ここで答えかたを少しでも間違えれば、この場で（人造人間のパワーで）殺されかねないとさえ思った——ただ、彼女を満足させる答なんて、持ち合わせていない。

（私にだって、『意味不明』なんだもの、あのほうっておけない男の子への気持ちなんて——）

「それは、私が」

「氷上ちゃん？」

と。

それでも無理矢理、言葉をひねり出そうとしたそのとき、急に『悲恋』の言葉のトーンが変わった——陰険で意地悪だったそれから、爽快で、しかしより悪意に満ちたそれへと。

（な、名前を呼ばれただけで総毛立つような、このイントネーションは——）

「私よ、私——左右左危。聞こえる？」

「そ、そりゃそうでしょうけれど……え？」

突然の事態に理解が追いつかなかったが、

（ああ、通信機能）

と、思い至った。

船に乗り込む際、通信機器のたぐいは綺麗に没収されているが、『悲恋』は、存在そのものが機械であり――だけど、それ以前に、通信は禁じられていたはず。どこで傍受されているかわからないのだから――特に、こんな船の中では。

「短い間なら大丈夫よ、防御策は張り巡らしているから」

平気な顔で――いや、顔は『悲恋』のままなのだが――そんなことを言う右左危博士。

まあ、防御策というのは本当なのだろうが、『よほどの緊急事態以外は連絡を取り合わない』という約束事を、あっさり反故にするあたり、左右左危らしさが存分に発揮されている。

（いや、それとも――緊急事態なの？）

「悪いんだけどさ、氷上ちゃん。今すぐ、ロシアまで来てくれないかしら？」

「は？」

「ロシアよ、ロシア。細かい住所は――」

氷上のリアクションにまったく構わずまくし立てる『悲恋』――右左危博士。

「ま、待ってください、左博士。私はまだ、内偵中で――」

「そんなの、氷上ちゃんなんだから、もう終わってるも同然でしょ？」

（評価してるみたいなこと、言っててんじゃないっての……）

終わってるも同然だけど。

「でも、船から降りる手段がないんです。今、私は残って、『悲恋』だけ帰還させようと話していたところでして――」

「ははあ。なるほど。救助船『リーダーシップ』の内偵を続けようってこと？　へえ、まあ、いい案ね――してくれるんなら、それ、賛成。でも、逆にしちゃって」

「逆？」

ぽんぽん命令してくるな、この人。

逆ってつまり……、私が船を降りて、『悲恋』が船に残るってこと？　いや、確かにこういった『通信機能』を持つ『悲恋』のほうが、現実的な内偵任務には向いているけれど――その場合、今度は『悲恋』が、一人残され、過酷な任務にあたることになる。

「あらら。なに機械に感情移入しているのよ、氷上ちゃん――私の『娘』は、そんなにやわじゃない」

自分のほうが感情移入したようなことを言っている——いや、まあ、感情の問題はさておいても、実際問題として。

「私じゃ、船から降りられません——降りる方法がないんです」

「ああ、天才だから下ろしてもらえないんだ。受けるー」

受けるな。

元はと言えばこの件は、救助船『リーダーシップ』について、空々にいい加減な偏見に基づいて語った、右左危博士に責任がある。

「大丈夫よ。空々くんが氷上ちゃんを指名した時点で、そういうこともあるんじゃないかと思って、対策は打っておいたから——『悲恋』ちゃんの荷物を、探ってみて？」

「荷物って……」

船に乗るとき、大抵のものは没収されたから、トランクには着替えくらいしか入っていないはずだけれど？

「そう、服よ——服は服でも、魔法の服だけれど」

「…………」

魔法の服。

なるほど、それなら。

四方を海に囲まれた巨大船からでも、容易に脱出できるだろう——日本にだって、ロシアにだって、すぐに着く。

トランクに入っていたのは、黒い服。

『絶対平和リーグ』の中核、チーム『白夜』に属する黒衣の魔法少女の一人——虎杖浜や好藤、灯籠木と並び、天才と呼ばれた魔法少女『シャトル』こと、国際ハスミが着用していたコスチューム。

五大魔法の一翼。

『水』を操る魔法のワンピースだった。

（……ああ、そう言えば、あったわね。こういうの——回収されていなかった魔法少女のコスチュームが）

着ろってか、これを。

ご親切にも、丈や身頃が調整されていて、二十代後半のクールビューティーが着るには、ぴったりのサイズになっていた——サイズだけは。

（第14話）
（終）

悲亡伝

DENSETSU SERIES 07

HIBOUDEN

NISIOISIN

第15話「エピローグ『活動報告』！入れ子細工のプロローグ」

0

チャレンジでの失敗は次に繋がるが、
フォローでの失敗は終わりに繋がる。

1

『活動報告』。

空々空と虎杖浜なのか。

アメリカ合衆国の対地球組織『USAS』を視察するにあたって、まず入国しようという段階で、ハイジャックという極めて低確率の妨害に遭う——ちなみに、このハイジャックが、どこの組織の手による工作だったのかは、結局、判明しなかった。と言うより、判明させなかった。世界連合設立に向けて動いた四つの組織の、いずれかが仕掛けた動きであることは明白だが、空々空の機転と虎杖浜なのかの機転で、結果としては大過なかったことだし、責任の所在は曖昧にしておくことに決めた。ここで乗客や、航空会社の損害まで頭が回らないあたりが空々空の空々空たるゆえんでもあるのだが、今後のことを思うと、そう間違った判断とも言えない――『ＵＳＡＳ』は、今回の動きに、直接の関係を持っていなかったので、アメリカ合衆国中を、ほぼ過密なスケジュール通りに動いた彼らの働きは、直接的な成果に結びついたとは言いにくいけれど、『ＵＳＡＳ』の渉外係、ノーライフ（ＫＮＯＷ　ＬＩＥ　ＩＦ）と接点を持てたことは、言うまでもなく今後に繋がるだろう。空々空と虎杖浜なのかは、アメリカ合衆国からその後、フランス↓モナコ公国↓イギリス↓中国へと移動し、空々空はそこから更に、地下を通って『人間王国』にも足を延ばしている。移動した距離を単純に計測すれば、地球一周以上に及ぶ――人類と地球との戦争において、初めて彼は、地球のスケールというものを、思い知ったわけだ。総じて言えば、彼ら二名はもっとも、忠実に任務を成し遂げた――いい意味でも悪い意味でも、仕事中は二人の真面目さが徹底されていた。だが、今回、二人があげた一番の成果は、四国であれだけ殺し合った空々空と虎杖浜なのかが、なんとなくうやむやに、共に仕事をしたという既成事実を作ったことなのかもしれない――問題を先送りしたに過ぎないのは、お互い、薄々感づいてはいるけれど。

地濃鑿と酒々井かんづめ。

フランスの対地球組織『宿命革命団』に視察に入った彼女達は、もっとも合理的に内偵調査を終えたと言える。イタリアから高級列車で目的地入りした彼女達は、最初にあった駅への爆撃も、鮮やかにかわしてみせた——ただ、迎えの人間が犠牲になったあの攻撃は、二人を狙ってのものと言うよりは、その時点から下拵《したごしら》えが始まっていた、『宿命革命団』解体のための動きの一環だったそうだ。つまり、迎えに来ていたはずの『宿命革命団』の人間は、リストラ対象だったということになる——まあ、考えてみれば、地濃の送迎担当なんて、いかにもリストラ対象の構成員が任されそうな仕事である。『宿命革命団』が『裏切り者』でないと、早々に決めつけ、その後観光を始めてしまった地濃の行動が審議対象になることは間違いないけれども、『先見性』を持つ『魔女』が同行していたことを思うと、現場での判断は、ある程度以上、重んじられるべきだろう。実際、それで彼女達は、『宿命革命団』の崩壊に巻き込まれずに済んでいる。なお、後述するよう、地濃鑿はその後イギリス↓中国と移動して、かの地で杵槻鋼矢と手袋鵬喜を発見し、救命に成功している。二人にしてみれば、地濃に救われたなどという事実は一生の恥に値するだろうが、ともかく、国境をまたいでの大活躍だったことには違いない。あえて難点も付記しておくなら、『魔女』の『先見性』については、言葉の通じない（通じにくい）外国においては、国内よりもやや精度は落ちるようである――ならばおそらく、酒々井かんづめの『魔力』がもっとも発揮されるのは、現在の彼女が喋る言語――方言が根づく、四国地方であるのだと推察される。

好藤覧と灯籠木四子。

イギリスの『永久紳士同盟』の視察――問題の『裏切り者』の視察を担当したのが、この二人だったことは、それを想定していたわけではないが、空挺部隊の指揮官として空々空がふるった中で、もっとも適切だった采配と言えるだろう。イギリス到着初日から、ほとんど仕事をさせてもらえず、およそ二週間にわたって監禁生活を送ることになったとは言え（かなり豪華な監禁生活だったが）、もしもごく平均的な実力のエージェントが『永久紳士同盟』の内偵を担当していたら、むしろ普通に、初期段階で抹殺されて、終わっていたかもしれない。ひと目で『迂闊に手出しできない』ことが明らかなほど、好藤覧と灯籠木四子のペアが際だっていたため――海外の目にも明らかなほど突出していたため、『永久紳士同盟』としても、彼女達を至れり尽くせりにもてなすしかなかったのだ。つまり、やむにやまれずとった処置だったとは言え、天才少女二人を相手取るには、これ以上はなかった――その辺りはさすがが、『永久紳士同盟』の渉外担当であり、今回の騒動の首謀者格であるキングスレイヤー氏のお手並みと言ったところでもあるのだろう。当然、彼女達のモチベーションの低さや、天才ゆえの気まぐれさが、『永久紳士同盟』にとってもいいように働いたわけだが、もちろん、もしも好藤覧と灯籠木四子が、もっと積極的に仕事に乗り出していたなら(仮定の話ではあるけれど、そうしていたなら、彼女達にとって、『永久紳士同盟』の『裏切り』を看破することは、そんなに難しいことではなかったに違いない)、それなりの対処をする準備はあったのだろう——結局、『地球撲滅軍』の空々空や虎杖浜なのか、『USAS』のノーライフの動きを察知した『永久紳士同盟』は、予定よりも早く彼らに事情を説明することに決め、イギリスに呼び寄せたという運びだった。総括すると、天才は、座ってお茶を飲んでいるだけでも仕事になるという、なんともとんでもない存在感を示した彼女達だが、一応のわかりやすい、形に残る実績としては、その後、好藤覧が一同を連れ、中国↓『人間王国』と、トンネルを掘って移動したことが挙げられる。『土使い』としての魔力。『魔法少女』の飛行は確かに便利なスキルだが、現代社会では使いにくい——地中の移動能力は、『地球撲滅軍』が世界と渡り合うにあたって、今後も重宝されることだろう。逆に言うと、灯籠木四子の『火使い』としての魔力は強力過ぎて派手過ぎて、『悲恋』の爆発能力と同じく、使いどころが難しい。指揮官の能力が試されるところである。なお、その後、キングスレイヤー氏と、その執事(メイド)であるアールグレイ・アッサムは、『人間王国』に向かったという。

杵槻鋼矢と手袋鵬喜。

　中国の対地球組織『仙億組合』の視察を担当した彼女達は、中華料理を食べられなかったばかりか、今回、もっとも甚大なダメージを被った形だ。フランス班が、そのいい加減さゆえにかわした『巻き添え』を、もろに食らったと言える——杵槻鋼矢の有能さが、完全に裏目に出たパターンだ。『伏せておく意味はもうなくなった』からと、任務後上司に報告した通り、彼女は最初から『永久紳士同盟』が主犯であることをつかんでいた。決してそれで油断していたわけではないだろうが、合流地点が血の海になっていたことは、あまりに想定外だったはずだ——剣藤犬个から引き継いだネットワークでは、残念ながら世界連合成立の動きまではつかめなかった。と言うより、あれは、杵槻鋼矢にそんな情報を流しかねなかった『仙億組合』内の内通者が『処分された』という現場だったのだと思われる。組織自体が解体されてしまった今、その辺りは推測するしかないけれど、どうやらあの料理店の個室に座っていたふたつの死体は、『殺された内通者と、反撃を受けた刺客《しかく》』だったらしい。密室の中に、被害者と犯人が揃っていて、それで事態は完結していたというわけだ——もしも『内通者』が『刺客』に一矢報いていなければ、その凶刃《きょうじん》は当然、日本からのこのこやってきた杵槻鋼矢と手袋鵬喜に向いていただろうから、ぎりぎりのところで、彼女達は悪運に恵まれていたとも言える。とは言え、その後、彼女達が『容疑者』として追われたのは、避けようのない当然の流れだっただろう——なので最早、任務どころではなくなった。『裏切り者』がどこなのか、あらかじめ承知していた杵槻鋼矢にとって、もとより内偵任務はそれほど重要ではなく、本筋はネットワークの確実性を固めることだったのだろうが、その後は自分達の命を守るだけで精一杯だった。ほとんど何も聞かされることのないまま、事情を把握せずに同行した手袋鵬喜は、パートナーの企図に巻き込まれた形になるが、しかしパートナーが杵槻鋼矢でなかったら、大組織からの追跡に、彼女は一日だって生き延びられなかっただろうことを思うと、それも一概には言えない。いずれにしても、内偵任務という視点で見れば、彼女達は完全に失敗していて、展開次第では『地球撲滅軍』にまで累《るい》が及びかねなかったことを思うと、懲罰の対象にさえなりそうだが、しかし、『仙億組合』相手に二週間、かの組織が（予定通りに）解体されるまで逃げ切ったという結果は、実績として大いに評価されるべきだろう。『永久紳士同盟』から真相を聞いた空挺部隊の救出が間に合ったのはひとつの奇跡ではあるけれど、そこは『魔女』の『先見性』と、元魔法少女『ジャイアントインパクト』が酸ヶ湯博士から託されていた『秘策』によるところが大きい。

乗鞍ぺがさと馬車馬ゆに子。

新興国『人間王国』……対地球組織にして国家という特異な地域を視察することに

なった、その『自明室』からの助っ人二名の仕事ぶりについての評価は、今のところ保留にするしかない——外部からは窺い知れない、鎖国状態の軍事政権の中に潜り込み、正体不明の『人間王』に謁見したというだけでも、評価に値すると言えなくもないが、彼女が本当に影武者ではない『人間王』なのかどうか、本当に『人間王』が『地球陣』を看破する『眼力』を持っているのかどうかも含めて、本格的な（あるいは本質的な）調査はこれからだ。予定されていた任務期間の大半を待ち時間として費やしてしまい、『裏切り者』に関する内偵は、事実上できなかったと言うしかないが、結果としてそれは、その点においては潔白であった『人間王国』に対しては、まったく必要のないものだったのは、幸いと言える。むしろ、四つの巨大組織から人材が流れ込んでくる、受け皿としての『人間王国』は、今後より重要度を増すのだから、空々空と好藤覧の迎えを拒否して、王都『人間都市』にとどまることを決めた二人の『真の内偵』は、今より始まるわけだ。もちろん、最初からそれを見越して、右左危博士が、空挺部隊に貸し出す二人のどちらかを、『人間王国』に赴任させるよう推薦していたというわけではないのだが、結果として『自明室』は、今後の対地球戦争の最重要拠点に、直属の部下を配置することに成功したのだった——そんな采配がどういう意味を持つのかの評価も、やはり、これからである。……もっとも、好藤覧が掘って繋げたトンネルが、いつまで持つのかわからないのも事実なので、どうしたって危うい任務であることに変わりはなく、空々空が、乗鞍『死んでくれ』ぺがさと、馬車馬『死んだくれ』ゆに子の、『死んでもいい』理由を知る機会が、今後訪れるのかどうかは、今のところ暗雲に包まれている——もちろん、空々のほうが先に、報いを受けるように死んでしまうという可能性もあるゆえに。

氷上竝生と人造人間『悲恋』。

救助船『リーダーシップ』という、国境線にとらわれず、人類と地球との戦争から、優秀な人間——すなわち天才を救おうという船への視察を任された二人は、初日にはもうほぼほぼ結論を出してしまって、調査期間の約二週間を、裏付け捜査のために使った。外部から流入してくる限られた『天才』が、開けっぴろげに真実を語ってくれるはずもなかったが、偽装とは言え救助船『リーダーシップ』への乗船を許可されるような二人である、情報を統合して、分析して、評価して、結論を出せないわけもなかった。『永久紳士同盟』が『道徳啓蒙局』を潰した『裏切り者』であり、のみならず『宿命革命団』と『仙億組合』も壊滅させ、自身をも解体しているであろうことを、船室にいながらにして突き止めた——偉業と言うよりは異常と言っていい推理力だが、しかしこれはまあ、『悲恋』の頭脳がコンピューターであることを思えば、当然だとも言える。今回の彼女の表層人格が、あの天才児『花屋瀟』であったことも、おそらくいいように働いた——彼女の生きかたは絶対に見習うべきではないが、世界各地の様々な天才相手にも物怖じしない巧みなコミュニケーション能力だけは、空挺部隊の隊員は、見習うべきだろう。さて、『人間王国』と同様、この救助船『リーダーシップ』も、四つの対地球組織の、しかも『天才』側の受け皿として設定された以上、今後の戦争においての重要拠点となるわけで、現場では『人間王国』と同様の決断がなされた——すなわち、内偵終了後もそのまま、滞在を継続するという決断が。ただし、『人間王国』の場合と違って、残るのは二人のうち一人ということになった——まあ、難易度はさておき、とりあえずは土中をトンネルで繋げた『人間王国』と、それが不可能な巨大船との違いでもある。才能のある者にとっては脱出の難しい救助船『リーダーシップ』だったけれど、当初立案されたのとは逆の、通信機能を内蔵する『悲恋』が残り、氷上竝生のほうが下船するという采配は、左右左危博士のものだ——これもまた想定外には違いなかったが、想定外の事態にも対処できるのが、マッドサイエンティストの特性で、氷上竝生はまさかの、再びの魔法少女姿で、太平洋から単身、泳いで帰ることになった。黒衣の魔法少女『シャトル』の固有魔法——『水使い』。もっとも、いくら魔法が無尽蔵のエネルギーを秘めていると言っても、こんな遠泳、改造人間でなければできないことだっただろう。またもや、科学と魔法との融合を体現してみせたクールビューティーの、『自明室』にとっての有用性は、不本意なことに上昇する一方だった——出し抜けにロシアに呼び出されたことも、その現れかもしれない。事前には何も言わず、『悲恋』の荷物の中に、魔法少女のコスチュームを潜めておいたことは、悪巧みと言うか、悪意と言うか、氷上竝生に向けての嫌がらせ以外の何物でもなかろうが……。ところで、これは見落としがちな点だが、救助船『リーダーシップ』への今後の見守り対策という視点では、内偵者として船に残ったのが、『自明室』室長の最高傑作であるロボット、人造人間にして爆弾人間『悲恋』であることは、『人間王国』を内偵し続けるのが彼女の直属の部下である乗鞍ぺがさと馬車馬ゆに子であることと同じくらい、いやそれよりも遥かに、大きな意味を持っていた。人類と地球との戦局に、本来、まだ仲間外れにされていたはずの『地球撲滅軍』が関与できるルートが生じるから、とかではなく――世界中の天才が集まる救助船『リーダーシップ』の中に、こともあろうか、人類史上最大の破壊力を持つ爆弾を設置することに、成功したからだ。よりにもよって、天才と呼ばれることを嫌悪する者の手によって――ただ、繰り返しになるが、これはそんな左右左危博士にとって、計画通りでもなければ、予定通りでもない。どちらかと言えば行き当たりばったりの、意外性に富んだ展開を好む彼女は、深い考えがあって、船内に爆弾を仕込んだわけではない――あくまで重要視したのは、通信機能を持つ彼女が、船内に残る意味のほうだった。だから――『花屋瀟』の人格のままの人造人間『悲恋』が、救助船『リーダーシップ』にとどまることが、どんな結果を招くかについても、右左危博士は確たる予想を持っていたわけではなかった。人造人間『悲恋』が、救助船『リーダーシップ』の中で、どんなリーダーシップを振るうのか——どんな猛威を振るうのか。それが明らかになるのは、空挺部隊部隊長・空々空が、かつての親友の人格と邂逅するときのこととなる。

以上が、『地球撲滅軍』の新設部署、空挺部隊の初任務——世界をまたにかけた内偵調査の、とりあえずの顚末《てんまつ》。

成果は上がり、効果も見込め、今後にも繫がる——途中いろいろありはしたものの、終わってみれば、百点満点の仕事ぶりだった。

なにより。

最高の目くらましになったのだから。

2

「氷上さん……、なぜあなたは毎回毎回、そんな格好を……」

再会しての開口一番、空々はそう問わざるを得なかった——ひょっとしたら、触れてはならないデリケートな趣味が絡んでいるのかもしれないと思う程度の想像力がないわけでもないが、しかし上司として、部下の動向はある程度、把握しておかなければばならない。

任務に出すたび、魔法少女のコスチュームを着て帰ってくるようでは、今後の空挺部隊のありかたに支障を来す——やはり氷上にはデスクワークが向いているのだろうか。

「まあ、いろいろ事情がありまして……」

説明するのもうんざりすると言いたげに、虚《うつ》ろな目で答える氷上——『氷上さん』と呼ばれていることにも反応しないあたり、重症だとも言える。

あるいは。

太平洋の中央からロシアまでの遠泳と、上陸してからの飛行に、さすがに肉体的・精神的な疲労がでているのかもしれない——魔法少女としての、コスチュームのスペックをどれだけ活用しようと、休みなしの強行軍だったことに違いはない。

そう。

ここはロシアだった——ロシアはモスクワ、名所のひとつである劇場広場での待ち合わせだった。

言うまでもなく凍える寒さの中、生足をむき出しに、腕もほぼ肩まで晒《さら》した二十代後半の魔法少女の姿は、異様の一言だった——彼女が観光客の目から逃げるように、待ち合わせだというのに物陰に隠れていたのも頷ける。

「寒くないんですか？」

「私は『焚き火』ですので……」

ああそうか、とそれで納得はできないが。

もちろん、救助船『リーダーシップ』から抜け出すにあたって、できる限りの軽量化を図り、上陸後の着替えはおろか、お金さえ持ち出さなかった氷上のストイックさを聞けば、空々も彼女の現状が腑に落ちたかもしれなかったが、それを説明する気力は、ほとんど彼女には残されていなかった——と言うか、ここで迎えに空々を寄越すあたり、右左危博士の性格は、本当に悪い。

まあ、劇場広場は、バレエの劇場が有名な観光地でもあるから、魔法少女のコスチュームが、決してなじまないわけではないのだが——しかし、氷上の本来的な見目麗しさも相まって、目立つことは否めない。

「とりあえず、コートか何か買ってきますね……、ロシアっぽい帽子と」

「いえ、部隊長、別にロシアっぽさにはこだわりませんけれど……」

ただ、名所でさっと手に入る衣服と言えば、必然、そういうものばかりになってしまう——幸い、ロシアの民族衣装は、氷上の長身にはよく似合った。少なくとも、魔法少女のコスチュームよりは。

実際、空々も、現地で購入したと思われる防寒具に身を包んでいた——『I LOVE MOSKVA』と書かれたコートは、たぶんパチモノだと思われるが。

「部隊長、おひとりですか？」

今更澄ましてみせてもなんの効果もないが、ともかく氷上がそう問うと、空々は、

「はい。と言うか、みんなは先に行っています——右左危博士のところに」と答えた。

「僕と好藤さんは、『人間王国』に寄ってましたからね。他のみんなは、中国で鋼矢さんと手袋さんを回収したあと、直接ロシアに向かったんです——陸路で」

「陸路ですか」

なぜ陸路なのだろう、と氷上は思ったようだが、空々は別に、虎杖浜の飛行機嫌いを説明するつもりはなかった——飛行機嫌いも洋服の趣味も、パーソナリティとして認める、懐の広さを持とうと思ったのだ。

ズレている。

「途中からシベリア鉄道に乗るって、地濃さんは言ってましたね——電車が好きなのかな、あの子は。乗り鉄って言うんでしたっけ」

「乗り鉄という言葉にあるストイックさとは、彼女、ほど遠いイメージですが」

そもそも乗り鉄という略語を空々が使うことにも違和感があったが——まあ、二週間以上ぶりに話す上司が相変わらずのようで、氷上のほうは安心した。

どうやら『ＵＳＡＳ』の内偵で、死にかけたりはしなかったようだ——と。

もっとも、死にかけていたとしても、この少年はこんなものかもしれないが。

「それにしても、待ち合わせ場所に部隊長が現れるというのは意外でした……。みんな、とおっしゃいましたが、空挺部隊の全員に、左博士が招集をかけたということなんでしょうか？」

とにかく、劇場広場に来てとしか言われていない氷上は、どうして一同が中国にいたのか、空々が好藤と共に『人間王国』に向かっていたのか、その辺りの事情はさっぱりわからなかったのだが、彼女は組織のナンバー2として非常に優秀なことに、すなわち『事情がわからなくても上司の言うことには従う』のが得意だったので、そこを掘り下げたりはしない。

そういう彼女の特性が、空々少年の部下という立場を長持ちさせているのかもしれないが、行き過ぎている面があるのも否めない――まあ、この場合は、話が早くなる。

「うん、困りますよね。空挺部隊って、別に右左危博士の私設部隊じゃないんですから――ああ、でも、全員は揃いません。鋼矢さんと手袋さんは、病院です」

「はあ――」

何があった、とは問わない。

心配ではあるが、『絶対平和リーグ』出身の元魔法少女である彼女達に対する思い入れと言うか、優先順位は、氷上の中では比較的低かった――今も毛皮のコートの下は、魔法少女のコスチュームなんかを着ている癖に。

「海外の病院じゃ勝手がわからないということで、いったん帰国してもらっています——ただ、回復次第、二人も追っ付けロシアに来るという手筈になっています」

「そうですか」

と、頷きつつ、そんな長いこと、空挺部隊はロシアに滞在することになるのだろうか？　と、氷上は疑問を抱いた。

訊かないが。

忠実過ぎて質問をしない——空々は楽だが、しかしたぶん、いつかとんでもない失敗に繋がることは、間違いなかった。

実際、この時点でさえ、主従の間でかすかな連携ミスは起こっている——厳密には彼らは決して、『長いこと、ロシアに滞在する』ことにはならないのだから。

「右左危博士から聞きましたけれど、『悲恋』は、救助船『リーダーシップ』にとどまることになったんですよね？　助っ人だった乗鞍さんと馬車馬さんも、『人間王国』で、内偵を続けているんですけれど——だから、今このロシアに集まっている空挺部隊は、虎杖浜さんと好藤さんと灯籠木さん、地濃さんとかんづめちゃん、それに僕と氷上さんの、七名ってことです」

「なるほど……」

『人間王国』にも内偵者が残ったという情報には、同じ発想を持った者として少し驚いたが、まあ、来られる者は全員来ているという意味では、総動員には違いない。

私設部隊でもない空挺部隊を、ロシアに集めて、右左危博士は、いったい何をどうしようというのだろう――『花屋瀟』の人格がインストールされた人造人間『悲恋』とは、今回の任務は煙幕であって、それを発令した右左危博士の狙いは他にあるはず、という推理をしたが。

「ロシアに何があるんでしょうね。渡航目的が知れません――『道徳啓蒙局』の崩壊を受けての行動計画であることは確かなのでしょうが、右左危博士は、『裏切り者』探し……、犯人探しよりも、重要なことがあると見たわけですよね？　その辺りは、既にお聞き及びですか？」

「いや、まだぜんぜん――僕と好藤さんは合流したばっかりですし、全員が揃ってから話すと、右左危博士は言っていました。ただ、先に合流していた虎杖浜さんと灯籠木さんには、ある程度、推測がついているみたいでしたけれど――」

「なるほど……、さすがは天才少女隊ですね」

「地濃さんも、なんだか察しているみたいな顔をしてましたけれど、あれは絶対わかってない」

「でしょうね」

それは鉄板だ。

なんにしても、ドレスアップも終わったし、空挺部隊が集合しているという、右左危博士のいる場所に向かうとしよう――本人に話を聞けば、わかることだ。

人類対地球との戦争において、世界連合が成立されようというその大舞台の裏側で、いったいあのマッドサイエンティストが、どんな悪辣《あくらつ》なことを企んでいたのか――どんな非人道的な実験をおこなっていたのか。

(理解の及ぶ範囲だったらいいんだけど……)

たぶんそれは望めないだろうなと、氷上は思いつつ、年下の上司と共に移動を開始する――『焚き火』の人間懐炉《かいろ》としての暖かさに引かれてか、空々がいつもより氷上のそばを歩くという事態に、氷上はとても思うところがあったが、それこそ、触れてはならない、忠実なる部下のデリケートな趣味だった。

3

考えてみれば、氷上のコスチューム姿を、蛇蝎《だかつ》のごとく嫌う好藤と会う前に、空々にコートを買ってもらえたのは、彼女にとっては非常に幸運だったと言える。

「じゃ、氷上ちゃんと空々くんも揃ったところで、改めまして。皆さん、無事で何よりです。正直、メンバーの半分くらいは死ぬと思ってたから、こうして再び顔を見られて本当に嬉しいわ」

とんでもないことをさらっと言う右左危博士だった――『裏切り者』の対地球組織を内偵する者だけでなく、空挺部隊の半壊まで見込んでの作戦発令だったとは、今更ながら恐れ入る。

今更、驚いたリアクションもとらないが。

その程度のこと。

「いずれ、皆さんの活躍を本にまとめるときには、『出発した空挺部隊の中、任務を終了して日本に戻ったのは、たった二名だった……』みたいな紛らわしい表記をして、読者を混乱させることを約束するわ」

なぜそんな無駄な叙述トリックを。

空挺部隊の活躍を本にまとめるな。

タクシーを複数台乗り継いで、氷上が空々に連れて行かれたのは、住宅街のマンションの一室だった――ロシアでの滞在中は、ホテルではなく、ここで過ごしていたらしい。いわゆる民泊という奴だろうか？　思い出してみれば、空々に内偵調査を発令したのも、どこかの民家のリビングを借りてのことだったようだし、なんだろう、案外このマッドサイエンティストは、無意識に、家庭の温もりみたいなものを、求めているのだろうか。

だとしたらそれは、つきあいの長い氷上にしてみれば、悲しくなると言うより、しょげかえるほど醜悪な一面を見せられた気分になるような話なのだが……。

(『悲恋』のことを『娘』って呼ぶのにも、別の意味が生じてくるわ——この人、どんな経緯で離婚することになったんだろう?)

ちなみに右左危博士は、『I LOVE MOSUKUWA』という、よりパチモノっぽいプリントがされたセーターを着ていた——なぜよりパチモノっぽいほうに寄っていく。

ともかく、家具も一式揃った生活感あふれるマンションのリビングに、空挺部隊は集結していた——鋼矢と手袋が欠けているとは言え、日本でもなかなかメンバーが揃うことのない部署なので、これだけの人数が一堂に会するのは、久しぶりどころじゃあなかった。

やはり天才同士でつるんでいるほうが落ち着くのか、虎杖浜なのかは、好藤覧と灯籠木四子と、まとまって座っている——地濃鑿は、氷上が空々にされたように、適当に見繕った感じでなく、きっちりとロシアのモードで全身をコーデしていた。誰よりもこの任務を楽しんでいるらしい彼女にぬいぐるみのように抱きしめられて、迷惑そうにしている酒々井かんづめ——ペアで行動して、仲良くなったという風ではなく、いっそう不仲になったという感じだった。

（お悔やみ申し上げるって感じかな……）

逆に言うと、任務について、この場にいないのは、先ほど右左危博士が述べた、療養中の杵槻鋼矢と手袋鵬喜、『人間王国』で継続して任務にあたる二名の助っ人、乗鞍ぺがさと馬車馬ゆに子、同じく救助船『リーダーシップ』で継続して任務にあたる人造人間『悲恋』の五名である——ある意味で、『半分くらい』無事では済まないという右左危博士の予想は、見事どんぴしゃであたっていると、言えなくもない。

さすが、なのか、どうなのか。

「……酸ヶ湯博士は、一緒じゃないの？」

そこで虎杖浜が挙手して、右左危博士に訊いた——大人相手に、物怖じしない態度だ。他の天才少女二名も、それがさっきから、気になっている様子だ。

「酸ヶ湯くんなら、現場で作業中——現地のエージェントと一緒にね。まあ、すぐに会えると思うから、そう恋しがらないで」

「…………」

『恋しがる』という、からかうような言いかたに、虎杖浜は一瞬、不快そうな表情を浮かべたが、それ以上は何も言わなかった。

（そう……、ロシア行きの砕氷船に乗ったのは酸ヶ湯博士も一緒だったって話よね——『自明室』のスタッフじゃなく、『地球撲滅軍』入りしたばかりで、何かと不慣

れだろう酸ヶ湯博士を同行者に選んだのは、なぜ？『昔、先輩後輩だったから』なんて縁故を重んじる人じゃないのは確かだし）

そして現地のエージェント？

壊滅した『道徳啓蒙局』の生き残りという意味だろうか——だが、壊滅ではなく解体だというのが真相だった以上、生き残った構成員は、『人間王国』か救助船『リーダーシップ』に向かったはずなのだが。

「皆さんからの報告を受けて、とりあえず、事態は掌握できたわ——『裏切り者』はいなかったという、平和で牧歌的な結論に、私はほっとしているわ。……まあ、少なからず死者が出ていることを思えば、彼ら自身が思っているほど、スマートな作戦進行じゃあなかったみたいだけどね」

「そう……ですか？」

何にでも難癖をつけたがる右左危博士の、いつもの物言いかと思って、特に筋合いはないけれども、彼ら——『道徳啓蒙局』『宿命革命団』『永久紳士同盟』『仙億組合』の四つの対地球組織——を、フォローするようなことを言う氷上。

「二回目の『大いなる悲鳴』を未然に防ぐために、地球との戦争のパワーバランスの調整をするなんて——しかも、実際に人類側の勢力を減殺するんじゃなく、『人間王国』と救助船『リーダーシップ』に分散して潜伏させるなんて、島国で活動する『地球撲滅軍』にはない発想だと思いますが。このあと『USAS』が合流して、世界連合が成立の流れに乗れば、戦局は大きく変わって――」

犠牲者は出た。

それをよしとはできない――何も知らされないまま、『リストラ』された構成員の胸中を思うと、確かに『素晴らしい作戦』とは言えないだろうが、そもそも戦争において、『素晴らしい作戦』なんてないのだ。

ましてて、『大いなる悲鳴』を避けるためなら。

「いやいや、氷上ちゃん。私も別に、偽善的なことを言うつもりはないし――まして真善を説こうってつもりもない。作戦のモラルなんて問う気はない――他ならぬこの私が」

「…………」

一同が、『そりゃそうだ』という顔をした――自ら振った右左危博士も、地濃鑿からそんな顔はされたくないだろうが。

「世界連合の成立ってのが、私には眉唾に思えるってこと――理想論というかねえ。誰が主導権をとるかで喧嘩になって、もっと細かく分裂する次第にならないかと思うと、戦々恐々ってことよ――『人間王国』のほうは、『人間王』が今のところは取り仕切っているんでしょうけれど、救助船『リーダーシップ』のほうに、特に強い不安が残るわね。四つの巨大組織から、天才が一気に流れ込む――なだれ込むことが、果たしてどんな結果を生むのか。『悲恋』ちゃんの今後の報告を待つしかないけれど」

「確かにー」

と、灯籠木が独り言のように言う。

「不安要素はー、その計画を実行するにあたって、肝心の『人間王国』と救助船『リーダーシップ』の内諾を取ってないってところだよねー。まあ、鎖国状態の『人間王国』と、天才しか救う気のない救助船『リーダーシップ』とが相手じゃあ、話し合いなんて成り立たないだろうけれど。既成事実をつくってから、後付けで乗っ取っていくってつもりなのかな?」

「でしょうね。その辺も、報告待ちになるけれど――」

「僕からも、ひとつ質問、いいですか?」

と。

そこで空々が挙手した――珍しい。

「世界連合が成立するかどうかは、先の話として――四つの組織が解体され、見た目上の数値で、人類側の勢力が大幅に減殺されたら、それで本当に二回目の『大いなる悲鳴』は防げるんですか?」

「んん?」

その質問に、右左危博士はわざとらしいほどに首を傾げた――首を傾げこそしないが、氷上も同じ気分だった。『先の話』というなら、『大いなる悲鳴』だって、『先の話』の話だが。

「確実とは、そりゃ言えないと思うわ。数値の粉飾が、地球相手に必ずしも通じるとは限らないし、『大いなる悲鳴』が、戦局のバランスに応じて発動する『反撃』だっていうのも、あくまで仮説でしかないんだから——ただ、こんな大規模な作戦行動を実行する、根拠であり根幹の部分なんだから、少なくとも四つの対地球組織が、かなりの確信を持っていたでしょうね。少なくともこんな決断、九割がたの確実性がないと、できっこない——それがどうしたの？」

「ああ、いえ……。なんにせよ、『大いなる悲鳴』が延期されるって言うんだったら、それに越したことはないなって思って」

「……そうね」

右左危博士は頷いたが、ここでこそ、彼女は首を傾げたかったかもしれない——『延期』？『中止』ではなく『延期』？

まるで、あらかじめ二回目の『大いなる悲鳴』の日取りと言うか……、タイムスケジュールを把握していたかのような物言いだが、それは単なる言葉の綾か？

……もちろん、マッドサイエンティストでも、秘書でも、あるいはこの場に三人の天才少女がいようとも、その『言葉の綾』の正体を、推理することなんて不可能だ。

どれだけその内実が奇矯な形に仕上がっていて、常軌を逸していようとも、分析官でも研究者でもない一少年に、『大いなる悲鳴』のバイオリズムを把握する手段なんてないのだから——まさか空々空が、地球から直接、予定日を聞いているなんて誇大妄想を抱ける者は、ここにはいない。だから『人間王国』で、乗鞍と馬車馬に、その辺りの説明がうまくできなかったなんて想像は、およそ不可能だ。

しいて言えば、理論にとらわれない地濃鑿にならば可能かもしれなかったが、このとき彼女は、最大のマトリョーシカはいったい何重構造になっているのかを考えていた。

「……はなしを、もどさへんか？」

と、そのタイミングで『魔女』が水を入れた。それは空々に対する助け船のようでもあったし、単に、いい加減、本題に入りたいのかもしれなかった——本題、と言うか。

右左危博士の本心が聞きたいのかも。

「せかいのうごきはともかくとして、や——おまえはそのうらで、なにをしとってん。うちらのはたらきをかくれみのに……、この『まじょ』に、えらいたいへんなおもいをさせてまで、なにをこそこそ、わるだくみしとったんや」

確かに、それを知りたいという気持ちは、空挺部隊、ほとんど全員の総意だった——地濃と同行させられた酒々井かんづめがしたであろう『えらいたいへんなおもい』のことを思えば、尚更である。

「ええ。そうね。もちろん、それをお話しするために、みなさんにはここに集まってもらったのよ——内偵調査を終えたところに立て続けで悪いけれども、ここからがあなた達にとっての、本当のミッションってことになるわ。これでようやく、序章終了って感じ」

「…………」

まあ、そんなところだろうとは思っていた——休む暇がないことに、氷上も文句を言うつもりもない。四国ゲーム以来、ずっと休暇みたいなものだったことを考えれば、これでもまだ、釣り合いは取れないくらいだ。

（ただ、もちろん、任務内容にもよる——世界各地に内偵するような仕事が偽装になるような、あれが序章だって言うような本章って、何なのよ）

本当のミッション。

内偵調査によって判明した世界連合成立の流れを、いまだ二の次に置き続けられる彼女の目的は、果たして何だったのか。

「いや、『裏切り者』がどこの対地球組織かとか、世界連合とかも、戦争の行く末を思うと、かなり重要なんだけどね——そっち方面は今のところ、静観するしかないし。私は、自分にできることをやるしかないわ——えーっと。四国ゲームから帰還してこっち、私が何をしていたかって、詳しく話したことあったっけ？」

ない。

ないが、よく知られている——人造人間『悲恋』暴走のかどで取り潰された『不明室』を、『自明室』という形で再建した、その政治的手腕は。

「そうじゃなくって、その後、どんな研究活動をしていたかってこと——私は政治家じゃなくて研究者なんだから。政治的手腕を誉められても嬉しくないわ」

天才と呼ばれるのを嫌ったり、政治家扱いを嫌がったり、気さくそうに振る舞いながら、本当に気難しい人だ。

氷上は答える。

「結果的に、四国で収集できた『悲恋』のデータを更新したり……」

ああ、でもそれは、『不明室』時代からの継続研究か——新たなる研究？

「血識零余子によって空々くんに施された『魔人』の今後を、酸ヶ湯博士と一緒に研究しとったんじゃろ？　そう思うとったけど」

酸ヶ湯博士のことが、やはり気にかかるのか、好藤が言った。

「うん。でも、酸ヶ湯くんと共同でおこなうのは、空々くんの身体の研究に限ってじゃあないの——魔法全般、すべてについてよ。四国で氷上ちゃんが『科学』と『魔法』の融合の可能性を見せてくれたから、酸ヶ湯くんを『自明室』に引き入れて、共同研究をおこなうことにしたのよ——彼は引き続き天才少女達の指揮を執りたがっていたんだけれど、それは先輩の権限を最大限に発揮して諦めてもらった」

「…………」「…………」「…………」

なぜわざわざ天才少女達の恨みを買うような発言を。

はらはらする氷上をよそに、何食わぬ顔で右左危博士は、

「四国ゲームが終わるときに、魔法少女達が使っていた固有魔法の大半は回収されちゃったわけじゃない――『魔人』作りが、何より優先されるのは当然だとしても、でもやっぱり、惜しかったなって気持ちもあるわよね。通常モンスターを八十八頭集めて、激レアモンスターを合成したとしても、でも使い勝手で言えば、通常モンスターも悪くはなかったって気持ち？」

ゲームの内容をゲームでたとえられても、混乱する一方だが――まあ、言っていることはわかる。黒衣の魔法少女『シャトル』の『水』の魔法で、ロシアまで泳いで来た氷上だから、実感はある。

「そうね。だから酸ヶ湯くんは、四国ゲームの実験とは別に、『黒衣』の『五大魔法』のコスチュームを作っていたわけで――でも、『絶対平和リーグ』が壊滅する際、ただでさえ未完成だったノウハウも失われてしまった。監禁していた実験台――『魔女』の行方も見失った。唯一、所在のつかめているかんづめちゃんは、『魔女』としての自分を取り戻しきれず――たぶん、他の『魔女』も、似たような状況にあると

思われる」

「……かもな。しらんけど」

かんづめはそっけなくそう言うだけだった。

「ふふ。でも、だからって諦めるのもどうかなーってことで、ノウハウや設備の足りない部分、魔法獲得のための儀式に際する至らない部分は、『科学』の力で補うとして、私と酸ヶ湯くんは、魔法の再発明に挑むことにしたの」

それが『自明室』の最初の研究課題ってこと――と、右左危博士はいったん言葉を切り、一同を見渡した。

まあ、順当と言えば順当だ。

『魔法』の研究を、なにも『魔人』作りだけに限る理由はない――固有魔法まで至らずとも、『着れば空を飛べるコスチューム』を再現するだけでも、それは大きな成果なのだから。

「成果は、あがっていたんですか？」

それがどう、今回の内偵に繋がっていくのかはわからないまま、氷上が質問すると、「あんまし、芳《かんば》しくないかなー」と、右左危博士。

「たとえば、今回酸ヶ湯くんが、地濃ちゃんに託したアイテムは、マルチステッキ『リビングデッド』の亜流なんだけれど――結局、ＡＥＤをグレードアップさせた程度のものにしかならなかった。心肺停止状態の人間を生き返らせるくらいのことはできても、『どんな状態の死体でも蘇生させることができる』、固有魔法『不死』とは、まったく違うものだった」

「そうですか？　いい『秘策』でしたけれどねえ。なにせ私の大親友、手袋さんを助けることができましたし」

いつの間にか、地濃の大親友などという不名誉な称号を与えられた手袋鵬喜に、禁じえない同情が集まる一方で、

「ひさくひさく、ゆうとったのは、それかい」

と、かんづめが幼児にはあるまじき、ぶすっとした顔で呟いた。

世話役を任じられていた彼女としては、まさか地濃が、かんづめが死んだときに備えていようとは、夢にも思わなかっただろうから、これは仕方がない――大親友呼ばわりの次くらいには、屈辱的に違いない。

それはともかく、『AEDをグレードアップさせた程度』のマジックアイテムというのは、正直、氷上から見れば、それで十分と言う気がしたが……、志の高い研究者二名にとっては、満足のいくものではないらしい。

芳しくない。

謙遜《けんそん》で言っているわけではないのだろう。

「やっぱ、氷上ちゃんが例外で、『魔法』と『科学』は、相性が悪いっていうのが、基本路線みたいなのよね——『不死』以外の固有魔法でもいろいろ試してみたんだけれど、どれもあっさり、行き詰まっちゃった」

それでロシアだったの、と右左危博士は言った。

それでロシア？

いきなり現在地と繋がったが——

「ロシアの対地球組織『道徳啓蒙局』と、連携を取ることにしたのよ。技術交流というのかしらね」

「……えっと、つまり——『道徳啓蒙局』にいる、『絶対平和リーグ』時代から続くスパイを通して、ということですよね？」

「違う」

話をわかりやすくするために入れた合いの手のつもりだったけれど、つれなく否定された。

「その子だと、科学と魔法の融合の踏み台にはならないでしょう」

踏み台って言った。

「いわばその逆よ、逆——『絶対平和リーグ』に交換スパイとして送り込まれて来ていた魔法少女、パドドゥ・ミュール。彼女が、スパイとして、内偵任務という仕事をきちんとしていたのなら――『魔法』作りのノウハウや、儀式の段取りといった有益情報を、『道徳啓蒙局』に送っていたかもしれない」

「……ああ」

ややこしいが。

(そうか、『絶対平和リーグ』が自滅したことで、ほぼ失われたと思っていたけれど――そういうアプローチもあるんだ)

パドドゥ・ミュール――ロシアからやってきた交換スパイが、ロシアに向けて送った情報を回収しようとは。パドドゥ・ミュール自身は四国ゲームにおいて、かなりの初期段階で爆死しているが、彼女が情報の発信者だとすれば、当然、受信者はいたはずなのだ。

魔法にかかわるメッセージを受け取った誰かが、『道徳啓蒙局』の中に。

「トゥシューズ・ミュール……、パドドゥ・ミュールちゃんの実の姉よ。コンタクトはとれたわ――それが、今、酸ケ湯くんと一緒にいる、生き残りのエージェントってわけ」

「姉。へー。私の大親友に姉がいたとは、初耳です」

パドドゥ・ミュールがスパイだったことも知らなかったであろう地濃が、四国時代、彼女とチームメイトだったことは紛れもない事実なのだが、誰でも彼でも大親友扱いするのか、この子は。

右左危博士は無視した。

なんと正当な手続きだろう。

「『絶対平和リーグ』だって、機密保持には気を使っていたはずだから、『魔法』に関する知識がどれくらい、『道徳啓蒙局』に伝わっているかは疑問だったんだけど……、その点パドドゥ・ミュールちゃんは優秀なスパイだったみたいね。トゥシューズ・ミュールちゃんは、魔法少女のコスチュームを、デザインするところまで至っていたわ」

「そりゃあ、私の大親友ですから」

無視されても堪えないらしい。

が、このたび、内偵調査を体験した空挺部隊の面々としては、実際、長期間にわたり任務をやってみせたらしいパドドゥ・ミュールに、感心せずにはいられなかった。

ただ、もちろん、すべての情報を持ち出せたというわけではないらしい――当然だ、それでは今度は、『絶対平和リーグ』が無能過ぎるということになってしまう。

「そもそも『道徳啓蒙局』が、『魔法』みたいないかがわしい能力を、公には認めてなかったから、魔法技術の開発を担当するトゥシューズ・ミュールちゃんは、窓際部署のエージェントだったらしいのよね」

どこかで聞いたような話だ。

「だから、一発逆転を狙って、もっといかがわしい、私なんかと組むことにしてくれたんだけれど……、日ロで協力しても、やっぱり、遅々として進まなかった。どうしたものかと考えていた折も折――『道徳啓蒙局』が、壊滅した」

「…………」

繋がった。完全に。

「今から思えば、その際、『地球撲滅軍』からのスパイが処分されたように、トゥシューズ・ミュールの所属する窓際部署も、リストラ対象になっちゃったってことなんでしょうね――ただ、魔法のコスチュームを普段から着用していたトゥシューズ・ミュールちゃんは、『永久紳士同盟』の手から生き延びることができたみたい」

芸は身を助けるって奴ね、とウインクしたが、『魔法少女』の『姉』という年齢で、普段からコスチュームを着ていたというそのエージェントは、結構な変わり者なんじゃないかという気になってきた。

（まあ、コスチュームの『防御力』と、『飛行力』があれば、固有魔法なしでも、生存率は飛躍的にアップするか……）

「もっとも、彼女も、いったい何が起こっていたのかを把握してはいなかった――逃げるのに必死だったから、当然だけどね。私も『裏切り者』がどこかとか、世界連合の動きとか、そういう裏事情を、知っていたわけじゃない——だけど、『道徳啓蒙局』の消滅は、チャンスだと思った」

「チャンス——」

世界一の対地球組織の崩壊を、そんな風に捉えた人物は、たぶん、他にいないだろう——いや、酸ヶ湯博士と、トゥシューズ・ミュールも、そうなのだろうか？

「これまでは人目を気にして、こそこそ魔法と科学の融合技術を開発してきたわけだけれど、少なくともこれで、トゥシューズ・ミュールちゃんの頭を押さえていた重りはなくなった。なら、あとは『地球撲滅軍』の目をそらすことができれば、私達『自明室』は、おおっぴらに、彼女と連携が取れる——それがあなた達空挺部隊に、世界中を飛び回ってもらった理由」

『裏切り者』探し。

内偵調査。

すべてフェイクで、目くらまし——裏があることは最初からわかっていたとは言え、こうもあっけらかんと言われると、慣れている氷上も、さすがにかちんと来る。

ここは空挺部隊を代表して、一言言ってやろうかと思ったとき、

「まあ、それはもういいんですけれど」

と、空挺部隊の部隊長である、つまり本当に代表者である空々空が流してしまった

――感情が死んでいる少年は、どうやら怒りの感情も死んでいるようだ。

「何か成果はあったんですか？　そうやって、トゥシューズ・ミュールさんとじかに会ってみて……、ロシアに来てから、二週間。こうして僕達を集めたってことは、融合技術の開発は、次のステップに進んだってことなんでしょう？」

「そう慌てないでよ――空々くん達ががんばってくれている間に、ようやく、施設作りが終わったってところ。『道徳啓蒙局』が遺していった、組織の残骸《ざんがい》みたいなものを再利用してね――かなりの突貫工事だったけれど、あなた達の任務終了までに、間に合ってよかったわ」

「施設作り――じゃあ、左博士は、日本ではなく、この先ロシアで、開発を進めるおつもりなんですか？」

確かに、トゥシューズ・ミュールが受けていたほどの抑圧でなくっとも、『自明室』もまた、『地球撲滅軍』の中で、そんな自由が許されているわけでもない――『不明室』時代の悪いイメージは、きちんと引き継がれている。

だからと言って、日本を飛び出し、異国の地で研究をしようなんて、それじゃあまるで亡命――

（――確かに、救助船『リーダーシップ』に誘われたというだけあって、組織の垣根や国境に縛られるような人じゃないけれど）

国外に出ていってくれるなら、むしろ歓迎すべきなのかもしれないが、どうしてか、一抹の寂しさを覚える。

(これが私の一番悪いところだ——空々部隊長に対しても、左博士に対しても)

そんな風に思う氷上だったが、その反省を裏付けるように、

「いいえ、ロシアじゃないわ。あくまでも、ロシア国内だから秘密裏に施設を完成させられたってだけで、ここはあくまで、スタート地点なの」

と、右左危博士は首を振った。

彼女は重要なことほど、たわいなく言うのだ。

「技術開発は、宇宙空間でおこなう」

「は!?」

「これは、『道徳啓蒙局』が壊滅する前から、トゥシューズ・ミュールちゃんと相談していたことなんだけれど……、地球と戦うための技術を、地球上で作ろうってほうが、考えてみりゃおかしいのよね——それにほら、これは後付けなんだけど、宇宙で作業を済ませれば地球にはバレっこないんだから、そのしち面倒なパワーバランスって奴も、綺麗に無視できるでしょ」

「え、で、でも、宇宙空間って——どうやって、そんなところで」

「だからロシアなんじゃない」

だからロシア——人類が。

人類が初めて、宇宙へ飛んだ場所。

「じゃ、じゃあ、そのための施設作りっていうのは、まさか、まさか——」

「人工衛星『悲衛《ひえい》』」

右左危博士は、そこだけは誇らしげに言った。

己の次なる『娘』を、自慢するように。

「打ち上げの準備も、既に整っているわ——私達は、悲鳴も響かないような宇宙から、地球を撃つ」

4

所狭しと世界各地を巡り巡った空挺部隊は、序章という名の助走を終え、これより広大な宇宙へ向けて飛翔することになる——空々空、宇宙へ。


（第15話）（終）

（悲衛伝に続く）

空挺部隊関係者　戦力分析グラフ

空々空

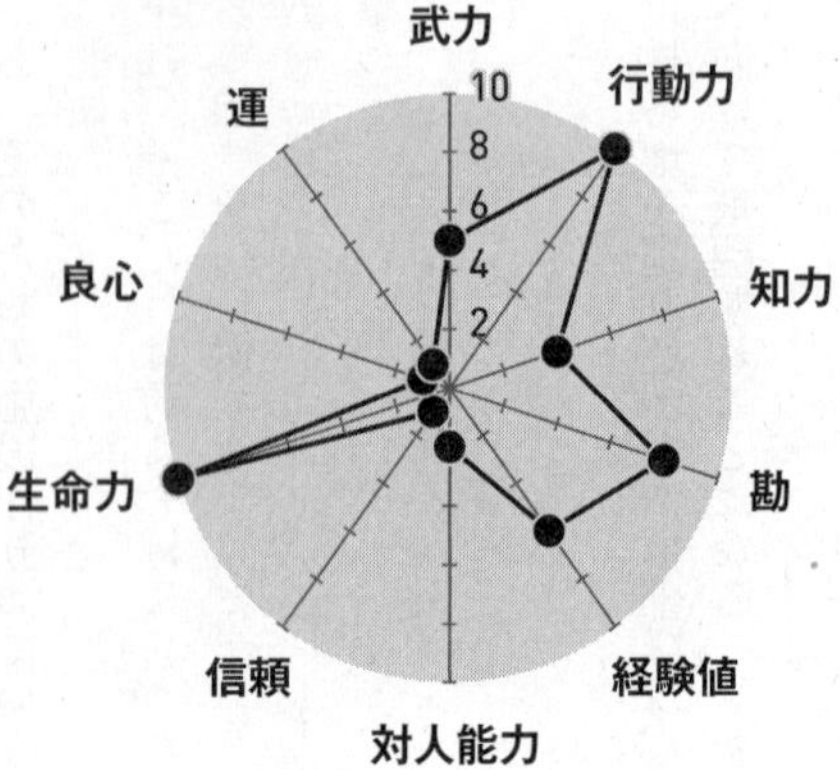

氷上竝生

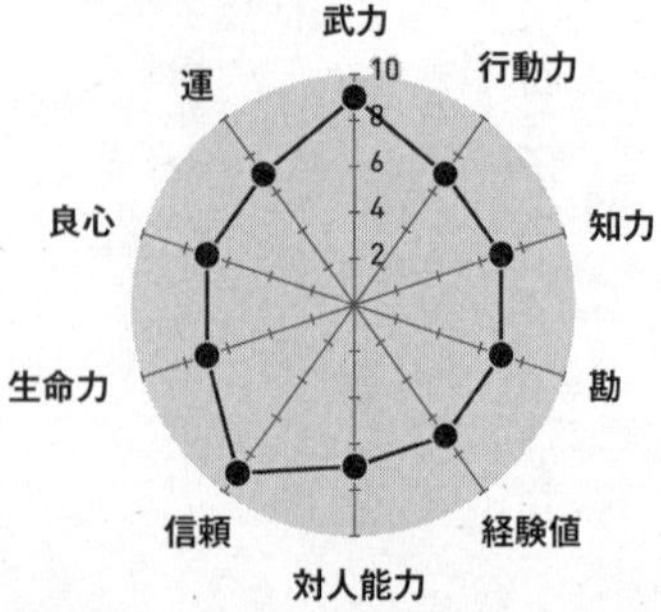

杵槻鋼矢

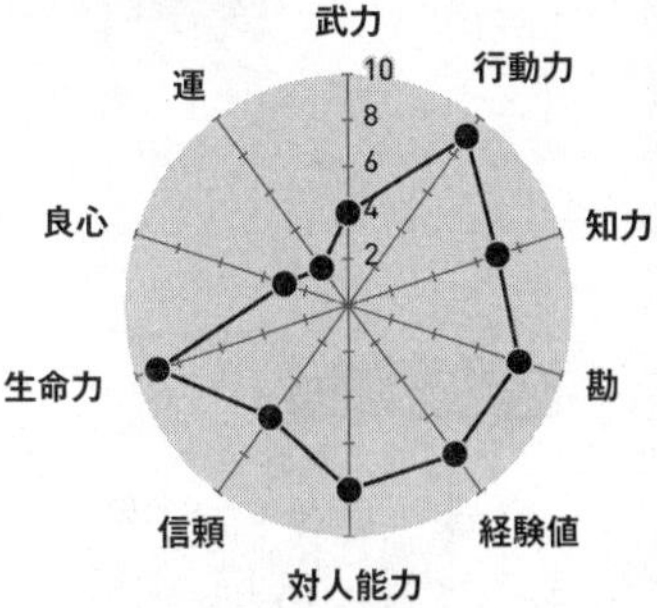

手袋鵬喜

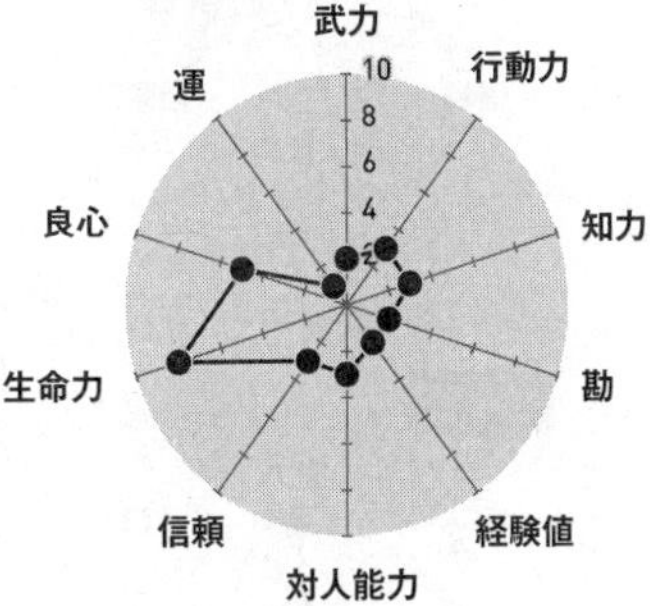

地濃鑿

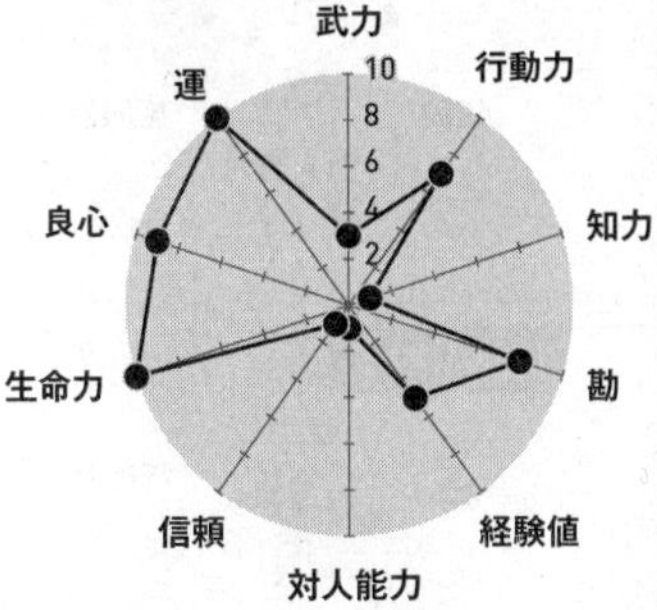

酒々井かんづめ

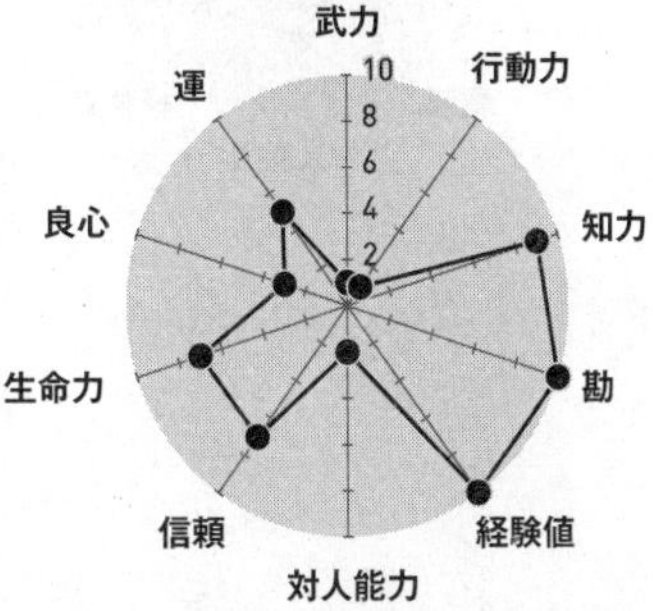

悲恋

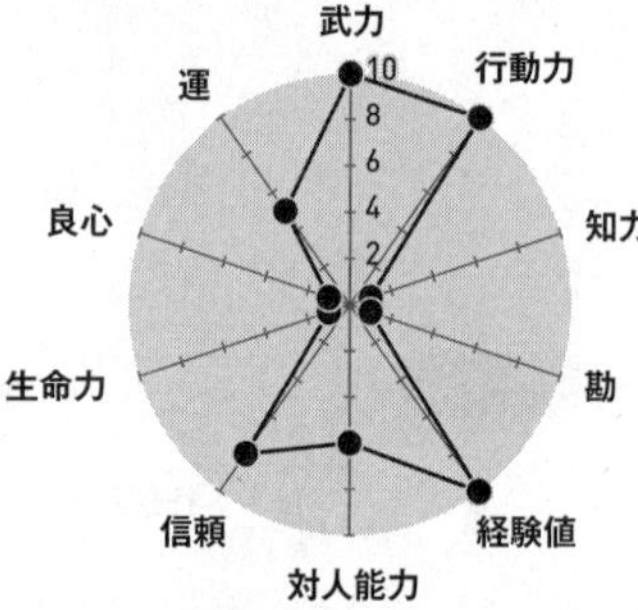

虎杖浜なのか

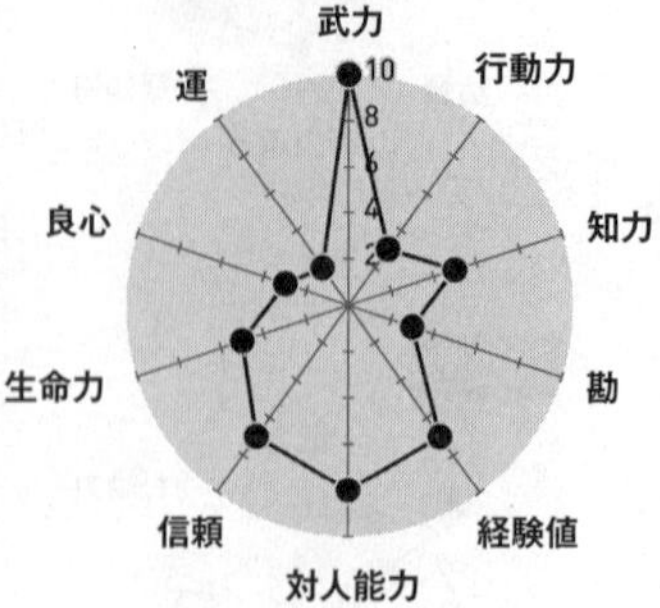

好藤覧

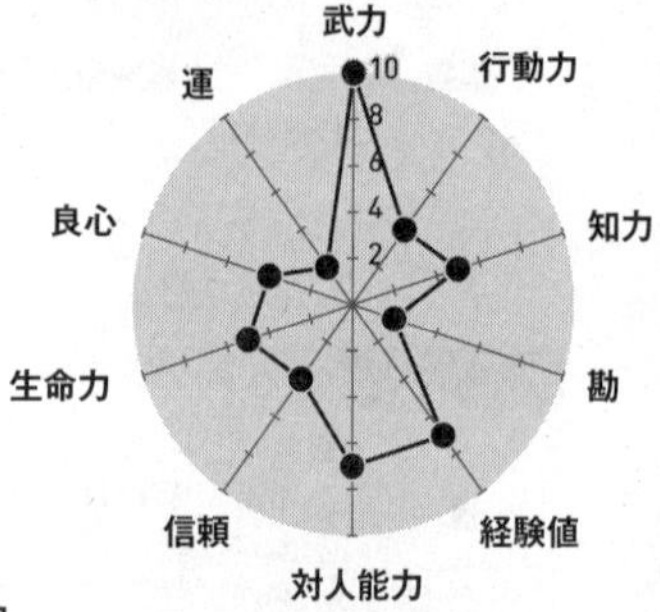

灯籠木四子

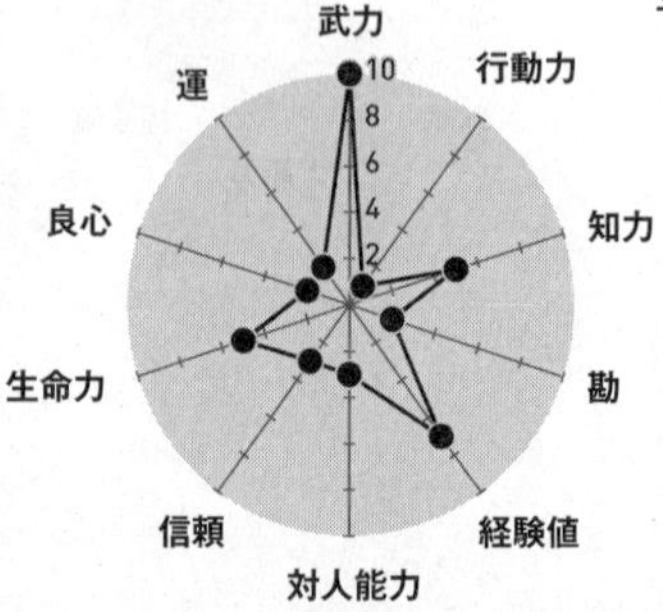

乗鞍ぺがさ

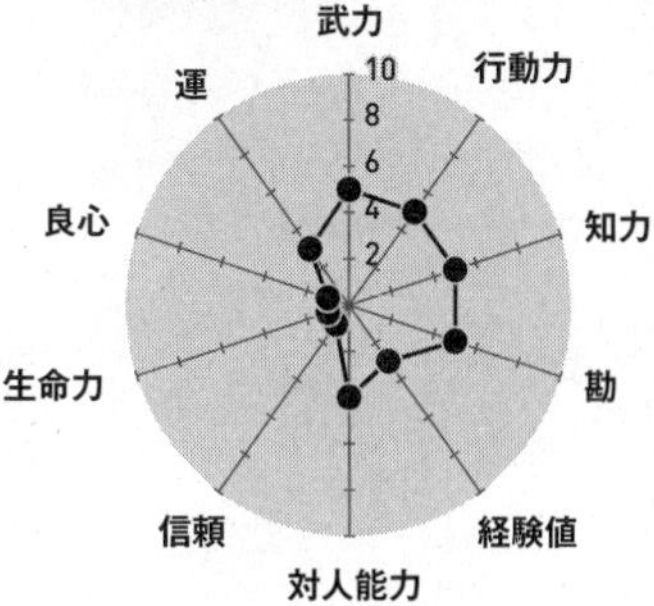

馬車馬ゆに子

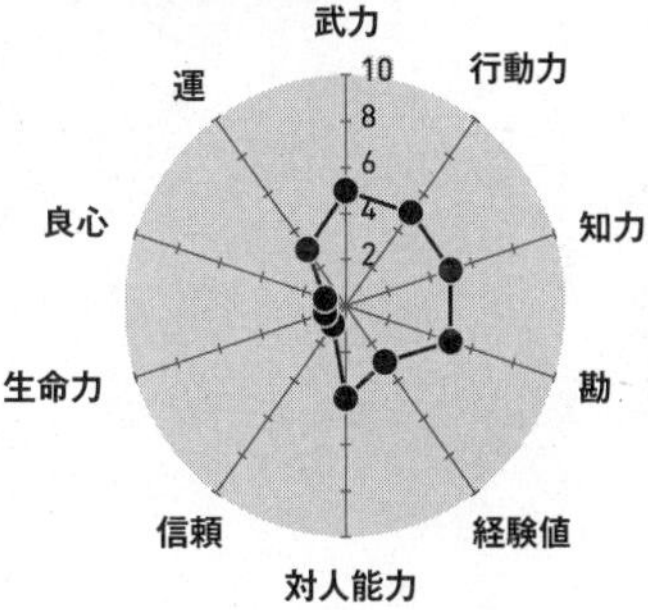

左右左危

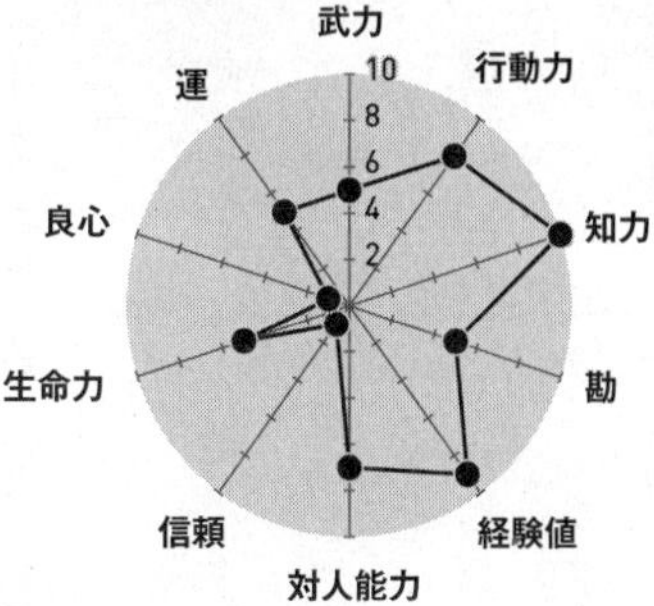

酸ヶ湯原作

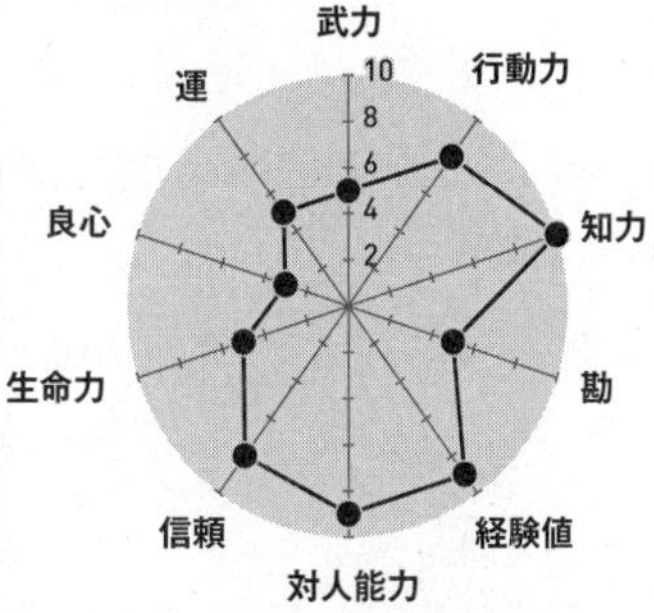

本書は二〇一五年十一月、小社より講談社ノベルスとして刊行されました。

|著者|西尾維新　1981年生まれ。2002年に『クビキリサイクル』で第23回メフィスト賞を受賞し、デビュー。同作に始まる「戯言シリーズ」、初のアニメ化作品となった『化物語』に始まる〈物語〉シリーズ、「美少年シリーズ」など、著書多数。

悲亡伝《ひぼうでん》

西尾維新《にしおいしん》

講談社文庫
定価はカバーに
表示してあります

2024年２月15日第１刷発行

発行者——森田浩章
発行所——株式会社　講談社
東京都文京区音羽2-12-21　〒112-8001
電話　出版（03）5395-3510
　　　販売（03）5395-5817
　　　業務（03）5395-3615
Printed in Japan

KODANSHA

デザイン—菊地信義
本文データ制作—講談社デジタル製作
印刷———株式会社KPSプロダクツ
製本———加藤製本株式会社

ISBN978-4-06-529845-9

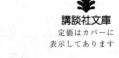

講談社文庫刊行の辞

二十一世紀の到来を目睫に望みながら、われわれはいま、人類史上かつて例を見ない巨大な転換期をむかえようとしている。

世界も、日本も、激動の予兆に対する期待とおののきを内に蔵して、未知の時代に歩み入ろうとしている。このときにあたり、創業の人野間清治の「ナショナル・エデュケイター」への志を現代に甦らせようと意図して、われわれはここに古今の文芸作品はいうまでもなく、ひろく人文・社会・自然の諸科学から東西の名著を網羅する、新しい綜合文庫の発刊を決意した。

激動の転換期はまた断絶の時代である。われわれは戦後二十五年間の出版文化のありかたへの深い反省をこめて、この断絶の時代にあえて人間的な持続を求めようとする。いたずらに浮薄な商業主義のあだ花を追い求めることなく、長期にわたって良書に生命をあたえようとつとめるところにしか、今後の出版文化の真の繁栄はあり得ないと信じるからである。

同時にわれわれはこの綜合文庫の刊行を通じて、人文・社会・自然の諸科学が、結局人間の学にほかならないことを立証しようと願っている。かつて知識とは、「汝自身を知る」ことにつきていた。現代社会の瑣末な情報の氾濫のなかから、力強い知識の源泉を掘り起し、技術文明のただなかに、生きた人間の姿を復活させること。それこそわれわれの切なる希求である。

われわれは権威に盲従せず、俗流に媚びることなく、渾然一体となって日本の「草の根」をかたちづくる若く新しい世代の人々に、心をこめてこの新しい綜合文庫をおくり届けたい。それは知識の泉であるとともに感受性のふるさとであり、もっとも有機的に組織され、社会に開かれた万人のための大学をめざしている。大方の支援と協力を衷心より切望してやまない。

一九七一年七月

野間省一

講談社文庫 最新刊

伊集院 静　**それでも前へ進む**

出会いと別れを紡ぐ著者からのメッセージ。六人の作家による追悼エッセイを特別収録。

桃野《ものの》雑派《ざっぱ》　**老虎残夢**

孤絶した楼閣で謎の死を迎えた最愛の師父。特殊設定×本格ミステリの乱歩賞受賞作！

大山淳子　**猫は抱くもの**

ねこすて橋の夜の集会にやってくる猫たちと人のつながりを描く、心温まる連作短編集。

砂川文次　**ブラックボックス**

職を転々としてきた自転車便配送員のサクマ。言い知れない怒りを捉えた芥川賞受賞作。

西尾維新　**悲亡伝**

人類の敵「地球」に味方するのは誰だ。新任務が始まる——。〈伝説シリーズ〉第七巻。

熊谷達也　**悼みの海**

東日本大震災で破壊された東北。半世紀後の復興と奇跡を描く著者渾身の感動長編小説！

講談社タイガ

阿津川辰海　**黄土館の殺人**

地震で隔離された館で、連続殺人が起こる。きっかけは、とある交換殺人の申し出だった。

加藤典洋
人類が永遠に続くのではないとしたら
解説＝吉川浩満　年譜＝著者・編集部
かつて無限と信じられた科学技術の発展が有限だろうと疑われる現代で人はいかに生きていくのか。この主題に懸命に向き合い考察しつづけた、著者後期の代表作。
かP8
978-4-06-534504-7

鶴見俊輔
ドグラ・マグラの世界／夢野久作　迷宮の住人
解説＝安藤礼二
忘れられた長篇『ドグラ・マグラ』再評価のさきがけとなった作品論と夢野久作の来歴ならびにその作品世界の真価に迫る日本推理作家協会賞受賞の作家論を収録。
つJ2
978-4-06-534268-8

講談社文庫 目録

日本推理作家協会編 Doubt《ダウト》 きりのない疑惑〈ミステリー傑作選〉
日本推理作家協会編 Bluff《ブラフ》 騙し合いの夜〈ミステリー傑作選〉
日本推理作家協会編 ベスト8ミステリーズ2015
日本推理作家協会編 ベスト6ミステリーズ2016
日本推理作家協会編 ベスト8ミステリーズ2017
日本推理作家協会編 2019ザ・ベストミステリーズ
日本推理作家協会編 2020ザ・ベストミステリーズ
二階堂黎人 ラン迷宮〈二階堂蘭子探偵集〉
二階堂黎人 増加博士の事件簿
二階堂黎人 巨大幽霊マンモス事件
新美敬子 猫のハローワーク
新美敬子 猫のハローワーク2
新美敬子 世界のまどねこ
西澤保彦 新装版 七回死んだ男
西澤保彦 人格転移の殺人
西澤保彦 夢魔の牢獄
西村健 ビンゴ
西村健 地の底のヤマ(上)(下)
西村健 光陰の刃《やいば》(上)(下)

西村健 目撃
楡周平 修羅の宴(上)(下)
楡周平 バルス
楡周平 サリエルの命題
西尾維新 クビキリサイクル〈青色サヴァンと戯言遣い〉
西尾維新 クビシメロマンチスト〈人間失格・零崎人識〉
西尾維新 クビツリハイスクール〈戯言遣いの弟子〉
西尾維新 サイコロジカル(上)〈兎吊木垓輔の戯言殺し〉(下)〈曳かれ者の小唄〉
西尾維新 ヒトクイマジカル〈殺戮奇術の匂宮兄妹〉
西尾維新 ネコソギラジカル(上)〈十三階段〉
西尾維新 ネコソギラジカル(中)〈赤き征裁vs.橙なる種〉
西尾維新 ネコソギラジカル(下)〈青色サヴァンと戯言遣い〉
西尾維新 ダブルダウン勘繰《かんぐ》郎《ろう》 トリプルプレイ助悪郎《スケアクロウ》
西尾維新 零崎双識の人間試験
西尾維新 零崎軋識《ぜろざききししき》の人間ノック
西尾維新 零崎曲識の人間人間
西尾維新 零崎人識の人間関係 匂宮出夢との関係
西尾維新 零崎人識の人間関係 無桐伊織との関係
西尾維新 零崎人識の人間関係 零崎双識との関係

西尾維新 零崎人識の人間関係 戯言遣いとの関係
西尾維新 xxxHOLiC アナザーホリック ランドルト環《かん》エアロゾル
西尾維新 難民探偵
西尾維新 少女不十分
西尾維新 本題〈西尾維新対談集〉
西尾維新 掟上今日子《おきてがみきょうこ》の備忘録
西尾維新 掟上今日子の推薦文
西尾維新 掟上今日子の挑戦状
西尾維新 掟上今日子の遺言書
西尾維新 掟上今日子の退職願
西尾維新 掟上今日子の婚姻届
西尾維新 掟上今日子の家計簿
西尾維新 掟上今日子の旅行記
西尾維新 新本格魔法少女りすか
西尾維新 新本格魔法少女りすか2
西尾維新 新本格魔法少女りすか3
西尾維新 新本格魔法少女りすか4
西尾維新 人類最強の初恋
西尾維新 人類最強の純愛

講談社文庫　目録

東野圭吾　祈りの幕が下りる時
東野圭吾　危険なビーナス
東野圭吾　時《トキ》生《オ》〈新装版〉
東野圭吾　希　望　の　糸
東野圭吾　どちらかが彼女を殺した〈新装版〉
東野圭吾　私が彼を殺した〈新装版〉
東野圭吾作家生活25周年祭り実行委員会　東野圭吾公式ガイド〈読者1万人が選んだ東野作品人気ランキング発表〉
東野圭吾作家生活35周年実行委員会 編　東野圭吾公式ガイド〈作家生活35周年ver.〉
平野啓一郎　高　瀬　川
平野啓一郎　ド　ー　ン
平野啓一郎　空白を満たしなさい(上)(下)
百田尚樹　永　遠　の　0《ゼロ》
百田尚樹　輝　く　夜
百田尚樹　風の中のマリア
百田尚樹　影　法　師
百田尚樹　ボックス！(上)(下)
百田尚樹　海賊とよばれた男(上)(下)
平田オリザ　幕　が　上　が　る
東　直子　さようなら窓

蛭田亜紗子　凜
樋口卓治　ボクの妻と結婚してください。
樋口卓治　続・ボクの妻と結婚してください。
樋口卓治　喋　る　男
平山夢明　〈大江戸怪談どたんばたん(土壇場譚)〉魂《たま》豆《どう》腐《ふ》
平山夢明　宇佐美まこと ほか　超怖い物件
東川篤哉　純喫茶「一服堂」の四季
東山彰良　流《りゅう》
東山彰良　女の子のことばかり考えていたら、1年が経っていた。
平田研也　小さな恋のうた
日野　草　ウエディング・マン
平岡陽明　僕が死ぬまでにしたいこと
ビートたけし　浅　草　キ　ッ　ド
ひろさちや　すらすら読める歎異抄《たんにしょう》
藤沢周平　新装版 春　秋　の　檻〈獄医立花登手控え㈠〉
藤沢周平　新装版 風　雪　の　檻〈獄医立花登手控え㈡〉
藤沢周平　新装版 愛　憎　の　檻〈獄医立花登手控え㈢〉
藤沢周平　新装版 人　間　の　檻〈獄医立花登手控え㈣〉
藤沢周平　新装版 闇　の　歯　車

藤沢周平　新装版 市　塵(上)(下)
藤沢周平　新装版 決　闘　の　辻
藤沢周平　新装版 雪　明　か　り
藤沢周平　義民が駆ける〈レジェンド歴史時代小説〉
藤沢周平　喜多川歌麿女絵草紙
藤沢周平　闇　の　梯　子
藤沢周平　長門守の陰謀
古井由吉　こ　の　道
藤田宜永　樹　下　の　想　い
藤田宜永　女　系　の　総　督
藤田宜永　女系の教科書
藤田宜永　血　の　弔　旗
藤田宜永　大　雪　物　語
藤　水名子　紅　嵐　記(上)(中)(下)
藤原伊織　テロリストのパラソル
藤本ひとみ　新・三銃士 少年編・青年編〈ダルタニャンとミラディ〉
藤本ひとみ　皇妃エリザベート
藤本ひとみ　失楽園のイヴ
藤本ひとみ　密室を開ける手

2023年12月15日現在